애도의 시간

애도의 시간

장두영 평론집

도화

책머리에

책을 준비하면서 여러 글을 다시 읽어보니 유난히 슬픔에 관한 이야기가 많았다. 우리 사회 전체가 슬퍼했던 세월호 사건에 직간접적으로 연결된 이야기도 있었고 우리 사회의 불평등, 불합리 등 구조적 모순으로 인해 발생한 억울하고 답답한 일들에 관한 울분이나 애달픔에 관한 이야기도 있었다. 개인 차원에서 누군가를 상실하고 그로 인한 빈자리 때문에 오랫동안 슬퍼하는 이들이 나오는 이야기, 평범한 일상에 갑작스레 찾아온 불의의 사건으로 인해 불안과 비통에 시달리는 이들의 이야기도 있었다.

우리 사회에 슬픔이 많았기에 작가들이 슬픔에 관한 이야기를 많이 쓴 것인지 아니면 필자가 슬픔이 많았기에 슬픔에 관한 이야기에 주목한 것인지 뚜렷하게 말하기는 어렵지만, 돌이켜 생각하니 이 책에 수록된 여러 글을 쓸 때 종종 자기 자신도 모르는 사이에 눈시울이 붉어지고 눈앞이 흐릿해지는 때가 많았다. 그리고 그때마다 소설 작품에 나오는 벅찬 감정과 아득한 정서를 과연 필자가 논하고 평하는 일이

온당한가, 필자의 능력 부족으로 무언가를 놓치고 수많은 허술함과 부족함이 생기지 않을까, 그래서 어쩌면 안 쓰느니만 못한 게 아닌가 하는 회의와 두려움이 밀려오기도 하였다.

슬픔을 이야기하기, 곧 슬픔이라는 심적 고통과 상처를 그대로 두지 않고 소설이라는 허구적 세계 속 이야기로 써내는 작업이야말로 진정한 애도의 한 방식이라 생각한다. 이 책에 수록된 여러 작품이 슬픔과 불안을 이야기하는 것은 타인의 비극을 이해하고 공감하는 방법을 알려주는 것이며 또 그렇게 해야 한다는 것을 우리에게 호소하는 것이기도 하다. 또 한편으로 슬픔에 관한 애도의 이야기는 삶에 대한 성찰과 인간적 가치에 관하여 다시 한번 돌아보도록 우리를 이끈다.

이 책은 진정한 애도가 무엇인지, 나아가 삶의 길이 어떠해야 하는지에 관한 깊은 암시를 준 여러 소설 작품과 그 작품을 쓴 작가들을 향한 감탄과 존경의 표현이다. 또 우리가 겪은 또는 겪고 있는 수많은 슬픔에 관하여 필자가 보내는 지극히 미약한 애도의 표현이다.

2023년 가을

다산관에서

차 례

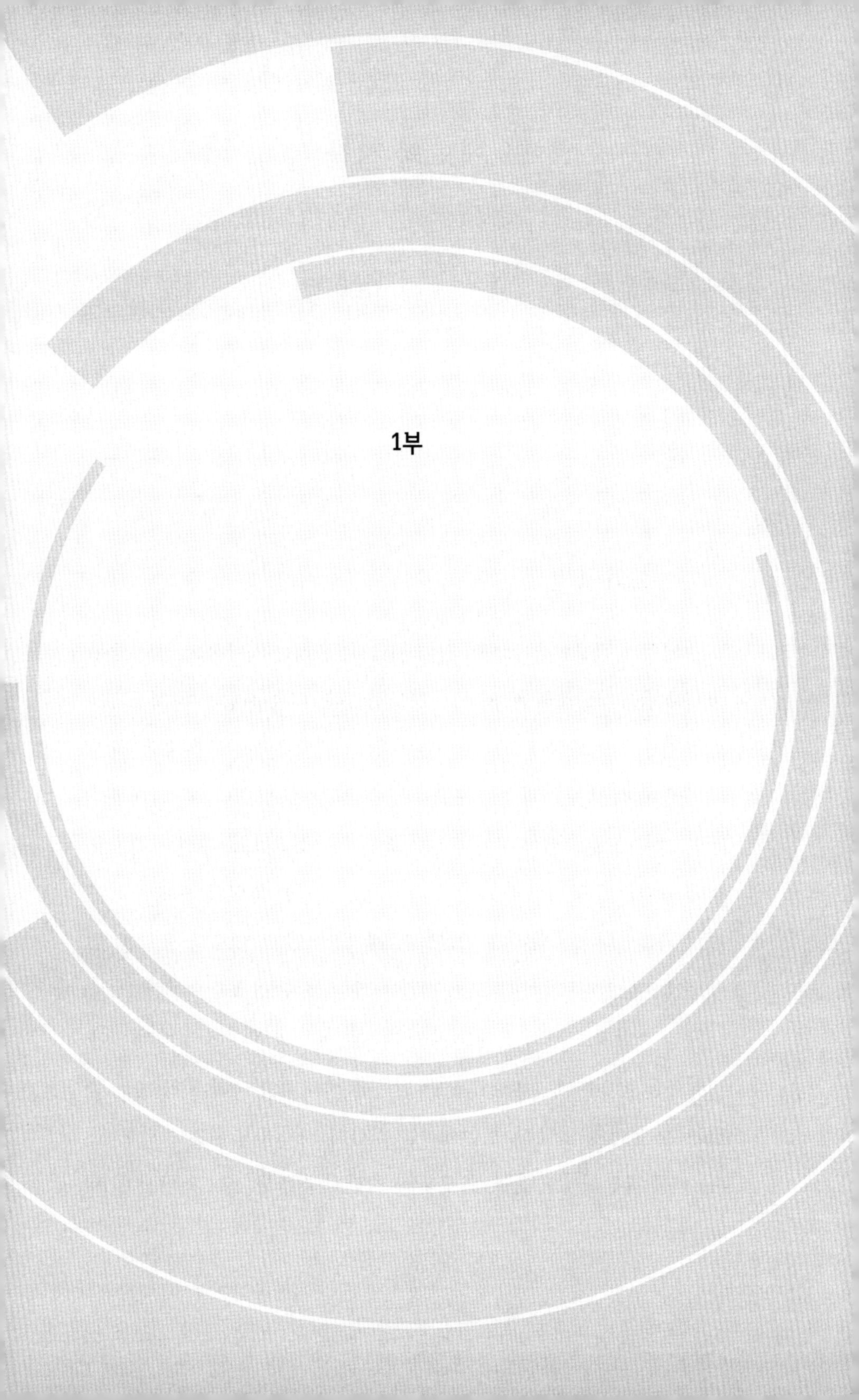

1부

애도의 시간

1. 애도의 물결

세월호가 침몰한 지 200여 일이 지났다. 우리는 지난봄의 참사 앞에서 충격을 받고, 눈물을 흘리고, 분노하였다. 많은 사람들이 희생자들의 죽음을 안타까워하고 슬퍼하였으며, 그중 많은 사람들은 깊은 감정의 수렁에 빠져 무기력증과 우울증을 호소하기도 하였다. 각종 행사와 공연, 방송 프로그램이 무기한 연기되거나 취소되었고, 흥성거리던 상점과 음식점이 즐비한 번화가의 분위기도 경건한 분위기 속에서 차분히 가라앉았다. 온 나라가 거대한 장례식장이었고, 애도의 물결은 오랫동안 이어졌다. 가히 '애도의 시간'이라 부를 수 있겠다.

우리 소설계도 사회 전반을 감싼 거대한 애도의 물결에서 예외가 아니었음을 확인하게 된다. 정서적 반응을 비교적 신속하게 표현할 수 있는 시 분야와는 달리, 소설에서는 약간의 시차가 발생할 수밖에 없다. 이를 확인이라도 하듯 두세 달의 시간적 격차를 건너고 나서야 비로소 세월호 참사의 영향이 소설 분야에서 감지되기 시작하였다. 대표적으로 실종자의 어머니를 주인공으로 내세운 정찬의 〈새들의 길〉(≪문학사상≫, 2014년 8월호)은 세월호 사고에 관한 소설적 반응을 단적으로 보여주는 동시에 세상의 비참함에 대처하는 소설의 역할이 무엇인지 역설하고 있다. 신문 · 방송을 통해 이미 접했던 슬픔과 고통이 소설적 허구화를 거치면서 한층 더 먹먹하고 애절하게 독자의 가슴에 와 닿을 수 있음을 재확인시킨 작품이다.

그런데 여기서의 소설적 반응이란 비단 세월호 사고가 직접적으로 소설의 배경과 소재로 활용되는 것에만 국한하지 않는다. 지난 계절에 발표된 소설들에서는 보다 간접적인 형태의 반응, 예를 들어 세월호 희생자가 아니더라도 주인공이 자신의 주변 사람 중 누군가의 죽음을 겪고 그로 인한 슬픔에 대처하는 것이 소설 속에서 다루어지는 경향이 뚜렷이 감지된다. 타인의 죽음이나 그에 대한 애도는 우리가 살아가는 세상에서 빈번히 접하게 되는 것이므로 그러한 것들이 소설 속에서 다루어진다고 해서 완전히 새삼스러운 것은 아니지만, 세월호 침몰 사고 이후 두세 달이 지난 시점부터 죽음과 애도를 다루는 작품의 수가 증가했다는 것, 그리고 주제적인 측면에서도 애도의 문제가 전면적으로 다루어지고 있는 현상은 주목을 요한다.

이에 이 글에서는 지난 계절에 발표된 여러 소설 작품 중에서 '애도'를 중점적으로 다룬 몇몇 작품을 개괄해보고자 한다. 감정은 개인적인 차원에 속하는 것이지만, 여러 소설에서 비슷한 시기, 공통된 감정을 다룬다는 사실은 그 감정이 개인의 차원을 넘어 집단의 공통된 감정,

가령 '감정 구조'(레이먼드 윌리엄스)에 연결되어 있다고 볼 수도 있다. 이러한 접근은 개별적인 작품의 성취를 따지는 것보다는 '애도'에 주목하는 소설적 경향의 개괄이며, 그러한 경향의 의미와 의의에 대한 검토이다. 애도를 다룬 소설이 공통적으로 지향하는 바가 무엇인지 확인해 보는 것이 이 글의 목표가 될 것이다.

2. 지연된 애도

프로이트는 〈애도와 멜랑콜리〉에서 애도를 사랑하는 사람의 상실, 혹은 사랑하는 사람의 자리에 들어선 어떤 추상적인 것의 상실에 대한 반응으로 규정하였다. 프로이트는 애도가 삶에 대한 정상적인 태도에서 크게 벗어나는 상황을 만들기도 하지만 어느 정도 시간이 경과되면 그 상황이 극복되는 것이 보통이라고 설명한다. 인간의 욕망과 심리를 '리비도의 경제학'으로 파악한 그는 애도에 관해서도 리비도의 '부과'와 '철회'로 설명하는데, 사랑하는 대상이 더 이상 존재하지 않는다는 현실을 인정한 끝에, 그 대상에 부과되었던 모든 리비도를 철회해야 애도로 인한 고통스러운 상황에서 빠져나올 수 있다고 말한다.

만약 일련의 과정이 제대로 수행되지 못한 채 애도가 지연되거나 중단된다면 어떻게 될 것인가? 또한 그러한 지연된 애도의 상황은 어떻게 풀어나가야 할 것인가? 함정임의 〈스페인 여행〉(≪한국문학≫, 2014년 가을호≫)과 최은영의 〈언니, 나의 작은, 순애 언니〉(≪문학동네≫, 2014년 가을호)는 공통적으로 애도가 지연된 상황을 기본적인 소설적 상황으로 삼고 있다. 전자는 고인을 향한 그리움과 슬픔이 과중할 때 애도가 지연된 것을, 후자는 외부의 강제로 인해 애도가 금지된 것을 다룬다. 두 작품 모두 자신의 내면을 다시금 들여다보고 사랑했던 사람을 향한 그리움을 회복하는 과정을 보여줌으로써 진정한 애도란 무엇인지 독자에게 질문을 던지고 있다.

함정임의 〈스페인 여행〉은 이국적인 공간을 배경으로 보헤미안적인 분위기가 물씬 풍기는 주인공을 등장시키고 있다. 주인공은 스스로를 가리켜 "길어봤자 1년 머물다 가는 나 같은 떠돌이"(25면)라 부르는데, 소설 속에서도 콜레주드프랑스 연구원 생활에 관한 서술보다는 파리의 이곳저곳을 돌아다니며 꽃놀이를 즐기는 여행객의 모습에 더 가까운 듯하다. 콜레주드프랑스의 연구실에 꽂힌 책과 자료보다는 바깥의 뜰에 핀 다양한 꽃들과 파리의 뒷골목에 관한 묘사의 분량이 더 많기 때문에 가지게 된 인상인지도 모르겠다.

여행자의 시선으로 펼쳐지는 서술인 탓에 어머니의 죽음 역시 관찰과 관조의 시선으로 다루어진다는 점도 그리 어색하지는 않다. 프랑스 문학 전공자로 설정된 주인공은 카뮈의 ≪이방인≫이나 에르노라는 프랑스 여성 작가의 소설 〈어떤 여자〉에 나오는 부음 전달 장면을 떠올린다. 그러나 이때 주인공이 정작 자신의 엄마가 사망했다는 소식을 전해 듣는 것에 관해서는 무관심과 침묵으로 일관하고 있다는 점에 주목해야 한다. 프랑스 문학 속 부음 장면만을 강조하면서 그 뒤에 자신의 엄마에 관한 내용을 은폐하고 있다는 것은 자신의 슬픔을 회피하려는 일종의 책략과 관계된다.

보헤미안적인 영혼의 소유자인 것처럼 자신을 소개했던 '나'는 소설의 후반부에 가서 실상은 그렇지 못함을 고백한다. 엄마가 병원에 입원한 이후 불안 때문에 수시로 전화기를 확인하던 버릇이 지금도 남아 있고, 엄마의 얼굴이 떠올라 밤새 잠을 못 이루는 불면증을 아직도 겪고 있다는 것이다. '나'는 죽은 엄마에게 여전히 연결되어 있다. '나'는 유년시절 엄마를 발견하면 엄마를 향해 달음박질치던 것이 성인이 된 지금도 이어져 교회 종소리를 들으면 무의식적으로 발걸음을 재촉하게 된다는 사실을 털어놓는다. 무엇보다 소설의 결말에 이르러 '나'는 매일 엄마의 죽음을 예상하며 눈물을 흘렸고, 너무 오랫동안 슬퍼한 까닭에 정작 엄마의 죽음 앞에서는 눈물을 흘릴 수 없었던 것이라 말한다. 과도한 슬픔으로 인해 애도는 한동안 지연된 것이다.

"그리고 1년이 지났다"라는 문장이 소설을 시작하고 끝마친다. 수미일관하게 강조된 1년이라는 시간의 경과는 제법 많은 것을 내포한다. 더 이상 초조하게 엄마의 죽음을 기다릴 필요가 없게 된 상태에서, 주인공은 지연하였던 애도를 재개할 수 있을 것인가? 소설은 결말을 열린 채로 끝낸다. 그런데 그러한 침묵 속에서는 1년 전의 강렬했던 고통과 불안이 많이 누그러져 있다. '나'는 엄마의 죽음이라는 고통을 이제 담담히 받아들일 마음의 평정에 도달했으며, 차분히 애도의 시간을 가질 것 같다는 기대를 가져볼 수도 있다. 1년이라는 시간의 경과를 강조함으로써 중단되고 지연되었던 애도를 재개할 때의 처연한 아름다움이 오동나무 꽃향기처럼 잔잔한 여운을 내뿜고 있기 때문이다.

한편 최은영의 〈언니, 나의 작은, 순애 언니〉는 사랑하는 사람과의 오랜 추억을 순수한 회상의 형식 속에 담아낸 작품이다. 소설의 대부분은 순애 이모에 대한 엄마의 회상으로 이루어진다. 이때 과거를 회상하는 엄마는 병석에 누워 있으며, 그녀에게는 죽음의 그림자가 드리워져 있다. 죽음을 앞둔 상황에서 회상은 거짓이나 과장을 용납하지 않는다. 그러한 정결성이 궁극적으로 지향하는 바는 순애 이모를 향한 엄마의 죄책감과 회한의 감정이며, 그 정점에서 용서와 화해의 가능성을 기대하게 된다.

애도의 작업은 고인과 관련된 기억을 하나씩 되짚어보면서 진행되는 과거와의 작별 의식이다. 그 속에는 아련한 그리움만이 아니라 숨기고 싶은 상처도 포함된다. 순애 이모를 향한 엄마의 회상은 유년 시절을 떠올릴 때는 즐겁고도 애틋한 분위기로 이어지다가, 성인이 되고 나서는 이모가 놓인 절박한 상황이 이끄는 무겁고 쓸쓸한 분위기로 급선회하고, 그러한 절박한 상황에 처한 이모를 외면했던 엄마 자신의 과오와 책임을 고백하고 용서를 구하는 듯한 모습으로 이어진다. 이러한 회상을 이끌어가는 엄마의 고백에 초점을 맞출 때 고해성사를 떠올리게 하지만, 회상되는 내용인 이모의 박복한 일생에 초점을 맞출 때, 살풀이나 진혼굿을 연상시킨다. 제목이 가리키듯 소설 전반이 엄마의 행적보다는 이모의 행적에 더 큰 비중을 두고 있음을 떠올릴 때, 후자로 해석하는 것이 더 타당할 듯하다.

순애 이모의 남편이 연루된 간첩단 사건과 이어 발생한 사법 살인에 관한 내용이 소설 속에서 상당한 비중을 차지하는 것도 그러한 해석에 무게를 싣는다. “나라에서는 유족들의 허락도 받지 않고 사형수들의 시신을 강제로 화장해서 가족에게 보냈다. 죽은 몸이라도 만져보고 싶었어요."(234면) 사형수 부인은 애도할 기회조차 박탈당하였음을 한탄한다. 애도를 박탈한 당국은 젊은 시절의 엄마에게도 눈을 감고, 입을 다물라고 강제하였다. 사형수 구명 운동을 벌이던 엄마가 심각한 트라우마를 겪게 된 계기가 바로 사법 살인이며, 이후 순애 이모와의 왕래도 단절되고 만다. 빨갱이로 몰린 순애 이모의 남편을 향해서도 눈을 감고, 침묵을 지키라는 명령이 내려졌기 때문이다. 회상을 감싼 죄책감은 일차적으로 순애 이모를 외면했다는 데서 기인하지만, 더 넓게는 애도의 금지 앞에서 초라해졌던 시대의 좌절과도 연결된다.

죽음을 앞둔 엄마의 회상은 자신의 과오를 숨김없이 드러낼 만큼 순수한 정결성으로 가득 차 있다. 그러한 회상은 불행한 일생을 살다 간 이모를 향한 뒤늦은 추모식이며, 사법 살해를 당했던 그 시절 죽은 자들을 향한 추모식이다. 이러한 애도의 과정에는 이모가 불행한 일생을 살고, 간첩단으로 몰린 이들이 억울한 죽음을 당하게 만든 자들을 향한 날선 비판이 병행되어 있다. 엄마를 찾아온 이모의 영혼은 "아무도 우리를 죽일 수 없어."(243면)라고 힘주어 말한다. 〈언니, 나의 작은, 순애 언니〉가 30년 전쯤의 과거 회상에 매몰되지 않고 여전히 현재적인 문제를 제기할 수 있는 힘은 진정한 애도를 촉구하는 목소리에서 비롯한다. 애도는 외부의 폭력으로 인해 일시적으로 지연될 수는 있지만 끝내 이루어져야 한다는 것, 그것이 살아 있는 자의 의무라는 것을 이 소설은 말하고 있다.

3. 애도와 기억

한편 프로이트는 애도에서 기억의 역할을 강조한다. 사랑했던 고인에 대한 기억, 소망, 생각, 그리움을 돌이켜보는 애도의 과정은 극도로 고통스럽다. 그러나 프로이트는 이러한 고통의 과정을 거침으로써 고인과의 유대를 정리하고, 리비도를 떼어내어, 앞으로 나아갈 수 있다고 보았다. 그는 타인이 애도의 과정에 섣불리 간섭하고 끼어드는 일은 무익한 행위이며, 심지어 해로운 행위로 여겨질 수도 있다고 말한다. 애도의 작업은 지극히 개인적인 차원에서 서서히 이루어져야 하는 고통스러운 과정이므로, 외부의 조언이나 명령 따위는 소용이 닿지 않는다는 말이다.

최윤의 〈서울 퍼즐: 잠수교의 포효하는 남자〉(≪현대문학≫, 2014년 9월호)는 애도와 기억 간의 관계를 재확인하게 하는 작품이다. 소설 속 주인공은 죽은 동생으로 인해 고통스러운 시간을 보낸다. 그는 죽은 동생이 남긴 편지와 녹음 기록을 더듬으며 조금씩 애도 작업을 수행하고 있다. 차마 외면하고 싶은 고인의 기억을 들여다보는 일 자체가 고통을 가중시키는 일임에 틀림없지만, 그러한 고통스러운 과정을 반복적으로 수행하면서 소설의 결말에 이르러 죽은 동생을 위한 애도의 완결 가능성을 예감하게 된다. 소설은 고인에 관한 고통스러운 기억을 외면하지 않는 것이 애도의 유일한 방법임을 가르쳐준다.

이 소설은 고통의 실체에 접근하기 위해 상당히 긴 우회로를 거친다. 주인공이 겪고 있는 고통이 동생의 죽음과 관련이 있다는 사실은 소설이 한참 진행된 후 뒤늦게야 밝혀진다. 그 사실이 폭로되기 전까지 주인공은 지속되는 원인 모를 치통에 시달린다. 게다가 소설이 진행되면서 "통증은 좀 더 잦아지고 날카로워지고 있다."(138면) 동생의 사망으로 인한 심리적인 고통이 치통이라는 육체적인 고통으로 대체된 셈인데, 형체가 없는 감정에 소설적 육체를 덧입히기 위한 적절한 선택이다. 잊을 만하면 반복적으로 상기되는 치통, 적어도 소설의 서사 전반에서 주인공이 절대 벗어날 수 없는 치통은 애도 작업이라는 정신적 과정을 통과하고 있는 사람이 겪는 심적 고통에 관한 실감 있는 대체재라 볼 수 있다. 이에 지속되는 치통을 동반한 한강변 자전거 주행은 죽은 동생을 향한 고통스러운 애도의 과정에 관한 비유가 된다.

심리적 고통을 육체적 고통으로 치환하듯, 주인공은 자신의 고통스러운 심경을 '잠수교에서 포효하는 남자'의 알 수 없는 울부짖음으로 치환하여 표현한다. 한강변에 있는 다른 사람들은 주변의 소음 때문에 잠수교 남자의 포효에 아무도 신경 쓰지 않지만, 유독 주인공의 귀에만 남자의 기성이 육박해온다. 오직 자신만이 홀로 잠수교 남자의 울부짖음에 관심을 가지는 상황, 아마도 동생의 죽음으로 인한 슬픔이 잠수교 남자의 사연을 궁금하게 여기도록 이끌었을 것이다. 주인공은 포효하는 남자를 보면서 치통이 다시 강력하게 위력을 발휘하는 것을 느낀다. 죽은 동생을 애도하는 주인공을 향해 잠수교 남자의 기이한 포효는 끊임없이 아픔을 상기시킨다. '고통스럽지만, 잊지 말고 기억하라, 그것이 애도의 의무다'라고 외치면서.

아무도 귀를 기울이지 않는 잠수교 남자의 포효는 먼 이국의 땅에서 산악종족의 희귀언어를 수집하는 일을 했던 동생의 녹음기에 채록된 레레족의 레레어의 대체재로 해석된다. 동생은 편지에서 레레어라는 소수 종족의 언어는 마찰음과 격음이 많고 음절이 잘 구분되지 않는 것이 특징이라 설명하는데, 그것은 짐승의 울부짖음 같은 잠수교 남자의 포효 소리와 닮아 있을지도 모른다. 무엇보다 의미 해독이 어렵다 하더라도 사랑하던 고인에 관한 기억을 떠올리게 하는 소리라는 공통점을 가진다.

나아가 레레어 속에서 들리는 '다시, 다시'라는 유일한 한국어 목소리, "그 목소리는 여일하게 한 가지 전언을 담고 있다."(157면) 설령 극심한 고통을 수반할지라도 고인의 기억을 '다시' 상기하라, 그것이 고인을 향한 의무라는 전언이다. 오랜 치통에 시달리던 주인공이 죽은 동생의 유골과 유품을 수습하러 떠나는 여행길에 오르는 것으로 끝나는 이 소설은 고통스러울지라도 고인에 대한 추억을 기억해야 한다는 것, 그런 끝에 애도는 완료될 수 있다는 명백한 진실을 우리에게 전언하고 있다.

반면 정용준의 〈6년〉(≪현대문학≫, 2014년 10월호)은 애도가 완료될 수 없는 절박한 상황을 묘사한다. 사랑하던 아들은 6년 전 군복무 중 의문사를 당했다. 어머니는 6년째 광화문 광장, 청와대 앞, 종로, 명동에 나가 아들의 억울함을 호소하면서 진상 규명을 촉구하는 일인 시위를 벌이고 있다. 처음 시위를 시작할 때는 제법 많은 이들이 주인공과 함께 아파하고, 분노하며, 주인공을 응원했다. 그러나 이제 피켓

속 색이 바랜 글자처럼 사람들의 관심도 약해졌다. “한 달이 지나고 반년이 지났다. 주위를 둘러싼 크고 견고한 담이 소리 없이 무너지는 것을 느꼈다. 언론에서는 더 이상 아들에 대한 언급이 없었고 함께 싸워주고 옆에서 응원해주던 사람들이 썰물처럼 빠져나갔다.”(125면) 사망원인 규명은 점점 힘들어지고, 애도의 완료도 점점 요원해진다.

아들을 잃은 어머니는 “아들이 차가운 침대에 누워 있는데”(113면)라면서 괴로워한다. 또 어머니는 죽은 아들과 대화를 나누면서 아무것도 못 해주는 자신을 향해 자책한다. 신체의 모든 기능이 정지된 망자가 차가움을 느낀다거나 말을 주고받을 수는 없다. 그러나 아들을 잃고 절대적인 비탄에 빠진 어머니의 입장에서는 이와 같은 비현실적인 관념이나 상상이야말로 실제의 현실보다 훨씬 더 현실적이고 절박한 것이 된다. 애도는 이성과 논리의 차원을 넘어서는 절대적인 고통의 영역에 속한 것이라고 그녀는 온몸과 온 마음으로 절규하고 있다. 이러한 절규는 지금 이 시각에도 여전히 진도 앞바다에서 실종된 아들을 찾고 있는 어머니의 심경과도 직결되는 것이기에 한층 더 안타깝고 애절하기만 하다.

> 망각은 모두를 편케 한다. 잊는다는 것은, 잊었다는 것은 좋은 일이다. 통증을 멎게 하고 나쁜 기억을 흐르게 한다. 아물지 않을 것 같던 커다란 상처도 부드럽고 만질만질한 흉터로 바꿔놓는다. 사람들은 그 일을 처음부터 없던 일처럼, 과거의 시시한 사건처럼, 철 지난 영화의 한 장면처럼 생각한다. 아들과 함께 초등부 교사를 했던 김 집사도, 성가대에서 나란히 서서 베이스를 했던 박 장로도, 한때 아랫집에 살았

> 던 이 권사도 내 아들을 모르는 것 같다. 그러면서 그들은 이 모든 세월을 은혜라고 했고, 더러는 치유라고 했으며, 어떤 이는 감사할 조건이라고 했다.(116면)

그녀는 주변 사람들이 들려주는 현실적인 조언을 잘 알고 있다. 그들은 망각을 '은혜'이며, '치유'이고, 혹은 '감사할 조건'이라 말하며, 그녀 역시 망각을 통해 현재의 극심한 고통을 잊고 편안해질 수 있으며, 상처를 아물게 할 수 있다고 말한다. 그러나 "어머님. 힘을 내세요. 살 사람은 살아야죠. 몸을 돌보세요."(127면)라는 조언은 그녀에게 위로가 아니라 실상 저주에 가깝다. 억울하게 죽은 아들의 목소리가 여전히 귓가에 맴돌고 있는 그녀에게 살 사람은 살아야 한다는 말은 결국 죽은 사람은 죽어야 한다는 말로밖에 들리지 않는다. 산 자를 향한 조언은 죽은 자의 입장에서 너무도 비정한 말이다. 그녀의 입장에서 애도는 죽은 자의 기억을 망각함으로써 정상의 상태로 돌아오는 일이 아니다. 오히려 그와는 정반대로 죽은 자를 끝까지 기억하고 그 억울한 죽음을 잊지 않는 것이야말로 진정한 애도가 된다.

국가 권력은 그녀에게 망각하라 명령한다. 겉으로는 아들의 장례식을 치르는 애도 작업을 시행하라고 권유하는 형식을 취하고 있지만, 그 이면에는 억울한 아들의 죽음을 망각하라, 이제 더 이상의 애도는 그만하라고 하는 광폭함이 내재되어 있다. 주변의 지인들은 그녀를 향해 6년이면 충분히 애도한 것이니 이제 그만 벗어나라 조언한다. 그러나 주인공은 슬픔이라는 감정은 양적으로 측정될 수 없으며, 죽은 자를 향한 도리를 다할 때만 충족될 수 있다고 믿기에 망각에의 권유를 여전히 부인한다. 이 작품이 군 의문사를 소재로 삼고 있으면서도 세월호 참사와 연결되는 지점은 바로 여기에 있다. '잊지 않겠다'라는 산 자로서의 도리이자 의무를 천명하고 있는 것이 바로 그것이다.

4. 애도와 글쓰기

누군가의 죽음 앞에서 애도한다는 것은 죽은 사람을 향한 강한 애정이 있음을 의미한다. 죽은 사람의 입장에서 애정이 전제된 애도는 세상에 남아 있는 사람들이 보내는 축복으로 여겨진다. 자신의 죽음 앞에 누군가가 진심으로 눈물을 흘려준다면 크나큰 위안이 될 수 있을 것이다. 반대로 쓸쓸하게 죽음을 맞이해야 하는 상황이라면 그보다 더 절망적인 것은 없을지 모른다. 권여선의 단편 〈이모〉(≪창작과비평≫, 2014 가을호)에서 쓸쓸하게 살다가 생을 마감하는 이모가 마지막으로 갈망한 것이 바로 애도이다. 그리고 그러한 갈망은 글쓰기라는 방편을 통해 성취될 수 있음을 이 소설은 암시한다.

소설의 줄거리를 대강 이렇다. 일인칭 서술자인 '나'는 췌장암에 걸린 시이모의 존재를 알게 된다. '나'가 글 쓰는 일을 하고 있다는 사실에 관심을 가진 이모는 자신의 집에 '나'를 초대하고, 이모가 퇴원한 후 '나'는 그녀의 집을 규칙적으로 방문하기 시작한다. 방문해서는 그녀의 삶에 관해 이것저것 이야기를 나누는 것이 전부다. 평생 결혼하지 않고 직장생활을 하며 어머니를 모시고 살다가, 최근 이년 여간 잠적하여 혼자 살았고, 췌장암에 걸려 석 달간 투병하다 죽었다고 요약되는 것이 그녀의 삶이다.

> 우리 서로 만나는 동안만은 공평하고 정직해지도록 하자. 나는 네가 글을 쓴다는 것도 좋지만 내 피붙이가 아니라는 게 더 좋다. 피붙이라면 완전히 공평하고 정직해지기는 어렵지. (…) 그렇게 그녀와 나는 두 달 남짓, 나름대로 공평하고 정직하게 월요일 오후에 그녀의 집에서 만나 묽은 블랙커피를 마시며 얘기를 나눴다.(224면)

이모가 '나'에게 요구한 것은 '공평'과 '정직'이다. 이 두 가지 요건은 이모와 '나' 사이의 관계에 대한 조건이기도 하지만, 두 사람 간의 대화 내용에 관한 조건이기도 하다. 그녀의 삶을 최대한 '공평'하게 '평가'하는 것, 또 최대한 '정직'하게 '회상'하는 것이 요구된다. 공평한 평가와 정직한 회상이란 결국 한 권의 자서전 집필에 어울리는 조건들이 아닐까? 이렇게 볼 때 죽음에 임박한 이모가 글 쓰는 일을 하는 '나'를 자신의 집으로 불러들인 것은 결국 자서전 구술이었다. 자신이 얼마큼 성공한 삶을 살았는지 자랑하기 위한 그런 자서전이 아니라, 그저 자신이라는 존재가 이 세상에 발붙인 적이 있었음을 증명하기 위한 안간힘에 가까운 것이기에 '무섭고 서러운' 자서전이다.

이모의 요구에 '나'는 기꺼이 자서전 대필작가가 된다. 이때 '나'에게 요구되는 기교는 없다. 한때 '글쟁이'가 되고 싶어 했던 이모는 과거의 기억을 더듬으며 "서두르지 않고 천천히 말을 골랐고 어떤 느낌이었는지를 이해시키기 위해 내 눈을 자주 들여다보았다."(227면) 이모는 '나'에게 단순한 필사자의 역할만을 부여한 채, 자신의 삶을 순수하게 회상하기 위해 노력한다. 이모는 과거의 일화를 몇 번이나 되풀이해 이야기했고, 그 이야기가 공평과 정직이라는 요건을 갖출 수 있도록 조심스레 다듬었다. 이토록 정성스러운 구술 작업은 소중한 유산을 상속하기 위해 고심을 거듭하는 유언장 쓰기를 떠올리게 한다. 세속적인 성공의 기준에서는 보잘 것 없는 삶이지만 공평과 정직을 거쳐 진실이 담보된 유언장은 누가 보더라도 감동적일 수밖에 없다.

이 소설은 애도와 글쓰기가 본질적으로 닮아 있다는 사실을 보여준다. '나'는 이모의 이야기를 듣고 기록하면서, 이모의 삶을 어루만지고, 그녀에게 애정을 가지게 되고, 끝내 그녀의 예고된 죽음으로 맞이하면서 몹시 마음이 아프다는 것을 깨닫게 된다. 돌이켜볼 때 '나'가 슬픔과 그리움을 느끼며 그녀의 죽음을 진정으로 애도하게 된 것은 그녀의 이야기를 듣고 기록하는 일에서 비롯하였다. '나'는 이모에게서 들은 이야기를 남편인 태우에게 '해주어야 한다고 생각'하기도 한다. 글쓰기를 통해 기록된 이야기는 남편을 애도에 동참시킬 수 있는 힘을 지니고 있다고 믿기 때문일 것이다. 소설의 마지막 장을 덮고 나서도 이모의 쓸쓸한 생활과 삶의 잔영이 아른거리게 만든 이 소설은 누군가의 삶에 관한 공감이 곧 진정한 애도이며, 글쓰기가 그러한 공감에 이르는 유용한 통로가 된다는 것을 나지막한 음성으로 웅변하고 있다.

애도와 글쓰기가 밀접한 관련을 맺고 있다는 것은 손홍규의 〈배회〉(≪문학사상≫, 2014년 9월호)에서도 동일하게 발견되는 발상이다. 무엇보다 〈배회〉에서 죽음에 임박한 사람의 삶을 대필하여 기록한다는 상황이 〈이모〉와 동일하게 펼쳐지고 있어 주의를 끈다. 그러나 〈이모〉

가 글쓰기를 통해 구현하는 애도에는 슬픔과 그리움이 주된 정서를 이루는데 반해, 〈배회〉에서는 고독, 불안, 존재, 허무 등의 정서가 깔려 있어 그리움과 같은 애틋하고 애잔한 감정이 개입될 여지가 차단되어 있다. 곧 이 작품은 애도를 주된 소재로 다루면서도 앞서 언급한 여타의 작품들과는 달리 감성적인 측면보다는 이지적인 측면이 더욱 강조되는 독특한 면모를 보인다.

〈배회〉는 주인공이 아들의 죽음을 둘러싼 비밀을 밝히려 애쓰는 내용을 줄거리로 한다. 영어 캠프에 갔던 아들은 그곳에서 실족사하였고, 세상 사람들은 아들의 죽음을 우발적인 사고사로 규정한다. 그러나 주인공은 아들의 죽음이 사고사라는 것을 인정하지 못하는데, 아들이 사망 전에 예약 발송한 이메일에 적힌 이해 불가능한 일기의 내용 때문이다. 주인공은 아들 주변 사람들을 만나 자살의 징후가 없었는지 확인하려 노력하는 동시에 모호한 문체로 적힌 일기의 내용을 분석하여 죽음의 원인을 밝히고자 한다. 죽음의 시작과 중간과 끝을 밝혀 서사적으로 재구성하려는 시도라는 점에서 주인공의 노력은 일종의 글쓰기에 가깝다.

흥미로운 점은 아들 역시 죽음이 임박한 고모할머니의 삶을 다룬 소설을 대필하면서 누군가의 죽음을 서사화하려 시도한다는 것이다. 여기서 아들은 〈이모〉에서 이모의 이야기를 기록했던 주인공과 닮아 있다. 아들이 스스로를 고모할머니의 유서 대필자로 여기고 있다는 것도 〈이모〉의 주인공과 유사하다. 그러나 〈이모〉의 대필자가 이모의 목소리를 그대로 기록하는 필사자에 가까웠다면, 고모할머니의 인생사를 받아 적는 것만으로는 만족하지 못한 아들은 구술된 이야기의 일화들 사이에 어긋나는 모순이 있거나 다 말하지 않은 채 감춰 둔 것들을 수정하고 채워 넣으려 시도하는 소설가에 근접한다. 이런 점에서 이 소설은 액자의 겉 이야기와 속 이야기가 모두 누군가의 삶과 죽음에 관한 비밀을 파헤치려는 시도에 관한 것으로 정리된다.

> 아들과 관계된 사람들을 하나둘 만날수록 아들에게 가까이 다가간다는 기분이 드는 게 아니라 아들의 주변을 배회하며 한 걸음씩 멀어진다는 기분이 들었다. (…) 그도 잘 알고 있었다. 아들의 일기를 구성하는 모든 문장들은 삶의 본질 주변을 배회하는 한숨 같은 거라는 걸. 그럴 수밖에 없는 이유는 삶의 본질이 무엇인지 알 수 없기 때문이라는 걸.(95면)

아들의 죽음을 이해하려는, 그래서 어떻게 해서든 애도의 작업을 마무리하려는 아버지 소설가는 삶의 불가해성이라는 미로에 갇혀 결국 길을 잃고 만다. 아들 주변 사람들의 증언과 아들이 남긴 일기를 통해 의미 파악을 시도했지만 결국 실패한다. 이에 아버지는 아들을 향해 "알 수 없는 건 알 수 없는 채 내버려 둬야 해."(95면)라고 말한다. 그는 아들의 죽음을 이해하려는 시도를 포기했고 그러한 이해를 바탕으로 한 애도에도 실패했다.

반면 아들은 아버지에게 그 무엇도 그냥 있는 그대로 내버려 두어서는 안 된다고 반박한다. 아들 소설가는 고모할머니의 비루하고 비참한 삶이 어디에서 연유하는가를 '상상'한다. 그는 고모할머니가 죽은 오빠를 만났다는 일화를 '상상'하여 글로 남기는데, 그것은 비현실적인 상상에 그치는 것이 아니라 고모할머니가 여덟 살 때 빨치산이었던 오빠의 죽음을 직접 목격한 이후 발생한 트라우마와 관련되어 있을 것이라는 '상상'으로 이어진다. 이러한 아들 소설가의 '상상'을 통한 글쓰기는 고모할머니의 오빠에 관한 '늦은 애도'이며, 죽음이 임박한 고모할머니의 삶을 이해하고 보듬으려는 '앞당긴 애도'에 해당한다.

아버지와 아들이 보여주는 삶과 죽음의 비밀에 관한 상반된 태도는 진정한 애도의 어려움을 강조하는 한편 그러한 어려움을 돌파하는 글쓰기의 가능성을 암시한다. 아버지의 말대로 삶의 본질 주변을 끝없이 배회할 수밖에 없는 것이 인간의 존재적 한계이며, 타인의 삶에 대한 이해와 공감, 애도 역시 결코 쉽게 완성될 수 없다. 이에 아들은 '무수히 많은 여백'을 상상력과 글쓰기로 채워야 한다고 말한다. 삶이나 죽음을 완전히 이해하고 장악할 수 없는 것이 인간의 근본적 한계일지라도, 상상력을 발휘하여 글을 쓰면서 타인의 슬픔을 이해하고, 타인의 죽음을 애도해야 한다는 의무의 선언이다. 이 작품을 세월호 참사에 관한 소설적 선언으로 간주할 수 있는 이유는 여기에 있다.

5. 애도는 계속되어야 한다

지금까지 몇몇 작품을 세월호 참사에 관한 소설적 반응이라는 느슨한 테두리 속에 편입시켜 일견해보았다. 소설 속에서 확인한 애도의 과정은 극심한 고통을 수반한다. 그러나 소설적 진실은 애도를 멈추어서는 안 된다고 힘주어 말한다. 때로는 그 고통이 너무도 심하여 눈물을 말라버리게 할 지경에 이르기도 하지만 미완의 애도를 그 상태 그대로 방치할 수는 없다(〈스페인 여행〉). 때로는 외부의 폭력이 애도를 중단하라 강압하기도 하지만 애도를 멈출 수 없다(〈언니, 나의 작은, 순애 언니〉). 미완된 애도를 계속 이어나가는 것은 소설이 확인해준 첫 번째 의무다.

또한 애도는 고통스러운 기억의 감내를 요구한다. 애도의 과정이 고통스러운 것은 대체로 산 사람이 죽은 사람에 관한 기억을 잊지 못한다는 데서 비롯한다. 다시는 기억이 상기하는 과거의 시절로 되돌아갈 수 없다는 절망감이 애도하는 자를 고통스럽게 만든다. 그러나 소설은 고통스러울지라도 고인에 대한 추억을 기억해야 한다는 것, 그런 끝에 애도는 완료될 수 있다는 진리를 우리에게 전해준다(〈서울 퍼즐: 잠수교의 포효하는 남자〉). 설령 망각이 살아남은 자를 편안하게 만들어준다는 조언이 있을지라도 고인을 잊지 말아야 한다는 산 자의 도리와 의무를 강조한다(〈6년〉). 이에 '잊지 않겠다'는 약속과 다짐이 두 번째로 확인한 애도의 의무다.

한편 애도는 소설이라는 허구적 글쓰기와 근본적인 측면에서 상동적이라는 사실도 확인할 수 있었다. 타인의 삶과 죽음을 이해하는 것, 고독의 상태로 방치하지 않고 얘기를 주고받는 것이 애도와 글쓰기가 필요한 이유다(〈이모〉). 이때 누군가의 삶이란 온통 여백으로 채워질 수밖에 없는 것이며, 이해나 애도의 시도는 본질의 주변을 배회하는 것에 불과하다고 할 때, 빈틈을 채우고 본질로 비약할 수 있게 하는 상상력과 글쓰기의 의의에 주목할 수 있었다(〈배회〉). 알기 어렵고, 감당하기 힘들다고 내버려둘 것이 아니라 상상력과 글쓰기로 타인의 슬픔을 형상화하고, 그 슬픔을 이해하려는 노력이야말로 진정한 애도에 가깝다는 것을 알 수 있다.

아울러 세월호 참사를 직접적으로 다룬 정찬의 〈새들의 길〉이 보여준 문학적 시도 또한 가볍게 지나칠 수 없다. 〈새들의 길〉은 애도를 멈추지 말고 계속하라, 고통스럽더라도 기억하라, 상상력과 글쓰기로 애도하라는 원칙을 한꺼번에 아우르는 작품이다. 상세하고 생생한 현장 묘사를 통해 마치 한 편의 르포 기사를 보는 듯한 느낌을 가지게 하지만, 〈새들의 길〉이 희생자의 넋을 위로하는 기본적인 방식은 '북극의 겨울 하늘에 나타나는 환월'이나 넓은 북극해를 거침없이 헤엄쳐 다니는 귀신고래에 관한 자유로운 상상에 기대어있다. 슬픔이 침몰되어 있는 어둠의 바다에서 고래의 반짝이는 은빛 지느러미를 상상하여 어둠을 몰아내고, 고래의 지느러미를 새의 날개로 변하게 하여 실종된 아들을 수면 위로 부상시키고, 이제 죽은 아들은 하늘의 별에 이르는 먼 여행을 시작하였노라 상상한다. 현장의 생생함을 충실히 스케치하면서도 환상적인 상상력을 발휘하여 희생자를 애도하는 이 작품은 세월호 사고에 부치는 가장 슬프고도 희망적인 위로를 선사하는 소설적 진혼곡으로 기록될 것이다.

불안의 몇 가지 표정들

1. 불안 증폭의 시대

일반적으로 불안이란 특정한 대상을 가지고 있지 않은 두려운 감정을 지칭한다. 대상을 특정할 수 없다는 것, 곧 불확실성이 높아질수록 불안의 총량은 증가한다. 발전, 향상, 개선에 대한 확신을 얻지 못할 때도 불안은 강화된다. 불안은 개인적 감정에서 출발한다는 점에서 근본적으로는 개인의 문제에 속하지만, 불안의 많은 부분이 사회적 관계망 속에서 형성된다는 점에서 사회의 책임이 크다고 할 수 있다.

과학 문명이 발전하고, 합리적 의사소통이 확대된다는 진보의 믿음에도 불구하고 변화의 불확실성은 점점 더 커지는 듯하다. 알랭 드 보통(Alain de Botton)은 ≪불안≫에서 불안의 원인을 인간 욕망의 충족과 결핍에서, 구체적으로는 지위(status)에 대한 욕구와 갈망에서 찾고 있다. 문명이 발전할수록 인간의 욕망이 커지고, 욕망 충족을 위한 성취물의 불평등한 분배가 심화되는 상황에서 불안이 증폭되는 것은 피할 수 없는 현상이다. 드 보통은 특히 근대 자본주의로 인한 물질주의적 가치 지향이 인간의 불안을 심화시키고 있음을 지적하고, 세부적인 요인으로는 '사랑결핍', '속물근성', '기대', '능력주의', '불확실성'을 꼽고 있다.

더 구체적으로 2008년 세계 금융 위기 이후 개인의 어깨를 짓누르는 불안의 무게는 한층 더 심해졌다. 경기 침체가 장기화되면서 사회 양극화가 우리 사회의 주요 화두가 된 것이 오래되었다. 취업경쟁은 갈수록 치열해지고, 직장을 다니는 사람이라도 고용불안정성으로 인해 불안해하기는 마찬가지다. 미래에 대한 불확실성은 저출산의 문제를 야기하고, 지속적인 발전 가능성에 대한 의구심으로 인해 각종 복지 정책과 노후 정책에는 짙은 먹구름이 드리운다. 그뿐만 아니라 각종 사건과 사고는 연이어 발생하고, 이전에는 미처 생각지도 못했던 새로운 유형의 위협이 속속 등장하고 있어 불안은 가중된다. 더욱이 지난 6월 발생한 대참사는 충격과 분노를 넘어 예측 불가능한 사건 사고에 관한 불안을 우리에게 선사했다.

이 글에서는 날이 갈수록 증대되는 불안에 관한 몇 가지 소설적 반응을 살펴보고자 한다. 불안의 갑작스러운 당도에 당혹해하는 소설 속 인물에게 공감을 하거나 반대로 반성을 위한 심리적 거리를 확보를 유도하는 소설적 상황, 우리는 이미 사회의 곳곳에 만연한 불안 속에 함몰되어 살고 있으며, 나아가 그러한 불안을 재생산하는 데 직간접적으로 관여하고 있다는 사실의 깨달음, 정신적인 공허 속에서 기인하는 불안에 휘둘리면서 그 대안이 모색하려는 시도 등을 거칠게나마 짚어

보려는 것이다.

2. 불안으로의 은밀한 동참

편혜영의 〈식물 애호〉(≪작가세계≫, 2014년 봄)는 서서히 불안에 잠식당하는 주인공의 무기력한 모습을 통해 오늘날 우리 사회를 감돌고 있는 불안의 위력을 단적으로 보여주는 작품이다. 평온하고 안정적인 일상의 이면에 잠복하고 있던 불안이 불시에 주인공의 삶과 일상을 덮치고 점령하여 위력을 과시한다. 불안을 벗어나려는 일체의 시도는 번번이 실패로 돌아가고, 뻔히 예상되는 섬뜩한 파국만이 남아 있다. 불안의 거센 물결 속에서 허우적대고 있는 주인공의 처지에 동정하고 연민하면서 우리는 불안의 시대를 살아가는 우리 자신의 애처로운 자화상을 발견하게 된다.

기실 편혜영의 작품에서 불안은 이미 익숙하게 다루어진 레퍼토리다. 역병과 시체로 가득한 '메멘토 모리'에 관한 이야기나 반복되는 일상의 굴레에서 한 치도 벗어나지 못한 채 동일성의 헤맴을 거듭하는 이야기들은 공통적으로 '삶의 불가해성'에 기반하고 있다. 기이하고 끔찍한 일에 휩싸이는 소설 속 인물들은 자신의 삶이 그러한 상황에 처하게 된 원인이 무엇인지 전혀 이해할 수 없다. 정체를 알 수 없는 무언가가 아무런 예고도 없이 우리의 삶을 점령하고, 그와 같은 예측 불가능성이야말로 바닥을 가늠할 수 없는 깊은 '불안'을 발생시킨다.

〈식물 애호〉에서 모든 일의 발단이 된 교통사고는 예측할 수 없는 우발적 사건의 전형이다. 교통사고가 발생하기 전 주인공은 안락한 생활을 누리고 있었다. 넓지는 않지만, 갖가지 꽃들로 아기자기한 맛을 풍기는 정원은 그의 안정적인 사회·경제적 지위를 보여준다. 정원 딸린 집을 구입하기 위해 주택대출을 받아야 했지만, 고정적 수입 덕분에 충분히 감당할 수 있다. 모든 수입과 지출은 철저한 예측과 계획하에 움직인다. 그러던 것이 불의의 교통사고로 인해 일시에 붕괴되었다. 여기서 독자의 동정과 연민은 예측 불가능한 사고로 인한 충격과 고통에 일차적으로 쏠린다. 안정적이고 확실하다고 믿었던 우리의 일상이 실제로는 얼마나 허약한 것인지, 또 그 속에는 얼마나 많은 불안의 요소가 잠복해 있는지를 알게 될 때 우리 독자는 경악하고 불안해하면서 자연스레 주인공의 고통에 동참하게 된다.

그러나 이 소설의 독특함은 예측 불가능한 사건이나 사고가 야기하는 불안과 고통을 그려내는 것이 아니라 그러한 사건·사고를 보다 더 섬뜩한 불안을 조성하기 위한 하나의 장치로 활용한다는 데 있다. 너무 당연한 말이지만, 불안은 아직 발생하지 않은 미래의 일이 현재의 심리 상태에 영향을 미친 결과다. 교통사고는 이미 발생했고, 그 결과 동승했던 아내는 사망했으며, 주인공은 불구가 되었다. 그는 혼자서는 대소변도 가리지 못하는 상태가 되었고, 이에 장모가 사위의 수발을 들어주겠다고 자청하면서, 소름 끼치는 '진짜 불안'이 시작된다. 소설 초반부 주인공의 고통에 관한 동정과 연민은 장모의 수상쩍은 행동이 유발하는 불안으로의 심정적 동참을 유도하기 위한 하나의 수단이었던 셈이다.

이 소설의 또 한 가지 독특함은 독자를 불안에 동참하게끔 유도했던 주인공이 독자를 향해 미묘한 배반을 감행한다는 데 있다. 주인공은 교통사고 발생의 근본 원인을 알고 있으면서도 독자에게는 침묵을 지킨다. 대신 그저 국도에서 제한속도를 넘었기 때문이라고만 밝힌다. 그러나 사고가 발생한 그날 '그녀'와의 약속이 있었으나 사고로 인해 약속을 지키지 못했다고 말하거나, '그녀'에게 전화한 것을 장모가 알아차린 후 전화가 불통이 되었다는 것, 장모의 수상쩍은 행동이 죽은 아내가 쓴 메모를 읽었기 때문이라 생각하는 것 등 이야기가 퍼즐 맞추기가 이루어진다. 퍼즐이 어느 정도 맞추어진 소설 후반부에 이르러 모든 사건의 발단인 교통사고는 주인공의 외도와 깊은 관련이 있음이 밝혀진다. 그것은 우발적으로 발생한 불의의 사고가 아니라 죽은 아내와의 불화가 발단이 된 필연적인 파국으로 재규정되는 것이다.

> 교통사고가 나면서 잃었다. 혹은 그보다 훨씬 더 전에. 얼마나 오래 전부터 이 모든 걸 결국 잃게 될 줄도 모르고 애써 달려온 건지 가늠하기 힘들었다. 아내는 이미 다 알고 있었다. 오기(주인공, 인용자)가 곧 모든 것을 잃게 될 거라고 했다. 자신이 그렇게 만들 거라고도 했다. 아내는 몹시 화가 나 있었고 오기에게 설득당할 여지가 없어 보였다. 아내는 오기를 자극했다. 위험을 무릅쓰고 운명을 향해 돌진하게 만들었다. 아내의 말이 맞았다. 아내가 그렇게 만든 게 아니라 오기 스스로 그렇게 했다는 게 다를 뿐. 그 일로 오기가 자신의 것이라고 믿었던 것은 모두 제 것이 아니게 되었다. 오기에게 남은 것은 힘을 못 쓰는 너덜거리는 몸뚱이와 그것을 의지할 침대뿐이었다.(201면)

모든 것을 잃게 만든 치명적인 과오는 결코 우연이 아니었다는 것이 이 소설이 내걸고 있는 메시지다. 불안은 오래전부터 영혼을 잠식하고 있었다. 우발적인 교통사고는 운명을 향해 돌진하게 만든 촉매에 불과하다. 그보다 훨씬 전부터 방향은 정해져 있었고, 충돌로 인한 파국이 예정되어 있었다. 어리석은 인간은 상대방을 향한 질투와 분노, 배신감에 눈이 멀어 명약관화한 파국을 피하지 못했을 뿐만 아니라 어떤 면에서는 자초한 측면이 있다.

이 소설은 무척이나 끈끈하고 텁텁하며 씁쓸한 뒷맛을 남긴다. 소설의 결말에 이르러 주인공은 "직감적으로 장모가 그날 무슨 일이 있었는지 알고 있다는 걸 느꼈다."(203면)고 밝힌다. 그는 아내의 죽음에 관한 비밀을 알아차린 장모가 자신을 파묻기 위해 정원에 커다란 구덩이를 팠을 것이라 생각하면서 불안에 떤다. 그가 느끼는 불안은 스스로 초래한 것이며, 자신의 어리석은 과오가 불안을 서서히 증폭시켰고, 결국 불안은 죽음을 초래하게 된다. 그러나 여기서 우리는 주인공의 어리석음을 비웃을 자격이 없다는 것을 알게 된다. 우리 주위를 둘러싸고 있는 불가해한 불안의 정체 역시 어쩌면 우리 스스로가 초래한 것일 수도 있을 테니까 말이다.

3. 괴담의 만연, 불안과의 동거

신주희의 〈당신은 말한다〉(≪문학사상≫, 2014.4)는 실체 없이 떠돌아다니는 '도시 괴담'을 한 편의 근사한 단편소설로 엮어낸 작품이다. 신선한 소재를 재빠르게 선점하는 능력뿐만 아니라 어디선가 한 번쯤 들어보았음 직한 괴담을 소설적 문장으로 변환하는 능력, 여기에 '당신'이라는 서술적 실험을 시도한 것이 합세하여 참신함을 이끌어내는 데 성공했다. 그 결과 이 소설은 '우리' 혹은 '당신'이 괴담으로 가득한 이 도시에서 불안을 끌어안은 채 살아가고 있다는 그리 유쾌하지만은 사실을 시인하지 않을 수 없게끔 한다.

소설에서는 '중국 베이비시터 괴담'이라는 키워드가 각종 포털 사이트의 인기 검색어 자리를 지켰다면서 실제로 1~2년 전 쯤 각종 인터넷 게시판을 뜨겁게 달구었던 괴담을 언급한다. 괴담은 육아 정보를 공유하는 유명 인터넷 카페인 '맘스홀릭'에 올라온 다음, 대형 커뮤티니 사이트인 '인스티즈'를 거쳐 급격히 확산된 것으로 알려져 있으며, 소설 속에서는 두 페이지 분량에 걸쳐 괴담의 내용을 소개한다. 약간의 각색을 거치긴 하였지만 조선족 베이비시터가 아이 둘을 납치하여 그 아이들의 장기를 밀매했고, 나중에 아이들이 장기가 모두 사라진 시신으로 발견되었다고 끝맺는 것은 동일하다. 소설은 한층 더 그로테스크한 색채를 덧입히고 있는데, 가령 장기가 사라진 시신에 대해 "이제, 쓸 만한 내장이 모두 빠져나간 몸에서는 피이, 피이, 바람 빠져나가는 소리만 들릴 뿐이다."(117면)라고 덧붙이는 식이다.

물론 〈당신은 말한다〉에서 '중국 베이비시터 괴담' 그 자체가 곧바로 소설을 이루는 것은 아니다. 괴담의 내용은 소설의 내용 전개와 관련하여 인용되는 방식을 취하고 있을 뿐, 소설이 괴담의 각색이나 재생산이라는 의미가 아니다. 오히려 소설에서 중심이 되는 것은 괴담의 내용을 사실로 받아들여 자신의 아이를 돌보는 베이비시터를 의심하는 '여자'의 불안한 심리 상태에 관한 묘사다. 소문을 접하고 불안해진 여자는 자신의 집에 CCTV를 설치하여 베이비시터의 행동을 몰래 감시한다. 음성은 빠진 채 화상만 전달되는 화면을 보면서 온갖 상상을 하던 끝에 여자는 극도의 불안 상태에 이르러 아이가 있는 집으로 달려간다. 의심이 점점 커지고, 그에 따른 불안의 강도가 세지는 것이 소설 전개에 따른 주된 감정 흐름이라 할 수 있다.

이 소설의 핵심은 주인공 '여자'가 괴담을 대하는 태도이다. 반복적으로 '팩트(fact)'를 강조하는 그녀는 자신이 진실과 거짓을 정확하게 분별할 수 있다고 믿는다. 인터넷 검색엔진 개발에도 관여하고 있으니 평범한 네티즌보다는 훨씬 객관적인 판단을 내릴 수 있는 인물일 수도 있다. 그러나 실상을 그렇지 못하다. 그녀는 자기가 믿고 싶은 것만을 믿는 트루시니스(truthiness)적인 성향을 보인다. 팩트를 찾아 판단을 하겠다고 하지만, 정작 그녀가 찾은 자료들은 괴담을 진실이라 단정한 다음 여기기에 모아놓은 또 다른 '괴담'들에 불과하다. 조선족 베이비시터에 대해서는 확고한 고정관념을 지니고 있기도 한데, 편견 내지 고정관념은 제노포비아(xenophobia)적인 측면으로 이어질 가능성도 엿보인다.

독자를 향해 '당신'이라는 부르는 서술적 실험은 여기에서 장점을 발휘한다. 서술자가 '당신은 말한다', '당신은 본다'라 서술할 때, 불안에 떠는 '여자'와 그것을 지켜보는 '당신' 사이에는 일정한 존재론적 경계가 '미약하게나마' 형성된다. 그것은 대단히 '느슨하다.' 만약 경계가 매우 뚜렷하고 강력했다면 불안이 점차 고조되는 여자의 심리적 변화에 독자는 공감할 수 없었을 뿐더러, 인물의 심리 변화에 서술 전개의 흐름을 의존하는 이 소설의 특성상 내용상의 흥미는 현저히 둔화되고 말았을 것이다. 반면 '여자'와 '당신' 사이에 아예 경계가 존재하지 않으면, 이 소설은 괴담의 변형 내지 재생산으로 추락하고 만다. 엽기적인 소문에 영향을 받은 우스꽝스러운 해프닝이 되고 만다는 것이다. 이 소설이 단순한 해프닝에서 한두 걸음 물러서서 진실과 거짓을 판단하기 위한 거리 내지 경계를 확보할 수 있게 하는 힘은 바로 '당신은 말한다', '당신은 본다'에서 나온다.

그렇다고 해서 당신 곧 독자가 신중한 판단력을 갖춘 이상적인 존재로 설정되는 것 같지는 않다. 그와는 반대로 소설의 결말을 보았을 때 당신은 다소 불안정한 존재로 여겨지는 듯하다. 서술자는 "당신은 이런 결론이 마음에 들지 않는다. 당신은 당신과 상관없는 이야기들이 조금 더 드라마틱하게 연출되기를 바란다."(135면)라고 말함으로써 당신이 괴담을 은연중에 기대하고 있다는 점을 지적한다. 당신이야말로 괴담의 소비자, 생산자, 유통자라는 비판이다. 그 결과 우리 사회에는 괴담이 만연하게 되었고, 우리는 불안과 동거하면서 살게 된 것이 아니냐는 일침이다.

소설의 결말에서 당신은 괴담을 재생산하는 존재로 제시된다. "이상한 자장가를 부르는 여자를 조심하라고, 당신이 누군가에게 말한다. (…) 당신은 말한다. 그 목소리는 어느 때보다 낮고 고요하다.(135면)" 당신이 누군가에게 괴담을 전달함으로써 불안을 자극하고, 그 누군가는 또 다른 누군가에게 괴담을 전달하여 불안을 확산시킨다는 것이 사회적 불안 확산의 기본 과정이다. 이제 우리는 개인적 감정 차원을 넘어서 집단 전체의 근거 없는 불안에도 쉽게 흔들리는 존재가 되고 있음을 이 소설은 꼬집고 있는 것이다.

4. 정신적 허기로서의 불안

주지영의 〈인간의 구역〉(≪문학나무≫, 2014. 여름)은 극심한 정신적 허기에 시달리고 있는 현대인을 독특한 시선에서 그려내고 있는 작품이다. 여타의 소설과는 달리 경제적으로 상류층에 속한 인물을 주인공으로 내세워 호사스러운 생활양식을 제법 상세히 다룬 것도 눈길을 끌고, 물질적 풍요함의 대척점에 생태학적 가치 지향을 내걸어 대결 양상을 펼치는 것도 특색이 있다. 이러한 시도들은 남편과 불화를 빚는 가족 관계 내의 극심한 불안을 기본적인 배경으로 펼쳐놓고 있는데, 이때의 불안이라는 정서는 비단 가족 내의 갈등 차원을 넘어 주인공의 사회경제적 지위에 대한 시선과도 일정하게 관련을 맺고 있다는 점에서 각별한 주의가 필요하다.

서사의 전개에서 전경화되어 있는 불안은 남편의 외도와 혼외자식으로 인한 부부 관계의 파탄에 대한 두려움에서 비롯한다. 난소제거 수술을 받은 '나'는 더 이상 아이를 가질 수 없는 여자다. 그 때문에 '나'는 이웃집 여자의 배에 난 제왕절개 수술 자국을 남몰래 부러워하기도 하고, 아이를 키우는 여자에게 극심한 열패감 내지 질투를 느끼기도 한다. 사망한 부모가 물려준 막대한 유산 덕분에 원하는 것이면 무엇이든 다 소유할 수 있지만, 아이만은 가질 수 없다는 설정이다.

자신에게 가장 결정적이고도 소중한 무언가가 결여되었다는 인식의 끝에는 깊은 공허감과 불안이 자리하고 있으며, 늘 "입 안으로 무언가를 집어넣어야 불안함이 사라졌다."(196면) 부모와 자식, 모성과 아기 사이의 관계 욕구(Relatedness Needs)가 차단 내지 좌절되었을 때 존재 욕구(Existence Needs)로 퇴행해버린 것이다.(C.P. 앨더퍼) 영구불임으로 인한 정서적 · 정신적 허기가 생기자 극도의 불안감이 엄습하였고, 폭식으로 불안과 스트레스를 해소하고자 한 것이다.

이에 이 소설은 상실한 모성성으로 인해 채워지지 않는 정신적 허기를 섬뜩하리만치 생생하게 그려낸 작품이 된다. 욕망의 결여를 대체하기 위해 요가, 헬스, 수영, 스쿼시로 철저한 몸 관리를 하고, 아파트를 옮겨 모든 생활을 새롭게 시작하고자 한다. 그런데 여기서 '섬뜩하다'라고 표현한 것은 그러한 시도가 결정적인 국면에서 처절하게 허물어지는 모습을 보이기 때문이다. 이웃집 여자가 아이를 자랑하면 '나'는 자신을 '난소를 떼어버린 여자, 생명을 잉태할 수 없는 여자'(200면)로 규정하며 자존감을 현저히 상실한다. 때로는 허기가 져서 손에 집히는 대로 음식물을 입안으로 쓸어 넣는 폭식증의 증상을 보이기도 한다. 더 처절함의 극단으로 치달으면 정신적 허기는 핏덩어리로 변하여 섬뜩한 모습을 드러낸다. 새벽에 양재천변에서 보았던 검붉은 핏덩어리란 '난자당한 내 난소, 남편에게 버림받은 내 육체'(211면)이다.

'나'는 작품의 시작부터 끝까지 서술의 관점을 홀로 견인하고 지탱

하는 주인공이다. 그녀가 불임이 된 사연, 그로 인한 정신적 허기와 폭식증 등을 따라가다 보면 상당 부분 감정 이입이 되는 것이 사실이다. 상실된 여성성의 복원에 대한 간절한 소망에 대한 애잔함이 들기도 한다. 그러나 이 소설은 그러한 애잔함보다는 '검붉은 핏덩어리'를 내동댕이치는 과감함을 끝까지 멀고 나가려는 의지를 보인다. 결여된 생명력으로 인한 정신적 허기를 채우기 위한 그녀의 노력이 물질적 부유함을 수단으로 삼을 때, 그 결과는 오히려 생명을 짓밟는 폭력적인 방식으로 돌출되고 있음을 여과 없이 보여준다.

'나'는 돈으로 인간관계를 대체할 수 있다고 믿는 물신주의적 면모를 보인다. '나'는 물질적 풍요로움을 내세우는 것이야말로 자신의 정신적 허기와 공허감을 감출 수 있는 효과적인 방법이라 믿는 인물이다. '나'는 남편의 아이를 낳은 여자에게서 아이를 빼앗아 버리겠다고 결심하면서, "그깟 여자한테야 아파트 한 채면 되겠지."(201면)라고 생각한다. 자신이 그토록 간절히 소망하던 생명을 아파트라는 물질과 '교환'할 수 있다고 믿은 중대한 착각의 상태. 아이가 아프다는 연락을 받고 현관을 나가려는 남편에게 '나'는 "당신! 지금 나가면 끝이야. 빈털터리고 살고 싶어?"(213면)라며 돈을 무기로 협상을 시도한다. 이렇듯 '나'는 인간의 관계를 돈으로 맞바꿀 수 있다고 믿는 속물이다.

물질로 모든 것을 해결할 수 있다고 믿는 인간과 그 인간의 구역. 그곳은 정신적 허기를 물질로 채울 수 있다는 거대한 착각과 생명을 물질로 교환하려는 정신적 폭력이 넘쳐나는 곳이다. 정신적 허기로서의 불안에 시달리면서도 그것을 물질의 힘으로 해결할 수 있다고 믿는

'나'를 향해 남편은 '사람 냄새가 나지 않는다'고, 그래서 '숨이 막힌다'고 비난한다. 천변의 거지도 '나'를 향해 생명에 대한 배려가 부족하다는 의미에서 '인간의 구역에서 사육되는 짐승'(214면)이라 부른다. 정신적 허기와 공허감을 결코 충족시킬 수 없는 삭막한 물질의 공간, 사람 냄새가 부족한 공간, 생명력이 상실될 불모의 공간에서는 언제까지나 불안이 계속될 수밖에 없을 것이라는 사실을 이 소설은 역설하고 있다.

5. 불안의 해법은 없는가

불안이 증폭되는 시대에 불안이라는 키워드에 소설적 관심이 기울여지는 '현재 진행형의 상황'에서 해법을 요구하는 것은 여간 어려운 일이 아니다. 자칫 불안의 해결에 관한 소설적 대답을 억지로 요구한다면 어설프고 소박한 수상록에 그칠지도 모른다. 소설적 진실에 이르지 못한 낭만적 거짓에 머물 우려가 있다는 것이다. 실제로 앞서 소개한 세 작가는 공통적으로 불안에 휩싸인 인물을 소설적으로 스케치하는 데 많은 노력을 할애하고 있다. 설령 불안에 노출된 소설 속 인물이 심리적 압박에 짓눌려 패배할지라도 운명과 생활의 진실을 보여주는 것이 소설의 임무인 것은 당연하다.

그럼에도 불구하고 불안을 극복하기 위한 해법의 방향성은 어느 정도 가늠할 수 있을 듯하다. 〈인간의 구역〉에 나오는 '인간의 구역'과 '짐승의 구역' 사이의 위계에 대한 반성적 인식을 한 예로 들 수 있다.

강남의 고급 아파트로 표상된 '인간의 구역'은 우아하고 세련됨으로 주변 지역을 압도하고 압도적인 사회·경제적 우위를 차지하지만, 털이 날린다고 강아지를 버리는 매몰찬 생명 경시의 구역, 돈으로 생명이나 인간관계를 교환할 수 있다는 믿음이 통용되는 비도덕적인 구역으로 격하된다. 인간의 구역과 짐승의 구역 간의 위계가 거꾸로 뒤집히는 것이다. 이 소설을 생태주의적 관심이 반영된 작품으로 볼 수 있다면 바로 이러한 지점이 우리에게 하나의 가능성을 보여준다고 할 것이다.

또 하나의 예는 불안을 주된 소재로 한 작품은 아니지만 이장욱의 〈크리스마스 캐럴〉(≪문학동네≫, 2014 여름)의 결말 대목을 들 수 있다. 이 소설은 찰스 디킨스의 동명 소설을 명백히 연상시키는 작품으로 스크루지가 유령을 만나고 나서 이기적인 구두쇠에서 선량한 인물로 개심하는 것이 원작의 줄거리였다면, 주인공이 아내의 전 남자친구를 만나고 집에 돌아와 보니 아내가 노파로 변해 있더라는 것이 줄거리다. 불안이라고는 일말의 흔적조차 찾을 수 없을 만큼 자신감으로 가득한 잘 나가는 투자자문회사 CEO가 집에 돌아와 마주한 아내의 얼굴은 다음과 같이 죽음을 떠올리게 하는 해골의 이미지로 묘사된다.

> 와이프라고 할 수 없는 이상한 여자의 얼굴이 거기 있었다. 얼굴을 온통 뒤덮고 있는 잔주름들… 검푸르게 죽어 칙칙한 피부색… 퀭하게 살 속으로 파고들어간 눈… 흐물흐물 늘어진 목덜미의 살갗… (192면)

노파가 되어 누워 있는 아내는 '해골'의 이미지면서, 그만큼 시간이 경과했음을 알려주는 '시계'의 이미지이기도 하다. 바니타스 미술(Vanitas art)의 중요한 상징인 두개골과 모래시계(필립 드 샹페뉴(Philippe de Champaigne)의 〈바니타스(Vanité)〉를 참조)를 소설적으로 변용하여 결말에 배치한 것이다. 모든 것이 죽음과 시간 앞에서 헛되다는 관념의 상기, 투자자문회사의 CEO가 누리는 물질적 사치 역시 노파가 되어 누워 있는 아내 혹은 죽음 앞에서는 헛된 것에 불과하다.

이처럼 죽음이라는 근본적인 존재론적 불안이 암시하는 것은 결국 인간적 미덕에 대한 진지한 관심의 촉구가 된다. 앞서 언급된 편혜영의 〈식물 애호〉의 마지막 장면에 흐릿하게 암시되어 있는 죽음 역시 같은 맥락에서 해석될 수 있을 것이다. 나아가 불안에 대한 진지한 소설적 탐색을 시도한 신주희의 〈당신은 말한다〉의 궁극적 주제 역시 이러한 반성적 사유에 간접적으로 연결된다고 할 수 있다.

삶의 확실성으로서의 감각들

향기에 취하다, 향기에 홀리다

의식의 저편에서 한 인간의 삶에 지속적이고도 결정적인 영향력을 행사하는 '운명에의 이끌림' 같은 것이 과연 존재하는가? 이 질문에 자신 있게 대답할 사람은 그리 많지 않은 듯하다. 너무나 높고 멀리 있는 질문인 듯하여 대부분의 평범한 사람들은 그런 질문에 기가 질리고 말 것이기 때문이다. 그렇다면 "어떤 과일을 좋아하느냐"라는 질문은 어떤가? 어색한 분위기를 깨뜨리기 위해서, 그저 지루한 시간을 때우기 위해서 누군가와 한두 번쯤 주고받았을 법한 질문이다. 이승우의 〈복숭아 향기〉(≪문학동네≫, 2014 봄)는 이와 같은 평범하고도 진부한 질문을 통해 '운명에의 이끌림'이라는 묵직한 주제를 가볍게 들어 올리는 묘기를 발휘하고 있다.

여기서 "어떤 과일을 좋아하느냐"라는 질문에 대한 대답은 그리 중요하지 않다. 질문의 목적 자체도 시시할뿐더러 대답 역시 각자의 취향에 따라 저마다 다른 과일이 나오는 것이 당연하다. 문제는 소설 속 주인공인 '나'가 딱히 좋아하는 과일이 없음에도 불구하고 매번 '복숭아'라고 대답했다는 데 있다. 그야말로 별다른 의식 없이 툭 튀어나온 것이 '복숭아'였고, 어떤 상황에서든 대답은 한결같이 '복숭아'였다. 아무 생각없이 내뱉은 대답이란 어쩌면 오랫동안 무의식의 깊은 곳에 자리하고 있던 대답일 수 있음을 프로이트는 지적하지 않았던가. 이에 "어떤 과일을 좋아하느냐"라는 식상한 질문은 의식의 저편 깊숙한 곳에 감추어진 운명의 비밀에 다가가는 하나의 실마리가 된다.

> 나는 지도 위에 적힌 도시들의 이름을 왼쪽에서 오른쪽으로 순서대로 한 번, 그리고 반대방향으로 한 번 천천히 발음해보고, 망설임 끝에 남서쪽 끝에 있는 M시를 골랐다. 꽤 긴 망설임 끝에 골라놓고는, 애초에 그 도시를 고르기로 되어 있었다는 생각을, 고른 다음에 했다. 아마도 복숭아 때문이었겠지만, 몇 번씩 조사를 하더라도 변함없이 M시에 표기했을 거라는 생각이 무슨 확신처럼 뒤따라왔고, 그 생각은 과거의 몇 번의 조사에서도 늘 같은 답을 한 것 같은 기분과 뒤섞였다.(189면)

희망하는 근무지를 선택할 때도 'M시'라는 대답이 의식의 저편 너머에서 솟아올랐다. 자신이 태어난 곳이라 들었고, 자신의 아버지가 그곳의 신문사에서 근무했었다는 말을 듣기도 했으나, 정작 '나'는 서른이 다 되도록 한 번도 M시를 방문한 적이 없다. M시에 관한 기억은 남은 것이 없고, 또한 M시에서의 어머니도 상상하지 못한다. 적어도 의식 속에서는 어떤 식으로든 연결된 것이 없다. 그럼에도 불구하고 애초부터 그 도시를 고르기로 되어 있었다는 막연하고 확신에 찬 생각이 든다. 이것은 경외스러운 기시감의 일종이다. '천 년쯤 전에 번성했다는 풍문 속의 어떤 도시처럼 아득한 인상을 주는 곳'(192면)이 M시이며, '나'는 기시감에 사로잡혀 고대 도시를 발굴하러 떠나는 고고학자로 변신한다.

> 나는 이미 천 년 전의 먼지를 뒤집어쓴 상태였다. 자욱한 먼지들은 공중에 떠오르기 전까지 그 먼지들이 들러붙어 있던 대상을 주목하게 했다. 먼지가 날리지 않았으면 보이지 않았을 것들. 보이지 않았으면 보지 않았을 것들. 그러나 보였으므로, 보인 다음에는 보지 않을 수 없었다. 나는, 세월의 먼지를 뒤집어쓴 채 발굴되기를 기다리고 있는 더 많은 유물들을 향해 다가가고자 했다. 나는 이 충동이 다소 낯설었지만 제어해야 한다고 생각하지 않았고, 제어하고 싶지 않았다. 아니, 제어할 수 있는 것으로 생각하지 않았다. 그것은 어딘가로부터의 거역할 수 없는 어떤 부름처럼 여겨졌다.(194면)

'나'가 시간의 먼지 속에서 흘깃 본 것은 자신의 출생을 둘러싼 비밀이었고, 자신의 근원인 아비였으며, 자신의 운명이기도 했다. "나는 내 존재가 거짓에 기반하고 있다는 선고를 받을까 봐 두려웠다."(201면)라고 고백한다. 하지만 '아비'라든가 '운명'이라는 것은 피하고 싶다고 해서 피할 수 있는 것이 아니라고 소설은 말한다. 오히려 거역할 수 없는 당위적 명령 내지 제어할 수 없는 충동에 가까운 것이기에 그곳에 이끌려 갈 수밖에 없다고 말한다. 이 점에서 이 소설은 이성과 의지를 명확하게 앞세운 모험기가 아니라 사이렌의 유혹에 이끌려 가는 표류기의 형식에 더 가깝다. 또한 거부할 수 없는 묵직한 운명의 무게와 한판 대결을 벌이는 것이기에 처량하면서도 황홀한 색채를 강하게 띠고 있다.

> 그런데 왜 그랬을까, 나는 그 사람이, 받아들여졌어. 천지를 뒤덮은 복숭아 향기 때문이었을까, 그 사람이 어찌나 측은하던지 마음이 저절로 그쪽으로, 마치 넝쿨손이 그런 것처럼, 쭉 뻗어나가는 걸 어쩔 수가 없었어. 나도 모르게 그만, 상 위에 떨어져 있는 그 사람 얼굴을 손으로 받쳐서 내 무릎에 올려놓고 야윈 등을 가만가만 쓰다듬었어. 그런 채로 한 시간을 있었어. 천지에 복숭아 향기만 가득했지. 취하는 것 같았어. 복숭아 향기 탓인지 어딘가 다른 데서 온 것 같은 묘한 분위기의 그 사람 인상 때문이었는지 모르겠어. 살과 뼈의 감각과는 다른 느낌을 주는 사람이라고 느꼈는데, 그것도 복숭아 향기에 홀려서 그랬는지 몰라. 그런 느낌이 내 마음을 물처럼 흐르게 했는지 몰라. 그때 이런 생각을 했어. 아, 사람의 운명이란 게 이렇게 정해지는가 보구나.(205면)

천 년의 시간을 거슬러 '나'가 도달한 곳은 자신의 생명이 잉태된 출발점, 아버지의 무덤이며, 환각에 견인되어 어머니의 일생이 뒤바뀐 지점이다. 생명과 죽음과 삶이 고스란히 중첩된 그곳에서 '나'는 절대적인 경건함 앞에 무릎을 꿇고 고개를 숙일 수밖에 없다. 그러나 무엇을 향한 애도인지 혹은 위로인지는 단정할 수 없다. 그저 운명에의 이끌림이 '나'를 그곳에까지 데려왔을 뿐이다. 사람의 운명이란 인간적인 의지와는 무관하게 복숭아 향기에 취하고 향기에 홀리는 것이라는 엄숙하고 경건한 사실만이 덩그러니 놓여 있을 뿐이다.

향기란 색깔도 형체도 없어 보거나 만질 수 없는 그런 것이 아닌가. 다만 향기는 공기 중에 퍼져 있던 것이 숨을 쉬면서 슬쩍 폐부로 스며들 때 감지될 수 있다. 간혹 향기가 나는 곳을 따라가다 보면 평소에 닿지 못했던 새로운 곳에 이를 수도 있다. 인간의 운명이란 향기와 같은 것이어서 의식될 수도 없고, 예측할 수도 없다는 것이 이 소설이 그려내고 있는 애처로운 인간적 삶의 진실이다. 동시에 인간의 운명 혹은 향기는 언제나 우리의 숨결 속에서 아련하게나마 그 흔적이 남아 있어 지속적이고도 결정적인 영향력을 행사하고 있다는 것이 이 소설이 우리에게 상기시키는 조용하면서도 엄숙한 메시지다.

이제 '어떤 과일을 좋아하느냐?'는 질문은 '당신은 지금 어떤 향기를 떠올리고 있느냐?'로 바꾸어도 좋을 듯하다.

가려움과 진물의 확실성

강영숙의 소설에서는 신문 르포기사에서 다룰 법한 우리 사회의 어두운 면이 빈번히 소재로 다루어진다. 그렇다고 해서 소설이 곧장 논픽션의 색채를 띤다는 것은 아니다. 오히려 현실의 어두운 면에 소설적 상상력을 발휘함으로써 어두움을 더욱 진하고 불길하게 만들어 충격적인 대상으로 만들어 버리는 경우가 많다. 종로 탑골공원을 배경으로 한 〈아토피안〉(≪문학사상≫, 2014.2) 역시 예외는 아니다. 소설은 어둡고 침침한 골목을 걸어가는 여자의 발걸음을 따라가는 것으로 시작된다. 여자를 따라 독자는 우리 사회의 어둡고 불길한 장소로 서서히 다가간다. 소설의 서술은 대부분 우리가 무심코 지나쳤던 그곳에서 벌어지는 온갖 추태와 더러움을 하나씩 들추어내고 냄새를 맡아보는 작업이라 그리 유쾌하지는 않다.

> 여자는 공원 방향으로 걸었다. 상가 건물을 뚫고 중앙에 나 있는 2차선 도로 양옆으로 좁다란 인도가 보였다. 여자는 그 인도에 진입할 때마다 묘한 두려움을 느꼈다. "저기 들어가면 성해서 못 나온다." 어릴 때 들었던 무서운 장소에 관한 얘기가 떠올랐다. 공원으로 가는 가장 빠른 길은 대낮임에도 어둡고 침침했다.(111면)

여자는 어두운 골목을 걸으며 두려움을 느낀다. 어릴 때 들었던 무서운 이야기가 상기되기 때문이다. 어린 소녀에게 두려움으로 각인된 어둠이란 대개 성적인 불길한 예감일 터, 어두운 골목에 관한 동네 어른들의 모호하지만 분명한 경고는 성인이 되어서도 여전히 여자의 뇌리에 깊이 박혀 있다. 여자는 성인전화방에서 잡일을 도맡아 하면서 생계를 꾸린다. 전화방을 찾아온 남자 손님들은 여자에게 짓궂은 성적 농담을 던진다. 여자는 태연한 척 자신의 할 일만 하겠다는 태도를 취하지만 사실은 손님이 던진 농담에 두려워하고 있다. 나이 들고 자식까지 낳았지만 종로 한복판에서 여자는 여전히 성적 마수에 걸려들까 두려워하는 어린 소녀에 불과한 셈이다.

누군가는 그처럼 두렵다면 좁고 어두운 골목 대신 넓고 밝은 대로로 걸어가라 권할지도 모른다. 그러나 여자는 그러한 충고를 따를 수 없다. 때로는 무한한 두려움이 상기되는 그 길이 공원으로 가는 가장 빠른 길이기 때문이다. 그 길을 통과해서 걸어가야만 더럽고 추잡하지만 알량한 돈벌이를 할 수 있다. 이 점에서 소설 초반부에 제시된 위태위태한 그 골목길은 여자의 사회경제적 상태를 압축적으로 보여주는 효과적인 서사적 장치다. 다른 쪽으로 돌아가면 두려움 따윈 느끼지 않겠지만, 그런 사실을 뻔히 알면서도 계속 그 골목길을 걸어 다니기를 반복할 수밖에 없는 것이 그녀의 생활이고 생계다.

여자가 늘 걸어 다니는 그 길에는 성적 욕구를 해결하기를 원하는 남자 노인과 그런 남자들에게 몸을 파는 늙은 여자 노인이 즐비하게 서 있다. 공원 입구는 칙칙하고 더러웠다. 어리고 순결한 소녀에게 무한한 성적 불길함을 던져주는 공간이다. 때로는 남자 노인들이 여자를 향해 추파를 던진다. 남자 노인들은 여자를 몸을 파는 여자 노인으로 오인한 것이다. 그러나 여자는 자신은 그런 여자가 아니라고 항변하거나 애써 오해를 풀려고 하지 않는다. 오히려 여자는 어느새 낯선 노인 남자의 이끌림을 따라 여관에 들어가고 만다. 여관으로 들어가면서도 한번 들어가면 성해서 못 나온다는 어린 시절 동네 어른들의 경고를 떠올렸을 것이다. 그렇기에 여자는 스스로 자기 자신이기를 포기한 유체이탈한 자의 심정으로 모텔에 걸어 들어간다.

나이 든 노인 여자는 정체를 알 수 없는 노인 남자를 따라 종로 4가 쪽으로 걸어간다. 버스 정류장도 비어 있고 길거리 맥줏집도 비어 있다. 남자 하나가 술에 취해 두 발을 쭉 뻗고 앉아 중얼거린다. 여자는 이 길이 생전에 처음 가보는 길이라 믿는다. 도로 표지판의 화살표

> 도 다른 곳을 향해 있고 모든 이정표가 잘못 붙어 있다고 믿는다. 사람들은 눈이 한 짝씩 없거나 다리 하나가 없어도 불행해하지 않는, 모두 이상한 곳에서 온 사람들이라고 믿는다. 그렇게 생각하지 않으면 이런 밤길에, 낯선 노인 남자를 따라가는 것은 미친 짓, 흔하디흔한 꿈만도 못한 일이라고 중얼거린다. 외장 타일이 변색된 모텔 건물, 익숙하면서도 역겨운 락스 냄새, 검은색 단화를 신은 자신의 발이 그 건물 안으로 들어가는 것을 여자는 본다. 그 신발 끝을 계속 내려다보고 있다. 자신의 신발이라고 믿지 않기 때문이다.(120-121면)

여자에게 공원 앞 모텔까지 가는 길은 눈을 감고도 걸을 수 있을 만큼 익숙하다. 어둡고 침침한 골목길을 통과하여 걸어 다니기를 반복하는 것이 여자의 일상이며, 그런 누추한 길 자체가 여자의 인생에 관한 비유다. 그러나 그처럼 익숙한 길을 걸어가면서 여자는 그 길이 '생전 처음 가보는 길'이라 믿는다. 아니, 그녀는 그렇게 믿고 싶을 뿐이다. 그렇게 믿기 위해서는 거리의 모든 이정표가 틀렸으며, 길가에 서 있는 사람들은 모두 이상한 곳에서 온 사람들이어야 한다. 자신의 일상과 인생을 송두리째 부정하고 싶은 심정이다. 부정의 대상은 자기 자신도 예외가 아니다. 심지어 그 길 위에 자신을 지탱하던 가장 확실한 증거물인 신발을 내려다보면서 그것이 자신의 신발이라고 믿지 않는데까지 나아간다. 처량한 자기기만이고 자기학대다.

여자가 처한 상황과 자기 환멸의 감각은 성인 아토피에 시달리는 딸의 고통을 통해 소설적으로 포착된다. '핏줄이 다 터질 것 같은' 가려움을 동반하는 "아토피의 세계는 지진이나 태풍보다 더하면 더했지 덜하지 않았"(122면)지만 그러한 고통은 오직 아토피 환자만이 감내해야 하는 것이다. 아토피 환자인 딸은 가려움 탓에 밤새 온몸을 긁다가 지금은 진물을 흘리는 흉측한 몰골로 지쳐 쓰러져 있지만 세상은 아토피안의 가려움을 결코 헤아리지 못한다. 어둡고 침침한 골목으로 걸어 들어가 공원 앞 모텔에서 늙은 남자 노인의 성적 욕구를 채워주는 여자의 두려움과 고통 역시 오직 여자 혼자서만 감당해야 할 몫이다. 탑골공원을 취재하러 온 리포터는 여자를 향해 역사적인 장소에서 성매매가 이루어진다는 것이 부끄럽지 않으냐고 질문한다. 사회문제 운운하는 어리고 예쁜 리포터는 아토피 환자의 가려움으로 인한 불면의 밤을 결코 이해할 수 없다. 여자는 리포터의 얼굴에 침을 뱉으며 이렇게 말하고 싶어 한다. "내 딸도. 너처럼 살고 싶었다고. 내 딸도. 너처럼."(128면)

소설에서 아토피는 가려움이라는 원초적이고 즉물적인 감각 혹은 고통을 통해 사회문제에 관한 일체의 분석적인 언설을 압도한다. 결말에서 여자는 알지 못하는 노인 남자와 함께 낡은 여관에 들어간다. 지금 여자는 잠시 웃으며 남자 노인과 대화를 주고받지만, 조금 있으면 가짜 신음 소리를 내면서도 '공과금, 병원비, 점점 늘어나는 몸속의 혹들, 자식들 걱정, 음식 냄새……'(116면)를 떠올릴 것이다. 남자 노인의 낑낑거림이 그치고 나면 여자는 여전히 자기를 부정하고, 혐오하며, 가려움에 밤새 온몸을 긁어댈 것이다. 벗어나고 싶지만 결코 벗어날 수 없다는 것이 아토피라는 질병의 지긋지긋함이다.

여자는 올봄의 연등축제 때까지만 공원에 나오겠다고 생각하지만 그때가 된다고 해도 상황은 별반 달라지지 않을 듯하다. 아토피란 현대 의학으로는 일시적인 증상을 덮고 완화할 수만 있을 뿐 근본적인 치료가 힘든 불치병이 아닌가. 아토피를 치료하기 위해서는 생활 습관 선반이 바뀌어 사람의 체질 자체가 변해야만 한다. 그러나 여자에게 그러한 충고는 너무나 요원하고 비현실적으로 들린다. 소설의 결말에서는 그때가 되어도 여자는 여전히 아토피로 인해 진물을 흘리고 있을 것이며, 세상은 계속해서 그녀의 고통에는 아랑곳하지 않은 채 그녀를 향해 손가락질만 할 것 같다는 절망만이 무겁게 감돌고 있을 뿐이다. 여자의 아토피는 결국 우리 사회의 아토피라고 소설은 말하고 있다.

확실성의 감각과 만 보 걷기

김미월의 〈만 보 걷기〉(≪문학과사회≫, 2014 봄)는 작가가 여전히 '서울의 산책자'임을 자처하고 있음을 명백히 보여주는 작품이다. 서울에 관한 작가의 관심은 실로 집요하다. 그간 작가의 작품 속 주인공들은 서울의 무수한 방에서 스스로를 유폐시키곤 했다. 한동안 피시방, 하숙방, 편의점 등을 전전하던 소설 속 주인공들은 어느새 서울의 길거리로 나와 테헤란로를 걷고 플라자호텔과 명동 거리를 누볐다. 시골에서 올라온 촌놈들은 서울 거리가 상징하는 청춘의 꿈에 넋을 잃어 달려들었고 나이를 먹고 나서 그 꿈이 어느덧 일상이 되어버렸음을 깨닫곤 하였다. 과거의 꿈과 현재의 일상 혼재되어 있는 공간이 김미월 소설의 서울이며, 간혹 주인공들은 서울이 아닌 인천이나 (작가의 고향인) 강릉에 잠시 머물렀다가도 결국 서울로 발걸음을 돌린다.

이 소설이 춘천을 배경으로 하고 있음에도 불구하고 최종의 목적지는 서울로 설정된다. 소설 속에서는 서울역에서 출발하여 춘천의 팔호광장으로 향하는 것으로 끝이 나지만 주인공은 머지않아 다시 서울로 돌아올 것이다. 춘천이란 서울의 일상에서 잠시 벗어나는 일종의 산책이며, 과거의 연인을 추억하기 위한 회상의 장소다. 산책은 다시금 일상으로 돌아오기 위한 재충전의 활동이며, 과거의 회상은 결국 현재의 삶을 풍부하게 하기 위한 성찰과 반성의 과정이다. 모든 것은 서울로 돌아오기 위한 준비 과정이며, 서울에서 잠시 벗어남으로써 맛보게 되는 신선하고 색다른 감각의 확인이 소설의 전부를 이룬다고 해도 과언이 아닐 것이다.

> 서울역을 빠져나올 때까지만 해도 아무렇지도 않았는데, 최소한 아무렇지 않은 것 같다는 착각이라도 할 수 있었는데, 지하철 좌석에 머빈과 나란히 앉고 나니 미래는 불현듯 제 머릿속을 선명하게 들여다볼 수 있었다. 그 안에서 출렁거리고 있는 것은 불안 혹은 불편이었다. 아무렴, 머빈 역시 아무렇지도 않지는 않은 것 같았다.(228면)

주인공 미래가 서울을 벗어나 춘천으로 산책을 가게 된 경위는 단순하다. 외국인 친구 머빈이 한국을 방문하였고, 미래는 관광 가이드를 약속했다는 것, 머빈은 춘천을 가보고 싶어 했고 미래는 가이드로서 그와 동행하게 되었다는 것. 그러나 춘천이라는 곳은 약간의 '불안 혹은 불편'이라는 감정을 수반하는 장소다. 미래에게 춘천은 한때 연인이었던 아미와의 추억이 서려 있는 곳이고, 그렇기에 청춘의 한 시기를 고스란히 얼려놓은 냉동보관실 같은 곳이기 때문이다. 미래가 느끼는 '불안 혹은 불편'이란 미처 정리되지 못한 냉동보관실의 추억을 되살릴 때 의도하지 않았던 무언가가 튀어나오지 않을까 싶은 예감에서 기인하는 것이며, 상대적으로 안정적인 현재 서울에서의 일상에서 멀어질 때 유발되는 불안정함에서 초래되는 것이다.

> 미래가 아미를 아직까지 잊지 못하고 있었느냐 하면 그런 것은 아니었다. 그를 지금도 사랑하는가 하면 그것도 아니었다. 다만 그녀는 자신의 인생 어느 한때 아미가 옆에 있었고 지금은 없다는 것을 떠올릴 때마다 허전했다. 자신이 아미에 대해 하나씩 하나씩 어렵게 알아낸 것들이 결국 아무짝에도 쓸모없는 것이 되어버렸다는 사실이 참담했다.(246면)

> 아미와 나는 날마다 함께 춘천 시내를 걸었어. 걸어다녀야 진짜 춘천을 들여다볼 수 있다며 그는 제 고향을 소개해주듯이 이 도시의 곳곳을 내게 보여주었지. 우리는 팔호광장에 떡볶이를 먹으러 갔고, 조각공원에서 열린 야외 그림 전시회를 보러 갔고, 춘천여고 운동장 한복판의 목백합 나무를 보러 갔고, 무엇보다 새벽에 소양강 다리를 건너는 것을 좋아했어. 그와 걸을 때마다 나는 늘 만보기를 차고 있었어. 일부러 리셋 버튼을 누르지 않아서 걸음걸이 수가 날마다 누적되었어. 내가 아미를 처음 만났을 때 만보기의 숫자는 10000. 내가 그를 마지막으로 보았을 때는 99999였어. 만보기가 보여줄 수 있는 최대치의 숫자지. 그 후로는 아무리 걸어도 숫자가 올라가지 않았어. 어쩐지 그게 아미와 나만의 추억이고 역사이고 정표인 것 같아서 나는 그와 헤어진 후에도 리셋 버튼을 누르지 않았어. 그런데 말이야. 그 만보기, 지금은 어디에 처박혀 있는지도 몰라.(246-247면)

미래의 '불안 혹은 불편'은 결코 과거의 아름다웠던 그 시절로 되돌아갈 수 없다는 사실을 시간이 흐른 지금 시인할 수밖에 없는 무력감에서 비롯한다. 미래와 아미가 하나씩 만들었던 추억은 춘천의 곳곳을 자신들의 두 발로 걸어 다닌 끝에 건져 올린 결과물이다. 직접 걸어 다니면서 밟아나간 청춘의 장소들에 서려 있는 추억은 시간이 흐른다고 해도 잊히지 않는 하나의 확실성으로 남아 있다. 시간이 제법 흘렀기에 헤어진 연인을 잊지 못하거나 하는 차원의 문제는 아니다. 그것은 헤어진 연인에 대한 미련이 아니라 튼튼한 두 발로 걸어 다니면서 체감했던 삶의 한 시기에 대한 그리움이자 아쉬움이다. 또한 그것은 확실한 삶의 감각을 통해 체득된 것이므로 그 감각에 관한 기억은 평생 잊지 못할 것이다. 미래는 아미와의 추억이 서린 장소를 다시 걸어보면서 헤어진 아미를 그리워한다기보다는 미정형의 '불안 혹은 불편'으로 냉동 보관되어 있던 추억과 진심어린 작별을 고한다고 보는 것이 맞을 것이다.

미래는 머빈에게 아미가 그린 그림에 대해 물어보고 나서 내일 그 그림에 묘사된 장소들로 그를 데리고 가야겠다고 생각한다. 완료되지 않은 채 추억이라는 이름으로 모호하게 남아 있던 장소에 가겠다는 의지는 아직까지 누르지 못했던 만보기의 리셋 버튼을 누르겠다는 것과 마찬가지다. 아마도 그곳에 가서 미래는 과거를 과거대로 온전히 기억함으로써 불안 혹은 불편의 이미지로 남아 있던 '과거'와 작별을 고할 것이다. 또한 그녀는 자신의 이름처럼 '미래'를 향해 새로운 삶의 확실성으로 가득한 발걸음을 내딛을 것이다. 서울을 벗어나 춘천에 이르는 산책은 결국 과거에서 미래로 내딛기 위한 하나의 발걸음이었던 셈이다. 다시 리셋된 만보기를 차고 서울의 이곳지곳을 돌아다닐 서울의 산책자가 보여줄 '미래'의 행보가 기대되는 것은 이 때문이다.

기묘하고도 불길한 시선의 엇갈림

"당신은 나를 보고 있다"라는 이대연의 〈시선〉(≪문학나무≫, 2014 봄)의 첫 문장은 기묘한 느낌은 전달한다. '당신'이 '나'를 보고 있다는 진술을 위해서는 '나'가 '당신'의 행동을 관찰해야만 한다. 곧 '당신은 나를 보고 있다'라는 문장은 시선이 얽히고설킨 끝에 가능한 발언이다. 그렇다면 '당신'과 '나'는 서로 마주 보고 있다는 말인가? "그러나 당신은 나를 알아채지 못한다."라는 문장에 이르면 결코 마주 보고 있는 상황은 아니라는 것을 알 수 있다. '당신'은 '나'를 보고 있으며, '나'는 '나'를 보고 있는 '당신'을 보고 있다는 기묘한 상황. 처음에는 혼란스럽고 당혹스럽기도 하지만 이어지는 내용을 찬찬히 들여다보면 '나'는 지금 몰카를 통해 당신을 보고 있다는 것을 알아차릴 수 있다. 실시간으로 전송되는 몰카가 아니라 스물두 시간 전에 녹화된 영상을 보고 있다는 사실도 덤으로 제공된다. 낯설고도 흥미로운 시선의 교차 방식을 통한 매력적인 도입부다.

> 당신은 나를 보고 있다. 그러나 당신은 나를 알아채지 못한다. 강철

> 을 꿰뚫을 듯한 날 선 눈초리도 나를 볼 수는 없다. 이미 스물두 시간 전의 일이다. 그러므로 '당신은 나를 보고 있었다'라고 해야겠지만 어제 당신은 분명히 나를 보고 있는 게 아니었다. 단지 블라인드를 통해 들어오는 따가운 햇살을 짜증스러운 듯 바라봤을 뿐이다. 당신 잘못은 아니다. 그 햇살 속 어디, 아니 블라인드를 이루는 수십 개의 판들 중 어딘가에 바늘구멍만한 크기의 내 시선이 숨어있을 거라고는 누구라도 생각지 못했을 것이다.(132면)

이제야 비교적 선명하게 감이 잡힌다. 몰래카메라는 블라인드 판 사이에 은폐되어 있으며, 바늘구멍만한 렌즈로 영상을 촬영하고 있다. 혹시 나중에라도 발각될지 모르겠지만 아직은 몰래 엿보는 본래의 목적을 성공적으로 수행하고 있다. 여기서 독자는 관찰의 주체인 '나'의 입장에서 서술을 따라간다면 엿보기의 은밀한 쾌감과 발각될지 모른다는 불안함에 동참할 수 있다. 반대로 관찰 대상인 '당신'의 입장에 선다면 무수한 CCTV로 인해 일거수일투족이 감시당하는 세태에 염증을 느끼거나 빅브라더의 감시망 아래 종속되어 살아가는 현대 사회에 대한 불만을 표출할 수도 있을 것이다. 어느 쪽이 되었든 몰래 관찰하거나 관찰당하는 시선에 담겨진 불안의 감정은 소설의 전체를 감싸고 도는 독특한 긴장감을 창출하고 있다.

이 소설에서 시선은 권력이다. 소설 속 긴장의 구도는 '사시斜視'라는 독특하고 구체적인 소재를 통해 펼쳐진다. '당신'은 사시라는 신체적 결함을 빌미 삼아 '나'를 괴롭힌다. '당신'은 약한 상대를 집요하게 괴롭히는 하이에나 같은 비열한 존재다. 그러나 〈카우보이 비밥〉의 주인공 스파이크도 사시다. 스파이크는 사시로 인해 과거와 현재를 동시에 볼 수 있어, 한 번에 하나의 시선만 가질 수 있는 보통의 인간에 비해 훨씬 우월하다. 이에 '나'는 몰카를 설치함으로써 스파이크처럼 동시에 복수의 시선을 가지고자 한다. 이때 몰카의 설치는 비열한 악당에 맞서고 신체적 결함을 보완하기 위한 자기 방어의 수단이라는 점에서 정당화된다. 이제 독자는 강자와 맞붙어 싸우는 약자를 향해 응원할 준비가 되어 있다.

> 내 엄지손가락은 녀석의 눈에 닿아 있었다. 마치 게임기를 잡듯 대가리를 부여잡은 내 손 때문에 녀석은 눈을 감고 있었다. 살육의 판타지를 꿈꾸던 눈. 두피를 뚫고 다시 몇 마리의 개미가 기어 나왔다. 혼미한 머릿속에서 녀석과 게임 속 악당이 오버랩됐다. 커다란 불덩어리를 후광처럼 몸에 두르고 섬뜩한 칼과 창을 든 악의 근원. 그리고 아주 순간적이었다. 절체절명의 위기에 봉착한 액션 영웅에게나 떠오를 법한 영감이 스쳤다. 나는 바로 실행에 옮겼다. 양 엄지를 천천히 녀석의 눈까풀에 대고 조심스럽게 자리를 잡았다. 그리고 있는 힘껏 눌렀다. 악당을 향해 최후의 한 발을 날리는 절박한 심정으로. 발사! 좁쌀만 한 피 몇 방울이 얼굴로 튀었고 그중 한 방울이 눈에 들어갔다. 개는 앙다물었던 턱을 풀고 다급히 울부짖으며 제자리에서 맴을 돌았다. 이마에 맺혔던 땀이 눈가를 지나 볼을 타고 흘렀다. 눈을 몇 번 깜박이자 시야가 약간 붉게 변했다.(139-140면)

비록 짐승이지만 개의 눈알을 터트리는 장면은 잔혹하기 그지없다. 서술은 피가 튀기는 잔인한 장면을 슬로우모션으로 포착한다. 시선이 곧 권력이라는 소설 속 기본 원칙은 개와의 대결에서도 그대로 적용된다. '나'는 개의 시선을 물리적으로 파괴해버림으로써 승리를 거둔다. 잔인한 파괴 본능이 생생하게 꿈틀거리고 있지만 정작 '나'의 어조는 어떠한 주저함이나 미세한 떨림 없이 침착하기만 하다. '나'는 그 사건을 마치 게임 속 악당과의 대결 같은 것이라 여긴다. 게임 속에서 벌어진 것이기에 일말의 죄책감이나 측은함은 좀처럼 찾아볼 수 없다. 이제 독자는 불안한 감정에 휩싸인다. 살아 있는 생명체의 눈알을 파괴하면서도 아무렇지도 않은 듯 평온한 '나'의 모습이야말로 불안감의 근원이다.

불길한 예상은 소설의 결말에서 적중하고 만다. '나'는 청산가리로 '당신'의 눈을 멀게 한다. 개의 눈알을 터트려 버렸던 것과 동일한 방식이다. 상대의 시선을 파괴하는 것, 그로써 시선의 우위를 확보하는 것. '당신'이 비열한 행동을 하기는 하였으나 시선의 우위를 확보하기 위해 독약으로 눈을 멀게 만든다는 것은 사태를 어떻게 보더라도 정당화되기는 힘들어 보인다. "나는 잠시 내 영혼의 카우보이 스파이크가 된 듯한 기분을 맛본다."(148면) 그러나 직장동료에게 청산가리를 먹여 눈을 멀게 하는 것은 게임이나 애니메이션 속의 상황이 아니라 실제의 상황이다. '나'는 카우보이 비밥이 아니라 치밀하게 범죄를 계획하고 아무런 죄책감 없이 실행에 옮기는 섬뜩한 사이코패스 같은 면모를 드러내고 있을 따름이다.

'당신'의 시선을 앗아버린 '나'는 자신의 완전 범죄에 만족해하면서 승리에 도취한다. 오후의 나른한 햇살 속에서 여유롭게 눈을 감는 그의 얼굴에는 낯설고 섬뜩한 미소가 떠오를지도 모른다. 괴롭힘을 당하던 '나'를 내심 응원하며 통쾌한 복수를 기대하던 우리 독자들은 이에 심한 배신감을 느끼게 될 것이다. 몰카에 찍힌 영상을 '나'와 함께 관찰하면서 '당신'의 비열함에 공분을 느끼던 우리 독자들은 실상 치밀한 범죄에 은밀히 공모하고 있었다는 사실에 놀라움을 느끼게 될 수도 있다. 어쩌면 예민한 독자들은 며칠 동안 자신의 방 블라인드의 틈 사이에 바늘구멍만 한 것이 있지 않을까 노심초사하면서 의심하게 될지도 모르겠다. 그만큼 기묘하고도 불길한 시선의 엇갈림은 독자들의 뇌리에 선명한 인상을 남겨놓기에 충분하다.

누군가는 해야 하는 일에 관한 소설

얼마 전 구인구직 중개 업체인 알바몬이 자사 홈페이지에 임금체불 사업주 명단을 공개했다. 고용노동부 공개 기준에 맞춰 대표자명, 사업장명, 사업장 주소, 체불한 액수를 상세하게 공개한 것이다. 이 회사는 지난해 "이런 시급, 조금 올랐다, 370원 올랐다." "법으로 정한 대한민국 최저시급은 5580원입니다."라는 멘트로 광고를 해 화제에 오르기도 했다. 법적으로 정해진 조건조차 무시하고 이루어지는 아르바이트 사례가 많은 현실에 경종을 울렸다는 점에서 수많은 '알바생'들의 큰 호응을 받았다. 이번 임금체불 사업주 명단 공개 역시 알바생의 권리를 찾고 옹호하는 데 도움이 된다고 긍정적으로 평가하는 네티즌들이 많다. 물론 이윤을 추구하는 기업인만큼 이와 같은 명단 공개는 다분히 회사 홍보의 차원에서 기획되었을 것이다. 그럼에도 불구하고 이러한 이벤트성 홍보가 사회적으로 반향을 일으킨다는 사실만으로도 사회경제적으로 철저히 약자일 수밖에 없는 알바생에 대한 횡포가 만연되었음이 방증된다.

> 과장님, 제가 회사에 다니는 동안 4대 보험에 가입이 되지 않았더라고요. 알바몬에서 상담을 받아 보니까 그게 불법이라며, 이런 경우에 보험취득신고 미이행으로 회사를 고소할 수 있다고 합니다. 그러고 싶지는 않은데요. 회사가 부담하지 않았던 4대 보험비 액수만큼을 저에게 따로 주실 수 없을까요?(〈알바생 자르기〉, 306면)

장강명의 단편 〈알바생 자르기〉에서 바로 그 '알바몬'이 거론된다. 두 달 전까지 회사를 그만 둔 알바생이 알바몬에서 상담했다면서 자신의 권리를 찾겠다고 연락해왔다. 아마도 새로운 일자리를 찾기 위해 구인구직 사이트를 살펴보다가 관련 법규를 알게 되고, 무료 상담까지 이르게 되었을 것이다. 이에 연락을 받은 회사 측에서는 변호사와 상담하여 대처 방안을 수립한다는 에피소드다. 생생한 현장성, 구체적 문제의식에 주목할 필요가 있다.

이 글에서는 알바생이 나오는 작품을 골랐다. 장강명의 〈알바생 자르기〉를 포함하여 백수린의 〈첫사랑〉, 김솔의 〈누군가는 할 수 있어야 하는 사업〉을 살펴보았다. 이 소설들이 단지 단기 임시직 고용자가 겪는 애환을 그린 것인가 하면 그렇지는 않다. 알바생의 입장이 되기도 하고, 알바생을 자르는 입장이 되기도 하면서 우리 사회의 현실에 문제를 제기한다. 멀리 떨어진 유럽의 뒷골목을 끌고 들어옴으로써 이런 문제가 비단 우리만 처한 문제가 아니라 전 지구적 차원에 걸친 난제임을 보여주기도 한다. 덧붙여 이 작품들을 살펴보는 일은 최근 주목받고 있는 신인 작가들의 창작 경향을 점검할 수 있다는 데서도 의의가 있다.

공부하고 쓴 소설

장강명의 단편 〈알바생 자르기〉(≪세계의 문학≫, 2015 여름)는 알바생 한 명을 해고하는 과정에서 발생한 여러 에피소드를 통해 불안정한 고용·노동 환경의 안팎을 예리하게 파고든 작품이다. '알바생 자르기'라는 직설적인 제목이 드러내듯 시작부터 끝까지 소설의 모든 내용이 임시직 직원의 해고를 검토, 결정, 실행하는 일련의 과정에 집중된다. 군더더기 없이 펼쳐지는 서술로 인해 마치 한 편의 잘 정리된 사건 보고서 같은 느낌을 준다. 게다가 독일계 회사의 한국 지사라는 특수한 조직 내부의 서열과 인간관계에 대한 상세한 언급, 임시직 직원의 권리나 처우에 관한 상당한 수준의 배경지식이 덧붙여지면서 노동·고용 환경에 관한 보고서 같은 느낌은 더욱 강화된다. 작가가 매우 성실히 공부하고 쓴 소설, 그래서 생생한 현장감을 확보한 작품이다.

문제가 되는 알바생은 지금은 회사를 그만둔 박 차장이 출산휴가 들어갈 때 업무 공백을 메우려고 뽑은 임시직원이다. 그러나 외국인 사장이 경영을 담당하는 회사에서 외국어 실력 하나만으로도 굳건한 입지를 차지하고 있던 박 차장을 일개 임시직 알바생으로 대체하는 것은 어림도 없는 일, 알바생에게 주어진 일은 단순 사무 보조에 불과하다.

본사에서 한국인을 사장으로 발령 내자 외국인 사장을 보좌하던 업무가 사라지고, 회사 업무 지원 시스템이 바뀌어 출장 예약이나 영수증 처리를 직원들이 각자 알아서 처리하게 되자 알바생이 할 일은 더 줄어들었다. 그러니 하루 종일 "무슨 뮤지컬 사이트랑 일본 여행 사이트 같은 거"나 찾아보고 있을 수밖에. 있어도 그만 없어도 그만인 존재는 효율성과 성과를 추구하는 조직에서는 사라져야 할 암적 존재에 지나지 않는다. 효율성을 최우선시하는 시장경제의 원칙에 의해 '알바생 자르기' 프로젝트가 시작된다.

—그 아가씨가 하는 일, 몰아서 하면 하루에 네 시간만 해도 충분한 거 아냐?

—그렇긴 합니다.

—그러면 저 아가씨한테 연봉을 60퍼센트 줄 테니 오전 근무만 열심히 하고 가라면 어떨까? 우리는 인건비 절감해서 좋고, 저 아가씨도 그 시간에 뭐 다른 걸 준비할 수 있으니 좋지 않겠어? 공무원 시험 같은 거.

—예에…….

—아니면 그냥 자르자. 최 과장이 이 아가씨 하는 일 다 넘겨받고 그만큼 연봉을 올려 받으면 어때? 한 2000만 원이면 돼?

—사장님, 혜미 씨 연봉이 2000만 원이 안 돼요. 그건 오히려 비용이 더 드는 거예요.(〈알바생 자르기〉, 295면)

자본의 논리는 덧셈과 뺄셈으로 이루어진 숫자의 세계다. 사장의 제안은 40퍼센트의 연봉과 오후 근무 시간을 교환하자는 것이다. 오후 시간 동안 '공무원 시험 같은 거'를 준비해서 자신의 '스펙'을 높이는 게 더 좋지 않겠느냐는 배려(?) 깊은 생각이다. 자신에게 투자해서 자신의 가치를 높이라는 제안은 수많은 자기계발서가 반복하는 주제다. 이 제안을 뒤집으면 지금 알바생이 연봉 2000만 원도 못 받는 것은 순전히 알바생의 능력이 부족하기 때문이라는 것, 그래서 모든 책임은 오로지 '게으른 개인'에게 돌아간다. 아니, 그런 배려도 귀찮다. 그냥 자르고 대신 다른 사람이 그 일을 하면 똑같다. 총 소요 비용은 아무 변동이 없다. 숫자의 세계에서는 개인의 존재나 상황 따위는 고려 대상이 아니다. 누가 되었든 숫자로 표현될 수 있는 비용과 이윤만이 중요할 뿐이다.

한편 이 소설은 삼인칭 시점을 채택하면서도 초점화의 관점을 전적으로 은영이라는 인물에게 의존한다. 사실상 은영이라는 단어를 일인칭 '나'로 바꾸어 읽어도 흐름에 큰 무리가 없는 것은 이 때문이다. 은영은 회식자리에서 좌중을 향해 "잘라! 자르고 다른 사람을 뽑아!"라고 호기롭게 말하는 사장의 말을 들으면서 '자기한테 그럴 힘이 있다는 사실을 과시하고 싶은가 봐.'라면서 괄호 속에 자신의 속마음을 첨부하는 식으로 사실상 서술자의 역할을 나누어 수행하기도 한다. 당연히 독자는 은영의 입장에서 모든 것을 파악하고 받아들이게 된다. 은영의 생각을 따라가면서, 은영의 행동에 동참하는 심리적 공감대가 형성된다는 것이다. 제목을 다시 살펴보라. 어디까지나 '알바생 자르기'라는 업무의 실질적 주체는 회사의 사장이 아니라 중간관리자이자 알바생의 직속상관이 은영이다. 소설의 전개는 오로지 은영의 눈과 귀를 통해서 독자에게 파악되고 전달될 수 있는 구조로 이루어진다.

은영의 심리상태변화는 이 소설의 갈등 구조로 직결된다. 은영은 온정적인 면모를 지닌 인물이다. 숫자의 세계만을 믿는 사장에게 알바생 해고는 대수롭지 않은 일일지 모르나 은영에게는 그렇지 않다. 은영은 소녀 가장이나 다름없는 알바생의 처지를 동정하기 때문에 해고 결정을 망설인다. 그러나 기껏 불쌍하게 여겨 해고를 망설인 보람도 없이 알바생은 계속해서 뻣뻣한 태도를 보이고, 은영은 그런 못마땅한 모습을 참다못한 끝에 알바생을 해고하기로 결심한다. 법적 절차를 따지면서 해고에 이의를 제기하고, 은영은 해고된 지 두 달 후 4대 보험 취득신고 미이행으로 회사를 고소할 수도 있다고 연락해 온 알바생에게 뒤통수를 제대로 맞았다며 심한 배신감을 느낀다. 이러한 일련의 감정 변화가 고스란히 소설의 전개를 따라가는 독자에게 전달됨은 물론이다.

소설의 결말에서 은영은 '머리 검은 짐승은 거두는 게 아니다'라는 말에 적극적으로 동의한다. 자신의 '알량한 동정심' 따위는 이 상황을 조금도 바꾸지 못한다는 좌절감의 표현인 동시에 이제까지 일어난 일련의 사태가 모두 알바생의 못된 성품에 기인한다는 최종 판단이다. 그런데 은영의 이러한 최종적인 판단이 결국에는 숫자의 세계를 신봉하는 사장의 생각과 크게 다르지 않다. 연봉 3억 원을 받는 사장은 알바생이 연봉 2천만 원도 채 받지 못하는 것을 순전히 개인적인 게으름 내지 능력 부족 탓으로 돌렸다. 과연 은영과 사장만 그렇게 생각하는가? 여기에 은영의 입장을 따라가면서 같이 알바생의 되바라지고 삐딱한 태도를 비난했던 독자들도 포함시켜야 할 듯하다. 결국 이 소설의 서사적 갈등은 우리들의 시선이 과연 올바른가를 질문하기 위해 한참을 달려온 것이다.

모든 책임을 알바생 개인적 특성과 결부시킬 때 사회 구조적인 모순에는 문제를 제기하지 않게 된다. 소설의 결말은 사회 구조적 문제를 도외시해서는 안 된다는 메시지를 우회적인 방식으로 전달한다. 그 전까지는 줄곧 해고를 결정하고 실행하는 중간관리자인 최은영 과장이 소설의 초점자 역할을 맡았지만, 소설의 마지막 한 단락은 이를 완전히 뒤바꾸어 해고당한 알바생을 전면에 내세운다. 철저히 제 이익만 챙기는 당돌한 알바생이 아니라 돈 봉투를 떨어뜨려 돈을 잃어버리지나 않을까 겁내는 여리디여린 여자아이이다. 학자금 대출 상환을 제때 갚지 못해 독촉을 받고 있으며, 퇴직금으로 인대 수술을 받았지만 여전히 발목이 아픈 상태다. 소설의 결말은 잠깐 동안이지만 해고당한 알바생의 인식과 감정을 따라갈 수 있게 한다. 그동안 펼쳐졌던 내용이 전혀 다른 방식으로 재해석될 가능성을 펼쳐놓는다.

이 소설은 독자들의 익숙한 판단이 틀린 것일 수 있음을 강력히 경고한다. 개인의 게으름이나 능력 부족, 혹은 나쁜 품성을 탓할 것이 아니라 사회 구조적인 차원에서 근본적인 원인을 탐색해야 함을 촉구한다. "엘리베이터 문이 닫혔고, 주변에는 아무도 없었다."라는 소설의 마지막 문장은 막막한 처지에 놓인 알바생 여자아이의 입장에 독자들을 세워놓는다. 독자들로 하여금 홀로 서 있는 알바생 여자아이처럼 사방을 두리번거리며 돌아보게 만드는 재주, 깔끔하게 떨어지는 보고서 같은 분위기를 일거에 뒤집어버리면서 대신 씁쓸하고 묵직한 뒷맛을 남겨놓는 묘미, 성실히 공부하고 쓴 소설의 보람은 여기에 있다.

체험으로 쓴 소설

백수린의 단편 〈첫사랑〉(≪한국문학≫, 2015 여름)은 주인공이 온종일 아르바이트하는 내용으로 이루어진 소설이다. 어느 날 아르바이트를 할 생각이 없느냐고 묻는 대학 동기의 연락으로 소설은 시작되고, 일이 다 끝난 뒤 아르바이트비는 월말에 입금될 예정이라는 말을 듣는 것으로 소설은 끝난다. 며칠 후 첫사랑 J선배와 만날 약속에 입고 나갈 신상 원피스 구입에 보탬이 되겠다 싶어 결정한 아르바이트다. 대학원 휴학 중이라 돈은 없는 대신 시간은 많은 형편, 3년 만에 재회하는 첫사랑 앞에서 유행 지난 옷을 입고 나가기 민망하던 터라 썩 매력적인 제안이었다. 언뜻 어울리지 않을 것처럼 보이는 '첫사랑'과 '아르바이트'라는 두 소재는 이렇게 결합된다.

아르바이트 자체야 그리 특별할 것이 없다. 본래 아르바이트란 인력이 부족할 때 일시적으로 고용해서 쓰는 일손이니 전문적인 기술이나 지식을 요구할 리는 없다. 주인공에게 주어진 일은 백화점 VIP고객들에게 발송할 무슨 초대장에 필요한 투명 아크릴판을 거즈로 깨끗이 닦는 단순 반복 작업이다. 대학원 휴학 중인 주인공, 사립학교 계약직 교직원이었다가 재계약에 실패한 '담', 다니던 회사에서 나와 지금은 놀고 있는 '영' 이렇게 대학 동기 셋이 옹기종기 모여 작업을 하다 보니 저절로 대학 시절 추억이 하나씩 떠오르게 되고, 자연스럽게 첫사랑 J 선배와의 추억도 회상한다. "셋이 여기 이러고 앉아 있으니 왠지 옛날 생각이 난다." 이처럼 아르바이트는 과거의 첫사랑을 떠올리게 하는 중요한 소설적 장치로 작동한다.

추억의 내용 역시 특별할 것이 없다. 대학 신입생 시절 시골에서 갓 상경한 촌스러운 여대생들의 모습이란 돌이켜볼 때 흐뭇한 미소를 자아내게 한다. J선배를 알게 되고, 둘만의 추억을 하나씩 만들어가는 과정 역시 순수하고 아름다운 시간으로 기억된다. "그날 선배 옆에 서서, 흔적도 없이 녹아 사라질 사월의 눈을 맞으며, 십 리를 선배와 하염없이 걷는 날이 왔으면 좋겠다고 내가 속으로 기도했다는 것을." 이것은 전적으로 내밀한 체험의 영역에 속한다. 여기서 그 체험 내용이 작가의 자전적인 내용인지 허구적 상상력의 결과인지는 중요하지 않다. 누구에게나 성년으로 진입할 무렵의 추억은 아름답게 포장되고 애틋한 그리움의 대상으로 간직되지 않는가. 소설을 따라 읽으면서 미소를 짓게 된다면 바로 이런 내밀한 체험의 영역에 어느 정도 공감했기 때문일 것이다.

문제는 이와 같은 체험적 요소들이 소설적으로 형상화되는 과정이 성공적인가이다. 단적으로 말하자면 과거의 추억을 너무 아름답게만 그려냈기 때문에 긴장감이 현저하게 떨어진다. 이 소설이 담아내고 있는 여러 일화들은 한결같이 예쁘고 반짝반짝 빛이 나지만, 그렇기 때문에 동시에 너무 식상하고 느슨하기만 하다. 선배를 향한 연모의 정이 피어오르는 과정에 대한 묘사는 물론이거니와 시골 출신 소녀가 서울의 거리에서 주눅 드는 일화 역시 임팩트가 부족하다. 너무 착하게만 그려낸 게 아닌가 싶다.

이런 문제에도 불구하고 이 작품을 주목해야 하는 것은 러시아문학을 자신의 든든한 배경으로 삼아버리는 대담함 때문이다. J선배는 물었다. "넌 왜 노문과에 왔냐?" 주인공은 차마 성적에 맞춰서 지원한 것이라 솔직히 말하지 못하고, "안나 까레리나를 좋아해서요."라고 대답했다. 작은 거짓말이지만 신입생 앞에서 자신은 푸슈킨을 처음 읽었을 때 '존재의 빛'을 발견했노라고 밝히는 J선배와 가까워지는 큰 발걸음이었다. ≪예브게니 오네긴≫의 아름다운 문장, 오네긴과 따찌야의 애달픈 사랑이 후광처럼 빛나기 시작하는 순간이다. 러시아문학은 주인공과 J선배 두 사람을 인연의 끈으로 묶어주었고, 그 힘은 어찌나 강고한 것인지 대학 졸업 후 부모의 거센 반대에도 불구하고 주인공이 노문과 대학원에 진학하게 이끌었다. 첫사랑이라는 소재가 아무리 평범하고 익숙한 보편적 체험에 속한다고 할지라도 대학 신입생 때부터 지금까지 러시아문학의 후광 속에서 살아왔다는 설정으로 인해 매우 독특한 색채를 발휘되고 있다.

> 지난 학기 교무위원회의 결정에 따라 학과 통폐합 관련 문제가 대두되면서 학과 차원에서 이런저런 연락이 시도 때도 없이 오고 있었다. 대기업이 학교를 인수하면서 인문사회계열의 일부 학과들을 통폐합하는 대대적인 학제 개편안이 추진된다는 소문이 돌고 캠퍼스 곳곳에 자보가 붙었다. 마음이 심란한 것은 나 같은 대학원생이나 학부생 모두 마찬가지였다.(〈첫사랑〉, 137면)

주인공은 지금 대학원 휴학 중이다. 소설 초반부 주인공이 아르바이트를 하겠느냐는 제안을 받아들인 것도 대학원 휴학으로 인해 남는 시간이 많아서였다. '러시아문학이 아니면 죽음을 달라 할 정도의 열정'은 아닐지라도 부모의 반대를 무릅쓰고 대학원 진학을 선택했던 것은 첫사랑과 동격인 러시아문학에 대한 애정 때문이었다. 그러나 지금 그 열정과 애정이 위협 받고 있다. 학교를 인수한 대기업이 내세운 것은 경쟁을 통한 효율성의 극대화, 취업이 잘 되는 학과의 정원을 늘리고 취업이 안 되는 학과는 통폐합하여 잘라버리겠다는 심산, 모든 것이 숫자로 계량화되어 평가되는 오늘날 우리 사회의 분위기를 단적으로 보여주는 사례에 해당한다.

이 소설의 문제적 지점은 경쟁과 성과만을 강요하는 우리 사회의 현실과 러시아문학 혹은 첫사랑의 추억을 맞세워 그 사이에서 발생하는 팽팽한 긴장감을 포착해 내는 데 있다. ≪예브게니 오네긴≫에 얽힌 내밀한 추억 따위는 숫자의 세계에서 아무도 관심을 가지지 않는다. 주인공은 다음과 같이 말한다. "늦은 밤까지 연구실에서 사전을 찾아가며 원서를 읽고 나서 선배들과 인문대 건물 바닥에 쭈그리고 앉아 '경쟁 반대', '집중 투자 반대' 같은 대자보를 쓰고 집으로 돌아오는 밤이면 이상하게도 J선배와 걸었던 초여름 밤의 골목들이 생각났다." 이 소설에서 과거를 회상하는 것은 대학 동기들이 모여 그저 심심풀이로 나누는 대화가 아니었음이 드러난다. 다소 식상해 보일지라도 아련하고 애틋한 시절에 대한 회상은 거대한 자본의 횡포를 반대하고 그것에 저항하는 엄숙한 몸짓으로 해석될 수 있는 것이다.

자본과 첫사랑의 대결이라니 거창하게 들리기도 한다. 그러나 좀 더 찬찬히 소설을 들여다보면 대결을 상징하는 장치들이 소설의 이곳 저곳에 배치되어 있음을 확인하게 된다. 주인공은 하필이면 '땅값이 가장 비싼 시내에 위치한 N백화점'에서 아르바이트한다. 소설 속에서 백화점은 향기롭고 환한 곳, 화장품 매장마다 고객들을 유혹하는 빛깔들이 넘실대고, 매대 위에 놓여 있는 크고 작은 거울에 빛이 반사되어 사방으로 퍼지는 곳으로 묘사된다. 한마디로 소비의 향연이 벌어지는 장소이며 자본주의의 화려한 상징이다. 주인공은 온종일 그곳에서 VIP고객들에게 보낼 초대장을 위한 허드렛일을 하고 일당을 받는다. 주인과 하인을 엄격히 구별하는 중세적 관습은 자본주의사회에서도 여전히 유효한 셈이다. 더욱이 원래대로라면 주인공은 인문대 대학원 연구실에서 사전을 펼쳐놓고 러시아문학을 읽어야 하지만 지금 그녀는 백화점에서 알량한 일당을 벌기 위해 무의미한 걸레질을 반복한다.

이와 같은 대립은 현재와 과거의 대립으로 치환된다. 이 소설이 반복적으로 회상을 요구한 것도 양자 간의 대립과 대조의 의미를 활용하기 위함이 아닐까. 현재와 과거로 바꾸어 놓고 보니 여기에는 모든 아름다운 꽃을 시들어버리게 만드는 시간의 힘이 작용하고 있다는 사실 또한 알게 된다. 시간의 위력은 순수하고 아름다운 첫사랑의 추억마저 시들어 버리게 만든다. 소설의 결말에 이르러 J선배가 주인공에게만 다시 만나자고 연락한 것이 아니었다는 사실이 밝혀진다. 영과 담은 이미 초라한 행색을 하고 있는 J선배를 만났다. 아마도 물건을 팔아달라든가 보험에 가입해달라는 뭔가 아쉬운 부탁으로 대학 동창들을 귀찮게 하고 있던 것이다. 선배가 주인공과 만나자고 한 것도 같은 이유 때문이리라. '차라리 아니 만났으면 좋았을 것을'이라고 탄식했던 피천득의 수필 한 구절이 절로 떠오르는 순간이다.

"무심한 사람의 입으로부터 들었노라, 죽었다는 소식을. 그리고 나도 또한 무심한 사람의 얼굴과 같은 표정으로 이를 들었노라." 소설은 주인공이 투르게네프의 ≪첫사랑≫의 한 문장을 읽으며 눈물을 흘리는 것으로 끝난다. 주인공은 '알 수 없는 어떤 이유에서' 눈물이 났다고 하지만 아마 그것은 과거와 현재의 괴리, 현실과 이상의 괴리 때문이지 않을까 싶다. 이에 백수린의 〈첫사랑〉은 첫사랑의 추억 속에서 오늘날 젊은 세대가 감당해야 하는 현실의 무게를 적절하게 짚어낸 작품으로 기록하고 싶다.

상상해서 쓴 소설

김솔의 〈누군가는 할 수 있어야 하는 사업〉(≪세계의 문학≫, 2015 여름)은 종횡무진으로 비약하는 상상력의 실험장이다. 이것은 소설을 그리 깊이 들여다보지 않아도 금방 확인할 수 있는데, 가령 이 소설에서는 문장이 끝날 때마다 행갈이를 해버린다. 한 문장이 한 단락을 이루는 꼴, 의미 파악의 덩어리라 할 수 있는 단락을 완전히 해체해 버린 꼴이다. 의미 파악의 단위가 명시적으로 주어지지 않을 때, 독자는 문장과 문장 사이의 관계를 생각해야 하고, 각자 알아서 몇 개의 문장을 합쳐 의미 파악의 덩어리를 구성하고 이해해야 한다. 퍼즐 풀이와 비슷해지는 독서 과정. 작품 속에서 '루빅스 큐브(Rubik's Cube)'가 언급되는 것도 이와 무관하지는 않을 것 같다.

> 불법 이민자인 열다섯 살의 나우팔 첸토프는 주차장에서 발레파킹을 한다. (…)
>
> 그는 주차장에 세워진 모든 자동차의 종류와 번호판, 위치, 그리고 주인의 인상착의까지 정확히 기억할 수 있다.
>
> 여행을 마치고 주차장으로 돌아온 고객은 나우팔의 안내를 받아 미로와도 같은 주차장 안에서 단 한 번도 길을 잃지 않고 가장 빠르고 짧은 경로를 따라 자신의 자동차에 다다른다.
>
> 나우팔은 마치 허공에 정지한 채 체스판을 내려다보는 벌새와 같다.
>
> 그의 나안 시력은 2.0이 훨씬 넘지만 2.0으로 기록된다.
>
> 하지만 발레파킹은 체스보다는 루빅스 큐브를 다루는 일에 가깝다.
>
> 벽을 없애거나 통로를 연결하여 공간을 조정할 순 없고, 일정한 공간을 채우고 있는 것들의 순서만 바꿀 수 있을 뿐이다.(〈누군가는 할 수 있어야 하는 사업〉, 310-311면)

시공간적 배경, 인물의 연령이나 처한 상황, 기타 여러 이야기의 소재는 이미 작가가 독자에게 던져주었다. 그것은 마치 벽처럼 고정된 것이므로 독자가 임의로 바꿀 수는 없다. 독자는 소설 속 허구적 의미의 공간을 채우고 있는 여러 요소를 적극적으로 해체하고 재조합하여 의미를 찾아 읽어내야 한다. 독자는 허공에 떠 있는 한 마리 벌새가 되어 텍스트장場에 펼쳐진 문장, 단어, 기호들을 내려다보면서, 루빅스 큐브 다루기에 가까운 독서 행위를 수행해야 한다. 주인공 나우팔 첸토프의 직업인 발레파킹에서 이 소설의 게임 혹은 퍼즐 풀이 규칙이 암시되어 있는 셈이다.

주인공은 프랑스 오를리 공항 근처에 있는 주차장에서 발레파킹을 하는 소년이다. 발레파킹이야 서울 시내 음식점에만 가도 쉽게 볼 수 있으니 그리 낯설지는 않다. 정식 영업 허가를 받지 않고 운영되는 불법 주차장도 인천공항 인근에 널려 있으니 소설의 내용이 완전히 낯설지는 않다. 그런 불법 영업이 이루어지는 곳에서 발레파킹을 하는 주인공이 4대 보험 보장이나 퇴직금 정산, 정기 휴가 등은 꿈도 꿀 수 없는 것은 당연하지 않은가. 앞서 소개했던 작품 속 아르바이트생들과 한 가지를 제외하고는 다르지 않다. 바로 불법 이민자의 숙박을 제공하는 비밀스런 카이사르 사장의 주차장에서 일한다는 점이다.

며칠간 여행을 떠나는 파리 시민이 주차 요금이 싼 카이사르의 주차장에 차를 맡긴다. 주인공은 퍼즐을 맞추듯 손님의 차를 주차시키고 관리한다. 인적이 드문 새벽에 불법 이민자들이 찾아오면 그들을 주차된 차 안에 들어가게 하고, 담요와 베개뿐만 아니라 귀마개와 안대, 방향제, 식수 등 숙박에 필요한 일체의 것을 제공하고 돈을 받는다. 하룻밤 머문 이민자들이 떠나고 나면 라디오 주파수, 쓰레기, 매트 상태, 실내 공기 청정도, 글로브 박스 안의 보관품 등을 세심하게 확인하여 아무 일도 없었던 것처럼 원상 복구시킨다. 당연히 며칠 후 파리 시민이 돌아오면 발레파킹했던 차를 빼내와 차키를 돌려주면 끝이다. 차를 이리저리 몰아 주차시키고, 불법 이민자들을 데리고 다니면서 하룻밤 잠

잘 수 있는 차를 배정해주는 일을 한다고 해서 나우팔은 목동이라는 의미의 '일라이'로 불린다.

한편 나우팔의 기이한 직업을 살펴보다 보면 황당하고 엉뚱하면서도 제법 그럴듯하게 들리는 인과관계의 연속체를 발견하게 된다. 이를테면 '불법 발레파킹 겸 숙박업'은 계속 이익을 내며 성장하는데, 그것은 불법 이민자들이 유럽으로 밀려온다는 원인에 따른 결과다. 왜 그런가? 유럽의 이민 당국은 그들을 불법으로 규정하여 추방하지만 다른 한편으로는 그들이 꼭 필요하기 때문에 불법 체류를 눈감기 때문이다.

또 다시 왜 그런가? 대전제, '화장실은 시민혁명의 산물이 아니어서 유럽 시민이 직접 청소해야 할 의무는 없다.' 말도 안 되는 소리! 소전제, '화장실을 청소하는 일은 유럽 시민의 인권장정에 의해 결코 보호받지 못한다.' 이것도 말도 안 되는 소리! 결론, '그래서 불법 이민자가 나서야 비로소 유럽 시민의 인권은 보호받을 수 있다.' 엉터리 추론이지만 유럽 시민을 위해 불법 이민자들을 착취하는 구조에 대한 지적은 묘하게 설득력이 있군! 그러므로 "공익을 위해 쓸모가 분명한 소수의 불법 이민자만큼은 무해한 유령으로 간주되어 무관심의 보호를 받을 수 있다는 사실도 알려졌다."

여기에 한 가지 추가. "파리는 저임금 노동자가 아주 많이 필요하지만 그들이 파리의 낭만과 자유에 포함되는 걸 원하지 않는다." 그 결과 "저임금 노동자는 파리 안에서 일자리를 구할 수 있지만 숙소를 구할 여력은 없다." 그래서 또 어쩌라고? 그러니 불법 이민자들은 싼 가격에 하룻밤을 보낼 수 있는 '불법 발레파킹 겸 숙박업'으로 몰려들 수밖에.

정리하자면 이러한 기이한 신종 사업이 등장하고 주인공 나우팔 같은 '알라이'가 등장한 것은 "자본주의와 대도시 발전의 역사 속에서 필연적으로 나타나는 결과"라는 것이다.

주차된 자동차를 숙소로 빌려주는 불법적 사업을 두고 '역사의 필연적 결과'라 부르는 것은 지나친 과장이자 허풍이 가득한 너스레다. 독자들 또한 그것이 말도 안 되는 소리인 것을 알고 있기 때문에 소설은 즐거운 한판의 유희가 된다. 사장인 카이사르는 자신의 사업 덕분에 바캉스를 떠나는 파리 시민과 불법 체류를 하는 이민자들이 마음 편히 지낼 수 있다고 떠벌린다. 한술 더 떠서 "카이사르 사장은 자신의 헌신 덕분에 파리의 명성이 유지되고 있다고 자부"하는데 자신의 사업이 마치 파리의 번영과 영속에 지대한 영향을 미치는 것처럼 과장하고 허세를 부리는 것은 흥미로운 유머와 위트로 받아들일 수도 있다.

나우팔에 관한 내용에서도 황당한 분위기는 지속된다. 물론 소설을 이끌어가는 서술자는 무척이나 진지하고 엄숙하다. 아니, 그렇게 진지하고 엄숙한 서술자가 엉뚱한 소리를 하고 있으니 더 황당하고 유머러스한 분위기가 연출된다. 나우팔이 능숙하게 발레파킹하는 데 필요한 뛰어난 기억력과 방향감각, 시력은 카라반을 이끌고 사막을 넘나들던 모계의 전통에서 비롯된 것이라 설명한다. 수천 년 동안 갈고 닦은 위대한 노마드의 유전자가 나우팔의 몸속에 내장되어 있기(원인)에 그러한 대담한 능력이 발휘될 수 있었다(결과)는 억측으로 이루어진 인과론이다. 설령 그러한 인과론이 어느 정도 납득이 된다고 하더라도, 유구한 세월 동안 지속된 무슬림의 거대한 문화적 토대를 물려받은 인물이 일개 발레파킹 요원이 되었다는 아이러니한 사실로 인해 가벼운 실소가 터져 나온다.

> 자신의 일상을 구성하고 있는 배경과 사람과 사건 사이의 인과관계를 끊임없이 찾아라.
>
> 하지만 배경이나 사람이나 사건은 하나같이 모든 가능성 위에 적절히 산포된 양자적 현상에 지나지 않기 때문에 하나의 진실은 또 하나의 거짓으로 해석될 수 있다는 역설을 이해해야 한다.
>
> 그럴 자신이 없다면, 세상은 오로지 자신을 철저하게 절망시키기 위해 존재한다고 간주하는 편이 낫다.(〈누군가는 할 수 있어야 하는 사업〉, 321면)

유능한 알라이가 되기 위해 해야 할 일 중에서 무엇보다 중요한 것은 인과관계 찾기다. 앞서 언급한 바와 같이 이 소설 자체가 말도 안 되는 인과관계 설정의 연속이었다. 그 결과 대체로 황당하지만 부분적으로는 고개가 끄덕여지는 결론들이 도출되었다. 모든 인간이 천부적 인권을 지니고 있음을 강조한 유럽 시민들은 정작 불법 이민자들의 인권을 도외시하고 있다는 지적, 그들의 존재를 불법으로 규정하면서도 비용 절감을 위해서나 자신들이 기피하는 일을 떠넘기기 위해 불법을 묵인하고 있다는 비판 등이다. 유럽 시민이 내건 자유, 평등, 박애라는 '진실'이 사실상 '또 하나의 거짓'으로 해석될 수 있음을 단적으로 보여주는 것이 아닌가.

끊임없이 의심하고 또 의심하라는 것, 감추어진 착취의 구조를 직시하라는 것, 종횡무진으로 비약하는 상상력으로 시작한 퍼즐 맞추기 치고는 상당히 무거운 주제가 아닐 수 없다. 그러나 이러한 묵직한 파문이 있기에 파리 뒷골목에서 힘겹게 살아가는 불법 이민자의 삶을 다룬 이 소설이 한국에 있는 우리 독자들에게도 유의미하게 다가올 수 있다. 결국 말도 안 되는 황당한 문장의 파편들이 조합하여 만들어낸 것은 비용과 효율만을 강조하며 무한 경쟁과 자연도태만을 원칙으로 삼는 자본주의적 원칙을 향한 진지한 반성의 촉구다.

여행하는 사람들

1. 들어가며

'여행: 일이나 유람을 목적으로 다른 고장이나 외국에 가는 일.' 표준국어사전에 올라온 여행의 정의다. 지난 계절의 소설들을 훑어보면서 여행을 소재로 한 작품이 여러 편 눈에 띄었다. 주지하다시피 문학 속 여행은 현실 세계에서의 여행과는 약간 다른 의미를 지닌다. 현실에서는 여행을 하면서 일상에서 탈출하여 관광을 즐기고 휴식을 취하는 것이 보통이지만, 그에 비해 소설에서는 여행을 계기로 지난한 정신적 혼란을 경험하고 자신의 내면을 돌아보는 고뇌의 시간을 가지기 마련이다. 그래서 문학 속 여행은 성숙을 위한 일종의 의례에 가깝다.

관심은 소설 속 여행하는 사람들의 내면에 집중된다. 그들은 어떠한 계기로 그와 같은 정신적 혼란과 심리적 고통을 겪는가. 과연 그러한 방황과 고뇌의 시간을 통과한 끝에 그들이 얻게 되는 것은 무엇인가. 반복되는 질문들을 거치면서 내면의 여정이 펼쳐질 것이다.

이상의 질문에 답하기 위해 여행을 소재로 한 작품을 여행의 방향성을 기준으로 셋으로 나누었다. 방향성의 기준은 우리가 사는 이곳이다. 첫째, 떠나는 사람. 한국을 벗어나 해외여행을 하는 경우가 여기에 속한다. 둘째, 찾아온 사람. 해외에서 한국을 방문한 경우가 된다. 셋째, 다른 사람이 여행하는 것을 지켜보는 사람. 여행의 시작점이 되기도 하고 끝점이 되기도 하는 터미널에서 여행객을 관찰하는 경우다. 이러한 분류는 지극히 자의적이다. 다만, 작품 속에 나오는 여행을 정신적 성숙의 과정으로 간주한다면 자기 스스로 이방인이 되어 세상을 바라보거나, 이방인의 시선에서 우리 자신이 미처 발견하지 못했던 것을 들여다보는 식의 다양한 시선의 방향이 제법 의미 있을 수 있다.

2. 떠나간 사람

황정은의 〈누구도 가본 적 없는〉(≪문학동네≫, 2015 봄)은 유럽 여행 중인 어느 부부의 여정을 따라 전개된다. 이번 여행은 그들 부부의 첫 번째 해외여행이다. 소설은 유럽을 향해 가는 비행기 안에서 시작해서, 공항에 도착하고, 숙소를 찾아가고, 도시의 광장을 구경하거나 상점에서 쇼핑을 하고, 다른 도시로 가기 위해 기차를 타는 등 철저히 그들의 이동 경로를 따라 전개된다. 동유럽의 이국적 풍경을 배경으로 평범한 관광객이 등장하는 한 편의 기행문 같은 느낌마저 든다.

막상 그들 부부에게선 여행자 특유의 들뜬 기분을 찾을 수 없다. 아니 들뜨지 않은 정도가 아니라 묵직한 침묵, 다소 어두운 분위기를 풍기는 무표정을 발견한다. 생애 첫 여행이 거창한 모험심을 아니더라도 약간의 설렘 같은 감정을 건드릴 법도 한데, 그들은 그런 것에 지극히 무심하다. 오히려 이번 여행은 상당한 불편함으로 다가온다. 오랜 시간 비행기를 타는 것도 그저 갑갑하기만 하고, 허름한 숙소에서 잠을 청하는 것도 그리 유쾌하지 않다. 급기야 상점에서 구경하다 도둑으로 몰리고, 여권을 분실해서 난처한 상황에 처하기도 한다. "아무도… 이렇게 오래 걸릴 거라고는 말하지 않았는데."라며 원망 섞인 푸념으로 소설의 첫 문장이 시작된 것은 다 이런 이유에서다.

사실 이번 여행은 단순한 관광 여행이 아니다. 이번 여행은 과거로의 여행이다. 주인공은 유럽으로 향하는 비행기 안에서 시간이 느리게 흘러가는 기이한 느낌을 받는다. 삼십 분 정도 흘렀거니 싶어 시간을 확인하면 겨우 오 분이나 육 분이 흘렀을 뿐이다. 곰곰이 생각해보니 유럽을 향해 가는 길은 지구의 자전을 거슬러 가는 길, 시간을 거스르는 방향으로 가는 길이다. 시간이 느리게 흐른다는 상상과 시간을 거슬러 간다는 상상이 결합될 때 소설은 과거의 시간을 간헐적으로 호출한다. 저렴한 방을 찾는 여행객들의 냄새가 밴 허름한 방에서 눈을 감고 잠을 청할 때, 그들 부부에게 아이가 있었던 십오륙 년 전의 시간들이 꿈처럼 되살아난다. 결과만 놓고 보면 그들은 과거로의 꿈을 꾸기 위해 유럽 여행을 시작한 셈이다.

하나씩 회상되는 과거의 시간들은 마치 사진첩에서 오래전 찍은 사진을 한 장 한 장 들추는 것 같은 식으로 펼쳐진다. 아이를 키우면서 있었던 지극히 사소한 장면들. 따뜻하고 정감 넘치는 그런 옛날 사진들. 그러던 것이 14년 전의 장면에 이르렀을 때, 돌연 충격과 비극으로 전환된다. 물놀이를 즐기던 때다. 물속으로 아이가 뛰어들고, 아이는 아무 움직임 없이 떠오르고, 아이의 심장이 멈추었음을 뒤늦게 깨달은 남편은 첨벙거리며 뛰기 시작한다. 그러나 남은 것은 "차가운 물을 담은 가죽자루처럼 등에서 자꾸 미끄러져 내리던 작은 몸의 감촉을 기억"하는 것뿐이다. 완전한 페이드아웃.

> "아이의 심장은 너무 깊은 곳에서 멈춰버렸고 그들은 늦었다. 누구도 되살려낼 수 없었다."(344면)

그들 부부의 유럽 여행이 지닌 의미가 이제야 떠오른다. 그들이 왜 과거로의 여행을 시작했는지 밝혀진다. 아이가 죽었다. 그들은 늦었다. 누구도 되살려낼 수 없었다. 남편과 아내 사이에 흐르던 부자연스러운 침묵은 과거의 사건이 현재에도 여전히 영향을 미치고 있음을 방증하는 것에 다름 아니다. 슬픔은 전혀 해소되지 않은 채, 그저 침묵으로 잠시 덮어두고 있었을 따름이다. 슬픔은 여전히 물속에 가라앉아 있다. 14년의 고요 속에서 잠자고 있던 슬픔의 선체를 인양하는 고통스러운 작업이 바로 그들의 여행이다. 이제 사람들이 서서히 잊어가고 있는 이 시점에서 이 소설은 다시금 그때의 비통한 기억을 환기시키고 있다. 과거로의 여행은 아들의 부재, 과거의 고통을 재확인하는 여행이다.

> 익스큐즈 미, 아이, 아이… 그는 입을 벌리고 말을 하려고 노력했

다. 나는 아내를 잃어버렸다. 방금 출발한 기차에 내 아내가 타고 있었다. 그녀가 내리기도 전에 기차가 그냥 가버렸다… 아이 로스트… 노, 노, 미스드… 로스트…

역무원들의 가슴엔 배지가 달려 있었다. 한 명은 여자. 다른 한 명은 남자. 그들은 숨을 헐떡이는 동양인 남자를 무심한 얼굴로 바라보았다.(〈누구도 가본 적 없는〉, 347면)

남편은 여권을 잃어버린 아내를 심하게 힐난했다. 그녀가 원한 것도 아니고, 그야말로 어쩔 수 없었던 것인데도 말이다. 14년 전 아이를 잃었을 때도 남편은 비슷하게 아내를 책망했던 것은 아닐까. 어쩌면 아내가 미처 내리기도 전에 기차가 출발한 것이 아니라 아내가 일부러 내리지 않았다고 보는 것이 더 그럴듯하다. 영어를 한마디도 할 줄 모르는 아내가 기차에서 내리지 않은 것은 그녀가 '누구도 가 본 적 없는' 곳으로 가려 했기 때문이 아닐까. 그곳에 가면 14년 전 죽은 아이를 다시 만날 수 있을지도 모르기 때문에. 슬픔의 바닷속에 아이를 남겨둔 부모의 심정이 이런 것이 아닐까.

남편의 입장은 어떤가. 여권도 잃고, 아내도 잃고, 아이도 잃고, 소중한 모든 것을 잃었다. 그럼에도 자신의 억울함을 누구에게도 속 시원히 말하지 못한다. 그것은 단지 언어의 장벽으로 인한 문제가 아니다. 미스드인지 로스트인지 혼란스러운 상황. 속에서는 말들이 끌어오르지만 겉으로는 발화되지 못하는 실어증의 상태에 가깝다. 무심한 얼굴로 바라보는 주위의 시선으로 인해 실어증의 상태는 더욱 악화되고 있지는 않은가. 무관심과 외면으로 인해 아직도 억울함을 호소하는 부모의 심정이 그런 것이 아닐까.

최은영의 〈먼 곳에서 온 노래〉(≪창작과비평≫, 2015 가을)도 과거로의 여행이라는 점에서 공통점을 찾을 수 있다. 주인공은 대학원생. 봄 학기 강의를 마치고 뻬쩨르부르그에 왔다. 러시아에 유학 간 미진 선배에게 놀러 가겠다는 약속을 10년 만에 지킨 셈이다. 몇 년간 미진 선배와 같이 살았던 율랴의 안내로 이곳저곳을 돌아본다. 이 소설 또한 시작은 기행문의 분위기를 풍긴다. 도스또옙스끼 생가에 걸려 있는 괘종시계가 그가 죽었던 시간에 맞추어 멈춰 있었다는 묘사의 대목에 이르면 낯선 이국을 관광하는 듯한 한갓진 느낌마저 자아낸다.

하지만 이 모든 것은 반전을 노린 작가의 노림수였다. 주인공이 대학에 갓 입학하여 스물다섯 살 노래패 고학번 선배를 처음 만났으니 다섯 살 차이. 미진 선배와 러시아 이곳저곳을 돌아다니면서 소설의 내용이 한창 중반에 이르렀을 때 슬그머니 “선배는, 지금의 내 나이가 되지 못했다.”라며 힌트를 준다. 그러고 나서 “선배의 심장은 2009년 여름밤, 아무 이유 없이 정지했다. (…) 서른두 살의 객사였다.”라며 폭로한다. 일인칭 화자인 주인공에 대한 묘한 배신감이 몰려오기가 무섭게, 그동안 미진 선배와 나눈 대화가 결국 죽은 사람과의 대화였다는 사실을 깨닫자 약간의 섬뜩함마저 느껴진다. 물론 그 다음에는 미진 선배를 향한 그리움이 절절하게 묻어나온다.

이 소설에 나온 여행은 죽은 미진 선배를 회상하기 위한 장치이다. ‘나’는 노래패 시절 다른 멤버들과 불화를 겪었던 미진 선배를 회상한다. 또 대학 시절 3년간 같은 집에서 살았던 미진 선배를 떠올린다. 마로니에 공원에서 투명한 목소리로 〈녹두꽃〉을 부르던 미진 선배를 떠올려 보기도 한다. 러시아에 가서 과거를 회상한다는 것은 앞서 살펴본 황정은의 작품과 동일한 발상이다. 익숙한 곳을 떠나 낯선 곳에 가서, 시간을 거슬러 과거를 회상하는 시공간 구조. 반복되는 일상적 공간에서 여행을 떠나 그동안 잊고 있거나 미루고 있던 슬픔의 실체와 대면하는 것이 두 작품에서 공통적으로 활용된 여행의 숨겨진 효과이다.

> 율랴처럼 나도 선배를 잊어가고 있다. 이 노래를 선배와 함께 불렀을 때의 마음이라는 것도 이제는 희미하기만 하다. 선배가 떠나고 반년 동안은 제정신이 아니었지만, 시간이 지날수록 안타까운 마음도, 선배에 대한 분노에 가까운 그리움도 옅어졌다. 노래가 끝나고 공테이프가 회전하는 소리를 잠시 듣다가 정지 버튼을 눌렀다. 얼굴이 붉게 상기된 율랴가 나를 보고 애써 웃고 있었다. 노래는 끝났고, 우리에게는 선배에게 주어지지 않았던 시간이 남아 있었다.(〈먼 곳에서 온 노래〉, 292면)

이 소설은 지연되었던 애도가 다시 개시되는 순간을 담담한 색채로 그려내고 있다. 이 소설은 시간을 거슬러 과거로의 여행을 감행하는 '기억'의 중요함을 강조한다. 기억을 통해 주인공 '나'와 미진 선배는 '대화'를 나눌 수 있었고, 화해에 이를 수 있었다. 기억은 애도를 위해 무엇보다 중요한 요소이다. 그러나 애도가 충분히 이루어지고 나면 이제 남아 있는 자들의 기억은 서서히 옅어진다. 남아 있는 자들에게는 죽은 자들에게 주어지지 않았던 시간을 살아내야 하는 의무가 있기 때문이다. 물론 여기서 또 하나의 방점은 '충분한 애도'에 있을 터이다. 몇 년간 끊임없이 자신을 괴롭히던 미진 선배의 죽음이 충분한 애도의 과정을 거치면서 그제야 누그러질 수 있기 때문이다. 애도가 충분한가를 따져보아야 한다.

3. 찾아온 사람

백수린의 〈참담한 빛〉(≪현대문학≫ 2015. 9)은 세계적으로 주목받는 다큐멘터리 영화 감독인 아델 모나한이 한국을 방문한 것으로 시작한다. 영화잡지 기자인 정호에게 아델의 인터뷰를 따오라는 임무가 주어지만, 아델은 아예 호텔 밖으로 한 걸음도 나오지 않은 채 번번이 인터뷰를 거절한다. 최근 아내와의 불화로 인해 불안정한 상태에 있던 정호가 인터뷰를 거절하는 아델에게 면전에서 비난함으로써 일을 망치는 듯했으나 아델은 돌연 태도를 바꾸어 인터뷰에 응한다. 정호는 그동안 그녀가 외출을 거부한 것이 터널공포증 때문이라는 것을 알게 되고, 세간에 알려지지 않은 그녀의 결혼 생활 이야기도 듣게 된다. 인터뷰는 마무리되었으나 정호는 그녀의 이야기를 기사화하지 못 한 것으로 끝난다.

이 소설에서 서사 전개가 전환되는 분기점 역할을 하는 터널공포증의 연원은 아델의 남편 로베르가 경험한 비극적인 가정사이다. 1999년 3월 24일 알프스의 터널 안에서 화재가 발생하여 39명이 사망했을 때,

전처와의 사이에서 난 로베르의 아이들이 그 속에 있었다. 2015년 3월 24일 알프스 위를 날던 저먼윙스가 추락하였다. 로베르는 저먼윙스 추락사고 이후 심각한 정신적 질환을 앓게 되었고, 치료를 거부한 채 고통 속에서 아델을 떠나갔다. 프로이트식으로 정리하자면 그간 잠재되어 있던 로베르의 트라우마가 저먼윙스 추락사고라는 사후적인 계기로 인해 증상으로 발현된 것이다.

> 나는 알 수 없었어요. 그건 매우 오래된 일이니까. 그건 슬픈 일이지만, 그들(로베르의 아이들, 인용자)이 저먼윙스에 타 있던 것도 아니고, 나는 로베르가 그만 잊고 자학을 멈췄으면 했어요. 그럴 수 있잖아요. 그걸 바라는 건, 나쁜 건 아니잖아요.(〈참담한 빛〉, 72면)

불의의 사고로 인해 아이를 잃은 부모의 마음을 아델은 이해할 수 없었다. 그것은 명백히 슬픈 일이지만 이미 많은 시간이 경과했기에 이제 그만 잊고 자학을 멈추는 것이 '이성적'으로 타당하다. 아델의 말처럼 슬픔에 빠진 사람이 그 슬픔을 극복하고 다시 일상으로 돌아오기를 바라는 것이 나쁜 것은 아니다. 이러한 아델의 생각은 아내를 못마땅해하는 정호의 생각과 일치한다. 정호는 아내와 심한 불화를 겪고 있으며 이혼을 생각하고 있다. 정호의 아내는 아이를 유산한 후 "어둠의 밑바닥에 가라앉은 채 밖으로 나올 생각을 않던" 상태. 정호는 "언제까지나 과거에 발을 묶어둔 채 살 수는 없었다. 이제 앞으로 나아가야만 했으니까. 그는 진심으로 그렇게 생각했다."(70면)

그러나 만약 로베르가 아직 충분히 애도하지 못한 상태라면, 과연 아델이 그런 요구를 하는 것이 정당화될 수 있을까. 강요가 되었든 조언이 되었든 아직 애도를 완료하지 못한 사람들에게 이제 그만 죽은 아이는 잊어버리고 새 삶을 살라고 하는 권유는 '나쁜 것'일 수도 있다. 아델은 미시건호 불꽃놀이를 보면서 이제는 로베르를 두 번 다시 볼 수 없다는 사실을 새삼 깨닫는다. "이렇게 살아가지겠구나. 시간과 함께." 사랑하는 사람을 망각하는 것이 '치유'라면 치유란 두려운 것일 수도 있겠구나 하는 생각도 함께. 그 순간 로베르가 슬픔을 거두지 않으려 발버둥 친 것이 사랑하는 자식들을 망각하지 않으려는 안간힘이었다는 사실을 뒤늦게 알아차릴 수 있었다. 아델이 겪는 터널공포증이란 로베르의 슬픔과 고통이 전이된 것이라 프로이트식으로 말할 수 있겠다. 그렇기에 터널공포증은 자학을 멈추라는 권유를 중단하고 슬퍼하는 사람을 진정으로 이해한 결과가 된다.

소설의 결말 부분에서는 정호가 이혼하지 않은 것으로 나온다. 이른 새벽 출근하기 위해 일어나 보면 여전히 아내가 침대 가장자리에서 완전히 무관한 타인처럼 잠들어 있는 것을 목격하며 불편한 마음을 갖지만 이제 이혼할 마음은 사라진 듯하다. 혹시 정호도 아델처럼 자기 아내를 이해하기 위해 노력하고 있는 것은 아닐까. 여전히 슬퍼하는 아내에게 빨리 슬픔에서 빠져나오라고 강요하거나 조언하는 대신 묵묵히 그 곁을 지켜주는 것이 정호가 할 수 있는 유일한 일이 아닐까.

조해진의 〈문주〉(≪문학사상≫, 2015. 9)는 해외 입양아가 성인이 되어 한국을 방문한 짧은 여행을 다룬 소설이다. 주인공 '나'는 독일에서 극작가로 활동하는 한국계 프랑스인이다. 그녀는 스스로를 '고향과 국적과 주소가 모두 다른 나라로 기록되는 떠돌이'로 규정한다. 그런 그녀에게 단편 독립영화를 찍는 서영이 한국 방문을 제안했다. 혹시 당신의 한국 이름이 무엇이냐는 질문과 함께. "이름은 우리의 정체성이랄지 존재감이 거주하는 집이라고 생각해요. 여긴 뭐든지 너무 빨리 잊고, 저는 이름 하나라도 제대로 기억하는 것이 사라진 세계에 대한 예의라고 믿습니다."(113면) 그러니까 이번 여행은 '정문주'라는 한국 이름을 단서로 해서 자신의 정체성을 탐색하는 목적을 지니고 있다.

'문주'라는 이름에는 두 가지 상반된 의미가 있다. 대학 시절 알고 지냈던 한국인 유학생이 문주가 '문기둥'을 의미한다는 사실을 알려주었다. 지붕을 떠받쳐 주는 뿌리이자 건축물의 무게중심. '나'는 '자신의 삶과 가장 먼 곳에 있는 유적지' 같은 의미를 지닌 그 이름이 무척 마음에 들었다. 일주일 전 서영은 문주가 '먼지'에 해당하는 사투리라는 사실을 알려주었다. "그날 공항철도를 타고 서울역 쪽으로 오면서 나는 먼지가 문주의 진짜 의미 같다는 상념에서 헤어 나올 수 없었다. 한곳에 정주하는 일 없이 작은 바람에도 속절없이 흩날리는 먼지처럼 나는 살아왔으니까."(111면) 정주를 의미하는 문기둥과 방랑의 의미하는 먼지 중에서 무엇이 '문주'라는 이름의 진짜 의미인지를 확인하기 위해서는 그 이름을 지어준 사람을 찾아 물어보아야 한다. 입양 전 자신을 맡았던 고아원을 찾아가고, 철로변에서 자신을 발견한 정씨 성을 가진 기관사를 찾아야 한다.

한편 과거의 흔적을 찾는 일 외에 복희 식당 노파와 관계 맺는 일이 또 다른 서사적 과제로 부여된다. '나'는 한국을 방문하는 동안 서영의 집에 임시로 머물기로 했는데, 같은 건물에 복희 식당이 있다. 손님도 거의 들지 않고, 그리 위생적으로 보이지도 않는 그런 허름한 식당을 노파 혼자 지키고 있다. 노파의 첫인상은 거부감 그 자체였다. 꾸부정하게 굽은 몸과 탁한 빛의 얼굴을 하고 세상으로부터 버려진 노년의 모습에서 어쩌면 자신의 미래가 연상되었는지도 모른다고 고백한다. 그랬던 것이 정전이 된 어느 날 저녁 식당에서 켜 놓은 촛불에서 흘러나오는 작은 빛줄기로 인해 바뀐다. "그곳에 앉아서 식사를 하는 동안엔 어디로든 그녀를 데려갈 수 있는 이 세계의 반짝이는 작은 조각"(117면)을 꿈꾸며 식당 안으로 들어선 것이다.

> 나는 충동적으로 복희 식당 문을 열고 안으로 들어갔다. 커다란 그림자의 보호를 받으며 일렁이는 촛불 앞에서 따뜻한 음식을 먹고 싶다는 단순한 마음뿐이었다. 짤랑, 하는 방울소리에 노파가 뒤를 돌아봤다.(〈문주〉, 117면)

이 장면은 작가의 다른 단편 〈빛의 호위〉를 떠올리게 한다. 세상은 춥고, 외롭고, 불안하다. 세상의 어둠 속에 누군가 고립된 채 웅크리고 있다. 하지만 누군가 그들에게 따뜻한 빛을 선사하고 위로를 제공한다. 그런 따뜻한 빛의 호위 덕분에, 예를 들어 장이 알마 마이어를 지하창고 숨겨 준 덕분에 알마 마이어가 홀로코스트의 비극을 피할 수 있었고, 친구가 선물해준 장롱 속 카메라 덕분에 외톨이로 지내던 권은은 커서 유명 사진작가가 될 수 있었다. "그녀에게 카메라는 단순히 사진을 찍는 기계장치가 아니라 다른 세계로 이어지는 통로였으니까. 셔터를 누를 때 세상의 모든 구석에서 빛 무더기가 흘러나와 피사체를 감싸주는 그 마술적인 순간을 그녀는 사랑했을 테니까."(〈빛의 호위〉) 외톨이 소녀가 카메라를 통과하는 찰나의 빛에 매료되었듯 한국을 방문한 입양아는 허름한 식당에서 새어 나오는 촛불에서 무한한 위로를 선물 받는다.

그러던 중 복희 식당 노파가 뇌출혈로 쓰러졌고, 단 한 번 복희 식당에서 밥을 먹은 적 있는 '나'는 노파를 병실을 지킨다. 노파의 이름이 복희는 아니라는 것, 그러나 노파의 병실로 찾아오는 딸이 없다는 것이 알려진다. 그 순간 '나'는 자신을 향해 노파가 했던 말을 '불길하게 복기'한다. "제일, 알아? 제일, 넘버 원! 내가 넘버 원 사랑하고 미안한 사람, 그 사람이랑 닮았어. 나, 깜짝 놀랐어."(123면) 희미하게 암시되는 모녀간의 만남. 노파가 사랑하고 미안해하는 딸 복희가 그동안 찾아 헤맨 자신의 과거가 아닐까 하는 의혹.

물론 명백히 밝혀지는 것은 없다. 기관사는 이미 작년에 작고했음을 확인했고, 이제 추적을 중단한다. '나'는 애초부터 알고 싶었던 것은 문주라는 이름의 의미가 아닐지도 모르겠다고 생각한다. 그보다 중요한 것은 추적을 하는 동안 그 기관사가 어린 자신에게 생과자를 사다 주었고, 상에 같이 앉을 때면 많이 먹으라는 말을 잊지 않았으며, '문주야'라고 다정하게 이름 불러주었다는 사실을 다시 '기억'하고 확인했다는 데 있다. 차가운 세상에서 기관사가 건네는 따뜻한 '빛의 호위'를 받은 적이 있다는 사실만큼은 명백하다. 복희 식당의 노파가 따뜻한 한 끼의 밥으로 자신에게 빛의 호위를 선물했다는 것 또한 분명하다.

소설의 마지막 대목은 옮기면 이렇다. "정전인 양, 먼 곳에서부터 어둠이 내리고 있었다. 어둠 속에서 노란 등만이 유일하게 색을 띠었다."(129면) 어둠 속에서 발견하는 빛, 그 빛이 누군가를 감싸 안을 때 그 누군가는 든든한 호위를 받는 것이고, 그로 인해 어둠을 견딜 수 있는 힘을 얻게 될 것이라는 희망을 엿볼 수 있다.

4. 여행의 시작과 끝

최진영의 단편 〈봄의 터미널〉(≪한국문학≫, 2015 가을)에 나오는 주인공은 여행하는 사람이 아니라 여행객을 지켜보는 사람이다. 그는 대학 졸업 후 아르바이트 삼아 버스터미널에서 검표원일을 시작했고 어느덧 삼 년째다. 그는 자신이 일하는 버스터미널을 "어딘가에서 오거나 어딘가로 가려는 사람들이 잠시 머무르는 곳"(112면)이라고 소개한다. 그는 그곳에서 여행을 시작하는 사람, 여행을 마치고 돌아오는 사람을 늘 지켜본다. 그곳에서 자신의 첫사랑 '봄'을 조우하게 된 것이 이 소설의 발단이다.

주인공 청년은 순박하다고 해야 할지 순수하다고 해야 할지 말수가 적고 소심한 성격의 소유자다. 승객들의 표를 검사하고, 화물칸을 닫고, 버스 기사에게 수신호를 보내 후진을 돕고, 버스가 승차홈을 서서히 빠져나가면 '안녕히 다녀오세요.'라고 허리 숙여 인사하는 것이 전부인 무척 단순한 일. 기억을 더듬어보면 고속터미널을 떠나는 버스 창밖으로 검표원이 고개를 숙여 인사하는 모습을 본 적도 있는 것 같기도 하다. 존재감이 옅어지는 검표원이라는 직업, 청년은 마치 터미널이라는 공간의 배경처럼 조용히 티도 나지 않게 움직인다.

그러나 말수가 적고 온순해 보인다고 해서 그 청년에게 자존감이 없는 것은 아니다. 겉으로 표현하는 것이 서툴러 쉽게 자신의 의지나 의견을 피력하지 않을 뿐, 속으로는 많은 생각을 한다. 어떤 승객들은 당연하다는 듯이 검표원 청년에게 반말을 하고 무시한다. 마치 검표원에게는 막 대해도 되는 것처럼 대한다. 청년은 그런 자신의 처지를 가리켜 단무지 같은 존재라 스스로 규정한다. '김밥천국의 김밥도 못 되고 그냥 단무지 같은 존재' 돈을 더 내지 않아도 더 달라고 하면 더 주는 것이 단무지다. 서비스로 받은 것이기에 대충 먹다가 남겨도 하나도 아깝지 않은 것이 단무지다.

> 내가 만약 사람이 아니라 아주 비싼 기계라면, 최신형 스마트폰이라면 사람들이 지금보다 나를 살살 대하지 않을까. 내가 망가지거나 고장 나면 보상을 해야 하니까. 하지만 내가 비싼 기계가 아니라 싼 기계라면, 2G폰이라면 지금과 다를 바 없을 것이다. 그러니 기계냐 사람이냐보다 중요한 건 싸냐 비싸냐의 문제인가. 나는 싼 인간인가. 그래서 어떤 이들은 내게 당연하다는 듯 반말을 하고 명령을 하고 무시하는 걸까. 그들의 눈엔 내 이마빡에 찍힌 바코드와 가격표가 보이는 걸까. 자기들끼리 결정 내린 시장가격이.(115-116면)

일을 처음 시작했을 때는 그런 대우가 부당하다고 생각하지 않았다. 그러나 자신의 첫사랑 봄이 매일 터미널에서 버스를 탄다는 사실을 알고 나서부터는 무척 신경이 쓰인다. “두렵다. 어딘가에 봄이 있을까 봐. 봄이 봤을까 봐. 단무지 같은 나를 보고 고개를 돌렸을까 봐.”(116면) 부당한 대우가 당연시되는 차가운 현실을 향한 제법 날카로운 비판도 감행된다. 첫사랑을 향한 순수하고 부끄러운 마음이 자신을 둘러싼 부당한 현실에 대한 비판 의식을 일깨우게 되는 셈이다.

첫사랑의 순수함은 자신의 현실에 대한 비판 의식뿐만 아니라 다른 것도 가르쳐 준다. 터미널 의자에 앉아 봄이 돌아오기를 기다리는 일은 주인공 청년에게 즐거운 일이다. 터미널에서 봄을 발견하기 전에는 ‘다들 어딘가로 떠난다’고만 생각했지만, 봄을 기다리면서 “‘어딘가로 떠난다’는 말은 ‘어딘가로 돌아간다’는 말과 크게 다르지 않음을.”(117면) 알게 되었다. 소설의 첫 부분을 다시 살펴보니 검표를 마친 청년은 터미널을 떠나는 버스를 향해 ‘안녕히 가세요.’가 아니라 ‘안녕히 다녀오세요.’라고 말하곤 했다.

안녕히 다녀오라는 인사에는 다시 돌아올 것에 대한 믿음과 당부가 담겨 있다. 바로 여기서 이 소설은 현실을 향한 또 다른 날 선 비판이 감행된다. 이때의 비판은 다분히 의도적이고 명시적인 방식으로 수행된다. 버스를 타려던 첫사랑 봄이 터미널에서 청년을 알아보고 아는 척한다. 청년이 터미널에서 일한다는 것을 알게 된 봄은 ‘그럼 내일 또 보자.’는 인사를 건네면서 버스에 탑승한다. 그는 ‘4월 16일’인 봄의 생일을 기억하고 케이크를 준비해서 기다리지만 봄은 나타나지 않았다. 그리고 배가 침몰했다. ‘내일 보자.’며 떠났던 첫사랑이 돌아오지 않았다. '다녀오겠습니다.'라고 인사하며 집을 나섰던 학생들이 돌아오지 않았다.

> 봄은 그 배를 탔을 리가 없다. 중간고사를 준비하고 있을 애가 느닷없이 왜. 하지만 보이는 대로 믿을 수가 없었다. 합리적인 생각을 신뢰할 수 없었다. 이 세상이 이치에 합당하게 굴러가는 곳이라면, 구명조끼를 입고 구조를 기다리는 사람들을 단 한 명도 구하지 못할 수는 없으니까. 인간의 세상은, 그런 합리나 상식으로 움직이지 않는다. 저 배가 보여주고 있지 않은가. 구하지도 않으면서 구하고 있다고 뉴스는 거짓말을 했다. 그러니 단지 그 배를 타지 않았다는 이유만으로 봄이 안전하다고 생각할 수 있나. 그 생각이 과연 타당할까. 위험은 도처에 있고 아무도 안전하지 않으며 돈이 규칙이자 표준이고 어떤 사람은 서비스 단무지인 이 세상에서.(〈봄의 터미널〉, 133면)

여전히 청년은 봄을 기다린다. 봄이 말했던 내일은 지나가버렸고 봄은 나타나지 않았다. 그러나 해가 바뀌어 "봄이 다가오고 있었다. 다시 그날이."(133면) 이 말은 단지 동음이의어를 활용한 중의적 표현에 그치는 것이 아니다. 첫사랑을 지켜내려는 청년의 순수성에 연결된 의지이자 소망의 표현이다. 그렇기에 다시 돌아오겠다는 봄의 약속을 잊지 않고 봄을 기다리는 청년에게서 그날의 슬픔을 대하는 우리의 모습을 되돌아보게 된다.

5. 나오며—끝나지 않은 여행

> 반년이 지났다.
> 슬픔과 애도는 한 계절 유행처럼 번지고 사라졌다.
> 여전히 슬퍼하는 사람에게 누군가가 유난 떨지 말라고 했다.(〈봄의 터미널〉, 133면)

이상에서 살펴본 작품들에서는 '세월호의 표식'이 강하게 드러난다. '4월 16일'을 직접적으로 언급(〈봄의 터미널〉)하거나 세월호 사건을 연상케 하는 '물에 빠져 숨진 아이'(〈누구도 가본 적 없는〉), 동음이의 관계를 활용한 '배 속에서 죽은 아이'(〈참담한 빛〉), 인재라고 볼 수밖에 없는 대형 인명 사고(〈참담한 빛〉)를 소설 속에 설정하는 식으로 뚜렷하게 연결 고리를 남기기도 한다. 그런 선명한 암시 외에도 부모나 자식, 또는 사랑하는 사람과 이별(주로 사별)하거나 애도하는 내용은 모든 작품에 공통적으로 등장한다. 무엇보다 희생자의 대부분이 수학여행을 가는 중이었다는 점에서 '여행'을 소재로 소설을 쓰는 것 자체가 넓은 의미에서는 세월호의 표식일 수 있다.

결과를 놓고 보니, 여행의 방향성이 그리 중요하지는 않았다. 이방인이 되어보는 것도, 이방인의 시선으로 우리 자신을 돌아보는 것도 결국에는 '반성'이라는 정신적 과정이라는 점에서는 같은 결과를 낳기 때문이다. 세월호 사고로부터 어느 정도 시간이 흘러서인지, 자식을 먼저 가슴에 묻고 슬퍼하는 아내와 이제 그만 슬퍼하라고 권유하는 남편이 불화를 겪는 내용을 다룬 작품도 있다. 여전히 슬퍼하는 사람들을 향해 누군가는 이제 그만하라고 강요하거나 조언한다. 그러나 충분함의 기준은 강요나 조언하는 사람이 아니라 '여전히 슬퍼하는 사람'이 정하는 것이어야 한다. 그것이 인간의 세상에 관철되어야 하는 최소한의 원칙이다.

앞에서 다룬 소설에서는 시간을 거슬러 과거를 '기억'하는 노력의 필요성을 강조한다. 기억의 끝에 과거의 맨얼굴을 대면하게 일은 무척 고통스러울 수 있다.(〈누구도 가본 적 없는〉) 그러나 그러한 과거와의 고통스러운 대화를 통해 진정한 애도를 수행할 수 있다.(〈먼 곳에서 온 노래〉) 타인과의 소통은 한 편으로는 타인에 대한 이해와 공감으로 나아가고(〈참담한 빛〉), 다른 한 편으로는 자기 자신에게로 되돌아와 든든하게 호위하는 한 줄기 빛이 될 수도 있다.(〈문주〉) 그러니 기억하기를 멈추지 말고, 다녀오겠다는 약속을 계속 기다려야 한다.(〈봄의 터미널〉) 여행은 여전히 현재진행형이기 때문이다.

양극화 시대 소설의 표정

1. 들어가며

'양극화'라는 단어가 어느새 익숙해졌다. 예전에는 '빈부격차'라고 하던 것을 이제 '양극화'라 부른다. 그런데 '양극화'는 '빈부격차'와 상당히 다르다. '격차'는 클 수도, 작을 수도 있으니, 빈부격차를 줄이는 개선의 노력을 기대할 수 있다. 반면 '양극화'는 북극과 남극처럼 정반대의 방향으로 내달리는 운동성을 내포하고 있어 어중간한 중간 상태는 용납지 않는다. 사회경제적 불평등이 점차 심화된다는 것, 개선될 여지가 보이지 않는다는 것, 전 세계가 재능이나 노력보다 태생이 중요한 '세습자본주의'로 향한다는 것은 실로 우리를 당혹케 한다.

이와 같은 사회경제적 상황에 대해 최근의 우리 소설은 어떤 반응을 보이고 있는가. 사회경제적 모순을 비판하고 분노를 표할 것인가, 반대로 현실에 순응하여 숨죽여 연명하는 길을 택할 것인가. 열악한 경제적 조건으로 '연애', '결혼', '출산' 세 가지를 포기한다는 '삼포세대'

의 생존법은 무엇이고, 갑의 횡포 앞에 초라하게 서 있는 을의 처세술은 무엇인가. 혹은 한참 시간이 흘러 먼 후일 역사는 우리를 어떻게 기록하고 있을 것인가.

몇 편의 소설을 대상으로 양극화에 대한 소설적 반응을 살피는 것이 이 글의 일차적 관심이다. 이러한 관심이 문학사회학적 접근과는 다소 거리가 있음을 밝혀둔다. 그보다는 최근 소설의 생생한 '표정'을 슬쩍 엿보는 데 만족하고자 한다. 이런 '표정'이란 오늘날 우리 사회를 살아가는 사람들이 느끼는 기쁨과 슬픔, 고통과 행복 등을 소설 속에 담아내는 방식을 일컫는다. 그러한 소설의 표정을 찬찬히 들여다보면 때로는 통찰이나 반성으로 이어질 단초를 발견할지도 모를 일이다.

2. 자괴감과 자존심 사이에서

강남 아파트의 경비원이 분신했다. 주민의 폭언과 그로 인한 모멸감이 원인이었다. 언론에서는 열악한 경비원의 근무 여건을 다투어 보도했는데, 주민으로부터 유통기한이 지난 음식을 받기도 하고, 반말과 무시하는 말을 예사로 듣는 등 인격적으로 모욕을 느낀다는 증언이 잇따랐다. 아파트 주차 공간이 부족한 탓에 새벽마다 주민들의 외제차를 빼주느라 고생하지만, 행여 작은 접촉 사고라도 나면 본인의 사비를 털어 보상해 주어야 하는 부당한 현실에 한마디 항의도 못 한다. 주민의 민원과 그로 인한 해고의 공포가 일체의 부당함에 침묵하도록 만든다. 정지아의 〈계급의 완성〉(≪한국문학≫, 2014 겨울)은 바로 그런 아파트 경비원을 주인공으로 내세웠다.

유통기한이 지난 냉동갈비 선물 세트는 주인공이 받는 부당한 대우와 인격적 모멸감과 압축적으로 제시한다. 808호 여자가 갈비를 건네줄 때만 해도 유통기한이 지난 것을 몰랐기에 경비원 노릇 오 년 만에 처음으로 사람대접을 받는다고 감격하기도 했다. 그러나 냉동갈비가 유통기한을 몇 년씩이나 넘겼음을 퇴근길 버스에서 알게 되었고, 이제 유통기한을 한참 넘긴 갈비는 '제아무리 유명백화점 것이라 한들 쓰레기에 불과했다.' 고마움이 실망으로, 실망이 서글픔으로 바뀔 때 발생하는 말로 설명할 수 없는 복잡 미묘함이 이 소설의 독특한 표정이 된다.

> 버스가 목적지의 절반쯤에 당도할 때까지 그는 물끄러미 냉동갈비를 바라보았다. 분노가 치밀지는 않았다. 그런데도 시선을 뗄 수 없었고, 뭐랄까, 슬금슬금 뱃속 저 깊은 어딘가에서 견딜 수 없는 가려움 같은 것이 시작되고 있었는데, 그것은 정체를 국졸인 그의 언어로는 도무지 표현할 길이 없어 막막할 따름이었다. (…) 아내는 그와 함께 산 삼십 년 동안 쉰 밥 한 번 버린 적이 없었다. 유효기간 따위 신경 쓸 인생이 아니었다. 그렇게 살았어도 그나 아내나 어느 한구석 탈 난 데 없이, 몸뚱이 하나는 최상급으로 타고난 인생이었다. 쓰레기에 지나지 않는 냉동갈비보다 바로 그 점이 난데없이 서글펐다.(〈계급의 완성〉, 26면)

뱃속 깊은 곳에서 시작된 '가려움'은 우리에게 많은 것을 생각하게 한다. 그것이 분노는 아니다. 그럼에도 견딜 수 없는 이질감을 유발한다. 주인공은 자신이 '국졸'이기 때문에 그런 가려움이 무엇인지 표현할 길이 없다고 말하지만 실상 그런 가려움의 실체가 무엇인지 자신있게 설명할 수 있는 사람은 없다. 만약 그런 가려움이 시원스럽게 규명된다면 그에 따라 자연히 해결책도 파악될 수 있고, 그렇다면 '양극화'니 '갑의 횡포'니 하는 것은 처음부터 개념 정립조차 불가능했을 것이다.

그런 가려움이 어쩌면 '자괴감'의 한 표현일 수도 있겠다는 생각이 든다. 주인공의 심적 동요를 일으킨 것은 냉동갈비가 아니라 '자신의 처지가 쓰레기에 불과한 냉동갈비를 마음대로 집어 던져도 되는 쓰레기통과 진배없다'라는 사실이다. 또한 지금까지 유통기한이 지난 음식을 먹어도 아무 탈이 나지 않는 '몸뚱이'를 타고났다는 사실이 주인공을 더욱 서글프게 만든다. 그것은 자신의 몸이 건강하고 튼튼한 몸이 아니라 함부로 막 굴려도 괜찮은 천한 몸이라는 자괴감의 발현이다. 지금까지 바쁘게 살아오는 동안 미처 알아차리지 못했던 사실을 유통기한이 한참 지난 냉동갈비를 촉매로 하여 새삼스럽게 인식하기 시작하였을 따름이다.

그런데 정작 주인공은 쉽게 분노하지 않는다. 그는 세상과 자신의 인생에 대해 노여워하거나 슬퍼하지 않는다. 억울하다고 생각하지도 않으니, 현재의 상태를 벗어나려는 욕심도 내지 않는다. 바로 이것이 오래된 서글픔의 근원이다. 그의 분노와 억울함은 만성이 되어 이제는 무덤덤하고 무감각해졌다. 그러한 무뎌짐은 발바닥을 가득 채운 굳은살의 둔감함과 똑같다. 아무런 감각을 느낄 수 없는 굳은살로 가득 채워졌기에 그는 분노나 억울함 내지 욕심을 느끼지 못한다. 이러한 일종의 마비 상태야말로 진정으로 서글픈 것이리라.

> 변변한 것 하나 가져본 적 없는 인생, 무엇 하나 가져갈 수 없는 게 인생이라고는 하지만 적어도 태어날 때 그대로의 분홍빛 발만큼이라도 가져가고 싶었다. 그건 욕망도 뭣도 아니요, 그저 본연의 저로 돌아가고 싶다는 소박하디소박한 바람일 뿐이었다.(〈계급의 완성〉, 37면)

자신의 발바닥에 붙은 굳은살에서 서글픔을 느끼는 주인공을 탓할 수는 없다. 그가 발바닥에 보습제를 바르고 콘커터로 굳은살을 깎는 것은 롤스로이스 차주의 분홍빛 발바닥을 부러워하여 흉내 낸 행동이 맞다. 그러나 롤스로이스 차주의 분홍빛 발이 '갑 중의 갑'이 누려온 여유와 풍족함의 산물이라면, 주인공이 소망하는 분홍빛 발은 태어날 때 잠시 가졌다가 오랫동안 잃어버렸던 최소한의 인간적 권리에 가깝다. 곧 주인공이 느끼는 서글픔이란 본래의 상태에서 한참을 벗어나 있는 자신의 인생과 소외되고 훼손된 본래적 인간성에 대한 안타까운 감정이다.

깊이 잠든 아들의 발바닥 굳은살을 콘커터로 깎기 시작하는 소설의 결말은 얼핏 우스꽝스럽기도 하지만 자세히 들여다보면 자못 경건하고도 엄숙함마저 풍긴다. 비록 자신은 서글픔을 애써 지워버리고 아무렇지도 않은 듯, 다시 부당함과 굴욕의 생활로 돌아갈지라도 아들에게만은 태어났을 적 그대로의 봉숭아꽃 빛깔 발바닥을 회복시켜 주고 싶은 부모의 마음이 이 장면에 얹혀 있다. 이처럼 웃는 것도 아니고 우는 것도 아닌 어중간한 표정이 양극화 시대의 한복판을 걸어가느라 발바닥에 온통 굳은살이 박인 '을 중의 을'의 생생하고도 서글픈 표정이다.

손보미의 〈임시교사〉(≪문학동네≫, 2014 겨울)에서 주인공 P부인의 직업은 '보모'로 설정된다. 젊었을 때 임시교사였고, 이제 나이 들어 더 이상 임시교사로 불러주는 곳이 없게 되자 어린아이를 볼보는 일을 하게 되었다. 그녀는 고급 아파트 단지에 일하러 온 비정규직 피고용인이라는 점에서 〈계급의 완성〉에 나온 경비원과 크게 다를 바 없는 '을'이다. 그러나 그녀는 자신이 그곳 아파트에 살고 있는 것처럼 당당하게 행동한다. 갑에게 굽실거리는 을의 비굴한 모습은 찾을 수 없다. 아이를 데리고 우아하게 공원을 산책하는 모습은 서양 고전 소설의 한 장면을 떠올리게 할 정도다.

P부인은 자신의 노동을 '순수한 기쁨을 주는 행위'로 격상시킨다. 보모 일은 임시교사 자리에서 밀려나 선택한 일이고, 생계를 위해 어쩔 수 없이 해야 하는 일이지만 그녀는 대단히 우아하고 품위 있는 일인 것처럼 '정신승리법'을 발동한다. 그녀는 아이 돌보는 일을 하러 오면서도 늘 자신이 가진 옷 중 가장 좋은 옷을 입고 다닌다. 아이 교육에 관한 책을 읽으며 연구하고, 젊은 주인 부부에게 신세질 만한 행동은 일체 하지 않는다. 간혹 늦게 귀가한 부부가 그녀에게 초과 근무의 대가를 지불하겠다고 해도 그녀는 자신이 해야 할 일을 했을 뿐이므로 추가 수당은 필요 없다고 극구 사양한다. 간혹 파출부처럼 집안청소를 하고, 나중에는 알츠하이머에 걸린 시어머니 병수발까지 맡아 하는 등

그녀의 노동은 점점 강도가 높아지지만 그녀는 여전히 '정신승리'의 세계에 함몰되어 있다. 그녀는 '지금은 그 어느 때보다도 더 행복하구나.'라고 만족스러워 한다.

그러나 과연 젊은 부부도 P부인과 같은 생각인가 하면 전혀 그렇지 않다. 동상이몽의 아이러니한 상황의 연출이 이 소설의 생생한 표정이다. P부인은 젊은 부부가 자신의 호의에 대해 깊이 감사하고 있다 여기지만, 정작 젊은 부부는 "아무리 누군가 도와준다고 해도, 아시잖아요, 그게 얼마나 힘든 일인지."라고 말한다. 소설의 문장을 읽어나가는 동안 마치 한 사람씩 번갈아 인터뷰를 진행하고 있는 다큐멘터리 프로그램이 연상된다. 한 가지 사안을 둘러싸고 각기 다른 입장을 보이는 인터뷰이들, 그것을 하나씩 차례로 소개하고, 논평하는 것이 다큐멘터리 방송 프로그램의 기본 진행 포맷인 것처럼, 이 소설 역시 P부인과 젊은 부부의 시각차를 극명하게 보여주고, P부인의 행복감은 사실은 초라한 착각에 불과했음이 폭로된다. 쥐가 고양이 생각하는 착각, 을이 자신은 갑보다 우위에 있다고 생각하는 어이없는 착각이다.

"몇 달 후 아이 아빠는 승진했고, 아이 엄마는 정직원이 되었다. 모든 것이 너무나 완벽했고 잘못된 건 아무것도 없었다. 정말로 나쁜 일은 하나도 일어나지 않았다." 단 한 가지 P부인이 해고되었다는 것만 빼고……. 소설이 P부인이 보모 일을 맡는 데서 시작해서 그녀가 해고되는 데서 끝난다는 것은 의미심장하다. 동상이몽의 아이러니는 고용인과 피고용인 사이의 입장차에서 비롯되는 것이기에 우리 사회의 갑과 을 관계에 대한 암시를 내포한다. P부인의 착각은 자신의 자존심과 품위를 지키기 위한 정신적 자기 위안에 불과하지만 그런 거짓에라도 기대어 살아가는 그녀의 모습을 보면서 마음의 상처를 끌어안고 살아가는 모든 세상의 을에 대해 생각하게 된다. 자괴감과 자존심 사이에서 길을 잃은 P부인의 표정에 어쩌면 우리 사회의 초상이 담겨 있을지도 모른다.

3. 먼 훗날 오늘을 되돌아본다면

김희선의 〈그리고 계속되는 밤〉과 박민규의 〈대면〉은 미래의 세계를 배경으로 한다. 과학기술이 고도로 발전한 세계를 그린 전자는 SF적인 느낌이 강하고, 종교가 세상을 지배하는 고대 문명을 떠올리게 하는 미래 세계를 다룬 후자는 신화적인 느낌을 준다. 각기 다른 개성과 느낌을 가진 작품이지만 우리가 살아가는 자본주의 사회에 대한 강한 문제 제기가 미래 세계에 대한 상상의 저변에 깔려 있다는 점은 일치한다. 먼 미래를 배경으로 다룬 가상 이야기면서도 결국 의미를 해석하고 판단하는 준거는 단단히 현재에 발을 딛고 있는 작품들이다.

김희선의 단편 〈그리고 계속되는 밤〉(≪한국문학≫, 2014 겨울)은 짧은 분량에도 불구하고 미래 세계의 구체적인 풍경을 그럴싸하게 그려낸다. 어떤 경로를 거쳐 소설 속의 시간과 공간이 펼쳐지게 되었는지에 대한 장황하고 구구절절한 변명 따위는 없다. 그 대신 '당신에게 영생을!'이라는 거대한 전광판 속 홍보 문구를 통해 소설 속 상황을 압축한다. 기계기술과 바이오기술이 고도로 발전하여 인체의 장기를 자유롭게 교체할 수 있고, 인공 피부 이식이 보편화되어 사람의 외모만으로는 몇 살인지 판단할 수 없는 세상이다. 과학기술의 발전 추세로 볼 때 언젠가는 가능할지도 모르겠다는 생각이 든다.

> 장기나 피부를 바꾸는 데엔 돈이 들었다. 그것도 엄청난 돈이. 그건 아무나 감당할 수 없을 정도의 큰 금액이었고, 따라서 언젠가부터 세상은 두 부류의 사람들로 나뉘기 시작했다. 팽팽하고 매끈한 피부와 맞춤형 재생장기를 장착한 소수의 사람들과 늙고 쭈글쭈글한 얼굴에 구형 모터식 인공관절을 달고 다니는 그 나머지들.(〈그리고 계속되는 밤〉, 113면)

그러나 소설은 영생의 달콤한 꿈을 지루한 악몽으로 전복시킨다. 영생을 누리기 위해서는 돈이라는 조건이 붙는다. 돈이 있으면 장기를 교체하고 인공 피부를 이식하여 영생을 누릴 수 있지만, 돈이 없으면 요란한 기계음이 들리는 인공 관절에 밤마다 기름칠해야 하고, 싸구려 인공 피부로 인한 부작용에 시달린다. 돈이 있으면 젊고 멋진 외모를 가지고, 돈이 없으면 주름살과 질병을 끌어안고 살아야 하는 세계. 이미 우리는 돈으로 젊어 보이는 외모를 살 수 있는 시대를 살고 있지 않는가. 이러한 추세가 계속 이어지면 머지않아 소설 속 디스토피아가 우리의 눈앞에 펼쳐질지도 모를 일이다.

이에 이 소설의 SF적 요소는 자기충족적인 장르문학 일반의 경향과는 달리 현실 세계에 단단히 연결되어 현실에 틈입하려는 특징을 지닌다. 예를 들어 주인공의 직업이 지닌 의미는 먼 미래 세계에 속한다기보다 오늘날 현재 우리가 살아가는 세계에 더 많이 결부된다. 그는 어느 전자회사의 제품서비스를 담당하는 일을 한다. 그는 전자회사의 정직원이 아니라 외부 용역회사의 소속이며, 서비스 수리를 마친 고객이 '감동/만족/보통/불만' 중 하나를 고르는 고객만족도 평가에 의해 재계약이 좌우되는 불안정한 고용 상태에 놓여 있다. SF의 외관을 지니면서도 SF의 일반적인 문법을 파괴하는 자리에서 현재의 사회를 향해 목소리를 내는 작품인 것이다.

이 소설이 담고 있는 현실을 향한 목소리는 다양하다. 사회경제적 불평등 구조, 불안정한 고용 환경, 외모지상주의와 자본주의의 결합, 감정노동자의 피로감, 사회보장보험에 대한 불안 등이 얼핏 눈에 띄며, 이외에도 생명에 대한 경외심이 희박해져가는 현상이 여러 문제의 이면에 공통적으로 깔려 있다. 그러한 불안과 모순과 피로감은 소설의 제목에서 언급된 바대로 '계속되는 밤'의 이미지로 집약된다. '아무런 시술도 받지 않고 어떤 장기도 바꾸지 않은 채, 그냥 인간 본래의 수명만큼만 살고 가길 자발적으로 택한다는 이들.'의 비밀스러운 종교에 관해 슬쩍 언급하기도 하지만 소설은 자원입대한 주인공이 아침을 기약할 수 없는 '밤의 사막'을 걷는 것으로 끝난다. 어두운 절망 속을 통과하는 주인공이 언젠가 희망을 발견하게 될지도 모르지만 당분간 밤은 계속될 것이다. 아직은 위안이나 전망의 가능성을 쉽게 입에 올리기 힘들다는 것이 〈그리고 계속되는 밤〉이 포착한 우리들의 당혹스러운 표정이다.

박민규의 단편 〈대면對面〉(≪문학동네≫, 2014 겨울)은 '신을 오른다.'라는 문장으로 시작한다. 주인공 라까는 오체투지를 하며 신을 오른다. 그는 일생에 한 번 순례를 해야 하는 계율에 따라 고행의 길을 걷고 있다. 등장인물의 이름이나 사물의 명칭, 종교적 분위기 등으로 짐작할 때 티베트이나 히말라야 산맥 부근에서 벌어지는 일 같다. 그러나 다시 주의 깊게 살펴보면 '산을 오른다'가 아니라 '신을 오른다'이다. 주인공은 산이 아니라 거대한 신의 어깨 부근을 오른다. 이 세계 전체가 거대한 신의 몸으로 이루어졌다는 황당무계한 상상이다. 소설 속 신의 몸은 문학적 비유가 아니라 피부와 손톱 따위로 이루어진 진짜 몸뚱이다. 작가는 지금 가상의 세계를 창조하여 자신만의 창세기를 쓰고 있는 셈이다.

가상의 창세기는 대강 이러하다. 자본 문명의 시대에 자본가들은 신의 지위에 올랐다. 돈이 모든 것을 지배했으니 당연한 결과다. 신=자본가들은 자신들이 소유하지 못한 유일한 한 가지인 영생을 욕심냈다. 그들은 모든 자본력을 동원하여 영생의 기술을 획득했고, 영속하는 몸을 가진 신을 만들었다. 그러나 우발적인 사고로 인해 신의 몸은 팽창을 멈추지 않았고, 모든 도시와 대륙은 거대한 신의 몸에 깔려 한 순간에 사라졌다. 그렇게 팽창한 신의 몸은 바다와 산맥을 뒤덮고 그 자체로 하나의 거대한 '세계'가 되었다. 그러니 주인공 라까는 '산'을 오르는 것이 아니라 '신'을 오른다.

"인간은 다시 인간을 부리기 시작했다."(〈대면〉, 203면) 이것이 이 소설이 바라본 문명의 본질이며, 문명을 향한 비판이다. 문명이 파괴

되고 천 년이 지나자 다시 착취가 시작되었다. 광산에서 일을 하기 위해서는 종교 순례를 해야 한다. 순례를 하기 위해서는 일을 해서 돈을 벌어야 한다. 무엇이 목적이고 수단인지 구분되지 않는 모순의 악순환이 곧 문명이다. 그런 혼돈과 갈등을 초래한 장본인이 바로 인간이다. 자본의 욕심으로 인해 세계가 붕괴된 것에는 아무런 반성이 이루어지지 않았고, 또 다시 자본의 욕심이 싹트기 시작한다. 수 천 년의 스케일로 이루어지는 유쾌한 공상이라 지극히 가벼우면서도 자본의 작동에 관한 부인할 수 없는 통찰을 보이고 있기에 지극히 무겁다.

새로운 세계를 창조하는 거침없는 상상이라고 하더라도 그러한 상상이 가리키는 곳은 어디까지나 현실이다. 이러한 모습은 SF의 외관을 가지고 있으면서도 일반적인 SF와는 판이한 속성을 지닌 김희선의 소설과 닮았다. 소설 속의 문장은 먼 미래의 세계를 가리키고 있지만, 결국 그 손가락 끝이 가리키는 곳은 현재의 현실 세계다. 이것은 소설 속에서 탄생과 사망을 '고용'과 '해고'로 부른다는 힌트를 심어놓은 데서도 확인되는 바이다. 또한 성경을 패러디하여 만든 가상의 창세기가 로스차일드, 모건스탠리, 라자드 등 굴지의 금융투자은행의 계보를 변형한 것이라는 점 역시 이를 뒷받침한다. 가상으로 구축한 미래 세계는 현재의 우리 사회를 표적지로 삼고 있다.

주인공이 '신'을 오르는 목적은 정상에서 신을 만나 자신의 아들이 왜 '해고'를 당했는지 물어보기 위해서다. 이 질문은 인간의 '죽음'에 관한 것이다: 세계 속에 내던져진 유한한 인간 존재로서 떠올릴 수 있는 가장 기본적이며 근본적인 질문이다. 또한 이 질문은 사회경제적

'불평등'에 관한 것이다. 자본주의 체제에서 피고용인으로 살아가는 대다수 사람들에게 이 질문은 죽음에 관한 질문보다 한층 더 가까이 체감되는지도 모른다. 왜 내가 해고를 당해야 하는가, 왜 내가 취업하지 못하고 있는가, 왜 나는 이것밖에 돈을 가지지 못하는가, 자본주의를 살아가는 존재로서 떠올릴 수 있는 가장 기본적이며 근본적인 질문이다.

주인공이 신과 대면하게 되는 소설의 결말은 박민규 소설답게 황당하고 허탈하기 그지없다. 헛웃음을 유발하는 상황이 벌어질 뿐 아들이 왜 '해고'를 당해야 했는가라는 질문에 대한 답은 구할 수 없다. 소설은 질문에 대한 답변 대신 "말하자면 그게 전부였다."(〈대면〉, 214면)라면서 시치미를 뗀다. 그 결과 어디로 발걸음을 옮겨야 할지 모르는 길 잃은 순례자의 낯선 표정만이 소설의 마지막을 가득 채운다. 소설은 그러한 막막함의 표정이야말로 금융자본의 문명 속에서 살아가는 우리 스스로의 표정이라 말하고 있다.

4. 사랑마저 힘겨울 때

김훈의 〈영자〉(≪문학동네≫, 2014 겨울)에는 노량진 '구준생(9급 공무원 준비생)'의 생활이 르포처럼 펼쳐진다. 주인공 '나'가 머물고 있는 노량진 고시텔 '집현전'을 중심으로 9급 공무원 시험 준비 학원과 돈가스나 '김밥+라면'을 파는 고시 식당, 기출문제와 면접 가이드를 주로 파는 책방, 선거철이면 입후보자들이 하나씩 들고 사진을 찍는 노량진의 명물 '컵밥'을 파는 노점이 생생하게 포착된다. 고개를 돌리면 멀리 한강철교의 불빛과 그 아래 검은 한강물이 보이고, 귀를 기울이면 노량진역을 통과하는 열차의 소리가 들려온다. 한 폭의 풍경화처럼, 때로는 한 장의 스냅사진처럼 노량진 고시촌의 풍경을 그려낸다.

그 스케치 속에는 뚜렷한 이항 대립이 발견된다. 이 소설은 옆을 돌아볼 새도 없이 시험공부에 몰두하는 고시촌의 각박한 풍경 옆에 사육신 묘지의 고즈넉한 풍경을 나란히 놓는다. 단순히 과거와 현재의 대비가 아니라 이상과 대의명분을 좇아 자신의 목숨을 내놓은 '사육신'과 생활의 안정을 위해 모든 것을 건 '구준생'의 대비가 빚어내는 아득한 거리감이다. 현실과의 철저한 비타협이냐 밥벌이라는 현실에 대한 순응이냐, 시간을 초월한 영원한 삶을 선택하는 결단이냐 늙은 아비의 짐을 덜어주기 위해 스스로 두 발로 서기 위한 안간힘이냐의 격차이다. 치열함의 밀도만 놓고 볼 때 사육신과 구준생은 팽팽히 맞서고 있어, 어느 한 쪽의 편을 들어줄 수도 없다. 이것은 성문을 열고 투항해야 한다는 최명길과 끝까지 버텨 항전해야 한다는 김상헌의 대결(≪남한산성≫)인 동시에 신앙과 형제를 버린 정약용과 신앙을 버리지 않고 흑산도에 유배당한 정약전의 갈등(≪흑산≫)과 동격이다. 삶의 치열함에 관한 선택에서 어느 한 쪽도 물러섬 없는 긴장이야말로 작가의 독특한 문학적 인장이라는 사실을 새삼 확인하게 되는 대목이다.

이항대립에 기초를 둔 발상법은 남자와 여자의 관계에 대한 관심으로 이어진다. 이 소설의 줄거리가 '나'와 이영자의 동거생활이 어떻게 시작되고 끝났는가라는 사실을 상기하자. 인터넷 카페에 올린 글을 보고 룸메이트를 찾는 과정은 익명성으로 방어막을 치고 철저한 기브앤테이크(give and take) 원칙에 동의한 끝에 이루어지는 '삭막한' 작업이다. 열정이나 친밀감보다는 방세를 아끼고 성적 욕구를 해결하겠다는 타산적이고 실무적인 관계, 그것이 노량진 식 인간관계의 기본임을 소설은 보여준다. 그러한 관계는 '개별적이면서 전체적이었고, 보편적이면서 고립무원'인 노량진 고시촌의 인간관계를 상징하고 있으며, 좀 더 시야를 넓히면 생활의 여유를 잃고 각박하게 살아가는 우리 사회의 모든 '을'들의 상태와 일치한다는 안타까운 사실을 맞닥뜨리게 된다.

소설은 그러한 삭막한 관계 속에서 두 사람이 사랑을 시도하는 아슬아슬한 모습을 포착한다. "이영자에게 엄마와 고향이 있다는 사실이 내 마음을 비수처럼 찔렀다. 나는 이영자에게 (…) 내 아버지에 관하여 말하려다 참았다." "그 이야기도 영자의 마음을 후볐을 것이었다."(37면) 여기서 '나'의 마음을 비수처럼 찔러온 것은 영자가 방세를 분담하고 섹스의 욕구를 해소하는 상대가 아니라 '엄마와 고향'을 가진, 그래서 추억과 그리움과 상처를 가진 하나의 온전한 인격체라는 사실을 새삼 깨달았기 때문이다. '나'는 이제야 비로소 영자라는 '타인의 얼굴'을 제대로 보게 된 것이다. 그리고 이러한 타인의 얼굴을 들여다보는 과정을 통해 타인의 삶을 이해하고 나아가 타인을 사랑할 단초를 확보한다.

그러나 '나'는 사랑의 감정을 애써 억제한다. '나'는 영자에게 자신의 아버지에 관해 말하려다 참는다. 한편으로는 그녀와의 소통을 원하면서도, 다른 한편으로는 그러한 소통으로 인해 사랑이 생기면 노량진에서 버틸 자신이 없다는 두려움을 느낀다. 사랑의 감정이 싹트는 것을 알아차리지만, '나'는 그것을 스스로 포기한다. 이 장면에서 현실의 무게를 조금이라도 덜기 위해 다가오는 사랑마저 일부러 포기한다는 젊은 세대의 고통이 어떠한 분석과 설명보다 절박하게 전달된다. 또한 '나'의 비겁함과 나약함이 결국은 오늘날 우리 사회 모두의 책임이라는 생각에 이르게 된다.

'나'는 시험에 붙고, 영자는 떨어졌다. 이것이 두 사람이 헤어진 이유다. '나'는 영자의 금니에서 어린 시절의 가난을 읽어낼 수 있었고, 사육신 묘지 공원에서 낙엽을 줍는 그녀의 뒷모습만 보고도 그녀임을 알아볼 수 있었다. 타인을 이해할 마음의 준비가 되어 있었다. 기대가 되었든 두려움이 되었든 사랑으로 이어질 새로운 관계가 펼쳐지기 시잘 할 때 두 사람의 관계를 단절시킨 것은 시험 합격 여부라는 '외부의 요인'이다. 구준생의 불안감이 연애를 포기하게 이끌었지만, 궁극적으로 그에게 막대한 불안을 안겨준 것은 현실의 조건이다. 따라서 현실이 그들의 사랑을 폭력적인 방식으로 파괴한 것이다. 누가 한 문제를 더 맞히고, 덜 맞히는가라는 경쟁의 논리가 사랑보다 우위에 있다는 사실이 서글프기만 하다.

김의경의 단편 〈물건들〉(≪세계의 문학≫, 2014 겨울)은 가난한 커플의 동거 이야기다. 그들이 동거를 시작하면서 소설이 시작되고 동거를 끝내면서 소설도 끝난다든가, 대학 졸업 후 몇 년이 지나 우연히 만난 남녀가 순식간에 사랑에 빠진다든가 하는 설정이 다소 작위적인 느낌을 주는 것은 사실이다. 그러나 이 소설은 두 사람이 만나고, 같이 살고, 헤어지는 배경으로 '다이소'를 설정하고, 그곳에서 갖가지 물건을 구경하고 구입하는 행위 속에 사랑하고 다투는 젊은 연인의 모습을 겹쳐놓음으로써 독특한 실감을 창출한다. 동네마다 한 군데씩 있는 다이소 매장에서 물건을 둘러보는 사람들의 모습이 떠오르면서 느껴지는 묘한 공감이다. 나아가 이 소설은 그러한 공감을 바탕으로 우리 시대의 사랑이 과연 어떤 의미를 지니는지 보여준다.

〈물건들〉은 백화점 명품관이 아니라 다이소라야 가능한 소설이다. 백화점에는 초라한 옷차림으로 들어가기 주저하게 된다. 누가 출입을 막는 사람은 없다. 다만 스스로 자기 검열을 하여, 백화점이라는 공간에서 자신을 배제시킬 따름이다. 자기를 규율하고 통제하는 사회에서 위축된 자아는 다이소에 가서만 마음껏 쇼핑을 즐길 수 있다. '나'는 백화점에서와는 달리 다이소에서 편하게 쇼핑을 하고, 물건을 사지 않고 나와도 아무 거리낌이 없다. '나'는 누가 시키지 않아도 '구별 짓기' 하여 자신을 백화점이 아닌 다이소에 편입시킨다. 아니, 우리 모두가 그런 식으로 자신을 구별 지으며 살아가고 있음을 소설이 알려주고 있을 뿐이다.

다이소는 쇼핑 이상의 것을 제공하는 곳이다. 한참 물건들을 고르다보면 같은 다이소 매장에서 같은 시간에 쇼핑하고 있는 사람들과 동질감을 느낀다. 나만, 우리만 세상에서 멀어져 있지는 않다는 작은 위안. 또한 다이소에서 가난한 연인들은 저렴한 가격에 부담 없이 '쇼핑의 즐거움'을 맛본다. 값싼 물건이지만 그것을 이용해서 외국 영화 속

커플이 된 것 같은 기분도 내고, 행복감을 맛본다. 결과적으로 연인 사이의 친밀감이 높아지니 다이소는 사랑의 묘약을 제공하는 셈이다. 물건을 사용함으로 얻는 효용보다는 '그 물건으로 인해 얻게 된 경험'이 중요하다는 것, 유리캔들홀더, 계란절단기, 레몬즙짜개를 통해 '일류 레스토랑에 온 기분'을 맛보는 것이 다이소가 제공하는 즐거움이다. '작은 물건으로도 충분히 행복을 누릴 수 있다는 이상한 자부심'을 제공하는 곳이 다이소다.

다이소는 가난한 연인들의 생활이 어떻게 이루어져 있는지 보여주는 일종의 실험실이다. 다이소는 두 사람의 생활 그 자체다. 두 사람이 만나서 사랑이 시작된 곳도, 살림을 합쳐 동거를 시작할 때 새 출발의 분위기를 내게 도와준 곳도, 다투고 난 후 화해를 한 곳도 모두 다이소다. 살아가는 데 필요한 온갖 것이 구비되어 있고, 주방용품, 미용용품, 인테리어용품 등으로 일정한 기준에 맞추어 세심하게 잘 구분됨으로써 생활에 질서를 부여한다. 현재 우리의 일상을 관찰하고 싶다면 당장 다이소로 뛰어가서 무엇이 진열되어 있는지 물품명을 살펴보라고 이 소설은 권하고 있다.

그러나 이들 커플이 누리는 즐거움은 다른 한편으로는 무척이나 서글픈 성질의 것이다. 그들이 동거하는 월세방에는 여름이면 습기로 인해 곰팡이가 피어오른다. 공간은 좁아 알뜰살뜰하게 살림살이를 배치해야 한다. 다이소는 가난한 그들의 생활에 맞게 곰팡이 제거제나 곰팡이가 슨 자국을 가릴 수 있는 부분 벽지, 자질구레한 물건을 오밀조밀하게 보관할 수 있는 플라스틱 수납함 등을 판다. 고급 음식점에 갈

경제적 형편이 안 되는 사람들에게 저렴한 비용에 그런 비슷한 기분을 낼 수 있도록 해주는 제품을 파는 그런 곳이다. 즉, 다이소에서 물건을 구입하여 필요를 충족하면 할수록 역설적으로 현실의 부족과 결핍을 입증하는 꼴이다. 일본에서 시작한 다이소는 장기 불황의 산물이다. 한국에서 인기를 얻은 것도 경제적인 불안과 관련이 깊다. 결국 다이소는 사회의 경제적 불평등이 심화되고 있음을 방증하는 공간이라는 점에서 결코 즐겁지 않다.

다이소의 물건들을 중심으로 펼쳐지던 가난한 두 연인의 동거생활은 쓸쓸하게 끝난다. 결혼 이야기가 나오고, 아이를 낳아 키우는 일을 꿈꾸는 바로 그 순간 두 사람의 사랑은 산산조각 난다. 다이소에서 구입한 값싼 물건들로만 작은 즐거움을 누리던 그들에게 결혼과 출산은 어쩌면 지나치게 큰 욕심이었는지도 모른다. 또한 이런 씁쓸한 결말은 처음부터 예견된 것인지도 모른다. '나'는 여름이면 곰팡이가 올라오는 방에서 아이가 웃는 모습은 처음부터 상상할 수 없었노라고 털어놓고 있으니까 말이다. 두 사람은 처음부터 이 뻔하고 상투적인 결말을 알고 있었으면서도 그동안 그것을 입 밖에 내지 않았을 뿐이다.

이 소설은 쉽게 풀 수 없는 딜레마를 우리에게 떠안기며 끝난다. 소박한 삶의 여유를 포기하면서까지 아기를 낳는 것을 원하지는 않는다. 그렇다고 마흔 살까지 출산을 미루다 영영 아이를 갖지 못하는 것도 원하지 않는다. 과연 가난한 연인은 어떤 선택을 내려야 하는가. 이와 같은 딜레마는 오늘날 대부분의 젊은 연인들이 당면하고 있는 문제라는 점에서 사태가 심각하다. 소설의 결말에서 아무런 말 없이 각자의 짐을 정리하고 있는 두 연인의 표정은 어떠할지 잠시 생각해 본다. 사랑과 현실 사이에서 딜레마에 힘겨워하는 그런 표정이야말로 우리들 자신의 솔직한 자화상일 것이기 때문이다.

5. 나오며

사회경제적 불평등의 구조는 고착화되고 그 정도는 점차 심화되고 있다. 문제는 그것이 진행형이며 당분간 그러한 구조를 쉽사리 극복하기 힘들다는 데 있다. 자본주의의 생리가 노동으로 얻는 소득이 자본의 이자 수익을 따라갈 수 없게 되어 있다는 피케티의 주장에 힘이 실리고, 세계 곳곳에서 신자유주의와 거대금융자본을 규탄하는 목소리가 확산되는 것도 양극화 현상의 심각성을 방증한다.

이 글에서는 사회경제적 양극화에 대해 최근의 우리 소설은 어떤 반응을 보이고 있는가라는 궁금증에서 시작하였다. 한창 진행 중인 양극화 현상에 대해 그것을 감당하고 버티면서 살아가는 사람들의 자괴감과 자존심을 그려내는 소설들을 살펴보았다. 소설 속 인물들은 끝을 알 수 없는 서글픔을 맛보기도 하고, 자존심과 품위를 지키기 위해 스스로 자기 위안에 갇히기도 한다. 그러나 그러한 모든 노력들은 조롱받거나 희화화될 수 없는 절실함과 존엄함을 지니고 있음을 소설은 힘주어 강조한다.

미래 사회를 배경으로 한 공상적인 소설에서도 관심은 현재 우리가 살아가는 사회로 향해 있었다. 한편으로는 황당무계함이 느껴지기도

하면서 동시에 그렇게 될 수도 있겠다 싶은 생각에 섬뜩함마저 들게 하는 것이 그러한 소설의 역할이었다. 현재를 향해 반복적인 문제제기를 수행하는 소설에 우리는 귀를 기울일 필요가 있다. 당장에 어떻게 할 수는 없겠지만, 그래도 문제는 인식해야 한다.

사랑이라는 인간의 본질적 욕망마저 사회경제적 현실로 인해 좌절당하는 서글픈 우리의 모습을 집중적으로 다룬 소설도 살폈다. 타인의 얼굴에서 이해로 나아가고 다시 소통을 바탕으로 사랑을 확보하는 가능성을 가난한 연인들이 모르는 바가 아니다. 뻔히 알고 있음에도 불안한 미래와 조건들이 그들의 꿈과 사랑을 가로막는다. 소설은 그들이 사랑을 포기한 것이 그들의 책임은 아니라고 말한다. 과연 누구의 책임인가? 쉽사리 결론지을 수 없는 질문 앞에서 혼란을 느끼고 있는 그런 표정이야말로 오늘날 우리 자신들의 표정이라 소설은 말하고 있다.

그들이 사는 세상, 그들이 느끼는 감정

1. 정신적 공허

우리 사회가 직면한 정신적 공허감은 어제오늘의 문제가 아니다. 자유경쟁체제의 전면적인 대두 이후 우리는 눈가리개를 한 경주마처럼 앞만 보고 달리도록 요구받고 있다. 무엇을 생각해야 하는지, 어떻게 살아야 하는지를 따지고 돌아보기보다 목전에 닥친 일을 해내기 위해 정신이 없다. 결과는 극심한 피로감의 누적으로 이어진다. 든든히 기댈 만한 정신적 기반을 찾기 힘든 상태, 자본의 논리가 모든 부문을 장악한 상황에서 정신적 공허는 점점 심해진다. 갈수록 높아만 가는 자살률이 구체적인 수치로 이를 방증하고 있으며, 최근 이슈가 된 '갑질'의 이면에도 타인을 짓밟아 자신의 공허감을 채우려는 비뚤어진 심리가 작용하고 있음을 알게 된다.

이러한 세태에 대하여 우리 소설은 어떤 식의 반응을 보이고 있는가. 지난 계절에 발표된 세 편의 작품은 각각 상중하 계층의 미묘한 감정적 상태를 예리하게 포착한다. 김이설의 〈빈집〉은 중산층에 편입되려는 욕망을, 정이현의 〈안나〉는 계층 간의 두터운 현실적 격차를, 황정은의 〈복경〉은 하층 감정노동자의 절망과 좌절을 통해 오늘날 우리 사회의 각 계층이 느끼는 정신적 공허감을 소설적으로 형상화한다. 때로는 냉소적으로, 때로는 처절하게 이루어지는 세태의 스케치를 들여다보면 우리들의 감정적 구조를 가늠할 수 있을 것이다. 나아가 현 세태의 문제를 극복할 수 있는 가능성을 발견할 수 있다는 기대도 품어보면서 세 작품을 살피고자 한다.

2. 채울 수 없는 방

욕망의 근본은 결여다. 빈자리를 채우고자 노력한다. 그러나 그러한 노력이 달성되는 순간 또 다른 빈자리가 눈에 보인다. 다시 새로운 빈자리를 채우려 노력하기를 반복하고 그것이 달성되는 순간 또 다시 빈자리가 생긴다. 결여의 무한 반복, 그래서 욕망은 결코 충족될 수 없다. 김이설의 소설 〈빈집〉(≪문학사상≫, 2015.3)은 결코 충족되지 않는 욕망의 본질에 관한 스케치다.

주인공 수정은 분양받은 새 아파트에 입주한다. 결혼 칠 년 만에 마련한 자기 집이다. 25층의 18층, 확장형의 새 아파트. 방이 세 개, 화장실 두 개, 주방과 수납공간, 대피공간, 실외기실과 세탁실이 마련되어 있다. 지하철역까지 가려면 버스를 타고 한참을 나가야 하지만, 은행 대출을 끼고 산 집이지만 제법 근사한 생활의 보금자리다. 월세와 전세를 전전하면서 살면서 느꼈던 불편이 일거에 사라지는 순간, 그녀에게 새 아파트란 이제 그녀가 중류층의 문턱에 첫발을 내디디게 되었음을 알려주는 신호와 같은 것이다. 칠 년간 욕망하던 것이 일단 충족되었음을 의미하는 것이기도 하다.

수정에게 새 아파트 인테리어 꾸미기는 욕망의 충족에 마침표를 찍는 일이다. 이 년마다 어떻게 될지 모르는 전세살이에서 살림은 최대한 간소한 게 좋았다. 웬만하면 가구 없이 살았고, 집주인에게 괜한 소리를 듣지 않으려고 벽에 못 하나 박지 않고 살았다. 그러나 이제 자기 집을 마련했으니 그동안 못했던 설움을 씻어내기 위해서라도 집안을 열심히 꾸미고 싶다. 이때 인테리어 꾸미기는 단순히 새로운 곳에 정착하기 위해 요구되는 작업이 아니라, 내 집 마련이 성공했음을 확인받기 위해 필요한 일이다. 그녀가 집들이에 집착하는 것은 자신이 꾸며놓은 완벽한 아파트 인테리어를 타인에게 보여주고 인정받고 싶어 하기 때문이다. 칠 년간의 노력이 성공적으로 달성되었음에 대한 인정이 필요하다.

그러나 애초에 욕망은 결코 충족될 수 없다. 수정도 아마 관념적으로는 이해할 수 있었겠지만, 실제로는 그러한 진리를 받아들이지 못해 곤란을 겪는다. 수정의 심리가 점차 어수선해지고, 복잡해져서, 급기야 심리적 파탄에 가까운 모습을 보이는 것으로 끝나게 되는 것은 욕망은 충족될 수 없다는 것을 받아들이지 못한 채 욕망을 채우려 부단히 노력한 결과다. 시댁 식구를 초대해서 집들이를 했을 때 화목한 결혼 생활을 보여주는 사진 액자를 빠뜨렸고, 액자를 마련해서 보완한

후 친정 식구를 초대했을 때는 그녀의 집에 식물이나 애완동물이 없어 삭막한 느낌을 준다는 것을 뒤늦게 깨닫게 되는 식이다. 부족한 점을 발견하여 그것을 채워놓았지만, 또다시 다른 것이 부족하다는 것을 알게 되고, 그것을 채워놓지만 또다시 부족한 것이 발견되는 상황의 무한 반복. 욕망은 결코 충족될 수 없다는 욕망의 본질을 비유적으로 드러내는 과정이다.

> 새로 들이는 물건마다 하자가 있는 셈이었다. 수정은 물건이 문제가 아니라 잘못된 물건을 주문한 자기가 잘못이라는 생각이 들기 시작했다. 자기 자신이 문제라는 생각이 들자, 급기야는 새 아파트의 소파에 앉아 있을 자격도 없는 것 같았다. 새 아파트에 자신이 어울리지 않는 것이 아닌가, 자기 때문에 새 아파트의 완벽성이 떨어지는 건 아닌가 하는 의심. 그러자 소파에 앉아 있기가 몹시 불편해지기 시작했다. 완벽했던 새 아파트에 하자가 생긴 것 같았다. 자기 스스로가 하자인 것 같은 기분이 들었던 것이다.(〈빈집〉, 136면)

〈빈집〉은 욕망의 주체와 객체가 전도되는 바로 그 순간을 예민하게 포착한다. 소설의 초반부를 다시 살펴보면 주인공 수정은 자신의 욕망을 주도적으로 전개하는 인물이었다. 이삿짐센터 사람들이 엉망으로 정리해 놓고 갔더라도 개의치 않는다. 오히려 "모든 물건을 다 꺼내 재배치, 재배열, 재정리해야" 하는 상황에서 그것이야말로 "정말 자신만이 할 수 있는 일"(122면)이라는 사실에 기쁨을 느꼈다. 그러나 소설의 결말부에 이르러서는 처음 가졌던 자신감을 완전히 상실했다. 자기가 아파트를 완벽하게 꾸미겠다는 처음의 생각은 뒤집어져서 '자기 때문에' 아파트의 완벽성이 떨어지는 것이라는 생각으로 바뀌게 되었다. 여기에 이르러 수정은 더 이상 욕망의 주체가 될 수 없다. 욕망의 대상이던 아파트와 인테리어 꾸미기가 욕망의 주체를 장악하여 삼켜버린 형국이다.

〈빈집〉의 결말에서 주인공 수정을 삼켜버리는 듯한 '빈방'은 일종의 '왜상(anamorphosis)'처럼 보인다. 일상적인 시선에서는 드러나지 않지만 빈방의 존재는 언제든지 뛰쳐나올 준비를 한 채 은폐된 모습으로 아파트의 한쪽 구석에 숨어있었다. 중산층으로의 편입을 갈망하면서 욕망의 충족을 위해 노력하기를 계속하는 지극히 일상적인 삶의 도중에서는 미처 파악하지 못한 것이지만, 욕망의 충족이 가시화되는 대목에서 감추어져 있던 왜상은 불쑥 존재를 드러낸다. 결코 욕망이란 완벽하게 충족될 수 없다는 진실을 다시 한번 상기하는 빈방의 기괴함(the Uncanny)은 수정이라는 한 인물의 존재를 완전히 잠식한다.

문제는 중산층으로의 편입을 갈망하는 수정의 욕망이 대한민국의 평균적인 욕망에 근접해 있다는 점이다. 소설의 결말에 나타난 수정의 파국은 끊임없이 타인의 시선을 의식하면서 스스로의 주체성을 망각한 결과이다. 인테리어 잡지에 실린 타인의 욕망을 모방하며, 나아가 그것을 자신의 욕망이라 착각한 인물이다. 그런데 그런 그녀에게 가해지는 비판은 독자 자신을 향한 반성의 촉구로 되돌아온다. 바로 이러한 욕망의 착각 구조 속에 우리 자신이 놓여 있음을 소설은 보여준다. 우리 시대의 불안정한 사회·경제적 구조에 조금이라도 걱정을 해 본 사람이라면 수정의 몰락이 낯설지 않게 여겨질 것이다. 이 점에서 〈빈방〉은 우리 시대의 중류층이 느끼는 감정의 구조에 관한 한편의 설득력 있는 보고서로 읽을 수 있다.

3. 넘을 수 없는 벽

누구나 자신의 영역 안에 머물면서 살고 있다. 영역의 테두리는 경제적인 것일 수도 있고, 문화적이거나 사회적인 것일 수도 있다. 어떤 유형의 영역이든 다른 영역에 있는 사람과 마음을 터놓고 지내는 것은 쉽지 않다. 영역이 다를 때는 갈등이 초래되고, 그로 인하여 벽이 둘러쳐지기 때문이다. 정이현의 〈안나〉(≪현대문학≫, 2015.2)는 두 영역 사이의 넘을 수 없는 벽의 높이를 측정하고 있는 작품이다. 웬만한 노력으로는 극복할 수 없는 정도의 높은 벽임을 확인하게 만들어 주는 작품이다.

소설의 플롯은 매우 단순하다. 주인공 경과 안나라는 인물이 8년 만에 다시 만나고, 벽을 확인한 경이 안나를 다시 외면한다는 내용이 펼쳐진다. 만남과 헤어짐이라는 단순한 서사 전개와는 달리 주인공 경의 심리묘사는 매우 치밀하게 이루어진다. 자신이 처한 영역에 대한 냉정한 인식, 자신과는 다른 영역에 속한 안나를 바라보는 방식의 미묘한 변화 속에서 중산층의 감정적 구조를 엿볼 수 있다.

그동안 작가는 젊은 여성 인물의 사회경제적 지위에 대해 민감한 관심을 가져왔고 이 소설에서도 예외는 없다. 어떤 남자와 연애하고, 결혼할 것인가? 그 남자의 직업은, 학력은, 재력은, 문화적 취향은 어떠한가? 결혼 정보회사의 배우자 선호도 조사 질문 항목에 어울리는 정보들이 소설 속에서 숨김없이 언급된다. 박사학위 소지자, 세 살 연상의 가정의학 전문의와 결혼, 유니크한 인생을 살고 있다는 기분을 소중히 여길 줄 아는 인물이 소설의 초반부에 장황하게 소개되는 신상명세다. 이 작품만의 독특한 점을 추가해서 말하자면, 영어유치원에 대한 세부적인 묘사이다. 영어유치원의 운영과 조직에 관한 상세한 소개, 유치원 오리엔테이션장이나 학부모 모임에 관한 묘사는 오늘날 세태를 이해하는 중요한 문학적 자료임에 틀림없다.

에둘러 표현했지만 경과 같은 인물을 두고 속물이라고 부른다. 혹시 어떤 생각이나 행동을 하면 누군가가 자신을 보고 속물이라 욕하지 않을까 하는 자의식을 갖고 있는 사람은 절대 속물이 될 수 없다. 속물스러움에 대한 일말의 거리낌도 없는 상태. 그런 비난이나 비아냥으로부터의 자유로움, 자신은 그러한 구질구질한 것들로부터 쿨하게 자유롭다고 여기는 생각이 중요하다. 이를테면 "자신이 누군가의 인생에 대해 잘 안다고 자부할 만큼 오만한 사람은 아니라"는 생각 같은 것. 다른 사람의 인생을 논하는 것은 오만한 것이니, 나의 인생에 간섭하지 말라는 말. 남의 인생에 간섭하지 말고, 내 인생에 간섭하지도 말라는 선긋기.

소설은 표면적으로는 3인칭 서술로 되어 있지만 실제로는 주인공 경을 '나'로 바꾸어도 무방할 정도다. 사실상 일인칭으로 이루어지면서 굳이 3인칭 서술의 외관을 취한 것은 소설 속의 주인공과 소설 밖의 실제 작가를 혼동할지도 모를 몇몇 독자를 위한 최소한의 장치일 뿐이다. 이 말은 곧 이 소설의 내용이 한 인물이 다른 인물을 관찰하면서 자신의 생각을 드러내는 데 모든 힘을 쏟고 있다는 것이 된다. 솔직한 고백의 형식에 가깝다는 것, 사회경제적 지위에 관련된 각종 고정관념을 여과 없이 표현하고 있으며, 다른 영역과의 접촉으로 인한 이질감을 숨김없이 드러내 버린다는 것, 이것이 이 소설의 의미가 된다. 오늘날 세태에 대한 아주 솔직한 보고서로서의 의미이다.

> 동기인 열다섯 명의 남자들은 한결같이, 20대의 그녀였다면 연애 상대로는 염두에 두지 않았을 타입이었다. 그들은 착하고 선량한 사람들이었으나 경하고는 맞지 않았다. 이를테면 신고 다니는 구두 같은 부분에서 그랬다. 댄스 슈즈를 벗고 갈아 신은 그들의 원래 구두는 너무 평범하지 않으면 너무 과하거나 투박했다. 좋은 친구로 지낼 수는 있어도 애인이 되는 것은 다른 일이었다. 그렇지만 경은 변했고 그것은 평범하거나 과하거나 투박한 구두의 이면을 보려고 노력해야 한다는 의미였다.(121면)

영역은 구두를 고르는 취향 같은 사소한 문제에서 갈린다. 그것은 인간성의 문제가 아니라 패션이라는 일종의 문화적 취향이며, 이러한 문화적 취향이란 타인과 자신 간 구별 짓기의 아비투스(habitus)가 강력하게 발휘된 결과이다. 이것은 의식이나 언어보다 한층 더 근본적인 것으로 계급적인 재생산의 원동력이기도 하다. 경에게 가장 편한 것은 같은 영역에 속해서 같은 취향을 가진 사람들과 어울리는 것이다. 다른 영역에 속한 사람을 만나기 위해서는 '노력해야 한다는 의미'이다. 구두를 고르는 취향이 그 사람의 계급적 위치를 웅변한다는 관념을 자연스럽게 자신의 정체성과 연결시키는 것이 주인공 경이다.

경은 동호회 회원들이 처음 보는 사람들과도 금방 속을 터놓고, 도움과 농담과 우정을 주고받는 것을 보고 적지 않은 이질감을 느낀다. 지금껏 '자라온 세계'에서는 이해되지 않는 일들이 동호회에서는 거침없이 이루어질 때 느끼는 놀라움은 경에게 흥미로 다가온다. 예전에는 경험해 보지 못했던 것을 경험할 때 느끼는 흥미, 댄스클럽에서 춤 연습으로 흠뻑 땀을 흘린 후 뒤풀이에서 차가운 맥주 한 잔을 들이켜는 신선한 경험에서 오는 즐거움이라고 할까. 동호회 회원 중에서 가장 눈에 띄었던 '안나'에 대한 관심 역시 이러한 흥미의 연장선상에 있다. 이질적인 세계에 대한 호기심이 경과 안나 두 사람의 인간관계를 형성하는 주재료다.

경과 안나는 8년 만에 다시 만난다. 두 사람이 속한 영역의 격차가 좀 더 두드러진 상태가 되었는데, 하나는 영어유치원 학부모로, 다른 하나는 그 유치원의 보조교사가 되었다. 유치원에는 원어민 담임교사가 있고, 담임교사를 보조하는 부담임이 있고, 그 아래에 보조교사가 있다. 월급은 90만 원, 4대 보험 미적용. "일반적으로 보조교사는 아이를 통원버스에 태우고 화장실에 데려가고 손을 씻기고 식사를 돕는 역할을 담당한다."(129면) 같은 동호회에 있었지만 이제 귀부인과 시녀가 되어 만난 셈이다.

경은 안나를 보고 처음에는 모른척했지만, 유치원에 잘 적응하지 못하는 아이 때문에 경은 안나에게 도움을 청하고, 안나는 그녀에게 더욱 신경 써서 아이를 보살피겠노라 약속한다. 그런데 여기서 안나는 한 걸음 더 나아간다. '고통을 이해'한다고 말한 것이다. '눈치 없게도' 안나는 8년 전 동호회 언니 동생으로 돌아가 진심으로 경을 위로하고 도움을 주기 위해 노력하고 있다. 경은 위로를 건네는 안나를 보고 "미련하게, 미련의 끈이 너무 길었다고 자각"(141면)한다. 그리고 그녀를 외면하고, 아이의 유치원을 옮겨버린다.

경은 안나가 자신의 영역으로 침범해 오는 것을 거부한 것이다. 귀부인이 된 경은 영역 간의 벽을 허물자고 세안한 안나를 외면한 것이다. 경은 결코 8년 전의 관계로 돌아가고 싶지 않다. 그때도 그저 낯선 것을 경험하는 흥미가 있었을 뿐이지, 결코 다른 영역에 동화되거나 마음을 열었던 것이 아니다. 경에게 벽은 깨뜨리거나, 넘어서야 할 것이 아니라 유지되어야 할 대상이다.

진심을 담은 인간적인 교류에 대하여 불안을 느끼는 경의 미묘한 심리를 포착하는 것이 소설의 목표다. 섣부른 비판을 거부한 채, 오늘날 우리 사회의 한 국면을 예민하게 다루어 내고 있어 이 소설은 빛이 난다. 다른 작가의 작품에서는 쉽게 찾아볼 수 없는 상류층의 감정적 구조에 관한 솔직한 보고이기에 더욱 이채로운 빛을 발산하고 있다.

4. 웃음의 미시경제학

자본주의는 모든 것을 상품화한다. 인간의 감정도 예외는 아니다. 주로 서비스 업종에서 실제 자신이 느끼는 감정을 숨긴 채 다른 얼굴 표정과 몸짓으로 손님을 대하는 감정노동이 요구된다. 웃음이 상품으로 취급될 때, 따스함, 평온함, 유쾌함, 긍정적 분위기 등 웃음이 지닌 본래의 속성은 완전히 배제되고 만다. 그와는 정반대의 것들, 차갑고, 혼란스럽고, 불쾌하고, 부정적인 분위기가 감정노동을 수행하는 사람의 정신을 뒤덮고 만다. 사람에 따라서는 자신의 실제 감정과 직무 수행에서 요구되는 감정 사이의 부조화와 괴리로 인해 스트레스에 시달리고 우울증 같은 정신적 타격을 입을 수도 있다. 황정은의 〈복경〉(≪한국문학≫, 2015 봄)에는 감정노동으로 인해 극심한 정신적 타격을 입은 인물이 주인공으로 등장한다.

이 소설은 고백체로 이루어져 있다. 그런데 보통의 고백체와는 약간 상이한 점이 있다. 일반적으로 고백체는 고백하는 주체의 일방적인 내면 표백이다. 누가 들어주는가는 중요하지 않다. 그저 자신의 내적인 고민을 솔직하게 드러내는 것이 목표다. 그러나 이 소설에서 사용된 고백체에서는 간헐적으로 '당신'에 대한 말 건넴이 이루어진다. "당신은 어떻게 웃는 사람입니까, 당신은 웃는 것을 어떻게 경험하는 인간입니까."(65면) 고백을 수행하는 화자는 자신의 심적 상태를 말하면서, 반복적으로 '당신'을 호명하면서 고백을 대화로 만들어 가고 싶어 한다. 존댓말로 고백한다는 것도 들어주는 누군가를 분명히 의식한 결과라고 본다면, 일방적인 고백을 해야 하는 상황을 상호적인 대화의 상황으로 만들고 싶어 한다고 추측할 수 있다.

일방적인 고백이 아니라 대화로 변형함으로써 노리는 것은 나의 고통에 대한 당신의 이해이다. 부디 나의 고통을 당신도 이해해 달라. 누군가 이렇게 고통받고 있다는 것을 조금은 헤아려 달라. 만약 여력, 곧 돈이 넉넉하다면, 굳이 이런 식으로 고통을 표현할 필요가 없다. 고통을 경감시킬 수 있는 진통제를 구입하든가, 스트레스 해소를 위해 여행을 가든가, 돈의 힘에 기댄다면 어떤 식으로든 고통을 완화할 수 있다. 일인칭 화자이자 주인공인 '나'는 오직 돈이 없기 때문에 당신 앞에서 이처럼 자신의 고통을 호소하고 있다.

> 아픈데 돈이 없으면 병원비를 제때에 낼 수 없습니다. 병원비를 낼 수 없으면 처방을 받을 수 없죠. 병원비가 없어 죽는다는 의미가 아닙니다. 진통할 수 없다는 뜻입니다. 식욕이 없고 메스껍고 아무것도 먹을 수 없고 불안하고 가렵고 아프고 죽을 것 같고 불면, 고통, 아파, 살려봐, 나를 좀, 고통스럽다 고통스러워, 이 모든 순간에 방법이 없다는 의미입니다. 알맞은 종류의 진통제를 충분한 양으로. 그것은 어디까지나 충분한 돈, 그게 전제인 것입니다. 전제가 마련되어 있지 않으면 그냥 서서 지켜볼 수밖에 없어 병신처럼. 언제나 그것을 상상해야 해. 그것을 상상하고 여력을 확보해두어야 합니다. 인간다움의 조건은 여력의 여부, 아닙니까.(68면)

백혈병으로 돌아가신 어머니는 내내 구토를 하고, 오줌과 피거품을 흘리며 처절한 고통 속에서 죽어갔다. 모든 것은 돈이 없었기 때문이다. 돈이 있었다고 어머니가 돌아가시지 않았을 것은 아니지만 적어도 고통을 덜 느끼고, 인간답게 죽음을 맞이했을 수도 있다. 돈이 없어 인간다움의 조건을 누리지 못한 어머니는 인간이 아니라 한 마리 짐승이었다. '나'는 더 이상 짐승이 되지 않기 위해서 돈을 벌려고 한다. 돈을 벌기 위해서 웃고 싶지 않은데도 웃는다. 그래서 지금은 웃지 않으려

해도 자꾸 웃는다.

고백의 내용을 다시 생각해 보자. '나'는 끊임없이 직장 내의 부당한 대우에 대해서 불만을 표출하지만 동시에 괜찮다, 다행이다라는 식의 언급을 덧붙인다. 치사하지만 '치사하게 되어 있어서 다행'이라는 식. 얼핏 들으면 별다른 의미 없는 말장난 같다. 그런데 이런 식의 발언은 '웃고 싶지 않은데 웃고 있다'는 식의 진술과 닮아있다. 웃음이 나오지 않는 상황에서도 계속 괜찮은 듯이 웃음을 지어야 하는 강박적인 의식이 얼마나 철저히 몸에 배었으면 치사하지만 괜찮고 다행이라는 식의 반응이 나올까. 실제로는 울고 싶다는 것이며, 절대 괜찮지 않다는 신호를 반어적으로 표현한 것이다. 그러니 제발 나의 말을 듣기만 하지 말고 도와 달라는 구조 요청이 절박하게 울려 퍼지고 있다.

'나'의 진술에 '웃는 것을 어떻게 경험하는 인간인지'가 중요하다. 그런데 웃음이란 즐거운 마음으로 인해 자연스럽게 터져 나와야 하는 것이다. 비자발적인 웃음은 엄밀히 말해 웃음이라 부를 수 없다. 곧 웃음을 의식하면서 웃어야 하는 것 자체가 '새빨간 부조리'이다. 웃음을 의식하지 않고 자연스럽게 경험하는 사람과 웃어야 하는 상황을 의식한 채 억지로 만든 웃음을 경험하는 사람의 뚜렷한 대비. '나'는 짐승이 되지 않기 위해 웃음을 돈과 바꾸었다고 했지만, 감정노동의 결과는 여전히 인간다움의 조건이 부정한다. 이런 상태가 이어진다면 '나'는 언제까지고 인간의 영역에 돌아올 수 없을지도 모른다.

반복적으로 이어지는 '나'의 모든 질문이 우리를 당혹스럽게 만들지만, 그중에서도 특히 '존귀한 사람. 그게 도대체 뭘까요?'라는 질문 앞에서 우리는 더욱 난감해진다. 과연 인간은 스스로 존귀한 존재인가, 아무리 생각해도 그렇지 않은 것 같다. 돈을 낼 수 있는 인간만 존귀하다. 돈을 낸 사람만 고객용 화장실을 이용할 수 있고, 진통제를 처방받을 수 있다. '돈을 내지 않은 사람은 존귀한 인간이 아니다'라는 결론 내린 '나'에게 수긍할 수밖에 없다는 사실이 우리는 당혹스럽게 만든다.

소설의 결말에 이르러 그동안 이어졌던 '나'의 고백이 실제로는 가죽소파를 난도질한 사건의 용의자로 지목되어 이루어지는 진술의 한 부분이라는 것이 밝혀진다. 아마 경찰이나 사내 보안팀 사람들 앞에서 진술하고 있는 상황일 것이다. 모든 상황이 CCTV에 고스란히 찍혀 있으니 설명은 쉽다. 오래된 감정노동으로 인해 극심한 스트레스가 유발되었고, 그것이 파괴적인 충동으로 돌출되었으리라는 설명이다. 그러나 화면 속에서 웃고 있는 자신이 도무지 이해되지 않는다고 말하는 '나'의 항변을 들으면 앞뒤 맞지 않는 그녀의 말에 수긍이 간다. "세상은 모서리와 첨단尖端으로 가득하니까. 세상은 이렇게 찔러대고 무서운 것, 투성이니까 울어야죠 무서우니까. 그런데 도대체 왜 웃는 걸까요 미친년은."(82면)

소설의 결말은 암전이고 침묵이다. 정신이 피폐해진 채 사건 진술을 하고 있는 '나'의 멍한 눈동자가 눈에 선하게 떠오른다. '웃고 싶지 않은데 웃는다'는 것이 얼마나 인간다움의 조건에서 멀리 떨어진 것인지를 강조하는 고독한 외침이 계속 들려오는 듯하다. 결국 이 소설은 순수한 마음의 표백을 목표로 한 진술한 '고백'이 아니라 절망의 무게로 허물어져 가는 하류층의 감정 구조를 단말마의 비명에 담아내는 '절규'로 이루어진 것임을 뒤늦게 알게 된다.

5. 다시 현실 속으로

> 사실 잡지에서 보게 되는 집들은 현실적으로 보이지 않는 경우가 대부분이었다. 아무리 들여다보아도 대부분의 거실은 늘어져서 텔레비전을 볼만한 곳으로 보이지 않았다. 어떤 사진이든 밥을 해 먹을 만한 주방처럼, 뒤엉켜 잠을 자는 침실처럼, 심지어 용변을 보는 화장실처럼 보이지 않았다. 아이들 방은 더욱 현실감이 없어 보였다. 마치 전시장의 예술품처럼 경이롭게 느껴졌다. 그래서 아름다워 보였다. 그래서 그런 집을 가지고 싶었다.(〈빈집〉, 124면)

완벽한 새 아파트를 갈망하는 수정은 잡지에 나온 집들이 '비현실적이기 때문에 아름다워 보인다'고 말했다. 욕망에 관한 그녀의 솔직한 고백은 대중매체가 불어넣은 환상을 동경하여 그것을 자신의 욕망으로 착각하는 과정을 보여준다. 본래 자기가 욕망한 것이 아니라 타인의 욕망을 모방하여 욕망한다는 아이러니의 발견. 르네 지라르가 말한 욕망의 삼각형을 떠올리게 하는 대목이다. 나아가 우리들의 정신을 피폐하게 하는 거짓 욕망의 작동 방식에 대해 조금이나마 암시를 얻을 수 있게 되는 대목이다.

〈안나〉의 주인공 경 역시 비슷한 맥락으로 연결될 수 있는 발언을 한다. "안나의 이야기들은 지독히도 현실적이었고 그래서 경에게는 도리어 비현실적으로 느껴졌다."(〈안나〉, 139면)는 것이다. 현실과 비현실의 자리바꿈이 일어난다. 현실을 직시해야 함에도 경에게는 안나의 고통이 비현실적으로 느껴졌고, 타인의 고통이 가까이 다가오려는 순간 그것을 외면하게 된다. 경이 느낀 공허의 감정은 사회 계층 간 넘을 수 없는 벽에서 기인한 것이지만 동시에 현실을 외면한 자가 피할 수 없는 정신적 황폐함이기도 하다. 타인의 고통을 위로해 주는 부담 혹은 책임에서 빠져나왔다고 생각하지만, 결과적으로는 자신의 내면을 가난하게 만드는 역설이 작동한다.

위의 작품이 말하는 바는 하나다. 현실을 외면하지 말고 현실을 직시하라. 그 속에서 자신을 되돌아보고, 타인의 고통을 목격하라. 감정노동에 시달리다 광증을 보이는 〈복경〉의 주인공은 계속해서 당신에게 말을 걸고 있다. 어두운 절규로 마무리되는 소설은 타인의 고통을 책임지라고 말하지는 않는다. 현실과 대화하라는 것, 그래서 타인의 고통에 귀를 기울이라는 것을 간절히 요청하고 있다. 여기에 세 작품이 암시하는 가능성이 놓여 있다.

외로움을 건너는 법—최은영 소설

1. 전망의 단초

근래 한국 문단에서 두드러지게 활동하는 작가를 꼽으라고 한다면 최은영을 빼놓을 수는 없을 것이다. 최은영 작가는 2013년 중편소설 〈쇼코의 미소〉로 작가세계 신인상을 받으며 등단한 후 꾸준히 작품 활동을 펼쳐 두 편의 소설집을 내놓았다. 첫 소설집인 ≪쇼코의 미소≫는 평단에서 두루 호평을 받았으며 판매 부수가 10만 부를 넘어 대중적으로도 큰 성공을 거두었으며, 두 번째 소설집 ≪내게 무해한 사람≫에서도 첫 소설집의 기세를 몰아 평단과 독자 양쪽에서 긍정적인 평가를 받고 있다.

최은영 작가의 작품은 독특한 개성을 지닌다. 인물들의 다양한 감정 상태를 차분한 어조로 짚어내면서 이야기를 끌어가는 재주는 단연 돋보인다. 특히 소설을 다 읽고 나서 독자의 뇌리에 한동안 남아 있는 묵직한 뭉클함은 최은영 작가의 후속 작품 활동에 계속 관심을 가지도록 이끈다. 문학적 평가와 대중적 인기를 동시에 거머쥐게 한 주요 요인은 강렬하지는 않지만 차분하고 섬세한 정서적 고양에 있지 않나 싶다. 기존 평자들의 관심이 대체로 감정의 색채와 결에 집중되었던 것도 어찌 보면 당연한 일이라 하겠다.

그런데 이 시점에서 우리는 최은영의 소설을 하나의 문화적 흐름 속에서 읽어볼 필요를 느낀다. 개별적으로 보면 개성에 주목하겠지만, 더 큰 흐름 속에서 본다면 그러한 개싱이 어디로 향하고 있는지를 살펴보아야 한다. 뒤에서 자세히 살펴보겠지만 일차적으로 여성주의와 복고주의에 연결되어 있다. 한편으로는 한없이 연약해 보이는 여린 감정의 선이라는 최은영 작가의 개성적 면모가 제법 규모가 큰 사회적 담론 및 맥락과 연결되어 있음을 짚어보는 과정에서 최근 한국 소설의 흐름을 짚어보고 전망에 대해서 몇 가지 단초를 얻을 수 있으리라 기대한다.

2. 여성

최은영 소설의 특징 중 하나는 여성이 주인공으로 설정되며 주인공 인물 주변에는 대개 여성 인물들로 채워진다는 점이다. 물론 이러한 말이 남성 인물이 등장하지 않는다는 말이 아니다. 인물의 역학 측면에서 여성 주인공과 여성 주변 인물들이 서사를 이끌어가는 주체가 되고 있다는 것이다. 남성 인물이 비중 있게 등장하지 않는 경우도 많고, 설령 등장한다고 하더라도 여성 인물들이 고난을 겪게 하는 원인 제공자로 설정되는 경우가 많다. 근대 소설이 성숙한 남성의 이야기에서 출발했다고 할 때, 여성은 남성의 시선에 비친 재현의 대상으로 그려지는 경우가 많았다. 하지만 최은영의 소설에서는 남성 인물의 역할 비중을 현저히 낮추어 놓음으로써 의식적으로 남성 중심의 서사에 저항하려는 모습을 보인다. 섬세한 감정의 선을 따르지만, 서사적 구조를 통하여 남성 중심의 이데올로기와 권력 구조에 대결을 벌이려는 저항의식이 선명히 드러난다고 할 수 있다.

여성주의라고 하면 조남주의 ≪82년생 김지영≫이 떠오른다. 이 작품은 대표적인 여성주의 소설로 분류되어 남성을 위해 희생당한 여성 목소리를 우리 사회에 전면적으로 울려 퍼지게 한 시대적 아이콘이라 부를 수 있으리라. 자신의 세계관과 삶의 태도와 입장, 내지 실제적인 이해관계 때문에 '김지영'에게 박수를 보내는 사람과 심한 반감을 보이는 사람이 극명히 갈리는 것을 우리는 보아왔다. 특히 젊은 세대에서는 남녀의 대결 구도로 이어지면서 서로에 대한 인신공격도 서슴지 않음을 익히 보아왔다. 20대 남성들의 입장에서 자기들은 태어나서부터 여자들과 똑같은 교육을 받았는데 막상 취업 시장에 뛰어들 타이밍이 되니 기울어진 링을 바로잡겠다며 역차별이나 받는다는 강한 어조의 하소연을 듣게 된다. 단순한 호불호의 차원을 넘어 대립과 대결의 장이 촉발되었고 그것은 우리 사회 전반의 갈등으로 증폭되었다.

감정의 선을 충실히 어루만지는 최은영의 소설 작품도 큰 틀에서 보면 여성주의적 목소리를 같이 한다. 다만 그 방식이 약간 다를 뿐이다. 남자로부터 희생을 강요당했다는 데 초점을 맞추기보다는 그러한 불합리의 조건에서 무슨 감정을 느꼈었는지에 좀 더 집중한다는 것이 주된 차이다. 〈601, 602〉에서 오빠 기준에게 폭행을 당하는 옆집 사는 친구 효진은 남아선호사상을 상징적으로 보여준다는 점에서 김지영식에 가깝다. 그러나 최은영의 소설에서는 희생당하고 고통당하는 효진과 효진의 식구를 어린 시선에서 관찰한 '나'의 감정을 포착하는 데 좀 더 집중한다.

> 아줌마는 중학교에 들어간 기준을 어른 대하듯 했다. 동등한 존재로서 존중한다는 의미가 아니라, 자기보다 높은 사람으로 모신다는 느낌이었다. 기준은 아랫사람 대하듯 자기 엄마에게 충고를 늘어놓고 큰소리를 치기도 했다. 내 눈에는 그가 마치 작은 효진이 아빠처럼 보였다. 효진이 아빠도 아줌마에게 그렇게 소리치곤 했으니까. 그럴 때면 아줌마는 아들의 기분을 살피며 머쓱한 웃음을 짓곤 했는데 그 이상한 웃음이 아들에 대한 노골적인 굴종의 포즈라는 것을 나는 나중에야 이해하게 됐다. (…) 시간이 지나면서 효진이네 집에는 좀처럼 가지 않게 됐다. 기준이 나에게 따로 해코지를 한 적은 없었지만 내가 있는데도 효진이를 위협하고 자신의 엄마를 함부로 대하는 태도에서 나를 향한 부정적인 감정이 느껴져서였다. 그의 공격성에는 일종의 징그러움이 있었다.(〈601, 602〉)

위의 인용에서 보이는 바와 같이, 최은영은 여성(동생 효진)에게 가해지는 남성(오빠 기준)의 폭력을 직접적으로 고발하는 방식이 아니라 그러한 부조리를 목격한 후 느끼게 된 부정적 감정에 관해 주목하고 나아가 '징그러움'이라고 그 감정에 이름을 붙였다. 작품 속에 나오는 온갖 감정들이 모두 여성주의적 색채를 가미한 에피소드와 연결되는 것은 아니지만, 모든 여성주의적 소재들은 하나같이 그 결론이 감정으로 응축되고 있다는 점은 '김지영'과는 차이를 보이는 점이다.

한편 최은영의 작품에서 확인되는 여성주의의 기본항은 엄마와 딸이다. 이 점은 〈미카엘라〉를 보면 금방 확인할 수 있다. 교황 방한 당시 교황 집전 미사에 참석하러 상경한 엄마가 딸에게 피해를 주지 않으려고 딸에게는 친구네 집에서 하룻밤 머문다고 핑계를 대고 찜질방에 찾아든다. 억척스러운 엄마를 부끄러워하는 딸은 갑자기 상경한 엄마가 귀찮아서 딴 데서 자겠다는 엄마의 거짓말을 애써 모른척한다. 엄마와 딸 사이의 거리감이 소설의 기본 서사 구도의 축이다. 그러나 소설의 마지막에 이르러 두 사람은 서로를 애타게 찾아 헤매고 결국 두 사람은 눈물 속에서 서로의 얼굴을 확인하고 서로의 소중함을 재확인한다.

여자아이 세례명으로 가장 무난한 '미카엘라'는 세상의 모든 딸들의 이름이 되고, 미카엘라의 엄마 역시 시골의 미용실 억척 어멈이 아니라 세상의 모든 엄마들의 상징이 되어, 결국 소설은 보편적인 여성성에 관한 차원으로 확장된다. 그리고 이러한 여성과 여성으로 이루어지는 인간관계의 구조는 언니와 여동생, 여고 동창생 등의 변형으로 계속 확장된다. 즉 엄마와 딸을 중심으로 펼쳐지는 최은영 소설의 여성주의적 면모가 지닌 특징은 여성과 남성의 대결에 관한 이야기가 아니라 여성과 여성 간의 이야기라는 특징이 있다.

미카엘라의 엄마가 억척 어멈이 된 사연, 즉 희생의 서사 속에 담겨 있다. 사회적 · 경제적으로 무능한 남편 대신 생계를 책임져야 했기에 그랬다는 것이 희생 서사의 요지다. 그러나 여기서도 무능한 남편과의 대결은 없다. 남편을 무능하게 만들었던 사회의 권력과 모순이야말로 미카엘라의 엄마에게 희생을 강요한 것이고, 여성주의가 맞서야 할 적이다. 이 점에서 최은영의 소설은 여성주의가 남녀 간 성별의 대결 곧 인간과 인간 사이의 투쟁이 아니라 인간을 향한 모순과 부조리에 대항하는 투쟁임을 잘 보여준다.

당분간 최은영 소설의 여성주의적 분위기는 유지될 것으로 보인다. 대결에만 초점을 맞추는 것이 아니라 모순적인 상황에 대한 감정을 예민하게 포착하는 특유의 방식이 유지되고 발전된다면, 그래서 인간을 둘러싼 모순과의 대결 구도에 초점을 맞춘다면 여성주의에 반감이 있는 사람들에게도 충분히 반향을 일으킬 수 있는 여성주의를 구현할 수 있으리라 전망한다. 덧붙여 작가의 창작 활동이 소설집 두 권 분량으로 이어지는 동안 엄마와 딸이 자매와 여고 동창을 거쳐 동성애 커플까지 다루면서 외연을 넓혀가는 모습도 주목해야 한다. 물론 〈아치디에서〉 같은 작품에서 남성 인물을 주인공으로 내세우는 경우도 시도되고 있으므로 앞으로의 방향이 동성애 문제로 집중한다고 보기보다는 엄마와 딸에서 출발한 감정의 포착이라는 특징은 인간과 인간 사이의 보편적 관계를 향한 지향으로 이어진다고 보는 편이 맞을 듯하다.

3. 회상과 고통

최은영 소설의 또 다른 특징은 회상의 형식이다. 일인칭 서술자가 과거에 경험했던 일을 회상하는 식으로 처리된 경우가 많다. 이때 서술자와 서술되는 내용 속 등장인물 사이의 시간적 격차는 작품에 따라 들쑥날쑥 차이가 있으나, 대체로 성인이 되고 나서 성인이 되기 전의 일을 회상하는 일정한 패턴을 보인다. 이러한 패턴 덕분에 일인칭 서술이 아닌 〈언니, 나의 작은, 순애 언니〉 같은 작품에서도 성인이 되기 전과 성인이 되고 난 후 시간적 격차를 바탕으로 펼쳐지는 시간의 역전이 결국 독자에게는 누군가의 일생을 경과하면서 이루어지는 회상의 형식으로 재구성되어 전달된다. 즉 최은영 소설 속 회상은 곧 어느 누군가의 성장과 정확하게 대응하고 있으며 이 점에서 다분히 성장소설적 면모를 지니게 된다.

이때 회상의 주체, 곧 소설 속에서는 회상의 서술이 이루어지는 시점에서 서술자는 30대 중반 실제 작가와 비슷한 또래의 여성으로 설정되는 경우가 많고, 회상되는 미성년의 존재 혹은 덜 성숙했던 시절의 존재는 15년에서 20년 전쯤으로 설정되는 경우가 많다. 그 결과 소설 속에서 회상되는 시간적 배경은 1990년대 후반에서 2000년대 초반 무렵이 되는데, 이러한 시간 계산에 딱 들어맞는 작품이 〈모래로 지은 집〉이다.

> 우리가 소속된 동호회는 천리안 'B고등학교 99년 입학생 모임'이었다. 시숍이 가입 질문을 내고 자기 입맛에 맞는 사람을 가려 받아 삼십

명 정원이었다. 지속적으로 글을 쓰는 사람이 전체 회원의 반의 반도 되지 않았는데 거의 매일 네다섯 개의 글이 올라왔다. 실명을 밝히지 않아도 되는데다 비공개 모임이어서 사적인 글이 많았다.

나름의 친밀감이 형성되어 있었지만 그 동호회는 고등학교 삼 년 내내 단 한 번도 정모를 하지 않았다. 2000년에는 다모임이, 2001년에는 프리챌이 유행을 탔다. 천리안도 예전의 포맷을 버리고 새 단장을 했지만 다모임과 프리챌을 이기기에는 역부족이었다. 그사이 회원수는 반토막이 났고, 고3을 지나면서 동호회 분위기도 시들해졌다. 대학교 1학년 여름방학에 시솝은 동호회 폐쇄 공지를 올렸다.

—그래도 아쉬운데 우리도 정모 한번 하자.(〈모래로 지은 집〉)

천리안 동호회, 시솝, 정모. 요즘에는 못 들어본 지 꽤 되는 단어들이다. 이 작품에는 싸이월드 배경사진과 배경음악을 설정하고 일촌을 타고 간다는 내용도 나오고, 일기 대신 디지털카메라로 사진을 찍어 메모리카드에 저장한다. Y2K 무섭다고, 세상이 끝날지도 모른다고 걱정하는 밀레니엄 전환기의 에피소드도 소개된다. 만약 소설의 서술자와 같은 연령대의 독자라면, 82년생 김지영과 같은 세대라면, "그땐 그랬지."라면서 추억에 빠져들 수도 있을 것이다. 하지만 요즘 20대가 들으면 무슨 말인지 못 알아들을지도 모르고, 설령 알아듣는다고 하더라도 자신의 체험이 아니라 건너 건너 얻어들은 풍월일 터이다. 지극히 세대적인 감성의 문제라는 것이다.

공교롭게도 요즘 유행하는 패션이나 문화적 취향에서 많은 부분 90년대나 2000년대 초반의 분위기가 물씬 풍긴다는 사실은 무척 흥미롭다. 가수 양준일이 텔레비전에 나와서 1991년에 발표한 〈리베카〉를 부르며 춤을 춘다. 현대자동차 뉴그랜저 광고에서는 1993년이라는 자막과 함께 이현도의 음악이 흘러나오고 철은 없지만 꿈은 많았던 어린 시설을 회상하는 내용이 펼쳐진다. 소위 말하는 뉴트로(new-tro)다. 뉴트로의 주체는 10대와 20대다. 경험한 적은 없지만, 유행의 순환을 따라서 비슷한 외형의 패션과 코드가 다시 유행하고, 10대와 20대에게는 무척 새로운 것으로 다가온다. 낡았지만 새롭다는 것, 그래서 향유하는 세대 폭이 상당히 넓어진다. 30대와 40대에게는 향수의 감각으로, 10대와 20대에게는 새로움의 감각으로 90년대와 2000년대 초반이 새롭게 부상하는 것이다. 이 점에서 최은영의 작품은 어떻게 본다면 흐름을 절묘하게 탄 셈이며, 앞으로도 당분간 90년대에서 2000년대 초반의 사회 배경, 문화적 취향 등을 다룬 소설 작품이 강세를 보이리라 전망해도 크게 무리는 아니다.

> 91년 여름밤이었고, 나는 그날을 기억한다. (…) 그날 기준은 효진이의 어깨를 벽에 밀어붙이고 무릎으로 그애의 배를 가격했다.(〈601, 602〉)

> 한때, 서로가 사무치게 미워서 말을 하지 않았던 시기가 있었다. 엄마가 죽고 일 년도 지나지 않아서였다.(〈지나가는 밤〉)

그러나 최은영의 소설에서 회상은 무언가를 재미있게 즐기는 방향으로 이어지는 것이 아니라 정반대로 고통스러웠던 기억을 다시 담담히 대면하게 하는 방향으로 이어지는 것이 보통이다. 옆집 친구가 폭행당하던 그 고통의 순간을 회상한다.(〈601, 602〉) 두 자매가 서로 사무치게 미워하며 서로에게서 점점 멀어져갔던 서먹함의 시간을 회상한다.(〈지나가는 밤〉) 용기를 내어 커밍아웃했던 동성 친구가 끝내 자살을 선택했던 그 시절의 사연을 기억하고(〈고백〉), 유년 시절 학대의 상처와 이루어지지 못한 사랑으로 가슴 아파했던 젊은 날을 회상한다.(〈모래로 지은 집〉) 가족보다 더 가까이 지냈던 언니에게 매정하게 대했던 상처투성이 기억을 죽음의 순간에 회상하고(〈언니, 나의 작은, 순애 언니〉), 타국 독일땅에서 한집처럼 정붙이고 지냈던 베트남인 가족과의 결별을 회상한다(〈씬짜오, 씬짜오〉) 하나같이 깊은 고통을 제법 시간이 흘러 회상하는 이야기다.

회상 속 고통은 자신이 아닌 타인의 고통이다. 과거의 자신이 상대방에게 고통을 주었던 기억을 다시 떠올리는 것이다. 곧 타인의 고통에 관한 회상은 자신의 과오에 대한 반성과 긴밀히 연결되어 있다. 내기 그 사람에게 상처를 주었던 그 순간을 회상하고 뒤늦은 반성을 하는 일이 소설 속 회상의 핵심이다.

그렇다면 소설 속 주인공들은 왜 짧게는 몇 년이 지나서, 길게는 몇십 년이 지나서 과거의 기억을 되살리는가? 그저 망각했기 때문일까? 소설 속에서 서사가 전개되면서 하나씩 잊었던 기억들이 호출된다. 다 불러놓고 보니 잊었던 것이 아니라 잊고 싶었던 것, 자신의 책임을 피하고 싶었던 것이었음을 확인하게 된다. 오랫동안 지연되었던 진실과의 대면, 숨겨왔던 부끄러움이 폭로되는 순간 자신이 외면하던 사태의 진실을 정면으로 마주하면서 느끼게 되는 참담함. 후회와는 약간 다른 감정이며, 그저 적막함이 남을 따름이다. 또한 이것이 성장 소설적 면모와 연결된다면 회상을 통한 진실과의 대면은 진정한 어른이 되기 위한 성장통으로 의미하기도 한다.

> 진희가 자길 버린 게 아니라 자기가 진희를 버렸다는 사실을 마주한 미주는 그제야 참담한 마음으로 바라보았다. 아무것도 몰라서 그런 짓을 했다는 말은 변명이 될 수 없었다. 후회로 울어 자기 마음을 위로하는 짓은 하고 싶지 않았다. 어쩔 수 없이 쏟아지는 자신의 눈물이 미주는 역겨웠다.(〈고백〉)

외관상으로 최은영 소설의 회상은 최근의 뉴트로 열풍과도 어느 정도 연결된다. 시간 배경과 그 배경 속에 펼쳐지는 과거의 추억들은 당분간 여러 소설 작품에서 반복될 것으로 보인다. 아마 다른 작품에서도 이러한 경향을 쉽게 발견할 수 있을 듯하다. 30대 중반 무렵의 여성 작가가 자신의 과거를 회상하는 듯한 자전적 서사를 펼쳐놓을 때, 어쩌면 필연적으로 성장의 서사를 수반하게 되고 고통을 깨고 나오는 성장통이 그 가운데 놓여 있기 마련이다. 이것은 최근 화제를 일으키는 영화 〈벌새〉에서도 비슷한 방식으로 펼쳐진다. 1994년을 배경으로 소녀 은희가 겪는 여러 일은 결국 여성의 시선에서 과거의 기억을 회상하는 서사를 활용하면서, 한 인간의 성장에 관련된 여러 정서를 보편적인 차원으로 끌어올리기 때문이다. 단순한 복고가 아니라 보편성을 지향하는 회상이라면 일시적 유행을 넘어 한동안 지속할 문학적 조류가 될 가능성도 큰 것이다.

4. 외로움을 건너는 법

타인의 고통(물론 이때의 타인은 대부분 여성의 고통이다)을 회상할 때, 과연 참담함으로만 끝나는가 하면 그렇지는 않다. 가벼운 후회가 아니라, 진실한 반성이라면 고통을 받았던 사람과 고통을 가했던 사람이 늦었지만 화해를 할 수 있다. 〈미카엘라〉의 엄마와 딸이 눈물을 흘리며 서로를 발견했고, 〈지나가는 밤〉에서 주희와 윤희 자매는 같은 이불을 덮고 따뜻한 단잠을 자기를 바랐으며, 〈손길〉과 〈씬짜오, 씬자오〉에서는 원망과 그리움의 시간을 넘어 혜인은 숙모에게 '잘 지냈어요.'라는 인사를 보내고, '나'는 응웬 아줌마에게 '씬짜오(안녕하세요).'라고 인사한다. 씬짜오는 중국어로 읽을 때 '마음으로 이해하다는 뜻(心照)'이라는 점이 의미심장하다. '나'의 과오로 고통을 겪었던 상대방의 얼굴에 환한 '빛'이 비춘다(〈먼 곳에서 온 노래〉)는 발상이 여러 작품의 결말에서 반복되는 것을 보더라도 최은영 소설에서는 참담함에 머물지 않고 진정한 이해를 통한 고통의 극복을 시도한다.

일인가구가 점차 늘어나고, 혼밥과 혼술이 어색하지 않다. 외로운 사람들은 SNS에서 마른 목을 잠시 축이고, 갈증에 들이킨 바닷물 같은 SNS의 좋아요는 사람들을 더욱 외롭게 만든다. 외로움을 넘어서는 방법에 대해 온통 관심이 쏠려 있는 세태에서 최은영의 소설은 독자들에게 하나의 가능성을 보여주고 있는 것은 아닐까 싶다.

타인에 대한 이해가 한 가지 방법이라는 것, 누군가에게 '무해한 사람'이라 스스로 생각하겠지만 그 누군가를 제대로 이해하지 않았을 때 어쩌면 고통을 주었을지도 모른다는 발상. 부모와 형에게 고통받던 고등학생 공무는 "왜 이해해야 하는 쪽은 언제나 정해져 있을까."라고 천리안 동호회에 썼었다. 이해를 강요하지 않고, 내가 상대의 이야기를 들어주고 이해를 시도하는 것이 외로움의 바다를 건너는 작은 돛단배가 되기를 바라는 마음이 최은영의 소설 곳곳에서 엿보인다. 바로 이러한 점이 독자들의 반응을 끌어낸 근본 원인이 아닐까 생각하면서, 우리 사회에서 외로움이 계속 화두가 되는 한 외로움을 극복하는 길을 제시하려고 분투하는 문학 작품이 지속적으로 호응을 받으리라 전망한다.

소설의 공간과 장소

– 박민규, 김미월, 김중혁을 중심으로

1. 들어가며

금강…… 이렇게 에두르고 휘돌아 멀리 흘러온 물이 마침내 황해 바다에다가 깨어진 꿈이고 무엇이고 탁류째 얼러 좌르르 쏟아져버리면서 강은 다하고, 강이 다하는 남쪽 언덕으로 대처 하나가 올라앉았다.

이것이 군산이라는 항구요, 이 얘기는 예서부터 실마리가 풀린다.

(채만식, 〈탁류〉, ≪조선일보≫, 1937.10.12.)

채만식은 장편 ≪탁류≫에서 군산을 공간적 배경으로 식민지 조선의 토폴로지(topology)를 그려내었다. 금강을 따라 흐르던 맑고 깨끗한 물줄기는 황해에 도착할 무렵 탁류로 변해버렸고, 탁류가 도달한 군산의 미두장은 1930년대 조선 사회의 정치 · 경제적 축도가 된다. 그러한 공간에서 펼쳐지는 빈곤, 간통, 횡령, 탐욕, 살인의 이야기는 혼탁한 물살에 휩쓸려 몰락하는 초봉이의 운명을 통해 당대 사회의 속악한 현실을 폭로한다. ≪탁류≫에서 공간은 인물과 사건의 개연성을 부여하는 장치로서의 배경의 역할뿐만 아니라 인물의 성격화 및 서사적 긴장의 창출, 나아가 몰락하는 운명이라는 작품의 주제 구현에도 결정적인 역할을 한다. 그리고 작품 속에서 창조된 장소는 70여 년의 시간을 뛰어 넘어 오늘날의 독자들에게 선명한 이미지로 되살아나고 있다는 점에서 영속적인 생명력을 부여받았다.

비단 리얼리즘 계열의 작품만이 아니다. 비슷한 시기 활동한 모더니스트 이상과 박태원의 작품에도 당대 사회의 토폴로지는 훌륭하게 구현되어 있다. 〈날개〉와 〈소설가 구보 씨의 일일〉에서 주인공들이 돌아다닌 경성은 시간의 경과를 초월하여 독자들의 머릿속에서 영속적인 장소로 남았다. 경성역이나 다방에서 커피를 마시고, 미쓰코시 옥상 정원에 올라가기도 하고, '날자, 날자, 한 번만 더 날자꾸나, 한 번만 더 날아보자꾸나'라며 외치던 장면이 그러하다. 더 이상 일제시기 경성 거리에 울려 퍼지던 정오 사이렌 소리는 서울에서 들을 수 없다. 구보 씨가 들렀던 다방은 사라진 지 오래며 요즘 사람들은 커피숍에서 에스프레소를 마신다. 그러나 지금도 신세계백화점 앞을 지날 때면 〈날개〉의 주인공이 들었던 사이렌 소리가 멀리서 환청처럼 들리는 듯하며, 북촌일대를 걷게 될 때면 구보 씨라도 된 듯 상상을 해 보기도 한다. 모두 소설의 공간과 장소가 수행한 영속화의 결과일 것이다.

의미의 반열에 오른 작품들은 대체로 공간의 영속화를 이루어 내고 있다. ≪태백산맥≫이나 ≪토지≫는 공간과 장소 그 자체가 하나의 주제를 이룬다. 김원일과 박완서의 작품을 읽은 사람이라면 대구를 방문할 때 '마당 깊은 집'의 위치가 어디쯤인가 궁금해할 것이고, 미군기지 앞을 지날 때면 초상화 그려주던 여자가 어디에 서 있었을까 상상해 볼지도 모른다. 이러한 공간과 장소의 영속화는 반드시 실제로 존재하는 것일 필요는 없다. 김승옥은 1960년대 서울의 풍경을 우울하고 허무함으로 포착하면서 동시에 '무진'이라는 가상의 장소에서도 비슷한 감수성을 펼쳐놓았기 때문이다.

그런데 2000년대 이후 우리 소설에서 공간과 장소가 어떤 역할을 하고 있는지는 언뜻 알아차리기 힘들다. 서울을 공간적 배경으로 하고 있더라도 구체적인 지명이나 상징적인 건물은 이전에 비해 훨씬 적게 등장한다. 아니 거의 등장하지 않는다고 보아도 크게 틀린 말은 아니다. 작품은 서울이 아니라 세계 어느 곳에서도 비슷한 일들이 발생할 수 있을 것 같은 사건들로 채워진다. 특히 환상적인 소재와 사건을 다루고 있는 작품이 증가한 결과 구체적인 공간과 장소에 대한 관심은 더욱 희박해지는 듯한데, UFO가 출현하고 사물이 말을 거는 것 같은 일들은 굳이 서울이 아니라 뉴욕도 될 수 있고 도쿄도 될 수 있기 때문이다. 그러면서도 오늘날의 서울이라는 공간과 장소가 지닌 의미를 완전히 소거해버렸는가 하면 그렇지도 않다. 지하철 푸시맨이 등장하고 늦은 밤 편의점에서 혼자 라면을 사 먹거나 고시원과 원룸에서 인터넷 서핑을 하는 모습은 분명 오늘날 서울의 모습과 일치한다. 사소한 일상적 소재들에 대한 관심은 이전의 소설에서보다 한층 강화된 측면도 있기에 디테일의 측면에서는 공간과 장소에 대한 애착이 심해졌다고 볼 여지도 있는 것이다. 이런 맥락에서 박민규, 김중혁, 김미월의 작품을 중심으로 작품에서 공간과 장소에 대한 인식이 어떻게 투영되어 있는지 살피고자 한다. 공간과 장소의 영속화가 희박해진 이유가 무엇인지, 또 그 대신 노리는 바가 무엇인지, 나아가 공간과 장소에 대한 인식의 추이를 점검해보는 것이 주된 관심 사항이다.

2. 응축과 발산—박민규의 경우

박민규의 소설집 ≪카스테라≫에서 서울은 공간이 부족한 곳이다. 서울에서 사람들은 지극히 제한된 공간을 강요당하고 있고, 그러한 강요를 수용하면서 살아간다. 〈그렇습니까? 기린입니다〉에 등장하는 출근길 지하철은 공간이 부족한 서울의 모습을 단적으로 보여주고 있다. 출근길 지하철은 그렇지 않아도 만원이지만 푸시맨이 등을 떠밀어서 더욱 많은 승객을 태우고서야 출발할 수 있다. 지하철 승객들 각자에게 허용된 여유 공간은 거의 없다시피하다. 사람들은 서로 밀착되어 있고, 여름이면 자신의 맨살과 옆 사람의 맨살이 닿는 것은 예사다. 만약 지하철이 아닌 다른 곳에서 그렇게 서로 몸을 밀착했다가는 이상한 사람 취급을 당하거나 상대방의 주먹을 불러올 수도 있다. 그렇지만 출근길 지하철에서는 그러한 밀착이 허용될 뿐만 아니라 '강요'되며, 사람들은 그러한 강요를 당연한 것으로 여긴다. 푸시맨에게 떠밀리는 사람이 가끔 저항하기도 하지만 대부분은 주인공의 아버지처럼 가벼운 신음 소리를 낼 뿐이고, 그것을 지켜보는 다른 승객들은 그저 묵묵히 자신의 목적지만 생각하고 있는 것을 보아도 알 수 있다.

푸시맨이 등을 떠밀어 다른 사람과 밀착해야 하는 상황은 고시원의 공간 감각과도 정확하게 일치한다. 주지하는 바와 같이 IMF 이후 고시원은 고시공부를 하는 곳이 아니게 되었다. 보통은 집이 없으면 전세를, 전세금이 부족하면 월세를 사는 것이 당연하다 여기지만, 월세금조차 부족한 사람들은 월세를 아끼기 위해 고시원에 몰려들었고, 작은 일인용 침대 하나와 좁은 책상 하나 정도가 비치된 공간을 가까스로 허락받는다. 옆 사람이 방귀를 뀌면 그 소리가 다 들릴 만큼 얇은 벽으로 사방이 둘러쳐진 그곳에서 편안함은 포기한 지 오래되었으며, 결국에는 돈이 없는 탓에 그 좁은 공간에 적응해서 살아가는 수밖에는 도리가 없다. 그러나 그처럼 얇은 벽이지만 고시원 사람들 사이에는 타인에게 접근할 수 없는 엄청나게 두꺼운 심리적 장벽이 둘러쳐져 있다. 서로에게 무관심하게 살아가는 것이 가장 현명한 생활의 지혜이며 서로 간 지켜야 할 불문율이다. 물리적인 거리가 가까워지는 것과는 반비례하여 심리적 거리는 멀어진다는 것이 고시원 인간관계의 기본 원리로 확인된다.

반면 서울을 벗어난 지방은 어떠한가? 적어도 여유 공간의 측면에서는 철저히 서울과 상반된다. 그러나 박민규의 소설 주인공들은 서울에서 그토록 공간 부족에 시달렸으면서도 정작 공간이 충분한 지방에서 자유로움과 편안함을 만끽하는 것이 아니라 극심한 지루함에 시달린다. 〈아, 하세요 펠리컨〉의 시골 유원지는 그러한 권태로움을 작품 전편에 깔고 있다. 오리배를 타러 오는 사람은 그렇게 많지 않으며, 가끔 서울에서 밀려난 사람들이 가끔 찾아와 루저 특유의 찌질한 잔상만 남기고 갈 뿐이다. 백수에 가까운 취업 준비생마저 한심하게 여길 만큼 오리배 유원지는 세상에서 밀려난 패배자들의 집합소다. 〈코리언 스탠더즈〉에 설정된 시골 역시 세상에서 밀려난 인물의 쓸쓸함과 적막함을 배후에 깔고 있기는 마찬가지다. 결국 박민규 소설에서 지방이나 시골은 그 자체로의 장소가 아니라 서울에서 밀려난 자들의 공간으로서의 의미로만 한정되고 있으며, 지방과 시골에 대한 서술은 항상 서울로의 복귀에 대한 욕망을 꼬리처럼 달고 있는 형국이다.

박민규 소설에서 서울은 경쟁이 심한 곳이고, 소설의 주요 인물들은 그러한 경쟁에서 밀려난 경우가 대부분이다. 여기에는 글로벌스탠다드의 이름으로 한국을 공습한 IMF의 여파가 작품의 외부에 자리하고 있음은 물론이다. 지방으로 밀려난 사람들은 물론이고 서울에 거주하고 있을 뿐 너구리 게임에 몰두하는 무능한 회사원, 정리해고를 당한 초라한 가장 역시 서울에서 밀려나 있기는 마찬가지다. 밀려난 사람들은 자신에게 허용된 공간을 박탈당한 채 고시원과 같은 최소한의 제한된 공간에 초라하게 웅크리고 있다. 결국 지하철이나 고시원과 같은 곳에서 숨 막힐 정도로 협소해진 여유 공간에 대한 인식은 힘겹게 일상을 살아가는 자들의 존재론적 감각에 대한 적절한 비유로 읽을 수 있는 것이다.

흡사 냉장고 속에 갇힌 코끼리가 느낄 법한 협소한 공간에 대한 인식은 빈번히 비현실적인 공상의 극단으로 튀어나가게 되고, 현실의 중압감은 환상의 해방감으로 탈주를 감행하는 것에서 박민규 특유의 공간적 감각이 발휘된다. 온갖 귀찮고 짜증나는 것들을 냉장고에 차곡차곡 넣고 나니 어느새 카스테라 한 덩어리가 놓여 있더라는 것, 그 카스테라를 맛본 것은 온 우주를 체험하는 것과 같다는 것이 〈카스테라〉의 공상 내용이다. 냉장고가 물건을 차갑게 하는 만드는 일은 기체를 응축하기만 하는 것이 아니라 확장시키고 팽창하는 과정에서 이루어진다. 냉장고는 응축기(condenser)와 증발기(evaporator)를 순환하는 기체로 인해 온도를 낮출 수 있다. 박민규 소설에서는 세상의 온갖 것들을 응축해서 카스테라 한 덩어리로 모아 놓고, 그 속에서 다시 우주적인 차원까지 팽창시키는 상상력이 현실을 넘어서는 한 가지 방법으로 채용되고 있다. UFO가 출현하고, 대왕오징어가 날아다니는 상황에서 우주는 거대한 개복치에 불과하다는 허황된 상상력은 곧 응축되어 있던 현실의 비루함을 팽창시킨 비약적인 공상의 결과다.

현실 세계의 '응축'과 환상을 통한 '확산'은 박민규의 작품 세계 전반에 걸쳐 발견되는 일종의 시문이며, 그 속에서 사회의 경쟁과 소통부재라는 장애물을 넘어서려는 지속적인 노력이 발견된다. 예컨대 ≪삼미 슈퍼스타즈의 마지막 팬클럽≫에서는 경쟁을 하지 않음으로써 경쟁을 넘어서는 방법에 대해 연구했다. ≪지구 영웅전설≫은 환상을 통한 확산 작업 자체에 주력하였다. 소설집 ≪더블≫에서도 응축과 확산의 작업은 계속 수행되는데, 국가가 소멸되고 연합으로 통일된 29세기 미래 사회를 다루고 있는 〈깊〉, 〈굿모닝 존 웨인〉 같은 작품에서 발휘되는 SF적 상상력은 확산의 지향하는 바를 선명하게 보여준다. 심해로 침잠하거나 정반대로 광활한 우주로 도약하는 것은 현실 탈주의 욕망이 배후에 깔려 있다. 무엇보다도 왕년에 잘 나가다가 지금은 초라한 가장이 되고 만 자동차 세일즈맨이 자동차를 팔기 위해 경기도 화성이 아닌 태양계 화성으로 차를 몰고 간다는 황당한 설정(〈딜도가 우리 가정을 지켜줬요〉)을 볼 때 여전히 응축과 확장의 변증법은 위력을 발휘하고 있음을 확인할 수 있다. 여자 친구의 원룸에 얹혀살면서 아르바이트로 근근이 먹고 살아가는 주인공의 눈앞에 펼쳐진 비행선 역시 현실의 비루함과 대비를 이루는 환상의 자유로움을 선명하게 보여준다(〈굿바이, 제플린〉).

이러한 응축과 확산은 공간감을 기본 단위로 삼는다. 카스테라로 압축된 세상은 하나의 점이다. 기하학의 세계에서 점은 어떠한 면적도 가지지 않는다. 우주로 확산되는 탈출은 무한대로의 비약이다. 이 역시 일정한 면적으로 측량될 수 없기는 마찬가지다. 0(또는 점)에 수렴하거나 ∞(또는 우주)로 발산하는 과정에 주목한다는 것은 고정된 실체에 대한 관찰보다는 움직임 내지 변화의 과정 자체에 관심을 가진다는 것을 의미한다. 공간감의 의존은 상대적으로 장소감에 대한 탈피로 이어지고 있다. 이 푸 투안에 따르면 공간은 움직임이 일어나는 곳이며 장소는 정지(멈춤)이다. 장소는 안정과 영속의 이미지이며, 인간에게 특정한 공간이 익숙하게 느껴질 때 공간은 장소가 된다. 소설에서 공간과 장소를 영속화한다는 것은 이 푸 투안의 논리에 따를 때 장소의 발견이며, 아무런 의미가 존재하지 않는 순수공간을 인간적인 경험을 통해 의미를 부여하는 일이다. 박민규의 작품에서 구체적인 지명이 거의 등장하지 않는 현상은 정지된 장소에 대한 애착이나 감정보다는 응축과 확산의 과정에서 발생되는 공간감 즉 현실을 뒤집고 초월하고자 하는 탈주의 욕망에 따른 자연스러운 결과라고 볼 수도 있는 셈이다.

그러나 〈근처〉, 〈누런 강 배 한 척〉, 〈낮잠〉 같은 작품에서는 장소에 대한 상당한 애착이 발견되기도 한다는 점에서 주목을 요한다. 이들 작품에서는 공통적으로 집 또는 고향에 대한 강한 애착을 보인다. 집과 고향은 인간에게 가장 친밀한 장소라는 것을 떠올리면 장소에 대한 애착의 정도를 쉽게 알 수 있다. 또한 이들 작품의 주인공은 늙거나 병들어(간암 말기) 죽음이 임박한 상황이라는 공통점이 있다. '강을 건넌다는 것', 곧 죽음을 앞둔 상황에서 그들은 과거를 회상한다. 어린 시절의 첫사랑을 만나고, 친구들과 함께 고향에 묻어두었던 타임캡슐을 파낸다. "인간은 결국 각자의 죽음을 기다리기 위해 견디고 견뎌온 존재들이 아니었을까."라는 결론은 "실은 근처에서, 그들(친구들 또는 세상의 모든 인간들)은 모두 고향을 그리워하고 있었다."(〈근처〉)라는 문장과 맞물린다. 평생 그리워하던 고향으로 돌아감, 즉 가장 익숙하고 영속적인 장소로서의 회귀가 작품의 서사를 이룬다. 때로는 집이 아니라 요양원이라도 좋다. 따지고 보면 요양원도 먹고, 자는 하나의 집이기 때문이다. 그 속에서 첫사랑과 뒤늦은 해후를 한다면 새로운 집으로서의 의의는 충분히 있다(〈낮잠〉).

〈누런 강 배 한 척〉과 〈낮잠〉에서 치매는 '집이 어딘지 잊어버리는 병'이다. 작품 속에서 장소감이 상실된다는 것은 자존감과 정체성의 상실과 동격이고, 그것은 죽음보다 더 견디기 어려운 일이다. 수면

제를 싸서 여행을 떠나는 노부부의 자살 여행은 죽음을 맞이하러 가는 길이지만 동시에 영속적인 장소로서의 집과 고향으로 복귀하는 길이기도 하다. 우주에 대한 공간감은 현재의 일상을 탈주하여 미래의 해방으로 향해 있지만, 집과 고향은 과거의 친숙함에 대한 회귀이다. 저 앞의 어느 곳(미래)이 아니라 뒤의 어느 곳(과거)에 대한 관심은 새로운 변화의 조짐이다. 물론 작가는 여전히 응축과 확산이라는 공간감에 주력하고 있다. 그러나 일상과 현실에서 잠시 벗어나 죽음과 인생이라는 문제를 다루는 작품에서 발견되는 집과 고향이라는 장소에 대한 강한 애착이 작가의 새로운 탐색 작업과 무관하지 않을 것이라는 점만은 분명하다.

3. 웅크리기와 걸어 나가기—김미월의 경우

김미월의 소설집 ≪서울 동굴 가이드≫에서 공간의 인식은 '방'을 기본 단위로 이루어진다. 소설 속 인물들은 피시방, 고시원, 하숙방, 골방에서 기거한다. 그들은 방에서 먹고, 자고, 음악을 듣고, 인터넷 서핑을 하며 살아간다. 대부분의 일상적 생활이 이루어진다는 점에서 그들에게 방은 그 자체로 완결된 집의 기능을 하고 있는 셈이다. 그러나 김미월 소설 속의 방들은 집이 가진 장소성을 결여하고 있다. 집이라는 장소는 지친 몸을 이끌고 돌아와 위로와 휴식을 제공받을 수 있는 곳이다. 집에는 어머니를 비롯한 가족들의 유대가 있다. 영혼을 의탁할 수 있을 정도로 친숙한 안정감이야말로 집이 지닌 본연의 장소감각이다. 반면 소설 속 방들은 지극히 낯설고, 일시적으로 머무는 공간에 지나지 않는다. 그런 방에서는 고향이나 집에서 느낄 수 있는 안정감이나 소속감, 정체감은 느낄 수 없으며, 인물들은 몸은 방에 머물고 있지만 마음은 언제나 떠돌이 신세를 면치 못한다.

> 따지고 보면 피시방만큼 남의 눈으로부터 자유로운 곳도 드물었다. 이곳에 오는 사람들은 모니터 밖의 세상에는, 칸막이 너머의 인간에게는 관심을 가질 여유도 이유도 없었다. 네트워크 세상에서 그들은 저마다 왕이고 전사며 공주이자 요정이었다. 악의 무리를 응징하고 제국을 건설하고 이웃나라 왕자들의 구혼도 받아주어야 했다. 할 일이 너무 많았으므로 남에게 신경 쓸 겨를이 없었다. 타인에 대한 무관심이 당연한 것으로 간주되는 이 피시방 특유의 생리는 나와 잘 맞았다.(〈너클〉, 12면)

장소가 선사하는 친숙함이나 자존감이 없어도 소설 속 인물들은 크게 개의치 않는다. 때로는 컴퓨터 모니터 속의 가상 세계에 몰입하여 더 큰 자유로움을 누리기도 한다. (〈너클〉) 또한 전설 속 공중정원을 흉내 내어 옥상 바닥에다 흙을 깔아놓고 자신만의 공중정원을 가꾸며 만족하기도 한다. (〈정원에 길을 묻다〉) 그들은 스스로 유폐된 공간으로 기꺼이 걸어들어가서는 외부와의 관심을 끊고 고립되어 살아가고 있다. 그러나 그들이 누리는 자유는 외부 세계에 대한 외면을 전제로 할 때 일시적으로 가능한 것이다. 방 바깥에는 엄연한 현실이 존재한다. 그럼에도 그러한 현실과 마주하면 골머리가 아프기 때문에 방 바깥보다는 안으로 파고든다. 창을 통해 내다보이는 서울의 풍경은 대부분 한밤중의 암흑이다. 더욱이 칸막이로 구획된 방안 역시 대낮에도 전등을 켜지 않으면 어두컴컴한 곳이다. 소설 속 인물들은 그러한 암흑을 '무시무시한 괴물의 천 길 아가리 속 같은 어둠'(〈골방〉)이라 부르면서 두려워하고 있다. 결국 그들이 누리고 있는 자유는 현실 도피일 따름이다. 그들이 방에서 누리는 자유는 능동적 선택의 결과가 아니라 현실 세계의 어려움에 밀려난 수동적 선택의 결과라는 점에서 결코 진정한 자유는 아니라고 할 수 있다.

〈서울 동굴 가이드〉에 나오는 동굴 체험관은 김미월 소설 속 인물들이 처해 있는 상황을 단적으로 보여주고 있다. 서울에 동굴이 존재할 리는 만무하고, 그 동굴이란 건물 지하실에 조악하게 만들어 놓은 가짜 동굴에 불과하다. 동굴 속 모험을 한답시고 찾아오는 초등학생들조차 그 허술함을 알아차려 가짜 동굴이라는 것에 실망을 한다. 당연히 그곳에서 가이드 일을 하고 있는 '나' 역시 동굴이 가짜임을 잘 알고 있다. 하지만 변변한 직업을 구하기도 힘든 판에 선불리 동굴을 박차고 나갈 수도 없는 형편이다. 방 속의 자유가 가짜라는 것을 잘 알면서도 그 방을 벗어나 바깥으로 걸어 나가지 못한 채 계속해서 그 속을 맴도는 것이 김미월 소설 속 방 거주자들의 모습이다. 다만 "누군가 정답을 가르쳐주는 사람이, 길을 안내해주는 사람이 있으면 좋겠다고 나는 생각했다." 동굴 '가이드'가 '안내해주는 사람'을 찾는 아이러니를 맞닥뜨리는 것이 방 안 거주자들이 서 있는 자리인 셈이다.

그런데 작가의 두 번째 단편집 ≪아무도 펼쳐보지 않는 책≫에서는 방 안에 유폐되어 있는 인물들이 방 밖의 거리로 나가 걸어 다니기 시작한다. 이러한 현상은 작중 인물들의 연령대가 변한 것과도 어느 정도의 관련성이 있어 보인다. 〈서울 동굴 가이드〉에서는 최소한의 생계를 위한 아르바이트를 하거나 아직은 직장 구하는 일에 무관심했던 백수들이 대부분이었지만 ≪아무도 펼쳐보지 않는 책≫에 수록된 여러 작품에는 대체로 사회 초년병이 등장한다. 그리고 소설 속 인물들의 연령대는 실제 작가의 연령대와도 매우 닮아 있다. 이런 점에서 실제 작가가 나이가 많아지면서 소설 속 인물들도 같이 나이 든다는 것은 흥미로운 측면이 있다. 그러나 그보다 더 눈길을 끄는 것은 그들이 방에서 벗어나 거리로 나오게 되면서 그들의 눈에는 서울의 곳곳이 포착되고 있다는 점이다. 〈서울 동굴 가이드〉에서 방 밖은 늘 암흑이었다. 한밤중의 서울 풍경에서는 다른 방들에서 비쳐오는 작은 불빛만 걸려 있을 뿐이었다. 방에서 벗어나 거리에 나서게 되면서부터 시야는 확장되고 자연스럽게 공간에 대한 인식 또한 확대되고 있다. 그러한 공간에 대한 변화한 인식의 바탕에서 소설 속 인물들은 자신의 앞에 펼쳐진 공간과 시간의 길을 스스로의 힘으로 걸어가기 시작한다.

〈아무도 펼쳐보지 않는 책〉의 주인공 진수는 스무 살 무렵 라디오에서 매 시간마다 나오던 57분 교통정보를 들으면서 언젠가는 서울에 가서 '테헤란로'를 직접 구경하는 것이 꿈이었다. 청소년기를 갓 벗어난 꿈 많던 청년은 상경한 이후 반복되는 생활에 이리저리 치이면서 의기소침해진 상태다. 그런데 자신이 삼 년째 오고가는 출퇴근길이 바로 과거 스무살 시절 꿈꾸던 테헤란로였음이 작품의 마지막 장면에 가서 실토된다. 스무 살 시절 꿈꾸던 테헤란로와 10년이 지나 걸어가고 있는 테헤란로의 격차는 꿈과 현실의 거리만큼이나 멀다. 어릴 때는 자신이 세상의 중심인 줄 알았기에 꿈을 가지고 있었지만, 나이가 들어 자신이 베스트셀러 진열대 뒤쪽 구석에 꽂힌 '아무도 펼쳐보지 않는 책'에 불과하다는 것을 알아버린 후 꿈을 꾸지 않게 되었다는 고백은 삼 년째 오고 간 테헤란로가 과거에 꿈꾸던 그 장소라는 사실을 알아차리지 못한 이유를 짐작하게 한다. 이미 익숙해져 버린 곳은 장소다. 진수는 10년 동안 서울살이에 익숙해진 끝에 서울 사람이 되었고, 그는 분명 서울이라는 장소에서 살아가고 있다. 그러나 장소 자체로는 아무런 의미를 지니지 못한다. 거리를 두고 낯선 시선으로 장소를 바라볼 때 비로소 장소가 지닌 의미는 발견될 수 있다. 작품의 결말부에서 자신이 걷고 있는 그 길이 과거에 꿈꾸던 테헤란로라는 알아차리는 순간, 그의 머릿속에서는 그동안 잊고 있던 꿈이 되살아나고 있을 것이다. 물론 그런 사실을 알아차린다고 해서 실제로 바뀌는 것은 하나도 없다. 자신이 세상의 중심이 되는 환상도 발생하지 않는다. 그럼에도 불구하고 주인공은 그러한 걸음걸이 하나하나가 자신의 인생이라는 사실을 어렴풋이 깨달게 된다.

〈플라자 호텔〉 역시 방 밖으로 나와 거리를 걸으며 발견한 서울이라는 장소를 적극적으로 활용한 작품이다. 시골에서 갓 상경한 어수룩한 과거의 주인공에게 서울은 동경의 대상이었다. 명동 거리의 상점에 진열된 청바지를 선망의 시선으로 바라보며, 돈가스를 먹고 생맥주를 마시던 대학 시절, 그에게 서울은 꿈이 펼칠 수 있는 희망의 도시였으며, 광주민주화운동 진상 규명 시위에 참여했을 때는 전망을 향한 열망이 가득한 정의의 도시였다. 그러나 촌놈이라 놀림 받던 그 이방인은 어느새 시간이 흐르면서 저절로 '진짜 서울 사람'이 되었고, 이제 서울은 지루하게 반복되는 일상이 펼쳐지는 장소가 되어버렸다. 휴가를 보내기 위해 투숙한 플라자 호텔에서 서울 거리를 바라볼 때, 주인공의 머릿속에는 과거의 꿈과 현재의 일상이 중첩되고, 그동안 잊고 있던 과거의 꿈을 되돌아볼 수 있다. 익숙해져 버린 장소에서 거리를 두고 새로운 시선으로 그 장소를 관찰할 때 그 장소는 의미 없는 공간과 사물에서 진정한 의미를 담지한 장소가 될 수 있다는 것을 보여준다.

방에서 나와 거리를 걸어가는 일은 결국 타인과 마주하는 일이다. 타인과의 대면 속에서 자신의 정체성도 다시 확보된다는 것이 작가가 일관되게 보여주고 있는 서울이라는 장소의 의미이다. 산동네 비탈진 골목길과 남대문시장의 복잡한 길(〈29200분의 1〉), 중학교 시절 수학 선생님을 찾아가는 길(〈현기증〉), 인천에 있는 어학원까지 가는 출퇴근 길(〈중국어 수업〉), 여자 친구 증조할머니 장례식에 가는 길(〈모자 속의 비둘기〉), 십년 전 다시 만나자고 했던 약속을 지키기 위해 나선 길(〈안부를 묻다〉) 등 다양한 길이 등장하는 것도 비슷한 이유에서 일 것이다. 즉 김미월의 소설에서 웅크리고 있던 방에서 나와 거리를 걸어가는 것은 공간의 확장인 동시에 타인과의 소통이며, 자기 정체성을 되돌아보는 반성의 과정인 동시에 자기 자신이 서 있는 그곳(서울)을 의미 있는 장소로 바라보는 일이 되는 것이다.

김미월의 장편 ≪여덟 번째 방≫은 방에서 벗어나 거리로 나갈 수 있는 힘은 타인에 대한 공감이라는 것을 잘 보여주고 있는 작품이다.

꿈이 무엇이냐는 질문에 아무런 대답도 하지 못하는 영대의 이야기와 서울 상경 후 '방'을 전전하며 서울이라는 장소를 살아내고 있는 김지영의 이야기를 교차시키는 서술적 장치는 지영이 또다시 다른 방으로 이사를 가면서 남긴 노트를 같은 방에 이사 온 영대가 발견하여 읽게 된다는 설정이다. 지영이 남긴 노트에는 시간이 흐름에 따라 여러 가지 얼굴을 보여주는 서울에 관한 초상이 생생히 그려져 있다. 영대가 지영의 노트에 적힌 이야기를 읽는 것은 서울이라는 장소를 간접 체험하고 느끼는 것과 다를 바 없다. 또한 영대는 지영의 이야기를 따라간 끝에 작품의 결말에 이르러 비로소 자신의 꿈과 인생에 대해 진지하게 생각할 수 있게 된다. "영대는 신발장 옆에 놓인 라면 상자에, 그 속에 들어 있을 그녀의 방들에 한 번 더 눈길을 주었다."라는 작품의 마지막 문장에서 장소와 인생과 소통은 새로운 가능성으로 피어나고 있다.

4. 사물이라는 장소의 발견—김중혁의 경우

김중혁의 작품들을 살펴보면 사물에 대한 관심이 현저하다. 첫 번째 소설집 ≪펭귄뉴스≫에서는 라디오, 지도, 타자기, 잠수함 등등 갈피를 잡기 힘들 정도로 다양한 분야의 사물들이 펼쳐진다. 그뿐만 아니라 그러한 사물들을 디자인하거나 발명하는 직업을 가진 인물들 여럿 등장한다. 이것은 작가의 개성으로 굳어지고 있는 듯한데, 〈악기들의 도서관〉에서는 피아노, 레코드판, 악기, 장난감 칼과 방패 등의 소재가 등장하고, 등장인물은 사물의 사용법을 알려주는 매뉴얼 제작자라는 특이한 직업을 가진 것으로 설정되기도 한다.

다양한 사물들이 소재로 활용되는 것만큼이나 그 사물을 바라보는 방법의 참신함도 눈길을 끈다. 〈무용지물 박물관〉의 인터넷 방송 DJ 메이비는 잠수함을 다음과 같이 묘사한다. "심술 난 것처럼 입을 삐죽 내밀고 한번 만져보세요. 잠수함 앞모습이 바로 그래요." 시각 대신 촉각을, 형태나 수치와 관련한 객관적 정보 대신 심술 난 것 같은 주관적 감정을 동원할 때 비로소 잠수함의 새로운 면모가 수면으로 떠오른다. 그것은 마치 잠수함 창밖으로 수중의 세계를 보는 대신, 잠망경이라는 도구를 사용하여 수면 위의 세계를 보는 방법의 전환과 닮아 있다. 이러한 방법론은 에스키모의 지도제작술에서도 동일하게 적용되고 있다. 눈으로 보이는 것만을 믿는 자들에게 에스키모인들은 눈을 감고 만져보라고 권유한다. 그리고 상상력을 발휘하라고 권유한다. 그러면 소리가 들릴 것이라고.

> 이것은 눈으로 보는 지도가 아닙니다. 이것은 상상하는 지도입니다. 손가락을 나무 지도의 틈새에 넣은 다음 그 굴곡을 느껴야 합니다. 그 굴곡을 느낀 다음에는 깜깜한 어둠 속에서 해안선의 굴곡을 상상해야 합니다. 촉각과 상상력이 완벽히 일치해야만 당신은 당신의 길을 찾을 수 있을 것입니다.
>
> 에스키모들은 해변의 지도를 그리기 위해 눈을 감습니다. 그리고 해변에 부딪히는 파도 소리에 귀를 기울입니다. 그리고 그들은 지도를 그리기 위해 자신의 기억 모두를 동원합니다. 소리와 기억으로 지도를 만들지만 그들이 제작한 지도는 항공사진으로 제작한 지도와 거의 차이가 없습니다. 에스키모인들은 언제나 자신들이 어디에 있는지를 잘

알고 있습니다."(〈에스키모, 여기가 끝이야〉, 95-96면)

눈으로 직접 보는 것만큼 강력한 인식의 방식은 없다. 동시에 눈으로 직접 보는 것만큼 폭력적인 인식의 방식도 없다. 눈으로 본다는 것은 관찰의 주체와 관찰을 당하는 대상 사이의 거리를 전제로 한다. 너무 가까이 있으면 볼 수 없지 않은가. 동시에 관찰의 주체는 인식이라는 권력의 주체로서의 지위를 확보하고 관찰 당하는 대상은 주체성을 박탈당한 채 수동적인 대상으로 착취당한다. 반면 ≪펭귄뉴스≫에서 일관되게 적용되어 있는 사물 관찰법은 어떠한가. 눈을 감고서 가까이 다가가 손으로 만져야 한다. 대상에 손이 직접 닿을 때 주체와 대상 사이의 거리는 0이다. 나무 틈에 새겨진 굴곡을 만져야 한다. 나무의 나이테와 상처와 질곡을 만질 때 인식은 가능하다. 시각성을 포기한 대신 관찰 주체의 머릿속에 기억된 느낌과 경험들을 상상력의 힘을 동원해서 끄집어내야 한다. 이처럼 눈을 감고서 얻게 되는 것은 '자신들이 어디에 있는지' 곧 자신의 실존적 상황과 정체성에 대한 올바른 인식이다.

작품에서 강조된 사물 관찰법은 '낯설게 하기'의 작가적 변용에 다름이 아니다. 현실의 질서에 익숙해진 관념을 잠시 벗어나 낯설게 바라봄으로써 새로운 인식에 도달할 수 있다는 것을 작가 특유의 상상력을 동원하여 독자들에게 펼쳐 보이고 있는 것이다. 그의 작품 속 문장을 따라가다 보면 어느새 현실성의 밀도는 희박해지고 비현실적이고 몽환적인 색채의 안개가 주변을 점령하고 있음을 문득 깨닫게 된다.

어쩌면 김중혁의 작품에서 구체적인 지명이나 시점이 거의 등장하지 않는 것은 현실의 논리를 벗어나 상상의 세계로 도약하기 위해 의도적으로 시공간적 질서를 무시한 결과인지도 모른다. 또한 눈을 감아버림으로써 새로운 감각을 획득하고자 하는 노력의 결과, 구체적인 장소나 시점 역시 텍스트의 표면에서 사라지게 되었는지도 모른다.

시각은 공간을 파악하는 데 결정적인 역할을 한다. 이푸 투안에 다르면 인간의 눈은 이중초점의 오버랩과 입체감을 제공하는 신체 기관으로 '이곳'과 '저곳'의 기본항으로 구성되는 공간의 인식을 가능하게 한다. 따라서 눈을 감아버린다는 것은 공간감에 대한 의식적인 포기를 전제로 하고 있다. 한편 공간감을 포기함으로써 얻게 되는 색다른 감각은 장소감과 연결된다. 구체적인 지명이나 시점이 생략된 김중혁의 작품에서 공간감 대신 장소감이 한층 부각된다는 것은 얼핏 역설적으로 들릴 수도 있다. 그러나 장소라는 것은 완전히 친밀해진 공간에 부여되는 명칭이며, 또한 장소는 개념적으로 설명되는 객관적 실체이기보다는 집이나 고향과 같이 인간의 모든 감각과 관련이 되어 있는 총체적 기억으로 존재한다. 고향을 떠올려보자. 고향은 단지 한 인간이 태어난 출생지가 아니라 개인적 · 집단적 삶의 열망, 필요, 기능적인 리듬을 극적으로 표현함으로써만 지칭 가능한 곳이지 않은가.

> 사람이나 사물에 대한 치밀한 경험을 표현하기는 어렵다. (…) 사실이나 사건에 관해서는 쉽게 말한다. 즉 일요일에 아이들과 개를 데리고 자동차를 타고 크레이터 호에 갔으며 날씨는 추웠다고 말하는 데는 아무 문제가 없다. 우리는 감탄할 만한 것이 무엇인지 알고 있다. 바로

호수이다. 우리는 호수를 가리키며 사진을 찍을 수 있으며, 그리하여 사진은 일어난 일에 대한 영구적 · 객관적 자료로서 우리에게 남는다. 그러나 장소의 특성과 우리의 특별한 만남의 특성은 포착되지 않는다. 그 특성은 곁눈으로 슬쩍 본 것, 우리 뒤를 비춰주던 거의 얼어붙을 듯한 햇빛의 느낌을 포함해야 한다.(이푸 투안, ≪공간과 장소≫, 구동회 · 심승희 역, 대윤, 1995, 236면)

〈에스키모, 여기가 끝이야〉에서 에스키모인들이 지도에 남기는 것은 공간에 관한 지식이 아니라 장소에 관한 총체적 감각이다. 그러한 감각은 공간과 장소에 관한 인식을 확보하기에 가장 용이한 시각성을 잠시 유보한 채 획득될 수 있는 기억과 상상력의 극대화의 결과이다. 김중혁의 작품에 등장하는 각각의 사물은 우리 주변에 널려 있는 친숙한 사물들이라는 점에서 우리가 익숙하게 살고 있는 집을 구성하는 부분들이 된다. 사물을 낯설게 보는 것은 익숙한 우리 주변의 장소를 낯설게 보는 것과 다를 바 없다. 다만 그러한 사물들이 배치되어 있는 구체적인 지명으로서의 장소가 소거되어 있다는 점, 즉 공간적 위상을 통해 파악되는 장소성에 대한 무관심은 고향이라든가 집에 대한 장소애착이 한층 더 심화되어 시야가 특정한 사물로 협소해진 결과로 파악될 수 있다. 요컨대 김중혁의 작품에서 사물에 대한 관심은 장소에 대한 관심의 한 변형이며 장소 애착의 심화라고 볼 여지가 있는 것이다.

너무나 친숙한 장소는 의미를 발생시키지 않는다. 작가가 강조한 것처럼 기억과 상상력을 동원할 때 숨겨진 비의가 수면으로 드러날 수 있다. 이와 같은 낯설게 하기의 작가적 변용은 〈F1/B1〉에 이르러 도시라는 익숙한 장소의 재발견으로 이어지고 있다. 〈c1+y=:[8]:〉에서 주인공은 정글의 일방통행 원리를 도시 공간에 적용하는 논문을 써서 호평을 받은 도시 공간 연구자이며, 동시에 스케이트보더들이 남겨놓은 낙서를 따라가는 도시 낙서 연구자이기도 하다. 그는 낙서를 따라가서 도착한 스케이트보더들의 아지트에서 "그건 일종의 작은 도시처럼 보였다"고 감탄한다. 서울이라는 공간과 장소를 연구하는 사람으로서도 익히 느껴보지 못했던 새로운 감각이 연출되고 있기 때문이다. 서울 속에 있으면서도 서울 같지 않은 기분이 들게 만드는 곳, 마치 정글에 온 기분이 들게 만드는 곳이 바로 그들의 아지트이다. 서울의 한 구석에서 정글과 같은 기분을 누리는 것은 서울이라는 익숙한 장소를 낯설게 관찰한 결과일 것이다.

〈F1/B1〉 역시 너무나도 익숙한 서울의 빌딩 숲 아래에 숨겨진 '진실'(물론 다분히 허황된 음모론이 가미된 허구적인 설정이다.)을 작가 특유의 경쾌한 상상력으로 들추어내는 데 성공한 작품이다. 서울 시민이 매일 같이 들락날락 거리는 빌딩에는 늘 눈에 띄지 않던 건물 관리자들이 상주하고 있으며, 그들은 건물 관리자 연합을 결성하여 은밀하게 활동을 벌이고 있다는 것이 대강의 설정이다. 그러나 다시 생각해보면 작품 속에서 비밀결사단체의 일원을 연상시키는 '건물 관리자'란 빌딩 주차나 보일러 수리, 엘리베이터 점검 등의 작업을 할 때 가끔 우리들의 눈에 띄던 인물이다. 그들은 단지 '눈여겨보지 않았던 곳'에 머물러 있었을 뿐, 예전부터 쭉 그곳에 있어 왔다. 서울이라는 장소, 일상적 삶이라는 장소에 너무도 익숙해져 눈여겨보지 않았던 대상을 낯선 시선으로 공상과 몽상의 힘을 빌려 드러내는 것이 작가의 특징적인 수법이라고 해도 과언은 아닐 것이다.

사물에 대한 공상이 장소에 대한 몽상으로 연결되는 현상은 〈바질〉에서도 잘 나타난다. 〈바질〉에 등장하는 지윤서라는 여자는 단추 디자이너라는 독특한 직업을 가지고 있다. 그녀는 남자친구와 헤어진 후 단추와 대화를 하기도 한다. "단추 디자인을 하다보면 단추와 눈이 마추질 때가 한두 번이 아니지만 말을 거는 것은 흔치 않은 일이다." 그녀가 출장지에서 구입해 온 바질(Basil) 씨앗은 헤어진 남자친구 박상훈과 자주 가던 레스토랑 이름과 공교롭게도 같았고, 뿌려놓은 씨앗에서 자라난 식물은 괴식물에 가깝게 성장하여 울창한 덤불숲을 이루게 되었다. 헤어진 남차친구에 대한 미련이라는 감정이 괴식물로 현현된 것인지 아닌지는 알 도리가 없지만, 아무튼 작은 씨앗에서 자라난 여섯 개의 덤불은 서울의 도심에서 은밀하게 존재하던 스케이트보더들의 아지트가 정글에 비유되었던 것처럼 하나의 정글을 이루었다. "서울 한복판에서 이게 도대체 뭔 일이냐고."라는 인물의 외침은 익숙한 장소로서의 서울을 사물에 대한 상상력을 통해 낯설게 바라보는 작업의 유쾌함을 환기하고 있다.

5. 나오며

지금까지 박민규, 김미월, 김중혁의 작품을 대상으로 공간과 장소에 대한 의식이 어떻게 구성되어 있는지 살펴보았다. 세 작가의 작품에서 공통적으로 발견되는 중의 하나가 응축의 상상력이다. '고시원', '지하철', '냉장고' 등의 소재는 세계의 외부로 나아가지 못한 채 고립되어 단절된 상태에 대한 비유이며, 박민규의 작품에서는 현실 논리가 강요한 결과로, 김미월의 작품에서는 현실 도피의 결과로 파악된다. 소설 속에서 다양한 형태로 나타나는 응축의 장소는 친근함이나 안정감을 선사하는 장소 본래의 속성이 소거된 상태이며 동시에 외부 공간으로의 확장도 엄두를 내기 어려운 상태이다. 이런 점에서 응축되고 고립된 장소는 장소라고 부르기보다는 0에 수렴하는 공간의 축소 결과로 볼 수도 있다. 물론 그처럼 장소성을 박탈한 것은 냉정한 현실의 논리임을 떠올릴 때, 작품에서 등장하는 무기력해진 인간의 형상은 도피나 패배의 인정과 수용이 아니라 비판적인 현실 인식의 한 형태로 파악할 수 있다. 한편 두 작가의 작품에 비해 현실의 중압에 덜 민감하게 반응하는 김중혁의 작품에서도 응축의 상상력은 쉽게 발견되며, 그것은 사물에 대한 두드러진 관심으로 나타난다. 그러한 사물이란 대체로 일상적 삶 속에서 쉽게 접하는 친근한 것들이며, 작가는 친숙한 사물을 낯설게 바라봄으로써 사물의 이면에 감추어진 새로운 의미를 발견하는 데 주력하고 있다. 이 역시 일상에 함몰되어 둔감해지고 알아채지 못한 것을 의미의 표면에 부상시키는 방법으로서 현실을 인식하는 한 가지 대응 방식으로 이해된다.

그러나 세 작가의 작품이 응축의 상상력으로만 일관하는 것은 아니다. 박민규는 발산의 상상력을 극대화시켜 현실을 뒤집어 환상의 자유로움을 보여준다. 작품 곳곳에서 적재적소에 활용되는 황당한 유머와 위트는 발산의 상상력이 작동하고 있는 역동성의 증거이다. 응축된 공간으로의 강요는 자유로운 발산의 가능성이 열려 있는 공간으로 도약함으로 극복한다는 전략이다. 그의 작품에서 장소=정지에 대한 관심보다는 공간=움직임에 대한 관심이 두드러지게 나타나는 것은 이와 같은 이유에서일 것이다. 하지만 장소에 대한 철저한 무관심으로 이어지는 것은 아니다. 죽음을 앞둔 자를 등장시켜 집과 고향이라는 장소에 대한 갈망을 드러내는 작품을 보면 장소에 대한 애착이 작가의 새로운 탐색일 수도 있겠다는 추측이 가능하다. 삶과 죽음이라는 추상적이면서도 실존적인 화두를 중심으로 펼쳐지는 장소에 대한 애착은 구체적인 장소보다는 원형적 삶의 장소에 대한 영속화의 관심으로 이어지고 있는 것이 특징이다.

김미월의 작품에서도 고립되어 있던 방에서 벗어나 거리로 나오고 있다는 것이 뚜렷하게 감지된다. 그 거리에는 수많은 타인과의 만남이 예비되어 있다. 그들과 마주치면서 공감하고 소통하는 과정에서 그동안 일상적 생활을 하면서 잠시 잊고 지냈던 꿈과 자기정체성에 대한 성찰의 가능성을 확보하고 있다. 즉 인물들의 눈앞에 펼쳐진 길은 그들이 앞으로 걸어가야 할 공간을 뚜렷하게 인식하게 하는 동시에 그동안 걸어왔던 길을 되돌아보게 함으로써 익숙해진 생활의 장소를 자신의 삶이 펼쳐지는 장소로 인식하게끔 하고 있다. 특히 다른 두 작가에 비해 서울이라는 구체적인 장소에 대한 관심으로 이어지고 있다는 점에서 김미월의 공간과 장소 인식은 전통적인 소설 속 공간과 장소의 영속화에 가장 가깝다.

축소된 장소로서의 사물에 집중하던 김중혁 역시 그러한 사물들을 조합함으로써 하나의 도시=장소를 구축하고 있다. 그의 소설에서 사물은 우리의 일상적 삶의 공간과 장소에 어디든지 널려 있는 흔하디흔한 사물들이다. 친숙한 사물들은 친숙한 장소의 각 부분을 이룬다. 그러므로 사물들을 조합한다는 것은 장소를 구축하려는 욕망이 깃들여 있는 것이다. 하지만 그러한 사물의 조합이 구체적인 장소의 영속화로 이이지는 것은 아니다. 마이크로한 시선으로 바라본 사물들은 지루하게 반복되는 일상적 생활에서는 쉽게 발견되지 않았던 색다른 의미를 뿜어내고 있다. 그렇게 바라본 사물들의 조합으로서의 장소도 마찬가지로 일상적 생활에서 볼 수 없었던 숨겨진 의미들을 방출하고 있다. 새롭게 인식한 사물들을 가지고 만들어진 도시라는 장소는 곳곳에서 사물들이 말을 걸어오는 기이함으로 가득한 곳으로 그려진다. 익숙하면서도 기이한 장소의 소설 속에서 구현하려는 시도는 일상적인 삶의 공간과 장소를 새발견하고 재구축하려는 의지와 긴밀한 연관이 있는 셈이다.

2부

끝나지 않은 애도

–김성달 ≪이사 간다≫

1. 결코 쉽지 않은 소설

김성달 작가의 이번 소설집에 수록된 여러 작품은 쉽게 잘 읽힌다. 표제작 〈이사 간다〉를 보자. 이 소설은 어느 여자가 국수를 끓이다가 장맛비 쏟아지는 마당을 보는 평이한 내용으로 시작한다. 지루하게 쏟아지는 장맛비를 멍하니 바라본 적이 있는 사람이라면 비 내리는 마당의 이미지가 머릿속에 떠오르게 마련이다. 가끔 국수를 끓여보는 사람이라면 물이 팔팔 끓어오를 때 찬물을 약간 부어 넣는 여자의 행동을 대강 짐작한다. 쉬운 단어, 익숙한 소재들이 편안하게 나열되는 소설의 서두이다.

> 냄비에 물이 몇 차례 끓어오르는 동안에도 여자는 국수 면을 집어 넣지 못하고 뜨거운 물이 넘치면 자꾸 찬물을 붓는다. 찬물에 맥없이 주저앉은 냄비 속을 물끄러미 내려다보고 서 있던 여자가 천천히 문밖

> 을 시선을 돌린다. 밤낮없이 퍼붓는 빗방울로 마당은 온통 물이다. 마당보다 낮은 문턱 위를 넘어 들어오는 빗물로 부엌 바다에 물이 흥건하다. 여자는 발가락 사이로 파고드는 물의 감촉이 서늘하다. 예약한 이삿짐 트럭은 오지 않고 장맛비는 쉼 없이 쏟아진다. 기상청 예보와 달리 하늘은 빗줄기에서 좀처럼 벗어나지 못하고, 이삿짐 트럭은 비를 핑계로 나타나지 않는다. 조바심이 난 여자는 '어서, 이사 가야 하는데…'라는 문자만 쓰다가 지우기를 반복하면서 빗속을 견디고 있다.(〈이사 간다〉)

그런데 이 대목은 작가가 여러 차례 고심하면서 거듭하여 고쳤음이 분명하다. 조금 자세히 들여다보면 단어와 문장이 매우 매끈하게 다듬어져 있음을 발견하게 된다. 한 편의 시를 산문적으로 풀어놓은 듯한 느낌, 그래서 독자 앞에 선명한 이미지를 던져놓는다. 그 결과 시각, 청각, 촉각이 한 폭의 고즈넉한 풍경화를 그려낸다. 다만 겉으로 아주 무심한 듯 배치해 놓았기에 표면적으로는 그저 소박하고 담백하게 느껴지지만, 실제로는 상당한 공을 들인 의식적인 언어 조탁의 산물이다.

더 나아가 이 대목은 서사적인 측면에서 치밀한 계산과 설계의 소산임이 분명하다. 본격적으로 서사가 진행되면서 서서히 밝혀지는 사태의 진상, 그리고 그로 인해 뜨겁게 솟구치는 감정이 소설의 첫대목에서 이미 대부분 암시되어 있기 때문이다. 여자가 왜 국수를 끓이고 있는지, 또 왜 국수 면을 집어넣지 못한 채 끊임없이 망설이고 있는지, 왜 이삿짐 트럭이 나오고, '이사 가야 하는데'라는 문자메시지를 쓰다가 지우기를 반복하는지 말이다. 여자와 아들의 사연이 만들어 내는 작지만 거대한 감정의 소용돌이를 위한 책략에 가깝다는 사실을 소설을 다 읽고 나서야 뒤늦게 깨닫게 된다.

여자는 남편의 사망 이후 실어증에 걸렸기 때문에 전화 통화보다는 문자메시지를 사용한다는 것, 문자메시지의 유일한 수신인이 바로 지금까지 집에 돌아오지 않는 아들이라는 것, 기다리는 아들이 사실은 세월호에 탑승했기 때문에 못 돌아오고 있다는 것, 생전에 아들이 좋아하던 음식이 국수였다는 것, 아들이 돌아오기를 기다리며 여자는 식사도 제대로 챙겨 먹지 못하다가 지금 겨우 국수를 끓이고 있다는 것, 임대 아파트로 이사 간다면서 기대에 부풀었다가 그 꿈이 산산이 부서졌다는 것, 그래서 지금 이사 간다는 것이 아들이 있는 진도 맹골수도로 간다는 것이 사실상 〈이사 간다〉의 첫대목에서 모두 함축되어 있다.

김성달 작가의 소설집 ≪이사 간다≫에 수록된 여러 작품은 결코 쉽게 읽히지 않는다. 주제나 소재가 난해해서가 아니다. 문장과 문체가 난삽해서가 아니다. 작품들은 하나같이 우리가 주변에서 흔히 접할 수 있는 주제와 소재를 가져와 단순 · 담백한 문장과 문체를 활용하여 간명한 내용을 전달한다. 그러나 쉽게 읽히지 않는다. 소설 속에 펼쳐지는 세월호 침몰 사고, 구의역 스크린도어 사망 사고, 공장 실습생의 사망 사고, 정화조 작업자 질식 사고, 그리고 현실의 사회 · 경제적 격랑에 휩쓸려 떠내려가는 여러 사건 · 사고들은 독자의 마음속에 스며들어 마음의 평정을 깨트린다. 이미 알고 있다, 이제는 익숙하다고 생각했던 소재는 다시금 우리에게 심적 동요를 일으키고, 그로 인한 마음의 파장은 우리의 생각을 오랫동안 붙잡아 둔다. 이번 소설집에 수록된 소설 대부분은 우리가 무엇을 잊지 말아야 하는지 경계하고, 그래서 앞으로 어떤 길을 걸어가야 하는지 생각하기를 종용하는 '죽비'에 다름없다.

2. 남편 또는 아버지의 부재

한편 치밀하게 계산되고 설계된 서사 구조 속에서 인물의 사소한 행동 하나하나가 그 인물의 인생사 전체와 결합한다. 그리고 인물들의 인생을 한참 거슬러 올라가면 대개 남편이나 아버지가 부재하는 상황에 도달하게 된다. 한 가족에서 성인 남성인 가장이 부재하고, 남은 여성과 아이가 결핍 속에서 살아가는 상황이다. 남편의 투병과 자살이 나오는 〈이사 간다〉가 그러한 상황을 바로 보여준다. 부당하게 해고당한 남편은 복직 투쟁을 계속했고, 그로 인해 몸이 만신창이가 되어 결국 아내와 아들을 남긴 채 가족의 테두리를 벗어난다.

남편 혹은 아버지의 부재는 다른 작품에서도 반복적으로 확인된다. 〈돌아보지 마라〉에서 동우 할머니 영순 씨는 어려서는 아버지를 잃었고, 커서는 사랑하는 남자가 떠나가서 혼자 아이를 키웠다. 〈누구나 다 안다〉의 여자도 처한 상황은 비슷한데 20년 전 외환위기 때 사업에 실패한 남편이 자살을 택하여 홀로 남았다. 〈눈길을 걷는다〉에서도 연수와 연수의 어머니는 남편 혹은 아버지 없이 오랫동안 살았고, 노조 투쟁의 선봉에 선 연수의 남편은 지금 구치소에 수감되어 있다. 어머니와 딸 둘 다 남편이 부재한 상황이다. 〈아무도 모른다〉의 경우처럼 설령 아버지가 있다손 치더라도 폐암 5년차 투병 중이라 부재한 것이나 다를 바 없다.

남아 있는 가족들에게는 사회·경제적 지위의 급격한 저하가 뒤따른다. "1997년 외환위기 전까지만 해도 중산층의 평범한 주부"였던 〈누구나 다 안다〉의 여자는 그 이후 지하철역 가판대에서 물건을 팔면서 근근이 생활을 이어왔다. 〈눈길을 걷는다〉의 연수 어머니 역시 남편의 실종 이후 어린 딸 하나만 바라보면서 30년을 버텨왔다. 아버지의 자살 이후 롤러코스터 같은 인생을 살게 된 〈돌아보지 마라〉의 영순 씨는 "서울의 무허가촌을 전전하며 살아온 다른 사람들과 대동소이"한 삶을 살았다. 영순 씨는 모든 불행이 시작된 1966년을 떠올리는데 "떠올리기 싫은 그때가 자꾸 꿈으로 나타나 여간 괴로운 게 아니었다. 잊지 못하는 것은 지옥이었다."라고 서술된다. 〈이사 간다〉에서도 사정은 마찬가지, 여자는 경락 마사지로 생계를 꾸리며, 아이가 다니고 싶어 하는 학원도 못 보내고 힘겹게 살았다. 이제 겨우 돈을 모아 임대 아파트에 이사 가서 작은 행복을 누리기를 기대하던 찰나다.

> 유일하게 남은 혈육인 딸이 결혼을 하자 떠밀 듯이 억지로 이민을 내보낸 여자는 두 평 남짓한 지하철 가판대에 몸을 욱여넣었다. 남편이 뛰어든 열차 선로가 빤히 보이는 가판대에 누에고치처럼 자리를 잡은 여자는 아침이면 어김없이 선로를 만났다. 선로는 매일매일 여자를 미쳐버리게 할 만큼 기분 나쁘면서도, 마치 사형수의 목을 옥죄는 밧줄처럼 서서히 몸을 죄어왔다. 여자는 혼자서 저항하고 반항하지만 공허하기만 한 아침들을 보내면서 두려웠지만 결코 그곳을 떠나지 않았다. 상처투성이의 시간을 견디며 여자는 점점 자신의 상처 속으로 침잠했다.(〈누구나 다 안다〉)

〈누구나 다 안다〉에 나오는 지하철 가판대는 여러 가지 의미 맥락을 함축한 독특한 소재다. 그 좁은 공간에서 여자는 유폐의 시간을 보냈다. 그곳에서는 남편이 뛰어든 열차 선로가 빤히 보이기에 여자는 매일매일 남편의 죽음을 상기했으리라. 남편의 죽음을 거듭해서 상기시키는 그곳에서 겪어야만 하는 심적 고통은 '사형수의 목을 옥죄는 밧줄처럼 서서히 몸을 죄어'오는 느낌으로 표현되고 있다. 남편의 부재는 여자에게 물질적 차원의 고통뿐만 아니라 정신적인 차원의 고통으로 다가왔던 것이다.

마찬가지로 남편이나 아버지의 부재로 인한 '결여'는 곧잘 정신적인 고통으로 여러 인물을 옥죄어오고 그것은 정신병리학적 증상으로 표현된다는 점도 흥미롭다. 〈누구나 다 안다〉에서 지하철 역사 안을 지나가는 모든 사람의 소리가 다 들리는 과도한 청각 능력이란 사실상 극심한 스트레스로 인한 환청에 가깝다. 〈이사 간다〉에서 여자는 외상 후 스트레스 장애의 일종인 실어증을 겪는다. 〈눈길을 걷는다〉의 연수가 겪는 손과 발이 사라지는 듯한 환각, 또 넓게는 "아버지 집에 왔드나?"를 반복하는 연수 어머니의 치매 증상 등은 모두 남편이나 아버지의 부재가 정신적 측면에서 심각한 트라우마로 작용하고 있음을 보여준다.

무엇보다 이러한 남편과 아버지의 부재는 개인사적 차원에 국한하지 않고 우리 사회의 근원적인 모순과 연결된다는 점에 유의해야 한다. 소설 속 인물들은 1997년 외환위기 같은 사회 전체에 밀어닥친 거대한 충격 때문에 상처를 입고, 노조 투쟁처럼 부당하고 불합리한 현실에 저항하다가 쓰러진다. 단순히 한 개인의 불행이 아니라 정직하게 살아가려고 애쓰는 인간이 부당하게 당하는 고통이라는 점에서 보편성을 담은 비극적 상황이다. 이에 남아 있는 가족들이 감당해야 하는 고통 또한 오늘날 우리 사회의 어두운 그림자에 관한 문학적 형상화다. 그리고 이러한 그림자는 여전히 현재진행형이며 해결은 요원하기만 하기에 독자들의 마음을 더욱 무겁게 하는 요인으로 작용한다.

3. 몸의 문학

또 한 가지 이번 소설집에 수록된 여러 작품에서 공통적으로 발견되는 양상은 소외당한 자들의 고통이 그들의 몸을 통해 가시화된다는 것이다. 이때의 몸은 그야말로 만질 수 있는 살덩어리와 뼈 같은 물질적인 육체다. 이 점은 〈이사 간다〉의 여자가 '몸'을 만지는 경락 마사지사로 설정된 것을 보면 금방 확인된다. 여자는 뇌출혈로 쓰러진 남편의 고통을 조금이라고 경감시키기 위하여 경락 마사지를 배워 남편의 몸을 만졌고, 먹을 것 입을 것 제대로 챙겨주지 못한 미안함을 담아 아들의 몸을 만져 180㎝가 넘는 건강한 청년으로 키워냈고, 시간 있고 돈 있는 여자들의 몸을 만져주는 것으로 호구지책을 삼았다. 여자는 몸을 만짐으로써 남편의 부재를 감각하고, 아들에게 모든 희망을 걸었고, 고독과 슬픔의 시간을 견뎌냈다.

> 남편을 비롯한 해고노동자들이 사측에 대항하는 유일한 수단은 몸이었다. 하지만 숙련공의 몸은 기술이 필요한 현장이 아닌 곳에서 상황에 대응하고 견디기에는 너무 정직했다. 쉴 새 없이 뛰어다녔지만 몸만 상하고 제대로 된 성과가 없는 괴로운 시간이었지만, 남편은 몸을 자동차 바퀴처럼 끊임없이 굴리고 다녔다. 남편과 그 동료들의 몸이 만들어 낸 투쟁은 많이 배우고 소위 고매한 몸을 가진 사람들의 상식과는 맞지 않았다. 그들에게 남편과 동료들은 예측 불가 상대였고 종종 예상을 벗어나 그들을 당혹스럽게 만들었다. 만만하고 한없이 연약해 보이는 몸을 창끝처럼 벼려 저항하는 해고노동자들에게 그들은 보편적인 싸움의 규칙을 따르지 않았다고 화를 내며 온갖 법과 공권력을 동원해 무참히 짓밟았다. 하루아침에 몸이 작동을 멈춘 남편은 그들에게 대항할 수단을 잃었고 결국 스스로 목숨을 끊는 방법밖에 없었다.(〈이사 간다〉)

그들에게 몸이야말로 자신을 항변하는 유일한 수단이다. 법이라든가 규정, 계약 따위는 너무도 고매한 추상의 세계에 속한다. 그들에게는 만질 수 있는 몸이 유일하게 가진 것이다. 가진 것이 그것뿐이기에 몸으로 먹고살고, 먹고살 길이 막히면 몸으로 저항한다. 법, 규정, 계약을 무기로 하는 사측에는 온몸으로 육박하는 그들이야말로 낯선 혼동 자체일 수밖에 없다. 하지만 법, 규정, 계약 등 온갖 문서로 이루어진 근대 사회에서 결국 그들은 법과 공권력에 의해 짓밟히곤 한다. 그 점에서는 공장 노동자가 아니라 서울시청 공무원이었던 영순 씨의 아버지도 부당한 "대통령의 그 지시를 온몸으로 감당해야" 하는 상황이었다는 점에서 별반 다르지 않았다. 그렇게 짓밟힌 결과 그들은 가족의 곁을 떠나게 된다. 여러 소설 속에서 반복적으로 나타난 남편과 아버지의 부재란 결국 사회 구조적 차원에서의 온몸으로 부딪친 문제 제기의 결과이고, 독자들을 향해 몸으로 항변했던 그들의 목소리에 귀 기울이라는 요청인 셈이다.

남겨진 아내와 아들의 고통도 몸의 문제로 집중된다. 여자의 실어증이란 정신적이고 심리적인 차원에서의 고통과 상처가 몸 밖으로 표출된 결과다. 남편이 수감되자 손과 발이 사라지는 증상이 발현되었다는 〈눈길을 걷는다〉의 상황도 정신적 상처가 몸의 문제로 표현되는 대표적 사례에 해당하는데, 연수의 증상은 심리적 불안이 몸에 영향으로 미친 것이며, 손과 발이라는 몸의 일부가 상실되는 환상으로 표현된다.

몸을 통한 고통의 표현은 여러 소설이 다루는 사고에 관한 내용에서 가장 압도적으로 이루어진다. 〈누구나 다 안다〉에서는 스크린도어를 수리하다가 '몸'이 열차에 치이고, 대형마트 무빙워크 수리 중 "손잡이 작업을 하던 아이의 '몸'이 구멍 틈에 빠져버"리는데, 달려오는 지하철 열차에 몸을 던진 남편의 자살까지 포함하여 온몸이 부서지고, 뭉개지는 처참한 생생함으로 포착된다. 이러한 사정은 〈아무도 모른다〉에서도 동일한데, 유독 가스가 가득한 정화조 속에서 종학은 "방독면 없이 무방비 상태인 폐가 찢어지는 듯이 아팠다." 숨통을 조여오는 어둠의 질식 속에 빨려 들어간 종학이 겪었을 고통은 상상하기만 해도 가슴이 아린다.

> 오늘 오전에 일을 시작할 때였다. 팔레트에 음료를 쌓고 있는데 맨 아래층 팔레트가 투입되면서 또 센서를 건드린 모양인지 자동기계 설비가 멈추었다. 동우는 늘 그랬듯이 고장 원인을 찾기 위해 기계 밑으

로 들어갔다. 센스와 간지 투입 기계를 한참 살피는데 갑자기 멈추었던 기계가 돌아가기 시작하면서 순식간에 그 위에 몸이 끼어 비명조차 제대로 지르지 못하고 숨이 막혀왔다. 동우는 할머니를 떠올렸는가 싶었는데 자신의 몸이 허공으로 솟구치는 것을 느꼈고, 곧 피투성이 자신의 다른 몸이 잠깐 보이는가 싶더니 할머니가 잠든 집에 와 있었다.(〈돌아보지 마라〉)

노조투쟁을 하던 남편은 온몸으로 거대한 자본과 불의한 권력에 저항하다가 만신창이가 되고, 아들은 육중한 열차나 몰인정한 기계에 끼어 온몸이 부서지고 정화조 속에 빨려 들어가 숨이 막힌다. 아내이자 어머니인 여자들은 가판대에 온몸을 욱여넣거나 청소원 휴게실에서 에어컨 없이 찌는 더위에 간신히 몸을 눕힌다. 사위(연수의 남편)는 구치소에 몸이 갇혀 있고, 딸은 손과 발 등 몸의 일부가 사라지는 착각에 시달린다. 그리고 아이들은 세월호의 객실에 몸이 갇혀 바다 깊은 곳으로 가라앉았다. 소설 속에서 그들의 고통은 늘 몸과 연결되어 표현되는 것이다. 김성달 작가의 소설이 읽기 쉽지 않은, 아니 어느 순간 읽기가 힘겨워지는 이유는 바로 여기에 있다. 그것은 생생히 전해오는 몸의 공감각이다.

〈부산에 갔다〉에는 '몸의 문학'이라는 표현이 나온다. '나'와 선생이 같이 부산으로 내려가면서 기차 안에서 나눈 대화 중 언급된 말이다. 출판사를 운영하겠다는 '나'의 말에 선생은 무슨 출판을 하려느냐 묻고 이에 '나'는 "몸에 관한 출판을 생각 중입니다."라고 대답한다. 선생이 의아해하자 '나'는 이렇게 대답한다. "우리가 매일매일 이별하는 몸의 일기 같은 이야기가 필요한 것 같아서요. 저는 선생님의 문학을 몸의 문학으로 생각하는데, 그런 몸에 관한 사유 같은 것을 책으로 내볼까 싶습니다." 더 이상 선생이 묻지 않았고 두 사람의 대화는 다른 화제로 넘어가서 몸의 문학이 무엇인지 구체적으로 설명되지는 않았다. 다만 몸을 만지고, 온몸을 던져 항변하는 〈이사 간다〉 같은 소설이 바로 그런 '몸의 문학'에 가깝지 않을까 싶다.

4. 추모 혹은 애도

앞서 살폈던 여러 작품의 공통점은 주인공이 여성 인물이라는 것이다. 이 점에서 남성 인물을 주인공으로 내세운 〈얼굴, 그리다〉와 〈부산에 갔다〉는 외견상 뚜렷한 차이를 보인다. 하지만 좀 더 자세히 들여다보면 여성을 내세운 다른 작품들과 이어지는 연결 고리를 발견할 수 있다. 바로 누군가를 죽음으로 떠나보냈다는 사실이다. 부재와 결핍의 상황은 여전히 지속되고 있다.

개심사 장미꽃 이야기로 시작된 〈얼굴, 그리다〉 역시 문장은 술술 잘 읽힌다. 그래서 소설을 읽고 있노라면 해미읍성도 가보고 싶고, 개심사 장독대의 장미꽃 사진도 찍어보고 싶고, 산신각에 들어가 그림이 진짜 있는지 확인해 보고 싶은 충동을 느낀다. 소설 속 인물들과 함께 잠시 여행을 떠난 기분이다. 이 소설도 일단 표면적으로는 쉽게 잘 읽히는 편이다.

그러나 여기서도 작가의 치밀한 계산과 계획의 흔적이 엿보인다.

소설을 순차적으로 읽는 독자로서는, 가볍게 나들이를 떠난 초반 분위기였다가 어느새 사랑했던 여인의 죽음이 발견되고, 또 그녀를 향한 죄책감과 후회의 감정이 밀려온다. 그뿐인가? 그러한 감정은 단순히 떠나버린 옛사랑의 추억이 아니라 야학이라든가 강남 논술학원 등의 소재와 결합하여 세상의 불의에 맞선 연대와 투쟁, 그리고 동지와 신념에 대한 배신이라는 복잡한 문제를 덧씌우게 된다. 여성 인물을 내세운 여러 작품이 노동자의 입장에서 현실을 바라본 것이었다면, 〈얼굴, 그리다〉는 중간에 낀 지식인의 입장을 취하되, 세계를 바라보는 기본적인 방향과 태도는 다른 작품과 크게 다르지 않다. 이런 맥락에서는 1990년대 후일담 문학의 색채도 느껴진다. 물론 노무현 대통령에 대한 안타까움과 부채감도 발견되는바, 이 소설이 1990년대에 속한다는 뜻은 아니다.

작가의 계산과 계획은 결국 인물과 독자를 개심사 명부전에 도달하게 이끈다. 결과적으로 보아 그곳에 가게 된 것은 소설의 제목에도 드러나듯 그녀의 얼굴을 그리기 위해서다. 그곳에서 '나'는 지갑 속에 넣어두었던 그녀의 사진을 꺼내어 화가에게 그림을 그려달라고 부탁한다. 화가는 한 가지 조건을 내건다. "초상화를 그려줄 테니 명부전에 모시도록 하세요." "그곳에 모시고 봄에 장미 보러 오면서 한 번씩 얼굴을 보세요. 세상에서 가장 힘든 것이 가슴에 묻은 얼굴을 꺼내서 들고 다니는 것입니다. 그 무게를 어찌 감당하려고 하십니까?"

초상화를 절에 모시고 매년 봄에 찾아오라는 것은 절에 유골을 모시고 명복을 비는 불교적 장례 절차에 가깝다. '나'는 그녀의 행방을 찾아 헤맸던 7년을 헤맸다. 사랑하는 사람의 부재로 인해 긴 고통의 시간을 견뎌왔다는 점에서 남편의 부재로 고통받은 여자들과 동격이다. 화가는 그들의 고통이 '세상에서 가장 힘든 것'이라 말하는 셈이다. 개심사 명부전에는 주지스님의 지시로 노무현 대통령을 추모하면서 그린 초상화가 있다. 화가도 자신이 사랑했던 여인을 애도하며 "봄이면 장미꽃으로 피어난 그녀의 얼굴을 그리면서 40년"의 시간을 지나왔다. 화가의 제안은 '나'에게 고통의 시간을 벗어나 이제 진정한 애도를 하라고 권유하는 것이다.

〈부산에 갔다〉도 여행의 형식과 추모의 주제가 결합된 소설이다. 소설 속에 등장하는 '선생'은 여러 정황을 고려할 때 2016년 9월 타계한 〈탈향〉과 〈소시민〉의 작가 이호철 선생을 모델로 한 듯한데, '나'가 선생과 부산까지 동행하는 내용을 다룬다. 북한산에서 선생을 만났던 일화, 기차를 타고 가면서 선생과 나눈 대화, 부산의 강연에서 들려주는 선생의 이야기 등 소설 내용의 대부분은 선생의 얼굴을 초상화 그리기에 가깝다. 구름을 벗어난 달빛이 선생의 얼굴에 내리는 순간을 묘사한 다음 구절은 선생을 추모하는 문학적 초상화다.

> 넋이 나간 사람처럼 그 광경을 지켜보고 있던 나는 그때 얼핏 선생의 얼굴이 변하는 것을 보았다. 밤하늘에서 쏟아져 내리는 검푸른 별빛에 잠긴 선생의 몸에서 정체 모를 빛이 흘러넘치면서 사물이 스스로 선생에게서 멀어지더니 선생의 얼굴이 점점 열아홉 앳된 소년의 모습으로 바뀌었다. 타향에서 처음으로 열나흘 달을 만나는 열아홉 살 소년의 얼굴이었다. 고향집 마당이나 우물 옆에서 보던 낯익은 달을 타

향에서 본 열아홉 소년은 지금 자신에게 일어난 일이 무슨 영문인지 몰라 어리둥절했지만, 친숙한 달의 모습에 어쩐지 안심이 되었다. 그래서 열아홉 소년은 달님에게 하루빨리 아버지와 어머니가 있는 고향으로 돌아가는 귀향을 빌고 또 빌었다.(〈부산에 갔다〉)

〈부산에 갔다〉 자체만으로는 선생의 탈향의식, 고향과 통일을 향한 염원 등에 주목해야 한다. 소설 속에는 선생에 관한 이야기만 있는 것이 아니라 탈북자 정대우 씨의 이야기도 한 자리를 차지하고 있다는 점에서 보면 더욱 그러하다. 그러나 이번 소설집에 수록된 다른 작품과의 연관성을 좀 더 강조한다면 작품 전체가 선생에 대한 추모 내지 애도의 서사의 형식으로 구성되었다는 점이 중요하다. 이러한 추모와 애도는 개심사 장미꽃을 그리면서 옛 애인을 추억하는 화가나 7년 동안 헤매다가 그녀의 초상화를 개심사 명부전에 안치하는 논술학원 강사의 사연과도 통하는 것이다. 깊고 충분한 애도를 통해 떠나간 사람과 작별하는 것이 장례의 기본 속성이고 그것이야말로 떠나간 사람에 대한 진정한 예의이기 때문이다.

이런 맥락에서 〈아무도 모른다〉는 한편으로는 사회문제에 대한 날카로운 비판이지만 다른 한편으로는 하청에 재하청으로 계약된 어느 노동자 청년의 안타까운 죽음에 대한 애도이다. 장지에 도착하기 전 운구 행렬이 고인이 생전에 살던 동네를 한 바퀴 도는 것처럼 소설은 종학의 추억이 담겨 있는 장소들을 하나씩 돌아다닌다. 한참을 돌아다녀야 비로소 조금이나마 억울한 넋이 위로되었을까? 은백색 빛 속으로 서서히 사라지며 죽음을 맞이하는 소설의 결말에 이르러, 이 소설 전체가 종학의 넋을 위로하는 추모 의식이었음이 확인된다.

이 소설의 제목은 '아무도 모른다'이다. 그러나 소설을 읽은 우리는 안다. 종학을 향한 진정한 추모는 결국 한 젊은이의 안타까움에 대해 우리가 인식하고, 또 그 젊은이를 그렇게 내몬 우리 사회에 문제를 제기하는 것, 그래서 그 죽음을 모르지 않게 하는 것임을 제목은 역설적으로 말하고 있다.

5. 지연된 애도와 남은 과제

다시 여성 인물을 내세운 작품들로 돌아가자. 여기서는 〈얼굴, 그리다〉와 〈부산에 갔다〉와는 달리 애도가 제대로 이루어지지 못했다는 큰 특징이 있다. 남편이나 아버지를 잃었을 때도 제대로 된 애도가 이루어지지 못했을뿐더러, 시간이 흘러 이제 아들이나 손자를 잃었을 때도 충분한 애도를 하지 못했다. 애도는 완료가 지연된 것이다. 사랑하는 사람과의 이별을 마음껏 슬퍼해야 비로소 그들을 떠나보낼 수 있다. 여자들은 여전히 사랑하는 가족들을 떠나보내지 못한 채 가슴속에서 묻은 채 하루하루를 살아가고 있기에 그처럼 처연하게 고통스러워한다.

> 아이를 화장하고 유골을 수습한 여자는 아이가 숨진 대형마트로 발길을 돌렸다. 마지막으로 사고가 난 곳에 아이를 추모하는 꽃 한 송이를 바치고 싶어서였다. 실성한 것처럼 심상찮은 여자의 몰골을 본 대

> 형마트 직원이 기겁을 하고 앞을 가로막았다. 여자는 아이가 사고를 당한 곳에 추모의 꽃만 놓고 나오겠다고 했지만 들여보내 주지 않았다. (…) 자꾸 이러면 영업방해로 신고한다는 협박도 서슴지 않았다. 여자는 대형마트를 드나드는 사람들의 빈정거림과 게걸스러운 호기심을 견디며 질기게 버텼다. 여자를 동정하는 이들도 몇몇 있었지만 거의가 죽은 아들 앞세워 돈벌이를 한다며 조롱하고 이죽거렸다. 돈이 아니라 한 송이 조화가 고작인데도 그것조차 용납하지 않았다. (…) 남편과 아들을 잃고 혼자서 아무것도 방어할 힘이 없는 여자는 치욕의 도살장 같았던 그곳 어디에서도 죽은 아이를 위한 조화 한 송이 놓을 공간을 얻지 못했다.(〈누구나 다 안다〉)

죽은 사람을 위해 그저 꽃 한 송이를 바치겠다는 바람이 그렇게도 잘못일까? 법률과 규정이 인간으로서의 예의보다 더 중요한 것인가? 아니, 어쩌면 이윤과 권력이 여자의 애도를 가로막은 것인지도 모른다. 그 결과 애도가 지연됨으로써 고통은 계속된다.

뭇사람들은 그들의 고통을 깨닫지 못한 채 그들에게 칼날이 될 수 있는 말들을 던진 채 유유히 걸어간다. 자식 잃은 부모에 대한 동정은 인간성 자체를 향한 안타까움에서 비롯되는 것일 텐데 주변 사람들은 그 단순한 이치를 깨닫지 못했다. 〈이사 간다〉의 여자가 그토록 괴로워한 것은 “죽으면 다 끝인데…”라는 냉소였다. 주변의 빈정거림과 조롱은 작지만 진정한 애도를 가로막는 진짜 방해물인지도 모른다. 과연 타인의 고통 앞에서 어떠한 자세를 취해야 하는가에 대한 진지한 문제 제기이다.

여자는 온몸의 기운을 모아 목소리를 짜낸다. 그때, 굳게 닫혔던 여자의 목이 조금씩 열리면서 토막토막 끊어진 소리가 나온다.

"준…호야… 이…사… 간다…"(〈이사 간다〉)

연수는 천천히 역사를 향해 걸어가기 시작했다. 좀처럼 눈은 그치지 않고, 눈길을 더 걸어야 할 모양이었다.(〈눈길을 걷는다〉)

20분 후 열차는 정상 운행을 재개하고, 열차 운행에 불편을 드려 죄송하다는 사과방송을 하고 사과문을 붙였지만 이번에도 사람은 뒷전이었다.

누구나 다 그런 현실을 알고 있었다.(〈누구나 다 안다〉)

김성달 작가의 소설은 현실을 담담히 담아내는 데 집중한다. 섣불리 해결책을 제시하거나 희망을 말하지 않는다. 우리 주변에서 소외되고 고통받는 이들의 사연을 기록하고, 그 상처의 깊이를 보여주기에 전력을 다할 뿐이다. 그러나 그러한 담담함이 오히려 독자들의 마음을 서서히 끓어오르게 하고, 오랫동안 벗어나기 어려운 묵직한 울림을 전해준다. 비록 여전히 질퍽하고 미끄러운 눈길이 당분간 펼쳐져 있더라도 그들은 아직도 포기하지 않았다는 것에서 독자들은 인간적 가치가 무엇인지 생각하게 된다. 우리의 현실에 여전히 어두운 그림자가 드리우고 있음을 소설에서 다시 한번 확인하게 될 때, 그러한 어둠을 잠시 잊고 있거나 혹은 외면하고 있던 독자들은 부끄러움을 느끼고 자신을 돌아보게 된다. 무엇보다 아직 애도가 끝나지 않았음을, 아직 끝나지 않아야 한다는 점에 공감하게 된다. 결코 쉽지 않은 소설이다.

회한에서 벗어나는 목소리들

–황석영 ≪오래된 정원≫

1. 디테일의 밀도: 현우의 목소리

복역 18년 만에 석방된 오현우의 목소리에는 직접 체험한 자만이 들려줄 수 있는 디테일이 얹혀있다. 작품의 첫머리에서부터 들려오는 교도소 근무자들의 발소리와 고함소리, 쇠빗장 따는 소리와 철창이 쇠기둥에 부딪히는 소리는 그러한 디테일의 출발 신호다. 석방되던 날 자정을 기하여 법적으로는 이미 자유의 몸이 되었음에도 불구하고, 여전히 잘 훈련된 가축처럼 간수를 따라가서 아무 말 없이 수의를 벗고 새 옷을 갈아입는 등 출감하기까지의 일련의 과정을 포착하는 문장들은 어둠이 짙은 하늘에서 내리는 싸락눈을 배경으로 고요하게 내려앉는다. 휴대전화 사용법은 물론이거니와 고속도로 휴게소 화장실의 수도꼭지 사용법도 낯설게만 느끼는 그의 당혹감에 관한 서술은 세상과 격리되었던 18년이라는 시간의 무게가 어느 정도인지 직접 저울로 재서 알려주는 것 같은 생생함을 제공한다. 불면증, 공간공포증, 대인기피

증의 증세가 있으니 신경치료 약을 복용하라는 의사의 진단과 처방보다도 "문고리를 잡을 때에도 자신이 객관화되어서, 너는 지금 문을 열려고 한다라고 민지 엄두에 두고 니서야 문을 열 수 있었다."(상, 25면) 같은 문장이 더 생생함을 불러일으키는 것임은 물론이다.

이처럼 ≪오래된 정원≫은 치밀한 디테일을 이야기의 기저에 깔아 놓고 시작한다. 주지하는 바와 같이 교도소 출감 전후 주인공 현우의 행동과 내면에 관한 서술은 방북과 망명 후 수감 생활을 경험했던 작가 황석영의 자전적 체험에서 비롯되었을 것이다. 빛이 차단된 독방의 구조, 두 팔을 다 펴지 못할 정도의 협소한 공간, 감방 내부에 설치되어 악취가 풍기는 변기 등 교도소 내부의 시설이나 물품에 대한 묘사는 물론 배식시간, 운동시간 등 하루 일과에 대한 상세한 언급, 심지어 고양이나 비둘기 따위를 길들이는 수감자들의 모습까지 자세하게 다룬 15장은 풍성한 디테일의 외양을 자랑한다. 서른 번쯤 했었다는 단식투쟁 과정을 그리고 있는 18장은 또 어떤가. 단식 중 옆에서 들리는 배식 소리와 풍겨오는 음식 냄새에 비굴하면서도 본능적인 허기를 느끼고, 호스로 멀건 죽을 위장까지 집어넣는 강제급식 때 '강간을 당하는 것 같은 굴욕감과 수치감'을 느끼며, 며칠간 지속된 단식 탓에 환영을 보게 되는 등 다채로운 오감의 자극과 의식 · 무의식을 넘나드는 종횡의 서술에서 디테일의 깊이를 맛본다.

각각 별개의 단편으로 독립시켜도 될 만큼 풍성하게 이루어지는 디테일의 향연은 실제 작가의 체험과 허구 속 인물의 행동을 흐릿하게 만드는 데까지 이어진다. 실제로 겪은 일이라는 사실 하나만으로도 진실이라는 믿음은 확고해지는 법, 더구나 세상 누구나 다 알고 있는 작가의 이력이 그러한 믿음을 강화하고 있음은 더 말할 것도 없다. 설령 실제 작가의 수감 기간은 5년이었고 현우의 수감기간은 18년으로 설정되어 있다는 차이를 떠올리면서, 작가와 주인공의 차이를 각별히 의식한다 하더라도 반복되는 디테일의 생생함으로 인해 소설 밖 작가와 소설 속 인물의 존재적 분리라는 서사론의 기본적인 이론마저 종종 잊게 될 정도다. 식욕이나 성욕의 깊숙한 밑바닥까지를 스스럼없이 건드리는 디테일의 밀도에 의해 현우가 들려주는 이야기는 진실함의 탄성을 얻게 된다.

≪오래된 정원≫의 첫머리부터 강렬함을 발산하는 디테일의 밀도는 비단 교도소 수감 생활이나 석방 직후 인물의 심리적 혼란을 그려내는 데만 적용되는 것이 아니다. 서사가 펼쳐지면서 주인공 현우가 조직 활동에 관여하게 된 과정, 광주 항쟁의 진실을 대중에게 알리기 위한 활동, 주동자로 지목되어 수배령이 떨어진 후 벌집촌에서 은신하던 생활, 갈뫼를 떠나 서울에서 검거되기까지의 행적 등 소설적 허구화의 결과물에도 생생함은 작품의 인장처럼 새겨져 있다. 미행을 따돌리기 위해 횡단보도를 두 번씩 건너고, 상점 쇼윈도에서 곁눈질하며 조직원에게 안전 보고를 하는 현우와 동료들의 행동 하나 하나에 작가가 기울인 각별한 세심함이 쉽게 발견된다. 세밀한 기록을 남김으로써 투쟁의 현장을 다른 이에게 보여주려는 세심함은 단지 소재적 차원으로만 취급되어서는 안 된다. 노동 활동에 헌신하다가 공장 앞 네거리에서 분신한 최미경이 윤희 앞으로 보낸 편지를 보더라도 투쟁의 현장

을 세밀하게 기록하려는 의지는 소재의 차원을 넘어 인물의 간절함의 보여주기 위한 필수 불가결한 선택임을 알게 된다. 이에 디테일의 밀도는 개인적 체험의 진실뿐만 아니라 투쟁의 과정을 기록함으로써 역사를 서술하려는 기획과도 일정하게 연결된다고 보는 것이 적절하겠다.

> 우리 외에도 그런 동아리들은 수없이 많았다. 제일 먼저는 심야에 광주 미 문화원의 지붕에 올라가 기와를 들어내고 화염병을 던져 불을 지른 농민운동 현장 친구들이 있었고, 나중에 부산 미 문화원을 항의 방화한 현상이는 그때 서울과 영남 지역에서 끈질긴 피 작업을 하고 있을 즈음이었다. 모두들 광주에서의 무자비한 양민학살을 보고 들었고 그것이 불의 시대였던 팔십년대의 시작이었다. 이전처럼 어중간한 생각이나 행태로는 막강한 폭력을 이겨낼 수가 없었고 민중에 의한 권력의 장악은 한 세대가 지나도 불가능할 것으로 보였다. 모두들 혁명을 이야기했다. 그리고 노동대중의 힘에 대하여 생각했다. 자연스럽게 그들은 혁명의 전위를 키워가기 위한 사상학습으로 치달았다. 급진적인 경향은 절망과 치욕감을 이겨낼 수 있는 유일한 길이 되었다.(상, 104면)

80년대 초반을 배경으로 펼쳐지는 오현우와 주변 인물들의 행적에 관한 상세한 기록은 수많은 오현우'들'의 심리와 이념적 지향으로 수렴된다. 이것은 시대의 모순을 분석하고 전망을 모색하는 〈객지〉류의 이지적인 방식이 아니다. 오현우들을 급진적 경향으로 내몬 것은 절망과 치욕감이었다고 디테일의 문장은 말한다. 유신체제 말에도 현우는 운동권 학생이었고 야학에 열성을 보인 교사였다. 그러나 그를 근본적으로 뒤흔들어 놓은 것은 광주에서의 학살이다. 학살을 보고 들은 후 깊은 절망과 치욕을 맛보았고, 그로 인해 '이전처럼 어중간한 생각이나 행태로는' 상황을 극복할 수 없다는 것이 오현우들이 말하는 혁명의 당위성이다. 학살 이후 따지고 재기보다는 절망과 치욕을 이기기 위해 섶을 지고 불에 뛰어들 수밖에 없었던 시절, 그러한 오현우들의 급진적 경향의 전개 과정을 생생히 담아내고 기록하고자 하는 것이 디테일의 욕망이다.

현우가 갈뫼를 떠나 검거될 것이 뻔히 예견되어 있는 서울로 올라간 동기를 보더라도 그가 '머리'보다는 '가슴'의 문제에 치우쳐 있음을 확인할 수 있다. 그는 갈뫼의 산정에 올랐을 때 막강한 무력과 폭력을 쥐고 번성해가는 '그자들'을 떠올리며 답답증 때문에 가슴이 터질 것 같다고 생각한 끝에 검거되는 길을 선택한다. 문제는 18년이 지난 현재의 시점(석방 후)에서 "국가권력을 장악하려는 여러 가지 시도는 낡아버렸거나 불필요한 일이 되어버렸다. 지난 세기에 자본과 물질의 체제 속에서 반체제의 눈으로 세계를 바라보았던 생각은 그것을 현실화하는 과정에서 왜곡되었다."(하, 309면)라며 과거의 뜨거움을 철회하든 듯한 발언을 한다는 점이다. 호불호가 갈린 이 작품에 관한 평가는 이 작품이 머리가 아닌 가슴의 문제에 주목한 것과 과거의 이념을 철회하는 듯한 모습 때문인지도 모르겠다.

그러나 이어지는 다음 문장에 주목할 때 가슴의 문제는 여전히 생명력을 지속하고 있음을 확인할 수 있다. "오히려 이제는 무너진 건물 사이로 솟아나온 철골처럼 남아버린 몇 가지 명제가 소중해졌는지도 모른다. 어느 집단에나 민주적 원칙의 관철과 대중에 의한 주권의 회복은 수백 년 이래로 가장 생명력 있는 유산으로 확인되었다. 이는 불탄 자리에서 골라낸 살림도구 같은 것이리라."(하, 309면) 철회는 급진적이고 반체제적인 방법론 자체에 국한된다. 학살을 보고 들으며 느꼈던 절망과 치욕감, 산정에 올라 느꼈던 답답함이야말로 민주적 원칙의 관철과 대중에 의한 주권 회복을 향한 강한 열망이라는 점에서 여전히 유효하다. 80년대의 오현우들을 생생하게 복원하고 기록하여 남기고자 한 것은 그들의 뜨거운 가슴이야말로 '생명력 있는 유산'이기 때문이다. 문민화가 되고, 여러 차례 정권이 교체된 오늘날의 시점에도 이 작품이 우리에게 일정한 울림을 주는 것은 오현우들의 가슴에 관한 디테일에 힘입은 바가 크다.

2. 모성적 사랑의 길: 윤희의 목소리

윤희 역시 현우와 마찬가지로 작가의 분신으로 보아야 자연스러울 듯하다. 18년으로 확장시킨 현우의 수형 생활 동안 세상을 살아가고 견디는 임무는 윤희에게 부여된다. 독일 통일의 순간을 현장에서 목격하는 것이나 평양행을 감행하는 송영태를 떠나보내는 것도 그녀의 몫이다. 교도소에 수감됨으로써 그가 서사 내부에서 더 이상 감당하지 못하게 된 80년대의 굵직한 사건들은 윤희가 남긴 스무 권 남짓의 노트를 통해서 펼쳐지면서, 중반 이후 실질적으로 서사를 주도하는 것은 윤희의 목소리가 된다. 갈뫼에서 반년간의 동거에 관한 서술 역시 많은 부분 그녀가 남긴 회고에 의존하고 있으며, 현우의 회상 역시 그녀의 노트를 매개로 이루어진다는 점에서도 그녀가 차지하는 비중은 작지 않다. 독일로 유학지를 선택하는 것에서 보이듯 다소 작위적인 느낌이 들 정도로 윤희는 작가의 체험과 생각을 전달하기 위한 역할을 부여받은 인물이다.

남성인 현우가 투쟁의 서사를 맡고 있다면, 여성인 윤희는 사랑의 서사를 맡는다. 그녀는 노트에서 자신과 현우의 만남이 운명적이었노라 규정한다. 도망자 신세의 현우를 만나 불과 몇 달간 사랑하고 그가 수감된 후 홀로 아이를 낳고 그가 돌아오기를 기다린다는 서사의 표피만을 놓고 볼 때 지극히 감상적인 사랑이라는 인상이 강하게 든다. 더욱이 전적으로 회상을 통해 이루어지는 두 사람의 사랑은 시간의 힘으로 채색된 '추억'이라는 이름하에 처연하면서도 비장한 운명적 분위기를 지닐 수밖에 없다. 실제로 두 사람이 동거하는 갈뫼는 목가적인 분위기와 감상적이고 순수한 연애의 '낙원'으로 제시되고 있으니 운명적 사랑이라는 어휘가 선사하는 감상성은 더욱 부각된다. 그러나 정작 그녀가 현우와의 사랑을 운명적이라 여기는 데는 빨치산 이력을 가진 아버지에 대한 애증이 깊이 자리하고 있음을 놓쳐서는 안 된다.

> 내가 당신의 얼굴에서 막연하게 아버지의 젊은 시절의 인상 같다는 느낌을 받은 건 당연하겠지요. 나는 아버지를 반쯤 증오하고 자라나서는 그 때문에 자신을 미워하면서 아버지와 화해를 했으니까. 특히 간암으로 돌아가실 때까지 아버지를 간호하면서 그를 완전히 알게 되는

> 기간이었구요. 당신의 얼굴에서 그 낯선 지방도시의—배경에는 어렴풋하게 그려진 가로등과 달이 떠 있고 앞에는 커튼과 흰 난간과 창문이 있는 가설무대 같은—사진관에서 찍어 보낸 아버지의 얼굴에 어려 있던 젊은 날의 허기와 무슨 열병 비슷한 결연한 비장감이 엿보였다고나 할까요.(상, 83-84면)

딸이 아버지를 닮은 남자를 사랑하는 것에 관한 진부한 초보 심리학적 이론은 그녀 자신도 익히 알고 있다고 하니 그러한 설명은 제쳐두자. 그것보다는 그녀가 자신의 아버지와 현우의 상동성으로 지목한 것에 좀 더 주의를 기울일 필요가 있다. 여기서 '젊은 날의 허기와 무슨 열병 비슷한 결연한 비장감'이란 앞서 디테일이 포착해 내고자 했던 오현우들의 열정을 다른 식으로 표현한 것에 불과하다. 빨치산 이력 때문에 변변한 직업도 가지지 못한 채 집안에서 무기력한 모습만 보여주던 아버지를 향해 어린 시절 철없던 그녀는 불만과 미움을 가졌다고 털어놓는다. 그러던 그녀는 간암에 걸린 아버지를 간호하면서 아버지의 젊은 시절에 관한 이야기를 듣고 나서야 뒤늦게 아버지와 화해할 수 있었노라고 노트에 적어두었다. 자신의 아버지 역시 뜨거운 열정을 지녔던 젊은이들 중 하나였음을 깨닫게 되면서 그를 이해하고 그와 화해할 수 있었다고 할 때, 화해의 시간보다 미움의 시간이 더 길었던 자책 탓에 젊은 시절의 아버지와 닮은 현우와 운명적으로 만났고 그를 사랑하게 되었다는 것이 그녀의 노트에 따른 설명이다.

윤희의 사랑을 소녀다운 감상적 차원에서의 운명적 사랑으로 만들고자 의도했다면, 현우와의 몇 달간의 낙원 같은 사랑 이외에 다른 연애 관계는 불필요할 뿐더러 때로는 방해가 된다. 그러나 윤희의 주변에는 몇 번의 사랑이 더 있었고, 그녀는 숨김없이 노트에 기록해 두었다. 현우를 만나기 전, 미술대 선배와의 만남은 그녀의 기록대로 야망, 성공, 배신 따위의 시시한 영화 한 편에 지나지 않는다. 그럼에도 불구하고 선배를 사랑한 동기는 오현우의 경우와 마찬가지로 젊은 시절의 아버지에 대한 상상 때문이라는 사실은 중요하다. 어두운 젊은 시절의 아버지 형상을 떠올리게 한 것은 송영태의 경우도 마찬가지다. 비록 그녀는 송영태와의 관계를 사랑이라 부르지는 않지만 상대방의 입장에서는 연정을 품게 될 만큼 송영태를 감싸고 보살핀다. 이성과의 관계뿐만 아니라 동성인 최미경에게 베풀었던 배려와 애정 역시 어두운 젊은 시절을 지냈던 아버지를 향한 동경에서 비롯한 것으로 볼 수도 있다. 이렇게 본다면 그녀는 반복적으로 죽은 아버지와 닮은 사람들과 감정을 교류한 것이 된다.

그들에게 관심과 애정을 보인 것은 그녀의 죽음이 임박했을 무렵 노트에 언급되는 모성적 사랑에서 단초를 찾을 수 있다. 그녀는 케테 콜비츠가 남긴 만년의 목판화에서 양차대전 중 전사한 아들과 손자의 죽음, 가난한 자들의 불행에 대한 안타까움, 동지들과 자신이 받은 박해에 관한 고뇌를 읽어낸다. 또한 윤희는 로자 룩셈부르크가 권력의 절대화와 관료주의를 비판한 근거를 대중에 대한 모성적 사랑에서 찾고 있다. 분신자살한 미경의 죽음 앞에서 "내가 곁에 있었다면, 우린 다 같은 딸인데도, 내가 엄마가 되었을 것 같애."(하, 198면)라고 애도한 것은 모성적 사랑에의 경향을 단적으로 보여준다. 분신한 자의 유지를 따라 투쟁의 길로 나서겠다는 것이 아니라 죽은 딸의 머리칼을 쓰다듬으면서 위로해주겠다는 그녀의 사랑은 남성의 관점에서는 일말의 정치적 영향력도 발휘하지 못하는 하찮고 무의미한 행동에 불과하지만 그 속에는 죽은 오라비를 매장하겠다는 안티고네의 윤리가 내장되어 있다. 조직 활동의 주모자로 수배 중인 현우에게 은신처를 제공하면서 시작된 사랑 역시 체제의 금기를 위반하는 윤리적 판단의 산물이었음을 떠올릴 때 말년에 관심을 기울인 모성적 사랑이라는 화두는 설명될 수 있다.

그곳을 떠난 뒤에 당신의 젊은 얼굴을 그린 적이 있어요. 나중에 그림의 빈 여백에는 이만큼 늙어버린 나를 그려 넣었지요. 그랬더니 당신은 내 아들 같아 보였어요.(상, 39면)

집을 나서기 전에 마루방에서 시간이 엇갈린 두 사람의 초상을 본다. 젊은 나를 보는 게 아니라 그네가 써놓았듯이 저 뒤편에서 내 어깨 너머를 바라보고 있는 것 같은 나이든 어머니 윤희를 바라본다.(하, 311면)

소설의 시작과 끝에 보란 듯이 내걸려 있는 그림을 다시 관찰하자. 젊은 현우와 늙은 윤희가 함께 그려진 초상화에서 두 사람은 아들과 어머니로 존재한다. 아들을 향한 어머니의 사랑이야말로 운명적인 사랑이 아니겠는가. 윤희가 자신의 사랑을 운명적이라 규정한 것은 말년에 그녀가 도달한 모성적 사랑의 힘에 대한 믿음이 반영된 결과일 터, 죽음으로 인해 구체화되지 못한 부모와 자식 간의 사랑은 이제 세상으로 되돌아온 현우의 몫이 되고, 딸 은결과의 관계맺음이라는 과제의 형태로 그의 앞에 펼쳐진다. 빨치산 아버지와 딸 사이에서 화해가 이루어졌듯 사상범 아버지와 딸 사이에도 온전한 화해가 이루어지기를 소망하는 것이 논증과 이론을 초월한 윤희의 모성적 사랑이지 싶다. 그리고 그러한 윤희의 사랑이 감동적일 수 있다면 그것은 어머니의 사랑이 지닌 보편성에 바탕을 두고 있기 때문일 것이다.

3. 낙원 되찾기를 위한 대화

≪오래된 정원≫의 기본적 정서는 회한이다. 80년대라는 치열한 시대를 거친 지식인들의 회한이고, 재회에 이르지 못한 연인들의 회한이다. 다른 식으로 표현하자면 갈뫼로 상징되는 지상 낙원으로 돌아가지 못한 자들의 회한이다.

소비에트의 붕괴와 동구권의 몰락을 목격한 송영태는 "이제부터 물신의 세계가 지배할 테지. 시장은 모든 지구 사람들에게 동일한 생산양식을 강요하고 망하지 않으려면 이게 문명이니까 받아들이라고 들이댈거야."(하, 289면)라고 예견하면서 회한을 넘어 극도의 환멸로 나아갔다. 미경의 분신 이후 89년 여름의 열정이 차갑게 식어버린 대중을 지켜보면서 윤희 역시 예술과 혁명의 길이 요원함에 아찔함을 느꼈다. 무엇보다도 현우가 석방 직후 보고 들은 옛 동지들의 후일담은 절망적이다. 누구는 무덤에 누워있고, 누구는 실성했고, 누구는 옛 동지의 돈을 떼어먹은 파렴치한이 되었단다. 열망은 간데없고 극도의 무력감과 좌절감이 그를 감싼다. 이 점에서 소설 초반부 그의 갈뫼행은 누가 보아도 회한에 가득 찬 옛 운동가가 심신의 안정을 되찾기 위한 초라한 요양 여행이다.

> 갈뫼에 와서 윤희의 숨결과 접하면서 나는 상대방을 얻게 되었다. 상대를 통해서 나는 여기 구체적으로 존재한다. 독방에 처박혀 있던 것은 오현우가 아닌 천사백사십사번으로서, 악조건 속에서 살아남을 생명력을 유지하기 위해서는 과거의 생각과 행동을 사람의 존엄성으로 고수해야 한다는 자의식만 있었다. 나는 이제 상대를 통하여 세속의 길로 돌아오는 중이다. 감옥에 있던 때가 바깥 시간으로 보면 바로 얼마 전인데요 아득하게 수십 년 전의 일처럼 생각되었다. 18년은 순간처럼 기억되었다. 밀짚모자의 테로 묶인 옛날 영화필름같이 똑같은 장면들이 토막토막 끊겨서 기억되었다. 그리고 그것은 마치 유년 시절의 꿈을 되살려내는 것과도 같았다. 나는 요술눈썹을 달게 된 고대 중국사람처럼 세상에서 벌어지고 있는 여러 가지 욕망의 부질없음과 무상함을 지금 보고 있다.(하, 112면)

아직도 벽 쪽을 향해 웅크리고 자는 감방의 습관을 버리지 못한 그는 여전히 '오현우'가 아니라 '천사백사십사번'이다. 거울을 들여다보면서 거기에 낯선 사내가 서 있다는 사실에 당혹스러워하는 그는 열망에 가득 찬 청년 운동가와 보안관찰 대상자로 신분 전환된 늙은 정치범 사이에서 혼란을 겪고 있다. 그러한 그에게 윤희가 남긴 노트는 그를 '현우 씨'라고 불러준다. 해요체의 편지 형식으로 적힌 그녀의 노트는 그에게 끊임없이 말을 건넨다. 그녀의 만년필 글씨에 익숙해지자 글자는 꼬물거리며 살아나 나직한 음성으로 변하고, 그는 글자의 획이나 잉크의 농담을 짚어가며 글을 쓰던 그녀의 감정을 되짚을 수 있었다. 윤희가 노트 속에서 갈뫼 시절과 아버지를 회상하면 현우는 도피 행적과 동지들을 회상한다. 사박오일간의 노트 읽기는 일방적인 전달의 방식이 아니라 끊임없이 오고 가는 교차적인 진술을 통해 이루어지고 있으며, 단답형의 대답에 그치던 누님이나 자형과의 대화와는 달리 윤희와의 대화는 교감이 이루어지는 온전한 대화의 형식을 띠고 있다. 결국 '천사백사십사번'의 굴레를 벗어나 '오현우'로 되돌아오는 길은 상대와 주고받는 대화를 통해서 가능하다.

윤희와의 대화는 미완된 사랑의 회한을 극복하는 과정이다. 내년 봄까지 더 기다렸다가 떠나라는 말, 과일을 먹고 싶다는 말이 태중에 있는 은결이 때문이었음을 노트를 보고 깨달았다. 텃밭 꾸미는 일도 그를 몇 달 더 붙잡아 두고 싶은 여자의 간절한 마음에서 비롯했다는 것을 무려 18년이 지나서야 알 수 있었다. 자신을 향한 사랑의 근저에 아버지에 대한 애증에서 비롯한 모성적 사랑이 깔려 있음 또한 오랜 세월이 지나서야 구체적으로 알게 된 사실이다. 오랜 시간이 흐른 뒤 그때의 사랑이 얼마나 진심어린 것이었는지 알게 되는 과정은 곧 깊은 내면에서 이루어지는 사랑의 성숙이자 완성의 과정이다.

또한 윤희와의 대화는 미완된 열망의 회한을 극복하는 과정이다. 교도소에 수감됨으로써 세상과 유리되었던 그로서는 윤희를 통해서 18년의 시간을 대신 살아왔음을 알게 된다. 은결을 낳고, 키우고, 학교에 보내는 일련의 양육 과정이 노트를 읽는 것으로 대체된다. 항쟁 이후 국내외의 주요한 역사적 사건들을 윤희의 관점에서 목격한다. 영태나 미경 같은 후배들의 열망과 좌절을 윤희를 통해서 겪어보기도 한다. '불탄 자리에서 골라낸 살림도구'를 챙겨서 '일상과의 씨름'을 계속해야겠다는 결말의 다짐은 교도소 밖에 있던 윤희의 눈과 귀를 통해 얻은 결론이다. 그가 석방 직후 만났던 옛 동지와는 다른 길을 걸어갈 것이라는 기대와 예상이 가능한 까닭은 전적으로 윤희와의 대화에 빚지고 있는 셈이다.

> 당신은 그곳을 찾았나요?
>
> 윤희가 내게 묻는다. 집으로 돌아오는 중이오,라고 나는 대답할 것이다. 인가를 찾아서 산을 넘고 언덕을 내려오는 중이라고. 멀리 마을의 불빛이며 연기 나는 굴뚝이 보인다고. 당신이 살고 겪어온 길을 따라서 나는 휘적휘적 걷기 시작했다고. 나는 젊은 내 얼굴 뒤편에 떠오른 그네의 눈길 이쪽에 서서 중얼거렸다.
>
> 다녀올게.
>
> 타향으로 출발하는 사람처럼 나는 마당을 한 바퀴 휘둘러보고 나서 집을 나섰다. 순천댁이며 토담의 막내 부부와도 인사를 나누고 과수원길을 걸어 나와 다릿목에서 택시를 타고 처음 찾아오던 모양 그대로 갈뫼를 떠났다.(하, 312면)

갈뫼는 윤희와의 추억이 서린 낙원이고, 그녀와의 대화를 통해 회복의 힘을 얻을 수 있었던 곳이지만 결코 시간을 거슬러 되돌아갈 수 없는 과거의 공간이다. '집으로 돌아오는 중'이라고 대답하는 그의 시선이 향하는 곳은 산 아래 마을이며, 갈뫼를 벗어나 은결이 있는 서울이다. 회한으로 가득한 퇴행의 낙원에서 걸어 나오는 일은 속세에서 현재의 낙원을 만들기 위한 시도다. 현재의 낙원을 되찾기 위해서는 과거의 낙원을 떠나야 한다는 것이 그가 도달한 결론이다. 아직 선명한 전망과 구체적 구호를 구하지는 못한 채, 다만 유월에서 다시 출발해야 한다는 당위 명제만 지닌 상태지만 과거로 향해 있는 회한의 시선을 거두어 현재와 미래를 바라보고 있다는 점은 주목할 필요가 있다. 그러한 명제는 오늘날의 우리 사회의 정치경제적 상황에서도 여전히 효력을 지니는 유의미한 성찰이기 때문이다.

휘적휘적 걷기 시작한 그의 발걸음은 불안하고 위태하다. 그는 서울에 올라와서 은결이를 만나기 위해 광장에 나섰을 때 여전히 진땀이 나고 다리가 후들거린다고 고백한다. 그럼에도 불구하고 그의 발걸음은 과거의 낙원으로부터 한참을 걸어 나온 만큼 제법 믿을 만한 구석도 있다. 존엄을 잃지 않으려 고투하던 수감 생활 동안 교도소 화장실 창문 너머로 보이는 감나무 아래에 종종 윤희의 환영이 나타나곤 했듯, 윤희가 서울의 번화한 광장 계단 아래에 서 있고 자신을 향해 미소 짓고 있음을 발견한다. 그녀가 아버지와 딸의 화해와 새로운 낙원 찾기를 응원하고 있으니 현우는 잠시 숨을 고르고 나서 다시 걸어갈 것이라는 확신이 든다. "우리가 지켜내려고 안간힘을 쓰고 버티어왔던 가치들은 산산이 부서졌지만 아직도 속세의 먼지 가운데 빛나고 있어요. 살아 있는 한 우리는 또 한 번 다시 시작해야 할 것입니다."(하, 308면)라는 윤희의 말에 공감할 때 인간은 아름다울 수 있기 때문이다.

순환하는 원형의 발상법

– 이어령 ≪디지로그≫

아이폰과 디지로그

오늘 우리는 세 가지 혁명적인 제품을 소개합니다. 첫째는 터치 기능을 갖춘 와이드스크린 아이팟(iPod), 둘째는 혁명적인 휴대폰, 그리고 셋째는 획기적인 인터넷 통신 장치. 아이팟, 전화… 감 잡으셨나요? 이것들은 세 개의 독립된 기기가 아닙니다. 이것은 하나의 기기입니다. 우리는 이것을 아이폰(iPhone)이라 부릅니다. 오늘 애플은 휴대폰을 재창조할 것입니다.

2007년 1월 9일 스티브 잡스는 샌프란시스코에서 개최된 맥월드에서 아이폰을 발표했다. 이로써 스마트폰의 시대가 열렸고, 2000년대 초반 닷컴 버블 붕괴 이후 한동안 주춤하던 디지털 세상은 새로운 활력을 찾게 된다. 아이폰이 발표되기 전에도 PDA나 블랙베리폰이 있었지만 그것들은 노트북 컴퓨터의 대용품 내지 업무용 이메일 송수신 단

말기에 불과했다. 외관과 일부 기능은 요즘의 스마트폰과 닮았지만 스마트폰이라기보다는 소형화된 컴퓨터에 더 가까웠다. 스티브 잡스는 아이폰을 컴퓨터의 소형화가 아니라 여러 가지 기기를 결합한 새로운 개념의 휴대폰, 곧 스마트폰이라고 소개했다. 이날 스티브 잡스는 회사의 이름을 '애플 컴퓨터'에서 '컴퓨터'를 떼어버리고 '애플'로 바꾼다고 발표하기도 했으니 아이폰의 출현에 각별한 의미를 부여하려 했음을 알 수 있다.

스티브 잡스가 2007년 소개한 아이폰이야말로 디지로그(digilog)가 무엇인지 단적으로 보여준다. 디지로그는 디지털(digital)과 아날로그(analog)의 합성어다. 워크맨, 카메라, 수첩 같은 아날로그 기기나 도구를 디지털화하여 한 곳에 합쳐놓은 것이 아이폰이다. 그러나 단순히 디지털화한 것이 아니라 사용자가 아날로그적인 감성을 느낄 수 있도록, 그래서 낯익은 아날로그 기기를 작동시킬 때의 친숙함을 가질 수 있도록 배려되어 있다. 실제 사물의 형태나 질감 등을 흉내 내는 디자인 방법인 스큐어몰피즘(skeuomorphism)이 적용되어 있는 것이다. 책장과 양장본 디자인을 본 뜬 iBooks앱, 노란색 리갈패드의 외관과 용지의 질감을 따라한 메모앱, 가죽에 스티치가 있는 수첩을 본 뜬 연락처앱, 마이크 모양의 녹음기앱 등 앱을 처음 접한 사람이라도 일일이 설명서를 보지 않더라도 어떻게 작동시켜야 하는지에 관한 직관적인 정보를 제공한다.

디지로그에서는 SHELL 즉, 소프트웨어(Software), 하드웨어(Hardware), 디지털 환경(Environment), (내적, 외적) 라이브웨어(Liv eware)가 중요하다. 아이폰과 PDA의 차이는 하드웨어를 제외한 나머지 요소에서 비롯한다. 아이폰이 '스마트한' 것은 소프트웨어 덕분이다. 아이폰의 등장 이후 사람들은 '프로그램'이라는 단어보다 '앱(애플리케이션)'이라는 단어를 더 많이 쓰게 되었다. 사람들은 100만 개가 넘는 앱 중에서 자신의 필요와 취향에 맞는 앱을 골라 설치하여 아이폰으로 여러 가지 작업이나 놀이를 한다. 앱은 '앱스토어'라는 훌륭한 디지털 환경이 구축됨으로써 위력을 배가한다. 3G나 LTE 같은 무선데이터 통신망이나 Wi-Fi를 통해 언제든 접속할 수 있는 환경이 마련됨으로써 모바일 오피스, 모바일 엔터테인먼트가 가능해진다.

무엇보다도 사람들이 쉽게 사용할 수 있도록, 아날로그의 온기를 느낄 수 있도록 세심하게 디자인된 사용자 인터페이스(user interface; UI)가 아이폰의 성공을 탄탄히 떠받친다. PDA에서는 스타일러스펜으로 화면을 꾹꾹 눌러야 했지만 아이폰은 손가락으로 접촉하고, 문지르고, 밀고, 꼬집고, 돌린다. 잡스는 손가락을 가리켜 "우리가 가지고 태어난, 세상에서 가장 훌륭한 지시(pointing) 도구"라 말했다. 아이폰의 초기 화면에는 "밀어서 잠금해제"를 하라는 문구가 적혀 있다. 손가락이 스마트폰 화면에 닿을 때 발생하는 전자기적인 물리 현상을 '밀고 당기기'라는 인간적인 촉감의 영역으로 바꾸어 표현한 것이야말로 라이브웨어를 배려한 대표적 사례에 해당한다. 무미건조한 디지털 기기에 라이브웨어의 온기를 불어넣은 것을 가리켜 사람들은 디지털과 인문학의 만남이라는 거창한 수식을 붙였을 따름이다.

스티브 잡스가 아이폰을 발표한 것은 2007년이고, ≪디지로그≫가

출간된 것은 그보다 한 해 앞선 2006년이다. ≪디지로그≫는 '디지로그 시대가 온다'라는 제목 아래 2006년 새해 벽두부터 30회에 걸쳐 ≪중앙일보≫에 연재한 에세이를 묶은 책이다. 그래서 책 속에는 PDA만 언급될 뿐 스마트폰은 언급되지 않고, 애플이 아이폰으로 인해 세계 최고의 기업으로 성장한 내용도 나오지 않는다. 아이폰이 국내에 출시된 것은 2009년 여름, 아이폰의 대항마를 표방한 삼성의 스마트폰 옴니아(Omnia)의 국내 출시는 그보다 조금 앞선 2008년 말이니 스마트폰이 언급되지 않는 것은 당연하다. 그럼에도 불구하고 이 책은 아이폰의 핵심적인 성공 요인을 간파하고 있으며, 스마트폰의 등장 및 보급 이후에 이루어진 디지털 문화의 방향성을 정확히 짚어내고 있다. 이러한 일치는 우연이 아니라 디지털 시대에 대한 저자의 깊이 있는 통찰이 이루어낸 결과라는 점에서 감탄을 자아낸다.

'사고의 널뛰기', 디지로그 맛보기

≪디지로그≫는 첨단 정보사회를 관통하는 키워드에 관한 책이다. 하지만 첫 장을 펼치면 애초의 예상과는 달리 '먹는' 이야기가 펼쳐진다. 한국인은 떡국도 먹고, 나이(시간)도 먹고, 마음도 먹는다는 것이다. 다시 몇 장을 넘겨보면 태평양을 건너 실리콘벨리로 날아가서 썬 마이크로시스템즈에서 개발한 프로그래밍 언어에 붙은 '자바(Java)'라는 이름이 커피에서 따온 것이라는 내용이 나온다. 먹는 것이 일종의 미디어로서의 의미를 지닐 수도 있다는 것이다. 한국과 미국, 오래된

전통과 최신 IT 산업의 이곳저곳을 뛰어다닐 뿐만 아니라, 동양과 서양의 식탁을 비교하고, 아담과 이브의 사과(선악과)에서 시작해서 뉴턴과 스피노자, 급기야 애플의 회사 로고까지 언급된다. 그야말로 게릴라 전술을 연상하게 하는 '사고思考의 널뛰기' 한판이 벌어진다.

이 책에는 디지로그에 관한 명확한 정의가 없다. 그 대신 자유롭고 거침없는 생각의 펼쳐짐이 반복된다. 그 과정에서 독자들은 디지털과 아날로그의 본질적 속성을 조금씩 '맛'보게 된다. "디지털로는 절대로 만들어낼 수 없는 것이 설날의 떡국 맛이다"(17면)라는 지적을 곱씹어 맛을 음미해본다. 디지털TV는 이미 탤런트의 모공과 들뜬 화장까지 보여주고, 5.1채널 입체음향이 우리를 광활한 대평원의 한복판으로 데려놓는다. 후각과 촉각까지 전달하는 4D 기술이 개발되어 상용화가 임박한 상태다. 반면 어금니로 씹고, 혀로 맛을 보고, 나중에는 포만감까지 느끼게 만드는 기술에 관해서는 아직 소식이 없다. 모든 아날로그가 디지털로 전환되지는 않는다는 사실을 맛이라는 감각을 통해 알게 된다. 사고의 널뛰기를 통해 아날로그와 디지털을 조금씩 씹어 맛보게 하는 것이 이 책의 주된 전달법이라 할 만하다.

'시루떡 정보'에 관한 설명도 맛에 대한 감각을 통해 전달된다. 전화도 인터넷도 없던 시절 시루떡은 온 동네에 정보를 알리는 일종의 미디어로 기능했다. 동네 개 짖는 소리가 들리고, 사립문 여는 소리가 들리면, 따끈따끈한 시루떡 정보가 방 안으로 들어오고, 떡을 돌리는 사람이 말을 하지 않더라도 그 속에 밤이 들어 있으면 사내 아이 생일, 곶감이 들어 있으면 계집 아이 생일이라는 메시지가 전달된다. 시루떡에 관한 추억이 있는 사람이라면 시루떡을 둘러싸고 있는 오감이 저절로 상기된다. 시루떡이 근사한 미디어라는 사실도 맛을 통해 떠올려진 여러 감각을 통해서 느껴진다.

이 책에서는 아날로그적인 정보의 대표 격인 시루떡 정보가 오늘날의 디지털 정보와 닮아있음을 지적한다. 떡을 받는 수신자는 시루떡에 담긴 감춰진 정보를 읽고 스스로 정보를 만들어 내는 적극적인 정보 발신의 참여자가 되며, 그것은 소비자가 생산에 참여하는 프로슈머(Prosumer)와 같다는 것이다.(39면) 이러한 정보 소통 방식은 SNS상에서 이루어지는 정보의 전달과 수용에서도 비슷한 구조를 확인할 수 있다. 트위터(twitter) 이용자는 타인의 트윗(tweet)을 팔로우(follow)함으로써 수신자의 역할을 맡지만, 동시에 자신이 받은 정보를 리트윗(retweet)함으로써 발신자가 되기도 하고, 때로는 '맞팔'을 함으로써 발신자와 수신자 사이의 전통적인 위계 관념은 모호해진다. 이처럼 이 책은 오래된 아날로그에 대한 고찰을 통해 최신의 디지털에 대한 이해에 도달할 수 있음을 직접 보여주고 있는 것이다.

또한 이 책은 시루떡 맛에서 한국의 인터넷 정보 전달의 특징을 파악하는 데까지 나아간다. 시루떡에 묻어 있는 고물이 한국인이 만든 개인 블로그의 장식적 요소들로 이어졌다는 설명이다. 다른 나라 사람이 만든 블로그는 대개 텍스트 위주이지만 한국의 블로그는 사진, 영상, 음악, 이모티콘 등의 고물이 풍부하게 묻어 있다는 것이다.(44면) 하기야 요즘에는 누군가에게 보낸 휴대폰 문자메시지나 카카오톡 메시지에 웃음을 표시하는 이모티콘을 빠뜨리면 나중에 "저 때문에 기분상하셨어요?"라는 질문을 받기 십상이다. 그러한 이모티콘은 불필요하고 비효율적인 여분의 정보에 해당하지만 그만큼 한국인이 디지털 미디어에 아날로그적인 감정과 감각을 입히는 일을 중시한다는 것을 알려주기도 한다.

고물이 묻어 있지 않은 시루떡을 먹었을 때 뻑뻑하게 목이 막히던 느낌을 떠올린다면 고물의 역할과 의미가 보다 분명히 이해된다. 음식이 훌륭한 미디어의 일종이고, 아날로그적인 방식과 디지털적인 방식이 접점을 이루기도 한다는 사실은 사고의 널뛰기를 거치면서, 이곳저곳에서 디지털 시대의 맛을 보는 과정에서 자연스럽게 독자에게 소화될 수 있다. 디지로그의 맛보기는 정의와 논증이 아니라 유추와 사례 제시를 통해 직접 어금니로 씹어 먹는 미각의 사고 과정이다.

디지털 맹신을 향한 경고

1995년부터 2000년까지 IT라는 이름을 내건 모든 기업의 주가는 무섭게 치솟았고, 2000년대 초반에 들어서자 거품은 허무하게 사라졌다. 기술이 시대와 사회를 포함한 모든 것을 일시에 바꾸어 놓을 것이라는 장밋빛 전망이 난무했지만, 소위 미래 가치라는 것은 애널리스트의 무책임한 보고서 몇 줄에서만 존재하는 허상임이 드러났다. 대부분은 다시 제조업과 금융업으로 돌아갔고 신자유주의의 목소리만 드높아지게 되었다. 다만 몇몇은 닷컴버블 붕괴를 IT에 대한 반성과 성찰의 계기로 삼았고, 이를 통해 참여, 공유, 개방을 유도하는 웹 애플리케이션 기반 '웹2.0'에서 새로운 가능성을 찾았다. 디지로그의 발상법 역시 디지털 문화와 문명에 시행착오를 극복하기 위한 하나의 대안으로서 의의를 지닌다. 넓게 보면 초심으로 돌아가려는 움직임이라 정리할 수 있다.

> "인터넷의 기능은 무상성이라는 것. 정보지식의 본질은 돈을 내지 않고 교환하는 것이며 그 보상은 물질이 아니라 심리적 보상에서 찾아야 한다는 것. 그래서 인터넷은 봉사와 협력이라는 원초적 인간의 욕망에 근거를 둔다는 것. 그리고 해킹은 오히려 인터넷의 무방비적 개방성을 드러내 인터넷을 폐쇄회로로 만들려는 비정보화 경향에 대한 경고일 수도 있다는 것. 정보는 나누고 공유하는 것이며, 인터넷 문화의 특정은 영리 기업가보다는 무상의 봉사자에 의해 유지, 창조된다는 것. 컴퓨터 네트워크는 국가나 관료조직에 의해 통제되고 조정되는 것이 아니라 생태계와 같이 자생적이고 자기조직화된, 면역체를 지닌 생체와도 같은 존재라는 것"을 깨달으며 21세기를 맞게 된 것이다.(132-133면)

디지로그의 발상법에서는 IT를 액체도 고체도 아닌 '공기'에 비유하고 있다. 공유는 해도 독점할 수 없는 것이 공기이며 지식이다. 사용을 해도 없어지지 않고 순환하는 것이 공기의 속성이며 정보의 특성이다.(131면) 네이버가 국내 포털 사이트 1위를 차지하게 된 결정적인 계기로 2002년 서비스를 시작한 '네이버 지식인'이다. 누군가 올린 질문에 답변을 해주면 '내공'이라는 것을 받을 수 있지만 그것은 실질적인 물질적 대가와는 거리가 멀다. 실제로 네이버 지식인에는 "지식인에서 답변해 주는 사람들은 왜 답변해주나요? 다들 성인군자들인가요?" 라는 식의 엉뚱한 질문이 많다. 네이버를 운영하는 NHN은 참여, 공유, 개방을 원하는 네티즌에게 활동할 수 있는 사이버 공간을 제공함으로써 국내 1위 IT업체가 되었다. 구글(Google), 유튜브(youtube), 위키피디아(wikipedia) 등 닷컴버블 붕괴 이후 IT업계를 주도한 회사들은 자발적으로 참여하여 자신의 정보를 개방하고 공유하려는 네티즌에게 활동할 온라인 공간을 제공함으로써 성장의 발판을 마련했다는 공통점이 있다.

이에 젓가락 문화의 정보 모델은 정情, 믿음, 상호성(인터랙션) 등의 인간관계에 기반하고 있다는 점에서 IT를 RT(Relation Technology, 관계기술)로 바꿀 수 있는 가능성을 지닌다.(63면) 젓가락으로 식사를 하기 위해서는 누군가가 부엌에서 칼과 도마로 먹기에 적당한 크기로 음식을 마련해야 한다. 포크와 나이프를 사용해서 개별적으로 식사를 하는 방식에 비해 상호의존성과 배려가 필수적으로 요구된다. 또한 젓가락은 짝을 이루고 있는 구조라서 항상 두 개가 쌍을 이루어야 제 기능을 발휘하기 마련인데, 이것은 IT와 관련된 모든 도구들이 페어 시스템으로 되어 있다는 점과 연결된다. 디지털 정보통신에서는 항상 쌍방향 관계를 기본으로 한다. 페어 시스템에서는 정보를 독점적으로 소유하는 것은 아무런 이득도 발생시키지 못하며, 오직 쌍으로 연결된 상대방과 정보를 주고받을 때만 그 정보는 가치를 지닐 수 있다. 정보를 전달함에 있어 인간관계를 중시하는 것이 곧 RT이며, 이미 한 번의 시행착오를 겪은 IT가 나아가야 할 새로운 방향이라 강조된다.

아이폰과 대결구도를 펼쳤던 삼성의 옴니아를 떠올려보자. 옴니아는 기술 사양을 광고의 주된 내용으로 삼았다. 화면의 해상도가 어떻게 되는지, 메모리가 몇 GB인지, 배터리가 몇 mAh짜리인지, 어떤 종류의 기본 앱이 탑재되어 있는지 등등 기술적 우위를 자랑스럽게 내걸었던 IT적 발상법에 충실한 기기였다. 반면 아이폰은 아이의 사진을 찍고, 친구와 같이 음악을 듣고, 연인과 통화하는 것으로 광고를 구성했다. 기술 자체가 아니라 인간이 기술을 이용하여 무엇을 할 것인지를 묻고 있다는 점에서 RT의 범주에 속한다. 옴니아의 실패 이후 삼성은 갤럭시(Galaxy) 시리즈를 출시하면서 애플의 RT적인 마케팅 방법을 배우고 있지만 아직도 갤럭시 광고에는 기술력을 내세우는 경향이 남아 있다. 패스트 팔로워(Fast Follower)에서 퍼스트 무버(First Mover)로의 전환은 기술의 너머에 존재하는 무언가에서 찾아야 한다는 점은 분명해 보인다.

디지털 시대를 위한 양립 가능성의 발상법

과거의 아날로그적 삶의 양식만을 고집하기에는 세상은 너무 많이 변했다. 비록 본인이 스마트폰을 쓰지 않고 구형의 폴더 폰을 쓴다고 할지라도 실상 그 사람은 디지털의 홍수 속에서 살고 있다. 우리는 출생부터 사망까지 모든 개인정보가 디지털화되는 나라에서 살고 있다. 아날로그 휴대폰 서비스는 이미 2000년에 종료되었고, 스마트폰이 아니라 하더라도 국내에서 서비스되는 모든 휴대전화 방식은 디지털이다. 대중교통수단은 디지털 기술로 제어되고, 자가용 자동차에도 기계 제어를 위해 ECU가 장착된다. 디지털은 이미 도래했고 앞으로도 계속 될 거대한 물결이다.

디지털적 삶의 양식만을 고집하는 것 또한 불가능에 가깝기는 마찬가지다. 우리는 매일 밥을 먹는다. 음식을 먹고 그 음식을 자신의 살과 피로 만드는 일체의 생명 과정은 우리가 죽을 때까지 멈출 수 없는 아날로그적인 활동이다. 해는 동쪽에서 떠서 서쪽으로 지고, 여름이 되고 겨울이 되는 자연의 섭리 역시 디지털이 대체할 수 없는 아날로그의 고유한의 영역이다. 이메일만으로는 해결하기 어려운 의견 대립이 얼굴을 맞대고 장시간 토론을 하면서 풀리기도 하는 것을 보면 여전히 아날로그의 힘은 건재하다는 것을 알 수 있다. 연인이나 부모자식 간의 사랑이나 친구 사이의 우정 또한 디지털로 대체가 불가능한 라이브웨어다.

> 엇비슷이라는 한국말을 알면 미래 세상이 보인다. '엇비슷'의 '엇'은 '엇박자'처럼 서로 다른 것의 이질성을 나타내는 말이다. '비슷'은 더 말할 것 없이 엇과 반대로 같은 것의 동질성을 의미한다. 이렇게 다른 것과 같은 것의 대립 개념을 하나로 결합한 것이 한국어 고유의 '엇비슷'이라는 말이다. 그러므로 '엇'은 1과 0의 디지털과 같고 '비슷'은 일도양단으로 끊을 수 없는 연속체의 아날로그와 같다. '엇비슷'에서 '엇'만 보는 사람이 디지털인이고 '비슷'만 보는 사람이 아날로그인이다. 양자를 함께 보는 인간만이 디지로그의 미래형 인간이 된다.(153면)

'엇'과 '비슷'이라는 대립적인 개념을 동시에 보는 것은 불가능하지만은 않다. 태극 문양은 두 가지 상태가 동시에 공존하고 있는 상태를 기하학적으로 구현한다. 태극 문양을 음과 양 중 어느 하나라고 단정적으로 규정할 수 없는 것은 끊임없이 변화하고 상호 교섭하는 역동적인 에너지를 내포하고 있기 때문이다. 태극 문양으로의 지향은 "이것이냐 저것이냐의 양자택일적인 선형적 사고(either-or)에서, 모순되는 두 개의 '이것과 저것(both-and)' 모두 포용하는 순환적 사고로 가는 것이다."(151면) 디지털이면서도 아날로그인 것, 디지털이 아니면서도 아날로그도 아닌 것을 지향하는 제3의 항목을 탐색하려는 시도를 일컬음이다.

사실은 ≪디지로그≫라는 책 자체야말로 역동적인 원형의 사고를 단적으로 보여주는 사례라고 볼 수 있다. 한국의 시골 동네에서 미국의 실리콘벨리로, 동양의 식탁에서 서양의 식탁으로 '사고의 널뛰기'를 하며 펼쳐지는 지적 여정은 '이것과 저것'을 동시에 아우르고 넘어서려는 역동적 에너지가 없이는 불가능하다. 인문학을 넘어 경제학, 사회학, 미래학, 유전공학 등을 주유하는 지적인 활기 속에서 디지털과 아날로그는 꼬리에 꼬리는 물면서 역동적으로 순환하는 원형의 궤적을 그리고 있다.

저자는 디지털 시대의 거대한 조류 속에서 물려받은 뗏목이 삐걱거린다고 탓하지 말고 두 손으로 불끈 그 키를 잡으라 충고한다. 한국인의 문화유전자 속에는 이미 디지로그적인 발상이 아로새겨져 있으니 물에 떠내려가지 않으면 분명 한국인은 디지로그를 앞장서 갈 것이라고 용기를 북돋아 주고 있다. 디지로그의 발상법은 세상에 발표된 지 어느덧 십 년에 가까워지는 원로학자의 덕담이지만 우리에게는 여전히 적실하고 유용한 조언임이 분명하다.

공동空洞의 심연을 응시하는 소녀

—신경숙 ≪외딴방≫

1. 분리된 두 개의 '나'

≪외딴방≫은 두 개의 '나'에 관한 언급으로 시작한다. '여기'는 섬이고, '지금'은 밤이다. 밤바다에 떠 있는 어선은 고요와 평온의 물결 위로 아스라한 불빛을 늘어놓고 있다. 작가인 '나'는 그 불빛의 명멸을 따라 자신의 과거를 생각한다. 먼 기억의 행로를 따라 도달한 그곳, '거기'는 영등포 외딴방이고 '그때'는 '나'가 열여섯의 소녀로 살아가던 시절이다. 열여섯 살의 소녀 시절을 다시 열여섯 해가 지나 서른두 살이 된 작가가 되돌아본다는 설정은 다소 인위적이라는 느낌이 들기도 하지만, 펼쳐지는 이야기들이 작가 자신의 체험에 단단히 뿌리박고 있다는 사실을 확인하게 되면 두 개의 '나'에 관한 설정은 '운명'에 가까운 것이라는 감탄마저 유발된다. 더욱이 현재의 '나'가 환기한 과거의 시절이 고독과 슬픔의 지층을 통과한 결과물이라는 확신이 들 때 밤바다의 명멸하는 불빛은 운명의 항해에서 나아가야 할 길을 밝혀주는 등

대의 불빛처럼 암시된다.

그러나 과거의 먼 기억으로부터 새어나오는 어스름한 불빛을 따라가는 ≪외딴방≫의 여정이 단순한 '회상'의 방식으로 이루어진 것은 아니다. 회상의 방식에서는 현재의 '나'가 주인이고, 과거의 '나'는 주인의 필요에 따라 호출된 하인의 지위에 처한다. 현재의 입장에서 과거를 재구성하고, 편집하는 회상의 방식은 언제나 과장과 미화의 유혹에 노출되어 있다. 더욱이 사실을 옮겨놓은 수기가 아닌 허구로서의 소설 장르에서 일인칭 서술자의 회상으로 이야기를 이끌어가는 방식은 필연적으로 은폐와 왜곡의 가능성에 노출될 수밖에 없다. 비록 리얼리티를 위해, 그리고 문학적 진리의 추구를 위해라는 단서가 붙어 있더라도 개별적이고 고유한 실제의 사실은 어느 정도 희생될 수밖에 없게 되는 것이 '회상'이 지닌 한계이다.

≪외딴방≫의 작가는 이러한 '사소한 희생'에 대해서도 결코 용납하지 않겠다는 결의를 드러내고 있다. 현재의 '나'는 집필 도중 과거에 보았던 영화가 자신의 영화 취향에 맞지 않는다는 이유로 〈부메랑〉을 〈금지된 장난〉으로 바꾸었고, 이를 두고 선배는 다른 소설이라면 모르겠지만 지금 쓰고 있는 ≪외딴방≫에서는 그러지 않는 것이 좋겠다고 지적한다. 이에 '나'는 "그건 소설이에요!"라며 선배에게 반발하던 태도를 누그러뜨리고, 이내 자신의 창작 의도를 철회하는 모습을 보이고 있다.

> …내 아무리 집착해도 소설은 삶의 자취를 따라갈 뿐이라는, 글쓰

> 기로서는 삶을 앞서나갈 수도, 아니 삶과 나란히 걸어갈 수조차 없다는 내 빠른 체념을 그는 지적하고 있었다. 체념의 자리를 메워주던 장식과 연출과 과장들을.(243면)

선배의 지적에 이어지는 '나'의 사색은 ≪외딴방≫에서 실제와 허구의 위상을 단적으로 보여준다. 실제와 허구는 '삶'과 '글쓰기'로 대체되어 있는데, '나'의 판단으로는 제아무리 자신이 겪은 일들을 충실하게 글 속에 담아낸다고 해도 과거의 실제 삶에는 다다를 수 없다. 과거 '나'가 겪어냈던 삶을 앞서나가는 것은 물론이고 그것을 따라가는 것조차 버겁다는 것이 글을 쓰고 있는 현재의 '나'가 겪는 어려움이다. 그러한 어려움에 대한 인식은 쉽게 체념으로 이어질 수 있고, 이때 회상의 방식을 사용한다면 더욱 더 '장식과 연출과 과장'에 가까이 다가갈 수밖에 없다. 선배의 지적을 받아들인 '나'는 다시금 체념을 경계하고 글쓰기의 성실함으로 되돌아가려고 노력한다. "그냥 본 대로 그대로 쓰라고"라는 선배의 말처럼, 과거의 '나'에게 현재의 '나'가 침입하지 않도록 써 나아가는 길이 남아 있을 뿐이다.

현재의 '나'와 과거의 '나'를 분리시키기 위한 의식적인 장치는 시제의 활용에서 성공적으로 수행된다. 우선 "지나간 시간은 현재형으로, 지금의 시간은 과거형으로"(43면) 서술한다는 원칙은 두 개의 '나'를 선명하게 분리시킨다. 현재형과 과거형의 분리된 사용으로 과거의 '나'와 현재의 '나'는 서술의 표층에서 존재론적으로 명확히 분리가 될 수 있고, 각각의 존재는 각기 다른 고유의 숨결을 지닐 수 있게 된다. 현재형으로 서술되는 과거의 '나'는 그때 그 시절의 영등포의 외딴방에 머무르면서 그곳의 생활을 겪어나가고 생산직 여성 노동자들이 주가 되는 여러 인물들과 대면한다. 그 과정에서 ≪외딴방≫은 70년대 후반부터 80년대 초반에 이르는 사회를 대상으로 한 '풍속화'에 근접한다. 동시에 과거형으로 서술되는 현재의 '나'는 과거의 '나'가 넘겨주는 풍속화의 삽화들을 한 편의 이야기로 직조하는 역할을 하는 동시에 어린 소녀가 미처 감당하지 못했던 해석과 평가의 몫을 맡고 있다. 두 개의 분리된 '나'가 분담하는 역할은 아마도 전통적인 액자식 구성으로서는 감당하기 어려웠을 것으로, 반복되는 교차 구성을 통해 과거와 현재가 병치됨으로써만 효과가 발생하게 되는 구조로 이루어져 있다.

한편 이때 사용된 현재형은 과거의 기억을 들추어내고 그것의 온전한 형상을 재현하려는 작가적 노력과도 조응한다. 현재의 '나'가 연어의 비유를 동원하여 천명하고 있는 것처럼 "아픈 시간 속을 현재형으로 역류"(37면)하는 것이 그것이다. 과거의 '나'를 통해 제시되는 고독과 상처의 장면들은 결코 감상적 과장을 거친 결과로 보기 어렵다. 단조롭게 이루어진 단문의 문장 속에서 과거의 '나'는 우울의 색채를 띠고 있으나 그러한 우울을 직접적으로 토로하지는 않는다. 사탕 이만 개 싸기를 반복하느라 오른손이 마비가 되어서 왼손으로 글씨를 쓰게 되었다고 털어놓는 안향숙 역시 짝꿍인 '나'에게 수줍은 고백을 하는 것이지 결코 울분을 토하고 있지는 않다. 그럼에도 과거의 '나'의 시선에 포착되는 여직공들의 삶은 또 다른 '나'의 성찰적인 목소리를 통해 고단함의 흔적으로 해석될 수 있다. 즉 연어처럼 지나온 과거의 길을 따라 자신의 발짝을 더듬어 가는 현재형의 활용은 슬픔을 직접적으로 발화하지 않으면서도 과거형 서술을 통과함으로써 발화되지 않은 것에서 더 깊은 슬픔이 전달될 수 있다.

미처 발화되지 않은 슬픔은 과거형으로 서술되는 현재의 '나'를 통해 직접적으로 언급되기도 한다. 현재형으로 서술된 대목에서 큰오빠는 외사촌과 나를 데리고 나가 돼지갈비를 사 먹인다. 큰오빠는 먹지 않은 채 외사촌과 내가 먹는 것을 보고만 있다. 그런 오빠를 두고 과거의 '나'는 어린 소녀답게 "잔뜩 화가 나 있는 것 같기도 하고 힘이 없어 그러는 것 같기도 한 얼굴"(51면)이라 여길 따름이다. 그러나 과거와 현재의 교차형식을 통해서 현재의 '나'는 개입을 시도한다. 현재의 '나'는 "글 밖에서 지금 나는 가슴이 쓰라리다."(52면)라고 첨언함으로써 그 시절의 가난과 궁색함의 근원을 의미화하고 있다. 열여섯다운 현재형과 열여섯을 거듭한 서른둘 과거형의 교차를 통한 대조는 '가슴이 쓰라리다'라는 짧고 단조로운 표현에 길고 복잡한 여운을 덧칠하고 있다.

또한 78년도의 노동상황에 대한 정보를 알아보고, 삼청교육대 피해자 수기를 인용하며, 신문사 조사실에서 YH사건 사망자 김경숙의 사건일지를 찾아보는 것도 현재의 '나'가 맡은 몫이다. 생생하게 과거의 풍경을 포착할 수는 있지만 "바깥세상의 유신체제와 긴급조치 철폐를 요구하는 목소리들과는 전혀 다른 자리에 놓여 있던 나"(16면)는 인식적 한계를 지니고 있다. 이러한 한계를 극복하기 위해서라도 과거와 현재의 교차는 필수적이다. 작품 내에서 빈번히 등장하는 표현대로 이 작품이 일종의 '풍속화'로 여겨질 수 있다면, 두 개의 분리된 '나'의 배치는 풍속화의 디테일은 과거의 '나'에게 맡기고 구도와 해석의 문제는 현재의 '나'가 떠맡고 있는 복식 경기 선수들의 움직임에 가깝다.

이처럼 '사신을 듯' 과거를 생생하게 재현하려는 노력은 "가까운 한 시대를 총체적으로 형상화한 증언록"이자 "가장 감동적인 노동소설"이라는 평가가 무색하지 않을 만큼의 핍진함을 이루어내기에 충분하다. 70년대 후반에서 80년대 초반에 이르기까지의 생산직 여성 노동자들의 생활과 고통이 충실히 형상화 될 수 있었던 것은 과장과 연출이 빈번하게 이루어지는 회상의 방법을 최대한 억제한 채, 과거의 '나'와 현재의 '나'의 선명한 분리를 통해 과거의 것 나름대로의 소설적 육체를 확보하려 한 작가적 노력에 힘입은 바가 크다고 할 수 있다.

2. 일상의 증거로서의 몸과 '몸의 기억'

과거의 것을 과거의 것대로 생생하게 재현하기 위해, 과장과 왜곡의 유혹을 벗어나기 위해 과거와 현재의 명확한 분리가 이루어졌고, 그 결과 시대적 풍속화에 성공하였다는 점을 강조한다고 해서 실감 있는 풍속화의 제시가 곧 ≪외딴방≫의 전부라고 말하려는 것은 아니다. 노동 현실의 충실한 재현 문제에만 집중한다면 이 작품에는 여러 결점이 지적될 수 있다. 그중에서도 정치적 · 역사적 사건들이 주인공의 의식과 긴밀한 관련성을 맺지 못한 채 삽화에 그치고 있다는 점이 대표적일 것이다. 사실 작품 전체의 서술 분량을 감안하였을 때 정치적 · 역사적 맥락으로 해석되어야 하는 대목은 일부에 그치고 있다. 전체 4장으로 구성된 작품에서 노동 현실이 서술의 전면에 부각되어 있는 부분은 1장에서 공장에 취직한 '나'가 목격하는 작업장 풍경이나 노조 가입을 두고 갈등하는 대목, 3장에서 신군부의 등장 이후 벌어지는 노조 탄압이나 사회정화가 다루어지는 대목 등을 들 수 있는데, 작품의 주제에 기여는 하고 있지만 전부라고 보기에는 부족한 점이 많다. 이러한 점에서 풍속화의 범위는 노동 현실에 관한 인식과 관련된 것으로만 한정을 짓기보다는 '나'의 주변에 산재해 있는 일체의 모든 것들로 확장하여 파악할 필요가 있다.

> … 몰라, 오빠. 나는 그런 것들보다 그때 연탄불은 잘 타고 있었는지, 가방을 챙겨들고 방을 나간 오빠가 어디 길바닥에서나 자지 않았는지, 그런 것들이 더 중요하게 느껴져. 그때 왜 그렇게 추웠는지 말야. (…) 그때 내가 정말 싫었던 건 대통령의 얼굴이 아니라 무우국을 끓이려고 사다놓은 무우가 꽝꽝 얼어버려 가지고 칼이 들어가지 않은 것 그런 것들이었어. (…)
>
> 내가 문학을 하려고 했던 건 문학이 뭔가를 변화시켜주리라고 생각해서가 아니었어. 그냥 좋았어. 문학이 있다는 것만으로도 현실에선 불가능한 것, 금지된 것을 꿈꿀 수가 있었지. 대체 그 꿈은 어디에서 흘러온 것일까. 나는 내가 사회의 일원이라고 생각해. 문학으로 인해 내가 꿈을 꿀 수 있다면 사회도 꿈을 꿀 수 있는 거 아니야?(206면)

학창 시절 문학지망생이었으며 늘 최루탄 냄새를 묻히고 있던 셋째 오빠는 동생에게 사회문제를 다루는 작가가 되어 달라 요구한다. 셋째 오빠의 요구에 대해 '나'는 일상성의 문제와 개인성의 문제로 맞서고 있다. '나'에게 ≪난장이가 쏘아올린 작은 공≫을 건네주면서 내심 기대를 걸었던 최홍이 선생에게도 '나'는 절반의 배반을 한 셈이다. 작업장과 부기수업교실에서 열심히 필사를 하며 작가의 꿈을 키웠지만 사회문제에 관한 최홍이 선생의 주장은 받아들이지 않은 것이다. 따지고 보면 노조 활동에 열성적이었던 미스 리가 자신들의 이야기를 소설로 써달라고 부탁한 바 있는데, 그러한 부탁 역시 ≪외딴방≫을 집필함으로써 절반은 수용하였지만, 정치 · 사회적인 관심보다는 일상성에의 천착과 개인적 꿈의 문제가 더 중요하다고 밝힌 '나'의 발언은 미스 리가 요구한 소설과는 상당한 거리를 지니고 있다.

'나'가 그려낸 풍속화는 정치 · 사회적 차원보다는 일상성의 차원에서 보다 폭넓게 이루어진다. 현재형으로 서술된 과거의 '나'에 관한 서술에서 사태에 대한 판단과 평가는 생략되어 있다. 그것에 대한 이해나 해석의 기능은 분리되어 있는 현재의 '나'에게 주어진 몫이다. 그러나 십육 년의 시간을 건너뛰어 과거와 조우하는 현재의 '나'가 수행하는 인식은 어디까지나 주관에 의존하는 바가 크다. 현재의 '나'가 내리는 판단은 시간을 경과하면서 의식적으로나 무의식적으로 변경될 수밖에 없는 기억에 의존한 것이기에 과거의 실제적인 삶에 육박하려는 본래의 창작 의도하에서는 제한적일 수밖에 없다. 남게 되는 것은 "마음의 기억보다 온화하고 차갑고 세밀하고 질기다. 마음보다 정직해서겠지."(403면)라고 언급되는 '몸의 기억'이다. "바람이 깨밭을 지나갈 때면 상쾌해지던 피부의 감촉을 내 팔은 기억하고 있"(57면)듯이 '몸의 기억'은 본래적이고 원초적인 인식 수단이기도 하다.

'나'가 마주치는 여러 인물의 몸에는 '나'의 기억에 남을 만한 여러 흔적이나 특징들이 있는 경우가 많다. 가장 강렬한 기억으로 남아 있는 희재 언니만 하더라도 '나'는 성도 제대로 기억하지 못하면서 미싱 바늘에 찔러 부풀어 오른 그녀의 손등만큼은 선명하게 기억한다. 희재 언니의 마지막 모습은 자물쇠통의 서늘한 촉감으로 기억된다. 이름조차 알 수 없는 노조지부장은 따뜻하지만 거친 손의 촉감으로 기억되고 있다. 어느 날 셋째 오빠는 어딘가에서 두들겨 맞아 온 몸이 멍투성이가 된 채 나타났고 '나'는 오빠의 몸에 파스를 붙이면서 오빠를 기억한다. 여공들의 상처 역시 뚜렷하게 남아 있는 몸의 기억인데, 사탕 봉지를 싸다 왼손잡이가 된 안향숙, 에어드라이버를 내려 나사 박는 일을 하다 팔을 내리지 못하게 된 외사촌, 노동운동을 하다 잡혀 취조실에 끌려가다 계단에서 굴러 다리가 부러진 미스 리 등은 노동현장의 비인간적인 작업 환경과 인권이 유린당하는 정치 상황을 몸을 통해 발언하고 있다.

몸의 기억은 습관의 형태로 새겨지기도 한다. '나'에게는 좁은 방에서 여러 명이 함께 잠을 자는 동안 온몸을 꼼짝도 하지 않은 채 잠자는 습관이 생겼고, 이런 습관은 겉으로 명시적으로 언급되지는 않았지만 외딴방이라는 공간의 답답하고 고립된 이미지를 강화하는 데 기여한다. 심지어 십육 년이 흐른 지금도 가끔 그런 자세로 잠을 자기도 할 만큼 몸의 기억력은 강고하다. "밤마다 양말을 빨아 너는 건 도시로 나와 생긴 큰오빠의 습관이고, 국 없이는 절대 밥을 먹지 않는 건 시골에서 엄마가 오빠에게 들인 습관이다.(74면)" 도시가 길들인 것과 고향이 길들인 것의 차이, 가부장제 가정 속에서 가장으로 대접받는 생활과 그렇지 않은 생활의 차이 같은 것들이 사소한 습관에 대한 언급을 통해서 제시된다. 고향에서 길들여졌던 식사습관은 카레를 처음 먹어본 '나'를 당황하게 만들고, 젓갈의 깊은 맛이 배어 있지 않은 공장 식당 김치를 앞에 둔 '나'를 손사래 치게 만든다. 고향에서 올라온 어머니가 밥을 지을 때면 잠시나마 '집 냄새'를 맡을 수 있었고, 고향의 회귀와 집에 대한 그리움은 서울살이의 모순과 고독을 더욱 이질적인 것으로 느끼도록 이끈다.

> 정리는 역사가 하고 정의는 사회가 내린다. 정리할수록 그 단정함 속에 진실은 감춰진다. 대부분의 진실은 정의된 것 이면에 살고 있겠지. 문학은 정리와 정의 그 뒤쪽에서 흐르고 있다고 생각한다. 해결되지 않는 것들 속에. 뒤쪽의 약한 자, 머뭇거리는 자들을 위해, 정리되고 정의된 것을 헝클어서 새로이 흐르게 하기가 문학인지도 모른다, 고 생각해 본다. 다시 엉망으로 만들어버리기 말이다. 결국 이것도 일종의 정리인 셈인가. 지금, 나, 내가 말한 뒤쪽을 봐야 하는가.(72면)

몸의 기억들이 그려내는 ≪외딴방≫이라는 풍속화는 셋째 오빠의 선동 구호로서는 구현될 수 없는 성질의 것이다. 사회와 시대의 모순을 논리적으로 '정리'하고 '정의'하는 방식으로는 포착될 수 없는 여분의 것들을 끌어모으는 힘은 몸의 기억과 같은 사소한 일상성에 대한 관심을 거침으로서 가능해진다. 정치 · 사회 문제에 대한 긴밀한 관련성은 어쩌면 ≪외딴방≫의 독특한 글쓰기 방식에서는 처음부터 관심의 중심에서 밀려나 있는지도 모른다. 정리되지 않은 것과 정의되지 않은 것들, 이성의 논리에서는 헝클어지고 엉망인 것처럼 보이는 것에서는 미처 발견하지 못했던 소외되었던 자들의 미약한 풍속이 생생함이라는 실감의 옷을 입고 살아 있다. 과거의 '나'는 자신이 대면하고 자신이 살아갔던 것들을 총체성으로 집약시키려는 노력을 전혀 기울이지 않는다. 십대의 어린 소녀는 시골에서 갓 상경한 처지로, 고향에서는 가난하다고 느껴본 적이 없었다가 서울에 도착하는 순간 자신이 하층민이 되어 버린 모순에 놀라워할 따름이다. 현재의 '나' 역시 그러한 모순과 놀라움을 애써 정리하거나 정의하지 않는다. 다만 그때를 생각하면 가슴이 저리다고 고백할 따름이다. 그리고 그러한 헝클어트리기를 통한 새로운 흐름의 산출이야말로 문학이라고 나직한 목소리를 낼 따름이다.

3. 부끄러움과 주저함을 넘어서

십육 년 전의 풍속화를 그려내는 글쓰기는 영등포 산업체특별반 동창생 하계숙의 느닷없는 전화 연락에서 촉발되었다. 더 구체적으로는 "너는 우리 얘기는 쓰지 않더구나. (…) 네게 그런 시절이 있었다는 걸 부끄러워하는 건 아니냐?"(36면)라는 그녀의 질문으로부터 글쓰기는 시작된다. 불의의 습격을 받는 '나'는 어딘가가 저려옴을 느낀 나머지 '그렇지 않아', '아니야'와 같은 의례적인 수사적 대꾸도 하지 못한다. 이후 '나'는 하계숙의 질문을 곱씹으며 대답을 찾기 위해 내밀한 자신의 내부를 살피기 시작한다. 처음에는 부끄러워하지는 않았었노라고 스스로 대답했다가도 이내 "모르겠다. 순간순간 부끄러웠을지도."(36면)라며 스스로를 의심한다. 이것은 물론 진정한 답변이 아니라 그저 답변을 회피하고 연기하는 것일 뿐이다. 계절이 바뀌어도 자신의 대답을 찾지 못한 채, 진정 부끄러워했던 것은 아닌가라는 의구심을 키워나간다.

부끄러움에 대한 대답을 찾는 과정에서 시작된 ≪외딴방≫에는 여러 가지 부끄러움이 작품의 곳곳에서 고개를 내밀고 있다. '나'는 노조가입을 권유하고 잔업거부를 촉구했던 노조지도부의 요구 앞에서 부끄러움을 느낄 수밖에 없었다. 이때의 부끄러움은 회사에서 보내주는 학교에 가야 하기 때문에 노조지도부와 행동을 같이할 수 없다는 나름대로의 진지한 고민과 함께 등장한다. 이러한 상황에서 결국 학교를 선택한 '나'는 '수치'가 무엇인지 배우게 된다. 부드러운 목소리와 거친 손이라는 몸의 기억으로 각인된 노조지부장은 결국 "따뜻한 사람, 그러나, 내가 배반한 사람"(92면)으로 기억될 수밖에 없고, 부끄러움은 죄책감의 차원으로까지 깊어지고 있다.

큰오빠와 외사촌과 함께 기거하는 외딴방은 그 자체가 '나'의 부끄러움을 자아내는 하나의 원천이다. '공순이'라는 놀림에 울먹이는 외사촌은 어쩌면 활발한 성격답게 솔직한 지도 모른다. 글을 쓰는 것이 있으므로 "지금도 하나도 안 부끄러워. 아무렇지도 않아!"(103)라는 '나'의 외침은 그녀의 정반대되는 진심을 소녀답게 표현한 것에 불과하다. 무엇보다 큰오빠의 여자 친구가 큰오빠를 떠난 이유가 무엇일지

추측해 보는 '나'는 그녀가 그 골목을 싫어했으리라는 것부터 생각이 난다. 전철역에 가까워 유동 인구가 많은 골목과 서른일곱 개의 방들이 다닥다닥 붙어 있어 번잡스럽기까지 한 '외딴방'을 한없이 외졌다고, 외롭다고 여기는 '나'의 속마음에는 서울에 올라와 생활의 무게를 절감하게 된 조숙한 소녀가 길러낸 부끄러움이 동시에 자리하고 있는 것이다.

> 사실은 나, 하계숙의 말처럼 내 여고시절이나 글을 읽지 못하는 내 어머니를 부끄러워하고 있었던 건 아니었는지. (…) 다만 모르고 싶었기에 알려 하지 않았을 것이다. (…) 내 여고시절은, 나 자신이 나 스스로를 무슨 비밀을 가진 사람으로 취급하며 나를, 천성이 낙천적이었던 나를, 내성적으로 만들어왔다. 여간 친하지 않으면 그 시절 얘기를 함구해버리면서. 내가 내 자신에게 받는 함구령을 하계숙은 한마디로 질책하고 있었다. 너는 우리들 얘기는 쓰지 않더구나, 하면서. 우리들하고는 다른 삶을 사는 것 같더라, 하면서.(70면)

본격적인 풍속화 그리기 작업은 하계숙의 질책을 부분적으로 인정하는 자리에서 이루어진다. 부끄러웠었노라고 인정한 다음에야 비로소 부끄러웠던 과거를 거슬러 올라갈 수 있다. 몇 달 동안 문장을 쓰지 못했던 불모의 시간을 넘어서 내밀한 함구령을 포기한 끝에 연어처럼 거슬러 올라가는 현재형의 글쓰기는 탄력을 얻을 수 있었다. 십육 년을 지속하던 함구령을 포기한 다음 '나'를 기다리고 있는 것은 글쓰기의 고통이다. 은사는 '나'의 글쓰기를 두고 제 살 파먹기라고 부른다. 글을 쓰면 네가 아파질 것이라고. 폭포의 시간을 거슬러 올라가는 연어는 제 지느러미를 찢기면서 역류하기를 거듭한다. 글쓰기의 고통에 시달리는 '나'를 두고 약사인 여동생은 무엇이 그리 사무쳐 있냐고 묻는다. 언니의 병은 옛날식으로 말하면 '홧병'이라고, 풀이내야 괜찮아지는 거라고 진단한다. 자신을 옥죄고 있던 함구령이라는 지상명령은 내면을 곪아 터지게 만들고 보이지 않는 상처는 더욱 심화된다. 유일한 치료 방법은 글쓰기의 고통을 경유하는 것이다.

함구령은 한 번에 해제될 수 없을 만큼 오랫동안 '나'를 구속해왔다. 함구령의 흔적은 작품의 곳곳에서 주저하고 망설이는 문체로 표현되고 있다. 주저함과 망설임은 반복적인 쉼표의 사용이나 말줄임표의 사용으로 뚜렷한 징후를 보이고 있다. 기껏 펼쳐놓은 문장을 두고서도 '~고 (썼다)'라는 꼬리를 붙이면서 의미의 종결을 최대한 지연시키고 있는 것도 주저함의 상태라 부를 수 있을 것이다. 이러한 문체는 과거의 실제가 과장과 연출의 허위에 유혹당하지 않을까 염려하는 강박에 가까운 작가의 진실에 대한 추구를 엿볼 수 있게 하는 동시에 상처와 슬픔에 가까운 과거의 진실을 문장으로 담아내는 과정에서 경험해야 하는 내적인 갈등과 긴장의 밀도를 가늠하게 한다. 이런 점에서 이 작품이 그려내고 있는 풍속도의 감동은 단지 여성 노동자의 고단한 삶에 관한 재현이 만들어 내는 것이 아니라 그러한 재현이란 곧 내면의 진정성을 유일한 돌파구로 삼아 함구령의 장애를 뚫고 글쓰기의 고통을 감당한 끝에 펼쳐지는 치열함의 결과라는 사실에서 비롯한다.

쓰기 시작했을 때부터 어서 끝났으면 싶었는데 지금은 이 글의 끝을 단 한 번도 생각해보지 않은 사람처럼 나는 먹먹하다. 수화기를 빼놓은 지도 열흘이 넘었다. 그러나 이제야 나는 겨우 책상에 앉았다. 수화기를 빼놓은 나날을 그저 밤낮으로 책상 주위에서 몸을 눕혔다가 일어섰다가만 했다.(377면)

이제 이렇게 책상에 앉았으니 이제 얼마 안 있으면 이 글은 끝날 것이다. 나는 이제 이 글을 완성시킬 것이다. 곧 더는 할 말이 없어질 것이다.(379면)

그래 그날 아침 이야기를 하자, 해버리자.(380면)

책상 앞을 떠나지 말자… 지금 떠나면 못 돌아온다.(381면)

출판사에 이 글을 넘겨야만 하는데 내 속의 또 다른 나는 처음부터 다시, 처음부터 다시… 끈질기게 처음부터 다시, 를 속삭인다.(389면)

이러한 주저함의 문체는 궁극적으로 희재언니의 죽음에 관한 장면으로 수렴되고 있다. 배호와 쳇 베이커의 음악을 배경처럼 깔아놓았던 것은 결국 희재언니의 죽음에 이르는 준비 단계에 불과했음이 이제서야 드러난다. 그 옆으로는 안숙선과 김소희 명창의 죽음도 있고, 금호전자에 다니다가 연탄가스를 마시고 죽은 최양님의 죽음도 놓여 있었다. 죽음이 배어 있는 노래의 절절함은 '나'가 집필 중인 '외딴방'이라는 소설에도 스며들어, 급기야 '나'는 죽은 희재언니와 대화를 나누는 기이하고 환상적인 장면의 삽입으로까지 이어진다.

글쓰기의 과정 전체에서 마지막 단계에 배치되어 있는 희재언니의 죽음은 이전에 간간이 언급되었던 죽음의 암시들을 일거에 뭉쳐 가장 강력한 심리적 충격을 폭발시키도록 설정되어 있다. 결국 제 살을 파내는 고통을 수반한 외딴방의 글쓰기는 희재언니의 죽음과 정면으로 마주하기까지의 주저함과 망설임의 연속이었음이 작품의 결말부에 가서야 밝혀진다. 열여섯부터 열아홉까지의 시기에 대한 함구령은 죽음을 외면하고 회피하기 위한 것이었다는 사실 또한 작품의 결말에 이르러서야 실토되고 있다. 과거의 '나'와 현재의 '나'가 현재형과 과거형을 교차하면서 빚어내었던 협업적 글쓰기 역시 결국에는 죽음과의 맞닥뜨림을 예비한 것에 불과하다. 주저함의 끝에 도달한 희재언니의 죽음에 관한 마지막 문장 쓰기는 너무나 슬프고 두려워, 혹은 부끄러워 감추고 싶고, 외면하고 싶었던 내면의 목소리가 터져 나온 결과이다. 그리고 이러한 분출은 그동안 마치 낙타의 혹처럼 나의 내면 깊숙이 따라다니던 해묵은 상처의 덩어리가 와해되는 순간을 여실히 보여주고 있다.

희재언니는 외딴방 그 자체이다. 그녀의 존재가 지닌 의미를 단지 과거의 '나'가 겪은 심리적 충격 정도로만 규정지으면 한 가련한 여인의 죽음이라는 협소한 잔해만 남게 된다. 그녀의 죽음을 문장으로 쓰고, "~고 썼다"라고 첨언하는 것은 그동안 주저하고 망설였던 외딴방의 본질을 정면으로 응시하는 일이다. '나'는 그녀를 두고 그녀가 서른일곱 개의 외딴방들이 있는 과거의 시공간 자체라고 규정한다. "그녀는 그녀 자신이 그 골목이다. 그곳의 전신주이고 구토물이고 여관이다. 그녀는 공장 굴뚝이며 어두운 시장이며 재봉틀이다."(331면) 희재

언니가 곧 외딴방 자체일 때 그녀는 외딴방에서 '나'와 함께 잠을 잤던 큰오빠와 외사촌이 되기도 한다. 전화교환원이 되기를 원하던 희재언니는 '공순이'들의 대표이며, '나'와 같은 반 친구이기도 하다. 무엇보다 희재언니는 곧 '나'의 과거이고, 희재언니의 죽음을 서술하는 글쓰기는 '나'가 자신의 과거를 정면으로 응시하는 과정이다. 외딴방과 동격인 희재언니는 곧 글쓰기 과정에서 등장하는 모든 풍속화의 등장인물들인 동시에 한 편의 풍속화이며, 또한 '나'가 고통의 글쓰기로 도달하고자 갈망한 외딴방의 본질 그 자체이다.

'나'에게 글쓰기는 절망인 동시에 희망이고, 슬픔인 동시에 행복이다. '나'는 동생들에게 돼지갈비를 사 먹이면서 정작 본인은 먹지 않는 큰오빠에 대해 쓰면서 "글 밖에서 지금 나는 가슴이 쓰라리다"라고 토로했다. 한편 '나'는 자식들에게 먹이기 위해 음식을 만드는 아버지에 대해 쓰면서 가족들 중에서 아버지를 그렇게 표현할 수 있는 사람은 자신뿐이라는 사실들 때문에 "이 순간, 나는 글을 쓰는 게 행복하다."(54면)라고 고백한다. '나'는 희재언니=외딴방에 대해 쓰면서도 동일한 경험을 하게 된다. 그녀의 고독과 가난과 삶의 신산함과 기타 그녀에 관한 모든 것이 처연한 고통으로 다가온다. 동시에 역사의 '정리'와 사회의 '정의'에서 철저히 소외되어 있던 그녀를 그렇게 표현할 수 있는 사람은 바로 자신이라는 사실에 고통이었던 글쓰기는 행복으로 전환된다.

이름도 없이, 물질적인 풍요와는 아무런 연관도 없이, 그러나 열 손

> 가락을 움직여 끊임없이 물질을 만들어내야 했던 그들을 이제야 내 친구들이라 부른다. 그들이 나의 내부에 퍼뜨린 사회적 의지를 잊지 않으리. 나의 본질을 낳아준 어머니와 같이, 익명의 그들이 나의 내부의 한켠을 낳아주었음을… 그래서 나 또한 나의 말을 통하여 그들의 의젓한 자리를 세상에 새로이 낳아주어야 함을… (419면)

하계숙의 질문으로부터 촉발된 고통의 글쓰기는 결말에 이르러 다음과 같은 답변에 도달한다. 외딴방에 기거했던 열여섯부터 열아홉까지의 지난 시간들에 대해서 그동안 부끄럽고 두려웠었노라고. 그렇기 때문에 "나는 그녀들을, 희재언니를 기억하지 않으려 애썼"고 "나는 상실증에 걸린 환자처럼 행동했다."(422면)라고. 그러나 가슴 쓰라림을 동반하는 부끄러움과 주저함을 넘어서 그녀들과 그녀의 이름을 하나씩 불러주었고, 마침내 그들이 내 친구였노라고 인정할 수 있었다고. 그들이 내 친구임을 인정할 때, '그들'이라는 호칭이 던져주는 관계의 서먹함은 '우리들'이 선사하는 아늑함으로 변할 수 있었다고. '우리들'이 그 시절 그 외딴방에서 울고 웃으면서 존재하고 있었음을 기억할 수 있게 되었다고. 밀물과 썰물, 희망과 절망, 삶과 죽음이었던 그녀와 그녀들, 나아가 우리들은, "이 모든 것이 사랑이었다…"(423면) 고.

코로나셀러 소설

– 손원평 ≪아몬드≫

1.

코로나19 사태는 여전히 심각한 수준으로 진행 중이다. 이 사태가 장기간 지속되다 보니 일시적이고 돌발적인 사태의 수준을 넘어서 코로나 시대라고 불릴 만큼 우리의 생활 전반을 바꾸어 놓았다. 그런데 이러한 '변화'는 반드시 부정적인 방향으로만 이루어지는 것은 아니다. 가령 재택근무나 원격수업으로 인하여 가정 내에서 머무는 시간이 길어진 상황은 어떤 가정의 경우에는 가족 간의 대화가 늘어 예전보다 더 화목해지는 반면 다른 가정의 경우에는 크고 작은 마찰이 늘어나 불화가 증가되는 결과를 초래한다. 한번 거세게 닥친 변화의 물결은 나중에 코로나19가 종식된다고 하더라도 지속적인 영향력을 행사하기 마련이고 절대 과거와 동일한 상태로 돌아갈 수는 없으라는 점에는 누구나 동의하고 있다.

문학 분야에서도 변화는 만만치 않다. 전반적인 사회 · 경제적 활동의 침체로 인하여 급격히 소비가 감소하고 이때 가장 먼저 타격을 받는 분야는 문화・예술 분야이다. 영화, 연극, 뮤지컬 등을 보면 신작 개봉과 제작은 줄줄이 취소되거나 연기되고 있어 심각한 수준의 위축이 우려된다. 문학을 사랑하는 사람들이라면 그렇지 않겠지만, 가벼워진 주머니부터 걱정되는 사람들이라면 일단은 소설책이나 시집, 수필집 구입부터 줄이려 한다. 어두운 미래가 예상되는 마당에 당장에 먹고사는 데 크게 도움이 되지 않는 여분의 것들을 줄이려는 시도는 너무도 경제적 선택이리라.

그러나 부정적인 상황 못지않게 긍정적인 이야기도 간혹 들려온다. 자기계발서의 매출은 줄어들고 순문학 서적의 매출이 증가하고 있다는 서점가의 소식이 그렇다. 물론 여기에는 단순히 좋다 나쁘다의 판단을 내리기 어려운 여러 요인이 얽혀 있다. 자기계발서는 청년 세대가 스스로에게 동기부여를 하기 위해 구입하는 경우가 많다. 할 수 있다는 무한 긍정의 메시지를 반복하는 유형의 책들이 그렇다. 그런데 코로나19 이후 살아가기가 더 힘들어지고 미래의 전망도 어둡기만 한 상황에서 무한 긍정은 공허한 외침이 되고 만다. 단적으로 말해서 자기계발서 매출의 감소는 열심히 '스펙'을 향상시켜도 어차피 안 되는 거 아니냐 하는 허무가 깔려있는 것이다. 그 결과 '할 수 있다'는 식의 무한 긍정보다는 '자존감 수업' '나는 꽤 괜찮은 사람입니다' '모두에게 사랑받을 필요는 없다' '어떻게 살아야 할지 막막한 너에게' '하마터면 열심히 살 뻔했다' 같은 제목의 책이 자기계발 분야 베스트셀러 목록의 윗자리를 차지한다. 상황이 이렇다 보니 경쟁에 지쳐 위로를 찾는 사람들은 자기계발서 대신 수필집이나 소설책을 집어 드는 경우가 늘어나게 된다.

베스트셀러 목록에서 가장 높은 순위에 있는 순문학 서적은 손원평 작가가 쓴 장편소설 ≪아몬드≫이다. 이 작품을 읽어보면 자기계발서의 퇴조와 순문학의 증대 현상의 원인을 한번에 이해할 수 있다. 사실 이 작품은 코로나19 이전부터 굉장한 인기를 끌었다. ≪아몬드≫는 코로나19 사태가 시작되기 전인 2017년 3월 출간된 작품으로 제10회 창비청소년문학상 수상작으로 주목을 받아 꾸준한 인기를 누렸다. 그러다가 9월 말 여러 인터넷 서점에서 베스트셀러 1, 2위에 오르게 되는데 텔레비전 예능 프로그램에서 BTS 멤버인 RM과 슈가가 이 책을 읽는 장면이 방영되었기 때문이다. 그러나 올해 초 코로나19 사태가 터진 이후에도 인기는 계속 이어지고 있는데, 이것은 단순히 수상 경력이나 연예인과의 연관 때문만은 아닐 것이다. 이 작품은 이제 청소년뿐만 아니라 성인들도 많이 읽고 있다. 청소년층을 넘어 성인층에서도 호응을 얻은 것은 코로나19에 지친 사람들이 이 책을 읽고 잔잔한 위로를 느꼈다는 입소문이 가장 큰 원인이 아닐까 싶다.

2.

> 의사들이 내게 내린 진단은 감정 표현 불능증, 다른 말로는 알렉시티미아였다. 증상이 너무 깊은 데다 나이가 너무 어려 아스퍼거 증후

군으로 볼 수 없었고, 다른 발달 사항들에 문제가 없어 자폐 소견도 없었다. 표현 불능이라고 하지만 표현을 못한다기보단, 잘 느끼질 못한다. 언어 중추인 브로카 영역이나 베르니케 영역을 다친 사람들처럼 말을 만들어 내거나 이해하는 데 문제가 있는 건 아니다. 감정을 잘 느끼지 못하고, 사람들의 감정을 잘 읽지 못하고, 감정의 이름들을 헷갈린다. 의사들은 선천적으로 내 머릿속의 아몬드, 그러니까 편도체의 크기가 작은 데다 뇌 변연계와 전두엽 사이의 접촉이 원활하지 못해서 그렇게 된 거라고 입을 모았다.

편도체가 작으면 나타나는 증상 중 하나가 공포심을 잘 모르는 거다. 용감해서 좋겠다고 생각한다면 모르는 소리다. 두려움이란 생명 유지의 본능적인 방어 기제다. 두려움을 모른다는 건 용감한 게 아니라 차가 돌진해도 그대로 서 있는 멍청이라는 뜻이다. 나는 운이 더 나빴다. 공포심 둔화 외에 나처럼 전반적인 감정 불능까지 오는 경우는 매우 드물었다. 불행 중 다행은 이 정도로 작은 편도체를 가지고도 딱히 지능 저하의 소견이 없다는 것 정도였다.(29-30면)

≪아몬드≫의 주인공 '나'는 알렉시티미아, 곧 감정 표현 불능증 진단을 받은 소년이다. 감정을 잘 느끼지 못하는 인물이 겪게 되는 상황과 사건이 소설의 주된 내용이다. 감정을 잘 느끼지 못한다는 조건 하나만으로도 이어지는 이야기 전개에 관한 온갖 갈등과 곡절을 예고하고 있지만, 이 소설에서는 여기에 하나가 더 추가된다. 주인공과 가족의 분리가 그것이다. 크리스마스이브 주인공과 엄마, 외할머니 이렇게 세 식구가 외출을 나갔다가 소위 묻지마 범죄의 희생양이 되어 외할머니는 사건 현장에서 사망하고 엄마는 식물인간이 되어 버린 것이다. 소설은 이러한 두 가지 모티브를 바탕으로 주인공 '나'가 겪게 되는 시

련과 상처에 관해서 이야기를 풀어간다.

그런데 이처럼 주인공이 처한 상황은 공교롭게도 코로나19 이후 우리가 처한 상황과도 닮아있다. 첫째, 상대방의 감정을 파악하기 어렵다. 우리는 마스크를 쓰고 다닌다. 마스크를 쓰고 있으니 얼굴 표정이 잘 파악되지 않는다. 우리 인간은 상대방의 얼굴 표정에서 많은 의미를 파악한다. 말의 내용에 미묘한 얼굴 표정이 같이 겹쳐지면서 상대방이 거짓말을 하고 있는 것은 아닌지, 또는 진심으로 기뻐하는지 슬퍼하는지 등을 파악한다. 마스크로 인해 얼굴 표정이 잘 드러나지 않으니 무척 난감한 상황이다.

비대면 조건이 강화되면서 교사와 학생들은 인터넷으로 수업을 진행하는데, 교사들의 피로감은 증폭되고 학생들의 학업 능력은 저하된다. 이 또한 상대방의 얼굴을 제대로 파악할 수 없다는 상황이 상당한 영향을 미친 결과다. PC 카메라에 얼굴을 비추면서 이루어지는 소통에서는 얼굴표정의 미묘한 움직임과 손발을 이용한 제스처, 몸의 자세 등에 실려 있는 정보는 전달되기 어렵다. 인간이 정보를 파악하는 데는 그동안 가볍게 지나쳤던 미묘한 감정 표현이 실제의 내용 못지않게 중요하다는 사실이 코로나 상황을 통해서 의도치 않게 증명된 셈이다.

≪아몬드≫의 주인공이 상대방의 감정을 파악하지 못하고, 그래서 적절한 대처를 하지 못해 오해와 갈등이 빚어지는 상황이 코로나19 이후 우리가 겪고 있는 일상과 겹친다. 물론 우리는 소설 속 주인공처럼 심각한 상황은 아니다. 하지만 우리가 겪고 있는 사소한 변화들은 사람들 사이에서 어떻게 해야 원활한 감정 표현이 가능할지에 관한 의문

을 지속적으로 던진다. 입 주변에만 투명한 비닐 소재로 만든 마스크를 쓴 연예인은 얼굴 표정의 중요성을 일찍 파악한 사람이다. 회의실에 설치된 투명 가림막 역시 비슷한 문제의식에서 출발한 시도이다. 소설 속 주인공이 좌충우돌하는 모습을 통해서 우리는 감정을 표현을 통한 소통의 중요성을 다시 한번 확인하게 되는 셈이다. 이 작품은 분명 코로나19 이전에 발표되었지만 바로 이러한 상황의 유사성 덕분에 코로나19 사태 이후에도 독자들의 지속적인 호응이 이어진 것이 아닌가 생각해 본다.

둘째, 우리들도 격리되어 있다. 소설 속 주인공은 범죄 사건으로 인해 사랑하는 사람들과 원치 않게 이별한다. 엄마가 운영하던 헌책방에 혼자 남아서 살아가야 하는 상황. 보통은 청소년 보호시설로 들어가겠지만 혼자 남아야 하는 상황을 만들기 위해 작가는 심 박사라는 인물을 등장시킨다. 사건이 일어나기 전 엄마가 심 박사와 친하게 지냈으며, 엄마는 자신에게 무슨 일이 생기면 아들을 보살펴달라고 심 박사에게 부탁했다는 설정이 그런 장치다. 따지고 들면 조력자 인물의 다소 갑작스러운 등장으로 인해 서사 전개의 개연성이 약화되는데, 역으로 생각해 보면 주인공을 혼자 남게 만들기 위한 플롯의 의도를 읽을 수 있다.

언제든 자신이 격리조치를 당할 수 있다는 불안감에서 자유로운 사람은 아무도 없을 것이다. 우리 주변을 늘 감싸고 있는 불안감을 허구적으로 형상화한다면 다양한 방식이 가능하겠지만, 아마도 ≪아몬드≫의 주인공이 범죄 사건 이후 가족과 분리되어 생활하게 된 것도 제법 설득력 있는 한 가지 사례가 되기에 충분하다. 게다가 이 작품의 주요 독자층이라고 할 수 있는 중고등학교 학생들은 또 어떤가? 그들도 격리의 상황을 겪고 있다. 정상적 상황이라면 학교에 등교하여 친구들과 생활하겠지만, 일주일에 두세 번만 짧게 등교한다. 가끔 코로나 상황이 악화되면 전면 온라인 수업으로 대체되기도 한다. 학생들의 부모가 맞벌이라도 한다면 온라인 수업을 하는 학생들은 혼자서 집에 남겨진다. 친구들로부터의 분리, 가족으로부터의 분리를 빈번히 경험하게 됨으로써 소설 속 주인공과 비슷한 상태에 놓이는 것이다.

약간 다른 이야기지만 코로나 상황이 악화되면서 각 학교에서는 학생들에게 독서를 권장한다. 집에서 책을 읽으면서 시간을 보내고, 수업을 대신하라는 의도다. 그러면서 권장한 도서 목록에 ≪아몬드≫가 자주 올라갔다고 한다. 집에는 아무도 없고 온라인 강의도 다 끝난 뒤 ≪아몬드≫를 읽고 있을 중고등학생을 상상해 보자. 혼자 집에 머무는 자신의 상황이 책 속 주인공을 통해서 고스란히 펼쳐지고 있다. 이때 얼마나 큰 공감을 하면서 이야기 속에 빨려 들어가게 될까. 부모의 입장에서도 자식들이 게임을 하는 것도 아니고 만화책을 보는 것도 아니라 권장 도서 목록에 나오는 소설을 읽는다고 하는데 흔쾌히 지갑을 열게 된다. 최근 판본을 확인해 보니 100쇄가 훨씬 넘었다. 가히 코로나셀러 소설이라 부를 만하다.

3.

감정을 느끼지 못하는 아들을 위해 주인공의 엄마는 감정 교육을 시켰다. “튀지 말아야 돼. 그것만 해도 본전이야.”(35면) 자신의 감정도 느끼지 못하고 다른 사람들의 감정도 알아차리지 못해서 의도하지 않은 오해나 미움을 사지 않도록 하기 위한 방어책이다. 마치 청각장애인이 다른 사람의 입술을 읽듯이, 다른 사람의 행동이나 말의 의도를 파악하기 위한 반복 훈련을 수행하였다. “예를 들어 친구들이 새로운 학용품이나 장난감을 보여주며 설명할 때 그 애들이 진짜로 하고 있는 건 설명이 아니라 ‘자랑’이라고 했다. 엄마의 말에 따르면 그럴 때 모범 답안은 —좋겠다. 였고, 그게 뜻하는 감정은 ‘부러움’이었다.”(35면)

튀지 않기를 바라는 엄마의 마음은 대부분의 상황에 즉각적으로 대처하는 방법에 초점을 맞춘다. 그 결과 엄마의 반복 훈련은 단순하고 명쾌한 격언에 가까운 형태를 따르게 된다. 심 박사가 병원에 누워 있는 엄마에 관한 이야기를 하면서 입꼬리가 아래로 처지는 모습을 관찰하면서 “엄마 일을 슬퍼하는 거라면 엄만 조금은 기뻐할지도 모른다. 그게 엄마가 알려준 팁이었다. 내 슬픔을 남이 같이 슬퍼한다면 기쁜 일이라고. 마이너스 마이너스 이퀄 플러스의 원리라고 했다.”(79면) 슬픔은 나누면 절반이 되고 기쁨은 나누면 배가 된다는 식의 어린아이들도 알고 있는 내용이다. 그렇지만 주인공에게는 막대한 노력이 요청되는 ‘교육’이라는 점이 차이다.

주인공의 감정 교육 내지 훈련은 정상적인 우리에게 감정의 교류와 공감의 작동 방식에 대해서 많은 시사점을 제공한다. 너무나 본능적으로 이루어지는 과정이라 평소에는 의식하지 못했으나, 편도체-아몬드가 부족한 인물의 어색한 행동을 통하여 비로소 뚜렷이 의식할 수 있게 되는 것이다. 가령 다른 사람의 감정을 파악하기 위해서는 세밀한 '관찰'이 먼저 이루어져야 한다. 이 소설의 주인공은 자신의 주변을 끊임없이 관찰한다. 동시에 감정을 느끼지 못하니 선입견이나 편견의 개입 없이 일단 그대로 받아들일 수밖에 없다. 그런데 바로 이러한 주인공의 특성이 '정상적인' 사람들보다 더 진정한 인간관계 맺음을 가능하게 한다. 남들이 문제아라고 부르는 곤이와의 관계 맺음이 가능했던 것도 바로 이러한 특성 때문이었다. '관찰'과 '편견 없이 대하기.'

결국 이 작품은 감정을 느끼지 못하는 인물을 내세워 '공감'의 기본 작동 원리에 대해 탐색하고 있다. 감정이 결여되었기 때문에 감정의 소중함이 더욱 부각된다. 타인에게 공감할 수 없기에 타인에게 공감하는 방법을 처음부터 배우고 연습할 수 있었다. 작품의 중간중간에 어색하게 전개되는 대목들이 여러 곳 있기는 하지만 공감할 수 없는 인물이 공감 능력을 획득하기에 이르는 기본적인 서사 전개의 흐름은 흐뭇한 미소와 함께 고개를 끄덕이게 만든다. 그리고 새삼 공감의 중요성을 생각해 보게 한다.

4.

≪아몬드≫는 청소년을 주요 독자층으로 하여 큰 인기를 끈 소설답게 학교 폭력 문제, 왕따 문제 등 학교 내의 상황을 잘 다루고 있다. 부

모와 자식 간의 사랑이라는 오래된 주제에 관해서 참신한 소재로 풀어내고 있어 청소년들의 마음에 쉽게 다가갈 수 있었다. 특히 개성적인 여러 명의 작중 인물을 등장시켜 그들의 꿈과 방황을 그린 성장의 플롯을 쉬우면서도 인상적인 스케치로 풀어냈기에 청소년 독자들에게 큰 호응을 받은 것으로 보인다.

그러나 이 작품이 청소년 독자에 못지않게 성인 독자들에게도 관심을 받은 것은 청소년 인물의 이야기를 넘어서 공감, 인간관계, 소통 등 우리 사회의 주요 관심사에 관해 적지 않은 시사점을 제공하고 있기 때문이라 생각된다. 코로나19 이후 우리는 비대면 상황의 확대로 인해 타인과의 소통에서 적지 않은 피로감을 느끼는 동시에 감정의 교류가 얼마나 중요한지 새삼 느끼고 있다. 원치 않게 고독과 고립의 상황에 놓이게 되는 요즈음 시절에 공감과 소통의 가치는 더욱 소중하게 여겨진다. 공감 능력이 없는 소년이 진정한 공감을 통해 인간관계를 회복해 가는 내용을 다룬 이 작품은 코로나로 인한 심리적 피로에 시달린 사람들을 따뜻하게 위로하고 있는 것이다.

‘너’라는 이름으로

– 이미란 ≪너의 경우≫

1. 들어가며

이미란 작가의 소설집 ≪너의 경우≫는 ‘너’ 또는 ‘당신’이라는 2인칭 호칭의 서사적 활용에 관한 집요한 미학적 실험의 산물이다. 일반적인 서사 이론에서 3인칭 시점과 1인칭 시점에 관한 설명은 있어도 2인칭에 관해서는 대부분 침묵을 지키는데, 2인칭을 적극적으로 활용한 작품이 드물기 때문이 아닐까 싶다. 표면적으로 2인칭 시점을 채용한 듯하여도 실제로는 1인칭 시점으로 이루어진 경우가 대부분이다. 간혹 2인칭 시점의 활용되는 작품을 발견하기도 하는데, 2인칭 시점의 적용이라는 실험적 의의에만 지나치게 몰두한 나머지 시점을 제외한 소설의 다른 요소들이 엉성한 작품일 때가 많다.

그렇다면 ≪너의 경우≫에서는 어떠한가? 결론부터 밝히자면, 소설집에 수록된 모든 작품에서 서술자가 ‘너’ 또는 ‘당신’이라고 호명하는 수법을 의식적으로 사용하고 있으되, 앞서 언급한 지나친 실험성의 함정에는 빠지지 않았다. 아니, 소극적인 차원에서 함정에 빠지지 않았다는 말은 너무 인색한 말이다. 오히려 ≪너의 경우≫에서 사용된 2인칭 호칭의 사용은 독특한 서사적 효과를 발생시키는 데 성공하고, 그러한 효과는 각 작품의 주제 구현과 절묘하게 맞아떨어진다는 점을 강조하지 않을 수 없다. 이는 각각의 소설 작품에서 '너'라든가 '당신'을 모두 '그' 또는 '나'로 바꾸면, 그 즉시 작품을 감싸는 독특한 향취와 생생한 긴장감이 사라지고 만다는 점을 보더라도 금방 알아차릴 수 있다.

이 글에서는 이번 작품집에 수록된 다섯 편의 작품을 대상으로 '너' 또는 '당신'이라는 2인칭 호칭의 사용이 어떠한 서사적 효과를 발생시키는지 살펴보려 한다. 때로는 SF적인 상상력의 극대화의 방식으로, 때로는 어머니와 딸이 서로 따스하게 어루만지는 손길을 묘사하는 방식으로 다채롭게 활용되는 효과를 하나씩 들여다보는 일이다. 나아가 그 효과가 궁극적으로 작품의 주제와 메시지에 어떻게 기여하는지를 살펴본다면 소설집 ≪너의 경우≫에 수록된 작품 전체에 관해서도 어느 정도 파악할 수 있으리라는 기대를 품고서 말이다.

2. 강요된 동일시

〈당신?〉은 2인칭 호칭의 사용이 발휘할 수 있는 상상력의 역동적 활용에 관한 한 가지 암시를 주는 작품이다. 오늘날의 과학기술을 고려할 때 아직은 낯설기만 한 생명공학 관련 여러 소재들이 '당신'이라는 호칭을 활용함으로써 독자들에게 전면적으로 전달되기 때문이다.

이 작품에서는 엄연히 '나'라는 일인칭이 서술자가 서술을 이끌어간다. 이는 아들의 목소리에 잠에서 깨어나는 작품의 첫대목에서부터 확인할 수 있다. '나'라는 작중 인물인 동시에 서술자는 서술의 곳곳에서 자신의 존재를 드러내는 데 별다른 주저함이 없다. 전통적인 시점 분류로 치자면 1인칭 시점이라는 것, 무리하게 2인칭 시점을 실험하려는 시도와는 거리가 멀다.

그러나 이 작품은 시점과는 약간 다른 측면에서 과감한 실험을 감행한다. 독자를 향해 '당신'이라고 호명하고 있다는 점이다. 1인칭 서술자 '나'의 남편은 작중 인물이다. 그러나 '나'의 남편을 '당신'이라고 명명하는데, 이러한 명명법은 독서를 진행하는 독자에게 자신을 향한 호명처럼 느껴지는 독특한 효과가 발생한다. 결과적으로 '당신'이라고 부르는 목소리는 작중 인물을 향한 것인지 독자를 향한 것인지 명확하게 구분하기가 쉽지 않다. '당신'이라고 부르면서 전개되는 서술은 한편으로는 작중 인물에 관한 보고적 진술이고 다른 한편으로는 독자를 향한 직접적인 말 건네기이다.

가령 "당신은 뇌수종 수술을 받고 혼수상태로 있다가 아흐레 만에 깨어났다."라는 문장을 보자. '나'의 남편이 수술 후 혼수상태에 있다가 깨어났다는 작중 인물에 관한 서술자의 요약적 진술이다. 독자의 입장에서는 수술 도중 혼수상태에 빠졌다가 9일 만에 소생하는 일이 얼마나 흔하게 발생하는 일인가 잠시 의문이 들기도 하지만 그런 의문은 오래 가지 못한다. 소설이라는 허구적 세계 속에서 서술자의 말을 거역할 자가 누구인가? 일체의 의심을 거두고 일단 서술자를 신뢰해야 소설의 서술을 읽어나갈 수 있기 때문에 독자로서는 어쩔 수 없다. 의학적인 설명은 일체 생략한 채 서술자는 그저 그랬었노라고 진술하고 있고, 여러 가지 정보의 빈틈은 많지만 서술자의 권위적 진술 앞에서 독자는 일단 모든 내용을 받아들일 수밖에 없다.

여기에 '당신'이라는 단어의 울림은 오롯이 작품의 서술을 읽고 있는 독자를 향해 날아간다. 독자는 당혹스러울 수밖에 없다. '나는 뇌수종 수술을 받은 적이 없는데.' '나는 혼수상태에 있다가 깨어난 것이 아닌데.' 이렇게 반항해 봐야 아무 소용없다. 적어도 이 작품을 계속해서 읽어나가기 위해서는 서술자의 권위를 받아들이는 수밖에 없다. 독자로서는 아무리 발버둥 쳐도, 작품을 그만 읽겠다고 결심하지 않는 한, 끊임없이 자신을 향해 '당신' 운운하는 강력한 서술자의 목소리로부터 한 발짝도 빠져나갈 수 없는 갇힌 신세에 불과하다.

한 수 접고 들어간다고 해야 할까? 선언적이고 또 어찌 보면 강압적이기도 한 서술자의 이 같은 어조는 작품 내내 반복된다. 서술자와 독자의 관계에서 서술자의 목소리는 거듭 승리한다. 그 과정에서 독자들은 언뜻 받아들이기 힘든 낯선 소재에 관한 내용도 어쩔 수 없이 받아들여야 한다. 로봇재활치료, 포스트휴먼 산업, 3D 바이오프린터의 장기 복제 등등. '이건 일인칭 서술자인 '나'의 남편에 관한 진술이야. 이것을 받아들이지 않으면 더는 작품을 읽어나갈 수 없어. 로봇재활치료, 포스트휴먼 산업 그런 걸 모른다고? 몰라도 '당신'이 그걸 하고 있어. 거부하지 말고 소설의 내용을 일단 받아들여.' 서술자의 목소리를 풀이하면 대강 이렇지 않을까 싶다.

이처럼 '당신'이라는 호명은 두 가지 강요의 효과를 발생시킨다. 첫째 당신이라고 호명된 독자는 꼼짝없이 작중 인물에 이입되도록 강요된다는 것, 둘째 적어도 한 편의 작품 속에서 마치 신과 같은 전능함을 행사하는 서술자의 권위로 인해 어떠한 공상적인 상황이라도 받아들이도록 강요된다는 것이다. 이러한 강요의 효과는 지속적으로 반복되어 결국 머지않은 미래 우리가 처하게 될, 아니 어쩌면 이미 우리에게 당도한 상황에 대한 선언이자 경고로 이어진다.

> 사실 당신의 의식도 예전의 당신과 같다고 할 수 없다. 당신은 갑자기 과학기술의 맹신자로 변해 버렸다. '인간 향상'이라면서 자신의 몸을 과감히 낯선 인간들의 실험 도구로 내어주고 있다. 사이비 종교에 사로잡힌 사람 같다. 몸에 대한 과도한 관심, 적극성, 결단력, 탐구심… 예전에는 당신에게 없었던 정신적 자질이었다. 그리고 새로운 음식 취향까지. '테세우스의 배'에 대한 의문은 당신의 몸뿐만 아니라 당신의 의식에도 해당되는 것 같다. 지금 당신의 몸과 마음에는 원래의 당신이었던 영육의 소재가 얼마나 남아 있는가? 아무리 생각해도 당신은 당신일 수 없다.(〈당신?〉)

작품 속 언급되는 '테세우스의 배'나 영화 〈트랜센던스〉로 짐작건대 작가는 그런 데서 모티프를 얻어 이 작품을 창작했을 듯싶다. 그런 소재들이 과학기술과 인간의 미래에 관한 흥미로운 통찰을 제공하는 것은 분명하다. 하지만 우리는 과학기술에 관한 여러 경고나 어두운 전망에 너무 익숙해진 것도 사실이다. 경고는 들려오지만 먼 미래의 이야기라 생각하면서 다시 바쁜 생활 속에서 무감각해지고 만다.

그런데 이 작품에서는 그렇지 않다. 당신이라는 호명의 방식을 통해서, 그러한 익숙함을 깨트려 버린다. '당신'은 수술 후 혼수상태에 빠졌다가 다시 깨어난 사람이고, 각종 생체공학기술의 절대적인 신봉자가 되어 위험스러운 정도로 바뀐다. 일상적인 범위를 훨씬 뛰어넘는 수준의 강렬한 상상력에다가 인물의 급격한 성격 변화는 자칫 받아들이기 어려운 것이지만 '당신'이라고 거듭 호명하는 서술자의 권위적인 목소리와 함께 그 내용은 독자에게 강요된다. 그리고 독자들을 향한 '당신'이라는 호명의 결과 그처럼 위태롭고 불안정하기만 한 '당신'이라는 인물 속에 독자들을 강제로 끼워 넣어진다. "몸에 대한 과도한 관심, 적극성, 결단력, 탐구심… 예전에는 당신에게 없었던 정신적 자질"에 이를 때, 건강, 노화, 그리고 죽음에 조금이라도 관심을 기울인 적이 있는 우리 독자로서는 작품 속 '당신'이 곧 독자 자기 자신과 묘하게 닮아있음을 부인하지 못하게 된다. 그래서 평소대로라면 무심코 지나칠 만한 포스트휴먼에 관한 여러 담론들에 잠시라도 귀를 기울이지 않을 수 없게 되는 것이다.

강요된 동일시. 그 결과 어떤 독자는 소설 속 가상의 내용에 깊숙이 빠져서 자신의 장기를 교체하는 꿈을 꿀지도 모른다. 또 어떤 독자는 여전히 소설 속 내용에 거부감을 가지면서 삐딱한 태도로 소설 내용을 비판할지도 모른다. 그러나 어떤 독자이든 간에 '당신'이라는 호명에 단 한 번이라도 움찔하면서 반응했던 독자라면 다음과 소설의 마지막 문장에서 쉽게 빠져나오지 못할 것이 분명하다. "당신은 누구인가? 당신의 몸에 들어가 있는 당신은 누구인가…"

이 대목에서, "내가 누구인지 말할 수 있는 자는 누구인가?"라는 리어왕의 대사가 어렴풋이 연상되는 것도 무리는 아닐 듯싶다.

3. 던져진 존재

이번 소설집에서 〈진실〉과 〈거짓말〉은 제목만 보았을 때 선명한 대조를 이룬다. 그러나 생각해보면 진실은 거짓말이 아닌 것, 반대로 거짓말은 진실이 아닌 것이다. 어떤 작품은 진실을 다루고, 다른 작품은 거짓말을 다룬다는 것은 무엇이 진실이고 무엇이 가짜인지 분별하는 '진실 찾기'의 각기 다른 이름일 뿐이다.

이때 '너' 혹은 '당신'이라는 호명은 어떤 의미를 갖게 되는가? 당연히 진실 찾기를 수행하는 주체가 바로 '너' 혹은 '당신'이며, 앞서 살핀 바와 같이 강요된 동일시를 통하여 그 주체는 독자 자신과도 일치한다. 독자에게 진실과 거짓을 구별하라고 '강요'하는 것이 두 작품의 기본적인 해석의 조건이 되는 셈이다.

〈진실〉은 한층 더 지적인 색채가 강하다. 작품의 첫대목을 보면 고대 그리스의 비극의 한 장면을 연상시킨다. 진실 찾기이기는 하되, 인간 존재에 관한 묵직한 배경을 걸치고 있는 작품이라는 색깔이 덧씌워진다.

너는 신탁을 받았다. 단어 하나를 살해하라는 명령이었다. 너는 무

> 릎을 꿇고 사제가 건네는 두루마리를 펼쳐보았다. 살해해야 할 단어가 또렷이 적혀 있었다. 너도 적으로 느꼈던 그 말이었다. 너는 사명감을 느끼며 두 주먹을 쥐었다. 이제 신전 밖으로 나가 기다리고 있는 군중 앞에서 그 단어를 공표해야 했다.
>
> (…)
>
> 너는 손을 올리려다 잠에서 깨어났다. 실제로 너의 목덜미에는 땀이 축축했다. 단어를 살해해야 하다니, 황당한 꿈이었다. 그러면서도 너는 아침나절 내내 꿈을 뒤적여 살해해야 할 단어가 무엇이었는지를 떠올리려 애를 썼다.(〈진실〉)

꿈 이야기로 자체도 지적인 색채를 강하게 하는 또 다른 요소이다. 〈진실〉에서 꿈이란 무의식을 엿볼 수 있는 하나의 통로라고 파악한 프로이트의 관점을 따르고 있기 때문이다. 성폭행 사건의 피해자 진술을 분석하는 '너'의 작업은 인간의 의식 아래 감추어진 무의식의 작동을 이해하는 일이고, 작품 속 진실 찾기의 과정 역시 진술의 표층적인 차원을 따라가는 것이 아니라 그 이면에 숨겨진 진실과 거짓을 밝히려는 집요한 추궁이다.

'너'의 입장이 되어 아이의 진술을 판단하라. 사건의 진실은 무엇인가? 작품의 디테일이 워낙 치밀하게 잘 갖추어져 있어 독자 대부분은 이러한 지적 게임이 흥미롭게 참여할 수 있을 듯하다. 범죄심리 분석 전문가가 되어 사소한 단서를 근거로 진실을 찾는 게임에 동참할 때, '너'라는 호명은 독자를 상황에 몰입하게 하는 데 한층 더 강력한 요인으로 작동한다. 때로는 강요에 가까운 동일시도 활용되는데, 아버지가 딸을 성폭행했다는 범죄 혐의는 평균적인 감수성을 가진 독자들로서는 쉽게 받아들이기 힘든 상황에서, 독자들에게 외면하지 말고 사태를 파악하고 강요한다. 대부분 뉴스에서 자극적인 보도가 나올 때 채널을 돌리거나 잠깐 관심을 가졌다가 금세 관심이 식어버리는 데 반하여, 강요된 동일시의 효과와 작품 전반에 흐르는 지적인 색채는 자연스럽게 결합되어 독자 스스로 진실 찾기의 주체가 될 수 있도록 이끌어 준다.

덧붙여 진실 찾기의 반전 역시 이 작품에서 놓칠 수 없는 포인트이다. 물론 이러한 반전은 아무에게나 주어지는 것이 아니다. '너'라는 처지와 상황에 자신을 던져놓는 독자만이 반전 역시 흥미롭게 받아들일 수 있다. 사소한 징후를 바탕으로 의식의 바닥 아래에 숨겨진 진실을 찾아야 한다는 프로이트의 방식을 전적으로 받아들인 독자들만이 반전을 이해할 수 있다. 이 또한 범죄심리 분석전문가인 '너'에 충분히 동일시되었을 때 찾을 수 있는 즐거움이다. 결국 '너'라는 호명에 충실히 응답하여 잠시나마 자신을 작품 속에 던져놓은 독자들이 누릴 수 있는 지적인 흥미라고 볼 수 있으며, 이러한 흥미를 경험한 독자들은 이제 책을 덮고 우리 주변의 세계로 눈을 돌려 진실과 거짓을 구별해야 하는 임무를 자각하게 될 것이다.

수년간의 치밀한 거짓말이 결국 들통나는 과정을 다룬 〈거짓말〉에서도 독자는 작품 속에 스스로를 던져넣어야 한다. 성인이 된 아들을 두고 지방에 사는 비교적 풍족한 경제적 지위를 지닌 중년 여성이라는 인물 설정에 스스로를 동일시하기 쉬운 독자가 얼마나 될까? 그러나 '당신'이라는 호명을 통한 강요된 동일시를 거친다면 조금 달라진다.

그저 그렇다는 것, 눈을 떠보니 그렇다는 것, 작품을 읽다 보니 그럴 수 밖에 없다는 것에 독자는 자기 자신을 던져넣어야 한다. 만일 '당신'과 독자 자기 자신을 일시적이면서도 동시에 상상적으로라도 일치시키지 않으면 독서 과정 자체가 진행되지 않기에 어쩔 수 없는 선택이다.

그 결과 독자 자신을 '당신'에게 던져넣었을 때는 어떤 결과로 이어지는가? 승혜라는 인물에 대해서 진실 찾기 게임을 해야 한다. "어머니, 승혜는 거짓말을 해요."라는 아들의 말이 이미 주어졌다. 하지만 당신은 아들의 말을 전적으로 믿을 수는 없다. 독자 당신 스스로 승혜라는 인물에 대해서 판단해야 한다. 이것이 게임의 법칙이다.

물론 이 작품은 앞서 〈진실〉에 비해서는 진실 찾기의 밀도는 떨어진다. 그대로 서술의 진행을 따라가다 보면 승혜의 거짓말이 들통나기 때문이다. 독자들이 지적 게임에 덜 참여해도 진실을 찾을 수 있게 된다는 말이다. 이 점에서 이 작품의 관건은 지적인 한판의 게임으로서의 흥미에 달려 있지 않다. 그보다는 '당신'이라는 인물이 경험하게 되는 동정과 연민, 배신과 분노의 다양한 감정을 간접 경험해 보는 데 있다. 한편의 우아한 일일드라마, 약간은 막장드라마의 색채마저 감도는 배신의 이야기 속에는 여러 감정이 분출하고 뒤섞인다.

> 아들이 옳았다. 아들은 직감적으로 승혜가 어떤 아이라는 것을 알고 있었던 것이다. 그러나 승혜를 사랑했던 당신은 승혜의 거짓말 속에 승혜가 되고 싶은 승혜가 들어 있다고 생각했다. 당신은 승혜의 거짓말을 용서했고 거짓말로부터 승혜를 구했고 승혜가 되고 싶은 승혜로 만들어 주었다고 생각했다. 그러나 인간의 욕심은 끝이 없는 법이

라는 걸 당신은 잠깐 잊었던 것 같다. 세상을 살아가면서 승혜는 끝없이 자기가 욕망하는 존재로 보이기 위해 남에게 거짓말을 할 터였다. 당신이 베푼 모든 물질과 모든 선의가 승혜의 신분 상승을 위한 거짓말의 재료로 이용되었다는 것에 당신은 몸서리를 쳤다.(〈거짓말〉)

독자의 입장에서는 '당신'에 내던진 채 감정의 동요와 분출에 한참을 따라가다 보면 어느새 거짓말 속 인간의 욕망과 그 욕망의 충족에 관한 당신과 승혜의 헛된 몸부림에 도달한다. '당신'에 강제로 던져져서 소설을 읽어나가야 한다는 것, 그 과정에서 당신의 감정과 심리를 따라가야 한다는 것은 독자에게 강요된 것이지만, 인간의 욕망과 헛된 기대에 관한 통찰에 이르러서는 이제 더는 남의 이야기가 아니라 독자 자신의 이야기가 된다. '성인이 된 아들의 결혼을 걱정하는 지방에 거주하는 경제적으로 풍족한 중년 여성의 이야기'가 아니라 독자 자신의 이야기로 전환되는 순간이다. 이 대목에서 '당신'의 호명이 빚어내는 효과란 결국 특수한 것을 강제로 받아들이는 과정을 경험하게 함으로써 보편적인 주제에 공감하도록 이끌어 주는 것임은 또 한 번 확인할 수 있다.

4. 디테일 속으로

친정어머니와 시어머니를 모신 짧은 여행기 형식을 빌린 〈일박 이일〉은 치밀한 디테일이 돋보이는 작품이다. 대조적인 두 노인의 특징과 성격에 관한 묘사가 상세하기 펼쳐지고, 그로 인한 주인공 '너'와의 긴장과 마찰이 실감 나게 그려진다. 이러한 치밀함과 생생함이란 대개 작가 자신의 자선적인 경험에 기반한 경우가 많은데, 이 작품에서도 그러한 사연이 어느 정도는 있어 보인다.

이 작품은 '너'라는 단어를 '나'로 바꾸어도 아무런 문제가 생기지 않는다. 사실상 이 작품은 일인칭 시점을 사용한 작품과 크게 다르지 않다. 간혹 '너'보다는 '나'를 사용하는 것이 더 나았겠다 싶은 대목도 없지 않은데, 자신의 솔직하고도 은밀한 감정이나 욕망을 드러내는 대목이 그러하다. 아무래도 2인칭 명명법은 '너'는 인공장기교체 시술을 받았다거나 '당신'은 범죄심리 분석전문가다라는 식으로 외면적인 차원에 좀 더 잘 어울리는 듯한데, 일인칭 소설에 익숙한 독서 습관 때문인지도 모르겠다.

어쨌든 이 작품은 여전히 2인칭을 활용한다. 독자들을 향해 선언한다. 두 노인을 모시고 여행을 가는 '너'의 입장이 되어라. 2인칭의 활용이 약간은 어색한 부분도 없지 않지만, 잃는 것이 있다면 얻는 것도 있는 법. 이 작품에서 2인칭 활용은 독자들에게 전달되는 디테일을 극대화하는 데 기여한다. 여행 중 때를 미는 장면을 관찰하게 하고, 간식에 관한 취향을 관찰하게 하는 것이 대표적인 예시다.

> 다음으로는 엄마가 때를 밀었다. 어머니들이 함께 하는 자리에서 순서를 정해야 할 일이 생기면, 언제나 엄마가 양보를 했고 시어머니는 이를 당연하다는 듯 받아들였다. 아들 쪽이 딸 쪽보다 서열이 높다는 듯이. 그러나 이번에는 시어머니가 극구 사양을 했다. 시어머니는

목욕 의자에 앉아서 때타월로 계속 당신의 몸을 문질렀다. 요양원에 처음 들어갔을 때는 목욕도 시켜준다고 좋아했는데, 최근에는 그에 대해 불평하곤 했다. 사람이 늘어나면서, 일주일에 한 번 비누칠과 샤워로 목욕을 대강 끝낸다는 것이다. 시어머니는 아마도 때가 많이 나오면 때 미는 이에게 민망할까봐 저렇게 순서를 미뤄가며 몸을 닦고 있는 것이다.

네가 이번 여행에서 제일 신경을 쓴 부분은 간식이다. 엄마가 좋아하는 무화과와 시어머니가 좋아하는 사과. 그리고 생과자를 만드는 제과점을 찾아, 흰 앙금으로 만든 상투과자와 계피소가 든 만주, 생강과자와 센베이라고 불리는 부채과자를 샀다. 요즘의 프랜차이즈 제과점에서는 찾기 어려운, 그러나 시어머니들의 추억 속에서는 고급 생과자로 남아 있을 옛날 간식거리였다. 차는 드립백 커피와 믹스 커피를 가져갔다. 시어머니의 커피 취향은 네 취향과 함께 변해 갔으나 엄마는 여전히 인스턴트커피를 선호했다.(〈일박 이일〉)

독자를 강제로 '너'의 입장과 처지에 던져놓은 결과, 독자는 이 대목에서 두 노인의 등을 밀어드리고 있다. 목욕탕에서 보이는 두 노인이 보이는 행동의 미묘한 차이, 그리고 그 차이가 의미하는 바가 무엇인지 추론하는 과정에 독자도 자연스럽게 동참하게 유도된다. 간식이나 커피 취향도 마찬가지. 맛을 보고, 냄새를 맡게 되는 생생한 감각의 디테일을 독자들이 경험하게 된다. 친정어머니와 시어머니의 다른 취향, 그리고 그러한 취향의 이면에 있을 인생의 여정에 대한 암시가 '너'=독자가 손에 들고 있을 간식과 커피의 맛과 향을 통해서 전달된다.

이 작품은 디테일을 보여주는 데 주력한다. 친정어머니의 식사 모습을 보여주고, 시어머니의 걸음걸이를 보여줄 뿐, 섣부른 판단이나 평가를 내리지 않는다. 그렇기 때문에 2인칭의 활용이 더욱 필요한지도 모르겠다. 2인칭의 효과로 인하여 판단이나 평가가 고스란히 '너'에게로, 독자에게로 넘겨진다. 창작 단계에서 출발은 작가의 자전적 경험이 적지 않게 작용하였겠지만, 독서 단계에서 해석과 평가라는 마무리는 그동안 '너'의 입장에서 보고 들은 독자들의 몫으로 슬그머니 넘어온다. 이 과정에서 자전적 소재라는 특수함은 어느새 모녀간 또는 고부간에 대한 일반적이고 보편적인 정서의 차원으로 변환된다. '너'의 부모님 이야기를 읽으면서 독자들은 결국 자신의 부모님에 관하여 생각할 수밖에 없게 되는 것에 2인칭의 활용이 작용한 셈이다.

5. 2인칭 소설 쓰기의 가능성

소설 쓰기가 무의식 차원의 상처를 치유할 수 있는 하나의 방법이 될 수 있을까? 표제작 〈너의 경우〉를 보면 제법 고개가 끄덕여진다. 소설 창작의 과정을 소재로 한 소설. 메타픽션의 측면에서 유발되는 소설적 흥미로 시작한 이 소설은 트라우마를 지닌 소설 창작자가 자신의 상처를 객관화하고 그것을 발화의 표층으로 끌어올림으로써 상처와 대면할 수 있게 하고, 나아가 그 상처를 극복할 가능성을 스스로 발견하게 되는 과정에 관하여 설득력 있는 가능성을 보여준다.

소설 창작 수업 형식을 빌린 탓에, 여러 번의 수정과 개작을 거치는 과정을 건너뛸 수 없는 조건이 이 소설의 제약으로 작용하기 때문에, 결과적으로 소설 속 소설이 분량도 축소되고 깊이도 확보되지 못했다는 아쉬움이 없지 않지만, 소설을 창작하고 수정하면서 점점 진화하고 발전해나가는 변화의 과정을 개연성 있게 그려내는 데 성공한 작품이라는 의의를 인정할 수 있다.

> 작가들은 왜 소설을 쓰는 것일까? 자신의 이야기를 나누고 싶어서일 것이다. 자신이 발견한 삶에 대한 이해, 인간이란 이런 존재이며, 산다는 것은 이런 것이다 하는 것을 다른 사람들과 나누고 싶어서 소설을 쓰지 않을까? 또 어떤 작가는 '왜?'라는 의문으로 이야기를 시작해서 최대한의 설득력으로 그 의문을 풀어 가는 재미 때문에 소설을 쓰기도 할 것이다.
>
> 그리고 또 어떤 작가는 자신의 삶을 해석하고 받아들이기 위해서 소설을 쓰기도 한다. 자신의 삶을 통합하기 위해서, 자신의 삶에 깃든 어둡고 모호한 어떤 지점을 해명하려고 소설을 쓰는 것이다.(〈너의 경우〉)

'너'를 반복적으로 호명하는 일인칭 서술자 '나'의 목소리도 비교적 자연스럽다. 자칫 욕심을 부려 '너'를 사용할 때 어설프게 이름만 '너'로 바꾼 삼인칭 시점이 되기 십상이지만, 이 소설에서는 '나'에게 교사의 역할을 부여하였기 때문에 그러한 혼란과 어수선함을 비교적 손쉽게 극복할 수 있다. 어디까지나 일인칭 시점의 목소리가 교사의 권위 속에서 일정하게 유지되며, 극단적으로 소설의 결말 부분에서 '너'의 소설 창작이 제대로 끝을 맺지 못하는 위기의 상황이 닥치더라도 빨간 펜을 들고 교정과 첨삭을 가하면서 집필의 완성을 독려하는 교사의 역할이 거침없이 개입되면서 소설은 안정적으로 종결될 수 있었다. '너'

가 흔들리며 주저하는 모습을 보일 때 독려하기도 하고, 실제의 트라우마와 허구적 창작과의 거리두기를 다시 한번 환기시키는 교사의 목소리가 이 소설을 안정적으로 이끈 비탕인 것이다.

> 나는 넌지시 소설이 허구의 장르라는 것을 암시하며 네가 용기를 얻기를 기대한다. 지금은 소설 창작수업 시간이고, 이 수업의 결과물은 소설이다. 글쓰기 동료들은 네가 쓴 글이 허구라는 전제 안에서 받아들인다. 그러니까 너는 네 영혼을 솔직하게 들여다보아도 된다. 솔직하면 솔직할수록 너는 네가 붙들려 있는 시간에서 풀려날 가능성이 높아진다.(〈너의 경우〉)

> 에티오피아에서는 아픈 사람이 성직자와 함께 두루마리를 만드는 천 년 전통의 두루마리 치유법이 있다고 한다. 아픈 사람은 성직자에게, 언제 어떻게 그 괴로움을 당하게 되었는지, 왜 아프게 되었다고 생각하는지, 아프기 전의 생활과 현재의 상태는 어떠한지, 다른 사람과의 관계는 어떠한지에 대해 자신의 생각과 감정을 말하면서, 성직자가 그에 합당한 기도와 문양의 두루마리를 만들 수 있도록 한다는 것이다. 아픈 사람은 성직자와 함께 이야기를 주고받으면서 질병의 맥락에서, 자기 삶의 서사적 질서를 헤아려 보는 것이다. 그래서 에티오피아에서는 이야기를 하는 것이 치유에 도움이 된다고 믿어진다.(〈너의 경우〉)

이 소설에는 안이 쓰는 소설과 '너'가 쓰는 소설 두 편이 삽입되어 있다. 정신적인 상처의 근원을 다루고 있지만 짧은 분량 탓에 소설 속에 제시된 부분만으로는 안이나 '너'의 무의식적 심층에 도달하기는 요원하다. 특히 '너'가 쓴 소설은 공백의 상태로 남아 있어 미완성의 상태다. 다만 부족하더라도 자신의 내부에 있는 응어리를 겉으로 꺼내려고 안간힘을 썼다는 바로 그 점에 박수를 보낼 수 있다. 그리고 그 곁에서 이야기를 주고받으면서 속에서 서사의 줄기를 건져낼 수 있도록 도와주는 '나'의 노력에도 박수를 보낼 수 있다. 무언가 이야기를 주고받는다는 것, 이야기의 내용이나 구성보다는 이야기 속에서 거짓 없이 용기를 내어 진실한 자신의 사연과 마주한다는 것이야말로 이 소설에서 그려낸 하나의 가능성이다.

그래서 독자들은 이 소설을 다 읽고 나면 왠지 자기 자신도 무언가 이야기하고 싶어지는 듯한 착각을 느끼게 된다. 소설 속 안처럼, '너'처럼, 그리고 그 이야기를 들어줄 '나'처럼 두루마리 치유법을 실행해 보고 싶은 욕망이 서서히 커지는 것을 느낀다. 이 세상 누구라도 가슴 한켠에 상처 하나 없는 사람은 없을 테니까.

2인칭을 적극적으로 활용한 이미란 작가의 소설 쓰기가 결국 이와 비슷한 것이 아닐까 싶다. 끊임없는 독자와의 대화, 작품 속 허구 세계로의 유혹적인 초대, 희망을 향한 묵묵한 발걸음 같은 것 말이다.

흘러간 시간 속으로

– 박경숙 ≪의미 있는 생≫

1. 회상의 형식

'회상', 지난 일을 돌이켜 생각함, 또는 그런 생각. 박경숙 작가의 이번 소설집 ≪의미 있는 생≫에 수록된 여러 작품을 관통하는 서사적 장치가 바로 회상이다. 주인공이 아버지를 그리워하며 과거를 회상하기도 하고, 반대로 별로 듣고 싶지 않아도 정신병원에서 치료받는 아버지가 '그 아이'를 향한 자신의 옛사랑 이야기를 들려주기도 한다. 때로는 오래된 은행나무가 자신의 그늘에 머물렀던 사람들의 그 질기고도 독한 인연을 회상하고, 때로는 장례식에서 망자의 차가운 손을 매만지며 그 사람과의 인연을 회고한다. 심지어 그리움이나 상처를 회상하는 일과는 거리가 멀어 보이는 어느 바람난 남자의 이야기에서도 소설의 클라이맥스에서 과거 회상이 결정적 역할을 한다.

보통의 경우 회상은 지극히 사적인 분위기의 창출로 이어지기 마련이다. 옛 추억에 잠기는 그 순간 사람은 흘러간 시간 속으로 잠시 혼자만의 여행을 떠날 수 있다. 이런 점에서 빈번한 회상의 활용은 작가의 자전적 경험과 사색의 반영이 아닌가 싶은 추측으로 이어진다. 회상과 자전적 요소의 결합을 대표적으로 예시하는 작품이 바로 〈감자가 익는 동안〉이다.

이 작품을 읽다 보면 자전적 소설이 아닐까 싶은 생각이 자연스레 떠오른다. 실제 작가가 자신의 가족에 관한 기억을 소재로 소설을 쓰는 것은 종종 있는 일이고, 소설 속의 여러 정황에 관한 상세한 묘사는 실제로 경험한 사람이 썼으리라는 짐작이 들기 때문이다. 소설 속 아버지가 주인공에게 작가가 되었으면 좋겠다고 하는 대목 역시 시간이 흘러 그 소녀가 자라서 이런 글을 쓴 작가가 되었다는 상상으로 이어진다. 또 소설에서 회상되는 아버지가 무한한 그리움의 대상으로 그려진다는 점 또한 작가가 실제 자신의 아버지를 그린 게 아닌가 싶은 생각을 하게 한다.

한없는 애정과 존경의 대상이고, 동시에 그러한 아버지를 다시 만날 수 없다는 사실 때문에 형언할 수 없는 슬픔의 근원이기도 한 그러한 아버지, 이 소설에서 풍기는 진솔함은 실제의 체험에서 연유한 것일 가능성이 크다. 이 소설은 역사적 사건을 소재로 하여 읽는 이의 관심을 끌기도 하지만, 아버지에 관한 회상이야말로 이 소설을 애틋하고 아름답게 만들어 주는 요소다.

그러나 실제 작가와 소설 속 인물을 혼동해서는 안 되고, 그럴 필요도 없다. 작가가 얼마나 능숙하게 상상의 세계를 구축하는지는 〈묵주〉를 보면 금방 확인할 수 있다. 이 소설에는 두 명의 중심인물이 나온다. 하나는 일인칭 서술자이자 요양원에 봉사활동을 하러 간 '나'이고, 다른 하나는 과거를 회상하며 이야기를 들려주는 노파이다. 두 인물 모두 작가 혹은 작가 지망생으로 설정되어 있기는 하지만 〈감자가 있는 동안〉의 경우와는 달리 실제 작가를 떠올리게 하는 표지는 발견할 수 없다. 더욱이 묵주의 '신비'라는 환상적인 상상력으로 확장되는 소설의 내용이 작가의 실제 경험이라고 생각하기는 쉽지 않다.

박경숙 작가의 여러 소설에서는 자전적 요소의 여부를 떠나서 회상의 원리가 더욱 중요하다. 회상은 기본적으로 현재와 과거 사이의 거리를 전제로 한다. 소설의 서술자나 주인공은 대개 중년의 나이를 넘긴 여성이고, '현재'는 그 인물이 서 있는 시점이다. 인생을 살아오면서 수많은 상처를 겪었고, 그것이 단단한 옹이가 되어 있는 상태이다. 여기서 회상은 적어도 수십 년의 시간을 거슬러 올라간다. 회상 속 인물은 여고생이거나 초등학생이거나 어쩌면 그보다 더 어린 소녀다. 아직 성년이 되지 않은 소녀들, 세상 밖으로 나가지 않았기에 때가 묻지 않은 소녀들, 그래서 순수하고 꿈 많은 소녀들이다. 그래서 과거는 늘 아름답고 그립고 애틋하다. 현재의 상처가 더욱 아프게 감각될수록, 현재가 더욱 초라할수록, 과거를 향한 그리움은 더욱 강렬해지는 원리가 박경숙 작가의 소설을 지배하는 셈이다.

이러한 회상의 원리는 한편으로는 지극히 사적인 분위기를 연출하지만 동시에 보편성을 획득한다는 점에 주목할 필요가 있다. 이지적인 중년 여성의 담담한 어조 속에서 표현되는 그리움과 슬픔이라는 정서는 분명 박경숙 소설의 특수성에 속하는 것이다. 그러나 소설을 읽는 독자로서는 소설 속 아버지와의 추억을 회상하는 주인공을 보면서 자꾸만 독자 자신의 아버지를 떠올리게 된다. 인생을 어느 정도 통과한 사람이라면, 그래서 숱한 상처들을 가슴속에 품고 살아가는 사람이라면 그러한 소설의 정서에 공감하지 않을 수 없다는 점에서 소설은 보편성을 지향하는 것이다. 박경숙 작가의 작품을 읽고 나서 한동안 머릿속을 맴도는 여운은 바로 이러한 특수성과 보편성을 동시에 자아내는 회상의 형식에 기인한다고 할 수 있을 듯하다.

2. 시간을 넘어서

회상은 세월의 흐름을 거슬러 흘러간 시간 속으로 떠나는 정신적 여행이다. 과거로의 여행을 시작하기 위해서는 어느 순간 시간의 역행이 필요하다. 순차적으로 흐르던 시간의 흐름에 변화가 생기고, 그 순간 수십 년 전 과거로 비약하는 시간 여행의 출발이라고 하면 꽤 거창하다. 하지만 〈감자가 익는 동안〉에서는 인터넷 검색이라는 지극히 평범하고 일상적인 계기로 여행이 시작된다.

> 그녀는 가끔 그리운 이름들을 인터넷 창에 검색했다. 오랫동안 만나지 못한 사람들, 혹은 세상을 떠난 사람들의 이름을 타이핑하며 입속에서 되뇌었다.
>
> 오늘 그녀는 아버지의 이름을 검색해봤다. (…) 그렇게 웹에서 아버지를 만날 때면 그녀의 얼굴엔 온화한 미소가 번졌다. 늘 날이 선 표정을 짓는다는 주변인들의 말과 달리 그녀의 표정은 참으로 따뜻해졌다.

다정다감한 성품에 남 돕기를 좋아하던 아버지를 떠올리는 일은 그녀의 차가운 가슴에 따뜻한 물 한 줄기가 흘러드는 것 같은 느낌을 준다. 그런 아버지는 결코 정치판에 어울리는 사람이 아니었다. 어떻게 아버지가 정치에 입문했던지. 그녀는 가만히 그 기억들을 더듬어봤다.(〈감자가 익는 동안〉)

박경숙 소설에서 회상이라는 시간 여행은 잔잔하게 출발한다. 평범한 일상 속에서 지극히 일상적 행동을 통해서 시작되기 때문에 거창함이나 화려함은 전혀 찾아볼 수 없다. 그 대신 고요함이 깔려 있다. 주인공은 다른 사람의 방해 없이 조용히 컴퓨터 앞에 앉아서 생각에 빠져든다. 평범하기만 해서는 안 되고 호수 같은 마음의 평정이 수반되어야 가능한 여행이다. 고요함 속에서 과거의 추억을 다시 떠올리는 일이란 수도자의 명상에 가깝다. 평범한 일상 속에서 경건함으로 비약하는 그러한 명상이다.

고요함 속에서 이루어지는 회상의 작업은 성당 채플에서 기도를 올리면서 첫사랑의 얼굴을 떠올리는 〈첫사랑〉의 도입부에서도 비슷하게 이어진다. 성당에서 무릎을 꿇고 기도를 올리는 주인공 앞에는 그 시절 초여름 보랏빛 등꽃이 선하게 떠오른다. "연보랏빛으로 피어난 등꽃 넝쿨 아래 앳된 소녀가 오도카니 앉아 있다. 소녀의 미소는 하얗게 눈부시고, 뒤쪽으로 넓은 뜰 담장 곁에 동그란 연못이 보였다."(〈첫사랑〉) 한 조각 기억은 또 다른 기억을 호출하고, 이것이 반복되면 그동안 가라앉았던 숱한 기억을 연달아 끌어올리게 되어, 마침내 첫사랑의 얼굴을 떠올리기에 이른다. 신에게 기도하면서 시작된 회상이라서 그런지 지극히 차분하고도 경건하기만 하다. 박경숙 소설의 곳곳에서 감지되는 고결함과 정결함을 향한 동경은 이처럼 회상의 과정에 깔린 고요하고 경건한 분위기에서 산출된다고 볼 수 있다.

회상은 작업은 간혹 신비로운 분위기로 채색되기도 하는데 이를 잘 보여주는 사례가 〈묵주〉이다. 전형적인 액자소설의 외관을 취하고 있는 〈묵주〉에서는 액자서사와 삽입서사를 연결하는 장치가 묵주이다. 삽입서사에서 묵주는 세상의 신비와 인생의 고통을 노파에게 알려주는 역할을 하였고, 노파는 인생의 주요 변곡점에 나타났다가 사라지는 묵주를 향해 '신비'라고 부른다. 더구나 묵주에 얽힌 신비의 이야기, 곧 노파의 회상은 죽음이 임박한 노파가 들려주는 인생의 총결산이라는 점에서 경건한 분위기는 더욱 강화된다. 노파의 회상이란 사실상 유언에 가까운 것으로 자신의 전 생애를 가장 솔직하게 되돌아보는 일체 거짓 없는 순수함의 절정이다. 여기에 묵주라는 소재가 자아내는 종교적 분위기를 덧씌워 본다면 노파의 회상은 결국 가톨릭의 고백성사에 근접하기도 한다. 한 인간의 생이 저물어 가는 순간이기에, 또 경건한 종교적 의식이기에 이를 지켜보는 독자로서는 경외심마저 느끼게 된다.

회상이 신비와 결합하는 방식은 〈기억의 나무〉에서도 반복된다. 특히 나무에 정령이 깃든다고 하여 애미니즘을 떠올리게 하는 참신한 발상이 무척 흥미롭다.

그녀는 은행나무 둥치를 손으로 꾹꾹 눌러보았다. 거칠고 단단한

> 몸피가 노파의 주름진 손과 어우러졌다. 노파는 자신의 손이 그 늙은 나무의 일부가 되는 듯했다. 노파는 새삼 생각했다. 자신이 그 은행나무 아래서 걸음마를 했고, 소꿉질을 했고, 간당 치마를 치켜올리고 그 둥치 아래서 오줌을 누며 자랐다는 걸… 여고 시절 여름 방학이면 그 그늘에 평상을 펴고 앉아 시를 읽었고, 청춘의 어느 여름엔 그녀를 찾아왔던 사랑의 품에 안겨 밤을 지새우기도 했던 나무 밑이었다. 노파는 나무를 꾹꾹 누르던 손으로 자신의 가슴을 눌렀다. 자신의 전 생애가 한꺼번에 웅퉁그려져 가슴을 가득 메워왔다.(〈기억의 나무〉)

환상성이 두드러지는 〈기억의 나무〉에서 회상은 단순히 한 인물이 자신의 과거를 되돌아보는 방식이 아니라 사람이 나무와 뒤섞여 나무의 일부로 동화되는 물질적 변환의 과정을 거쳐 과거의 기억이 전달된다는 독특한 방식으로 연출된다. 거칠고 단단한 나무의 몸피와 노파의 주름진 손의 경계가 흐려지고, 급기야 하나로 합쳐지는 듯한 기이한 환상, 무형의 기억이 마치 물질의 이동처럼 묘사되는 기억의 전달에 대한 상상은 그 자체로 논리적 설명을 초월한다. 그럼에도 불구하고 이상의 과정이 황당함이 아니라 절실함으로 다가오는 이유는 노파가 죽음에 임박했다는 사실에서 연유한다. 죽음을 앞둔 노파에게 회상의 순간은 전 생애를 압축하여 되돌아보는 순간이고, 동시에 죽음을 맞이하는 순간이다. 어떠한 잘못을 저질렀든 죽음 앞에서 자신의 생애를 회고하는 인간에게서 풍기는 경건함이 이 소설을 감싼다.

이처럼 박경숙 소설에서 시간을 넘어서는 회상의 작업은 그것이 일상적이고 평온하든, 환상적이고 강렬하든 관계없이 한 인간의 생애를 되돌아볼 때의 진지함 내지 경건함이 바탕에 깔려 있다.

3. 기억의 존재 방식

〈기억의 나무〉에서 무형의 기억이 물질처럼 다루어지는 모습을 잠깐 살펴보았듯, 박경숙 작가의 여러 작품에서는 기억이 독특한 방식으로 그려진다. 가령 〈첫사랑〉에서는 우리가 흔히 기억을 잊는다고 말하지만 사실은 그런 것이 아니라 가슴속에 가라앉는 것이라고 말한다. 기억에 무게라는 물질의 속성을 부여하는 독특한 발상이다.

> 그녀의 가슴속으로 깊게 가라앉았던 추억이 슬그머니 떠올랐다. 기억은 잊혀지는 게 아니라 가라앉는 게 분명했다. 세월의 무게가 추처럼 달리면 기억의 물밑으로 침잠했다가 어느 순간 자극에 부력이 실려 떠오르는 것이다. 어쩌다 떠오른 하나의 기억은 연결된 기억들에 자꾸 그 부력을 전달하면서.(〈첫사랑〉)

소설이 알려주는 진실에 따르면 기억은 사라지는 게 아니다. 다만 물밑으로 침잠할 뿐이다. 슬픈 기억이든 즐거운 기억이든 동일하다. 의식의 저편에서 기억의 조각들은 강바닥의 모래알이나 진흙처럼 가라앉아 있다. 그렇기에 간혹 건져 올릴 수 있고, 그렇게 하기 위해서는 고요하게 물속을 들여다보면서 명상하거나 기도해야 한다. 가끔 죽음이 임박하여 거센 풍랑이 일면 의도하지 않았더라도 물밑에 잠겨 있던 기억이 한꺼번에 떠오르기도 한다.

또한 기억은 몸에 새겨지는 것이다. 기억의 나무는 노파의 말을 듣지 않아도 노파의 몸에 새겨진 기억을 보고 노파가 무슨 일을 했는지 알아차린다. 몸에 새겨넣었다면 문신이 떠오른다. 사람들이 나무에 새겨놓은 칼자국 같은 것인지도 모른다. 얼굴의 주름 같은 것인지도 모르겠다. 어찌 되었든 몸에 새겨지는 것은 쉽게 지울 수 없다. 의식을 하든 하지 못하든 몸에는 지울 수 없는 기억이 남아 있고, 나무는 노파의 몸에 새겨진 기억을 쓰다듬어 준다. "그래, 눈을 감아. 내가 너의 영혼을 품어줄게. 너의 모든 것도 품어줄게. 사람들이 잊고 마는 것도 나는 다 기억하고 있어."(〈기억의 나무〉)

〈의미 있는 생〉에서는 기억을 호스에서 흘러나오는 물줄기에 비유한다. 과거를 회상하는 아버지를 두고 57년의 길이를 가진 낡은 고무호스에서 물이 졸졸 쏟아지고 있다고 말한다. 살아온 세월만큼 찌꺼기가 농축되어 구릿한 냄새가 풍기는 그런 물이다. 그러나 호스가 낡아서 물이 새는데 어쩌겠는가? "나이를 먹으니 평생 속에 있던 말이 저절로 나오더구나. 젊어서는 생각만으로도 위로가 되던 사실이 이제는 말로 쏟아내야만 속이 시원해지는… 내 맘을 넌 모를 거다. 내가 평생 무엇에 기대고 살아왔는지를… 인생이 비루하다고 느낄 때마다 그 애를 생각하면 견딜 수가 있었단다."(〈의미 있는 생〉) 이어 아버지는 '그 애'가 죽었다고 말하면서 결국 눈물을 흘린다. 호스에서 흘러나온 물줄기에 관한 비유가 진짜 몸 밖으로 흘러나오는 물(눈물)로 변하는 흥미로운 발상이다. 남들이 볼 때는 초라하고 비루하기만 한 일생이지만 그가 흘리는 눈물의 의미를 알게 되는 순간 그 눈물을, 그 기억을, 그리고 그의 생을 향해 감히 비루하다고 단언할 수 있는 사람은 세상 어디에도 없다.

그리고 기억은 반드시 다른 누군가에게 전달해야 한다. 그것이 몸에 새겨진 것이든, 물밑에 가라앉은 것이든, 그 기억은 반드시 다른 사람에게 전해져야 한다. 물론 아무에게나 전해줄 수는 없다. 그 기억의 의미를 알아차리고, 그 가치를 헤아릴 수 있는 사람에게 전해야 한다. 〈묵주〉에서 노파는 이렇게 말한다. "그래, 이건 묵주이지. 나는 어쩌면 죽기 전에 이 묵주에 관한 얘기를 누군가에게 하고 싶어서 이제껏 살아 있는지도 모르겠어. 내 얘기를 듣겠니?" "나는 그저 신비를 알아들을 사람을 기다리고 있었던 거야. 무엇보다 듣고 싶은 열의가 있는 사람을." "내 에너지를 담은 언어들이 읽는 사람의 간절함과 맞닿아야 시너지를 내는 거지." 노파는 작가다. 노파가 '나'에게 자신의 기억을 전해주는 일은 작가가 글을 써서 독자에게 메시지를 보내는 일과 같다. 작가가 독자를 향해 간절히 메시지를 송신하고, 듣고 싶은 열의가 있는 독자가 그 메시지를 수신함으로써 소설의 텍스트는 온전히 제 존재의 의의를 지닐 수 있다. 박경숙 작가의 소설에서 지금껏 살아온 자신의 생에 대한 회상과 그 회상을 통해 건져 올린 기억의 전달이 소설 쓰기와 읽기에 관한 근본적인 비유로 작동하고 있음을 다시 한번 확인할 수 있다.

4. 그리움 혹은 상처

그렇다면 소설 속 인물들은 과연 무엇 때문에 과거를 회상하는가?

우선 생각해볼 수 있는 것은 그리움과 위로다. 그들은 그리움과 위로 때문에 과거를 회상한다. 이것은 〈감자가 익는 동안〉에서 뚜렷하게 확인된다. 이 소설에서는 전체 내용에 걸쳐 다정다감한 성품을 지니셨던 아버지에 대한 그리움이 넘쳐난다. "모니터에 떠오른 아버지 사진을 바라보며 그녀는 미소를 지었다." 회상을 통해 그녀는 현재의 불만족스러운 삶을 잠시 잊고 위로를 받을 수 있다. 그리움과 위로는 〈의미 있는 생〉에서도 반복되는 주제다. 추남인 아버지가 '그 아이'를 그리워하면서 과거를 회상하면서 이렇게 말한다. "인생이 비루하다고 느낄 때마다 그 애를 생각하면 견딜 수가 있었었단다." 늙은 추남인 아버지 역시 회상을 통해 현재의 비루한 삶을 잠시 잊고 위로를 받는다.

그러나 그러한 위로는 오래 가지 못한다. 회상은 잠시 미소를 짓게 하지만 결국 눈물을 흘리게 만든다. 〈감자가 익는 동안〉에서는 아버지가 겪었을 마음의 상처를 생각하면서 "그녀는 끝내 모니터 앞에 엎드려 울음을 터트렸다." 〈의미 있는 생〉에서 '그 아이'를 떠올리며 과거를 회상하던 추남인 아버지도 "기어이 엉엉 울기 시작했다." 늘 다정하게 미소 짓던 아버지는 돌아가셨고, 그 아이도 2년 전에 죽었다. 실상 그리움이란 이별을 전제로 성립되는 단어다. 헤어져 있지 않으면 애초에 그리움이 생길 수 없다. 따라서 그리움이란 미소와 위로보다는 슬픔을 더 많이 지닌 단어일 수밖에 없다고 박경숙 소설은 말한다.

〈고슴도치〉는 회상이 따뜻한 미소보다 처절한 상처와 연결되는 과정을 단적으로 보여준다. 〈고슴도치〉의 회상 내용은 딸이 비극적인 사고를 당한 이야기다. 소설의 초반에 딸이 사망했다는 사실을 알려지지만 그보다 중요한 사고의 전말은 뒤늦게 회상을 통해서 소개된다. 상처에 관한 회상이 이루어지고 나서야 독자들은 주인공이 한인 사회와 거리를 유지하는 이유를 이해할 수 있다. 또 다른 회상 내용은 조셉 신부가 겪은 상처에 관한 것이다. 조셉 신부가 어린 시절 베트남에서 미국으로 건너와 힘든 시간을 견뎌냈다는 고백이다. 주인공은 자신의 상처를 드러내 보이고 조셉 신부의 상처를 엿보게 된 것이다. 두 사람은 각자 자신의 상처를 회상하면서 또 상대방의 상처를 알게 되면서 서로에게 다가간다. "나는 머릿속에 펼쳐지는 그 시기쯤의 내 삶을 반추하며 겨우 말했다. 어린 그가 어둠을 걷고 있을 때 나의 삶은 환하고 풍족한 봄이었는데 지금은 반대가 된 기분이다." 소설의 결말은 두 사람의 관계가 앞으로 어떻게 펼쳐질지 궁금증을 유발하는 동시에 과거의 상처는 무엇으로 극복될 수 있는가라는 쉽지 않은 질문을 독자에게 던진다.

> 그들이 걸어갈 수밖에 없는 길 끝엔 죽음이란 섭리의 통과의례가 기다리고 있을 뿐, 나는 천천히 그 길을 가고 있는 그들을 앞질러 자꾸만 그 어둠의 도달점을 향하고 싶은 충동을 느꼈다. 거기 무엇이 있는 거지? 거기에 무엇이……. 서로의 존재를 전혀 알지 못하는 그녀와 그가, 타국과 고국이라는 먼 거리에서 비슷하게 가고 있는 그 길의 종착엔 무엇이 있을 것인가. 어쩌면 그와 그녀는 서로 다른 생을 다른 길이와 다른 모습으로 살고도 거기서 하나가 되어버릴 지도 모를 일이었다. 나는 잘 알지 못하나 마치 알기나 하는 듯 자꾸만 그들이 도달해야 할 곳을 훔쳐보았다. 거기에 이미 수많은 영혼들과 하나가 되어버린 누군가를 찾기나 하듯.(〈너의 차가운 손〉)

〈첫사랑〉이나 〈너의 차가운 손〉에서도 다른 작품에서와 마찬가지로 그리움으로 시작된 회상은 상처의 확인으로 귀결된다. 박경숙 작가의 소설에서는 늘 그리움이 상처를 거느리고 있는 셈이다. 특히 〈너의 차가운 손〉에서는 그리움과 상처의 병치가 결국 인간으로서는 해결할 수 없는 문제, 인간의 유한성, 죽음과 연결되어 있음을 확인한다. 그녀와 그에 대한 회상은 계속 이어져 "잡아주지 못하고 보냈던 그 손들", 사별하여 그리운 모든 이들에 대한 회상으로 확장되고, 모든 인간의 종착지인 죽음에 관한 생각으로 나아간다. 여기에 이르면 이제 회상은 단순히 누군가를 그리워하고, 과거의 상처에 대해 슬퍼하는 것을 넘어, 인간의 생이 맞닥뜨려야 하는 근본 문제에 관한 깊은 성찰로 이어진다는 것을 비로소 알게 된다.

5. 회상이 향하는 곳

> 그녀는 어쩌면 그를 기억하는 것이 아니라 그 훈훈하고 아름다웠던 때를 그리워하는 것이라고, 그때의 순백색 자신을 그리워하는 것이라고 생각했다.(〈첫사랑〉)

〈첫사랑〉의 주인공은 누군가를 회상하면서 그리워하고 그의 부재 때문에 슬퍼하지만, 사실은 자신의 과거를 그리워하는 것이며 더 이상

순백색의 그때로 돌아갈 수 없음을 안타까워하는 것이라고 생각한다. 자신이 살아온 생, 이미 흘러가 버렸고 그래서 영영 되돌릴 수 없는 시간을 향한 그리움과 안타까움이 회상의 본질이라는 통찰이다. 이것은 이번 소설집에 수록된 모든 작품에 공통적으로 적용될 수 있는 회상의 원리다. 생을 마감하는 이들이 자신의 과거를 회상하는 것은 물론이거니와, 이미 세상을 떠난 이들과 나누었던 시간을 회상하면서 결국 자신의 삶에 대해 생각하는 경우가 대부분이다. 궁극적으로 회상은 회상하는 사람 자신이 지금까지 살아온 인생을 되돌아보는 일인 것이다.

인생을 되돌아보는 자는 인생 이후에 관해서도 생각이 미친다. "나는 검붉은 수평선을 보며 중얼거렸다. 그래, 다 거기 있구나. 사라진 게 아니야. 수평선 너머 해가 있듯 모두 그저 저 선을 넘어간 거야."(〈너의 차가운 손〉) 죽은 사람들은 그저 저 선을 넘어간 것이라는 생각, 그리고 나도 언젠가 저 선을 넘어간다는 생각. 내세를 생각하는 것이 종교의 출발 아닌가. 그리움에서 출발한 회상은 상처를 돌아보면서 그 자리에 주저앉는 것이 아니라 다시 고개를 들어 내세를 인식하고 있다. 작가의 여러 소설에서 종교적 색채가 진한 소재를 자주 발견하게 되는 것도 이와 무관하지 않은 듯싶다.

그러나 박경숙 작가의 이번 소설집에 수록된 여러 소설은 종교소설이나 신앙소설이 아니다. 소설 속에서 종교적 분위기가 곳곳에서 감지되지만 어디까지나 소설의 중심은 저 선 너머가 아니라 아직 생이 지속되고 있는 바로 지금 여기에 있다. 그래서 소설 속 인물들은 여전히 떠난 이를 그리워하고, 과거의 상처를 슬퍼하며 눈물 흘린다. 신의 섭리를 받아들여야 한다고 생각하면서도 계속해서 그리워하고 슬퍼하기를 반복한다는 점에서 지극히 인간적인 몸부림이다.

박경숙 작가의 소설에서 결말은 늘 미지수다. 회상의 과정에서 떠오른 그리움이나 슬픔은 쉽사리 마무리되지 않는다. 오랜 머뭇거림과 망설임이 결말을 지연시킨다. 첫사랑의 동생이 보낸 메일을 노려보듯 바라보는 그녀는 첫사랑을 향한 회상을 다시 시작할지도 모른다(〈첫사랑〉). 송수신이 불안정한 엘리베이터 안에서 발신 버튼을 누르는 남자는 떠난 이에 대한 미련을 아직 못 버렸다(〈유행 시대〉). 회상이 아직 끝나지 않았고 소설도 아직 끝나지 않은 것이다.

소설 속 인물들은 늘 무언가를 새롭게 시작한다. 입이 사라진 여자와 늙은 추남이 빛 속에서 울고 있고, 나는 어둠 속을 달려가면서 정작 그들이 빛이라고 새롭게 깨닫는다(〈의미 있는 생〉). 세상에 의미 없는 생은 없다는 것을 어렴풋하게나마 알아차리는 순간이다. 은행나무에는 노파의 혼이 들어가 살고 비록 알아듣는 이가 없을지라도 오래된 사랑을 세상에 말하기 시작한다(〈기억의 나무〉). 단 한 사람이라도 그 의미를 알아차릴 수 있는 사람이 있다면 누군가의 생을 회상하는 작업은 계속되어야 한다고 강조한다.

> 그녀는 눈물을 닦으며 얼굴을 들었다. 인터넷 화면을 끄고 한글 워드 창을 모니터에 띄웠다. 아직 아무것도 시작하지 않은 빈 워드 창에서 커서가 깜박이며 그녀를 재촉했다. 그녀는 중얼거렸다.
>
> “나는 아직 끝나지 않았어. 끝나지 않았다고.”
>
> 자판을 두들기는 그녀는 여덟 살 아이가 되었다. 교복을 입은 여중

생이 되고, 첫사랑에 가슴이 두근대는 소녀가 되었다. 꿈과 사랑을 잃은 여대생이 되고, 끝내 상처로 단단해진 한 사람이 되었다. 모니터 화면엔 아버지를 입은 그녀가 마구 달려가고 있다.(〈감자가 익는 동안〉)

계속 이어지는 회상은 결국 소설 쓰기에 관한 하나의 선명한 비유가 된다. 아버지를 회상하며 자판을 두들기는 그녀는 아직 끝나지 않았다고 외치면서 흘러간 시간 속으로 달려간다(〈감자가 익는 동안〉). 노파의 생애가 담긴 묵주를 훔쳐 간 "나는 천천히 집을 향해 걷기 시작했다."(〈묵주〉) 작가이거나 작가 지망생인 그녀들이 계속해서 회상을 이어나간다면, 그래서 그 회상의 내용을 글로 옮긴다면 그것이 바로 소설이 된다. 이런 점에서 회상의 시간 속에서 소설을 쓰기 시작하는 인물들은 실제 작가와 무척 닮아있을지도 모르겠다.

이처럼 회상은 소설이 끝나고 나서도 계속된다. 회상이란 일시적인 위로에 머무르지 않는다. 흘러간 시간 속에서 그리움은 계속되고, 슬픔도 계속된다. 플롯은 끝났지만 삶이라는 소설은 끝나지 않았기에 회상도 계속될 수밖에 없기 때문이다. 회상의 시간 속에서 과거를 그리워하고 슬퍼하는 것은 생에 대한 의미 부여 작업이다. 가끔 인간의 유한성 저 너머를 바라보기도 하지만, 다시 그리움과 슬픔을 길어 올리는 회상의 작업을 반복하는 소설 속 주인공들은 계속해서 바위를 밀어 올리는 시시포스를 닮았다. 이 점에서 박경숙 소설은 아무리 초라한 생일지라도 의미 없는 생은 없다는 지극히 인간적인 격려를 우리에게 건네고 있다.

환영의 대위법

– 이서진 ≪푸른 환영≫

1.

음악의 아버지 요한 세바스티안 바흐(Johann Sebastian Bach)는 대위법으로 유명하다. 바흐는 반주와 주제 간의 조화, 역주법(Contrary Motion)과 캐논 형식(complex canon)을 주로 사용한 바흐의 대위법은 질서와 조화의 아름다움을 구현하는 최상의 도구였다. 대위법을 활용한 그의 음악은 영원한 클래식으로 사랑받고 있으며 시대를 초월하여 음악 이론과 기법적인 측면에서 많은 작곡가와 연주자들에게 영감을 주었다는 것은 널리 알려진 사실이다.

바흐가 대위법을 활용하듯 ≪푸른 환영≫의 작가 이서진은 '대위법적 서사'를 활용하여 상실과 결여에 관한 설득력 있는 서사적 결과물을 산출해 냈다. ≪푸른 환영≫에서는 다양한 부차적인 서사적 곁가지가 잘 훈련된 군대 병사들처럼 일사불란한 조화 속에서 중심 테마를 향해 연결되어 마치 음악의 반주 선율이나 화음이 주제와 전체적 조화를 이루는 형국이다. 또한 '도영'과 '여자'가 만들어 내는 '선율'은 반대 방향으로 움직이면서도 동시에 상호작용하여 변화와 조화를 동시에 추구한다. 작품 중반 이후 본격적으로 두 인물의 인생 내력이 드러날 때 '여자'의 가족 이야기에 뒤따르는 '도영'의 가족 이야기는 한 선율이 시작된 후 일정한 시간 지연 후 다른 선율이 동일한 주제로 시작되는 형태의 캐논 형식을 띤다.

이에 이 작품 자체가 다분히 창작의 교과서적 면모를 보인다. 이때 '교과서적'이란 표현은 당연히 모범적 작법에 관한 긍정적 어사이다. 작품이 보여주는 균형 감각과 조화는 즉흥적으로 떠오른 영감에만 의존해서는 결코 성립할 수 없는 수준이다. 차분한 구상과 엄격한 퇴고의 반복을 통하여 철저히 계산되고 통제된 결과로 보인다. 작가가 기울였을 노력이 어느 정도였을지 쉽게 짐작할 수는 없지만 아마도 ≪푸른 환영≫을 쓰기 위해서 엄청난 성실함이 요구되었음은 분명해 보인다.

동시에 이 작품은 작품의 표제가 가리키듯 현실의 저 너머 몽상적이고 상상적인 세계를 향한 자유로운 상상력을 발산한다. '파미르'에 관한 몽환적 묘사가 한 예이다. 작품을 다 읽고 나면 푸른 장미 문신을 한 여자의 뒷모습이 아득한 환영처럼 머릿속을 맴돌게 되는데 이 또한 몽환적 묘사가 성공적으로 쌓아 올린 결과라 하겠다. 이러한 몽상적 혹은 몽환적 특성은 앞서 교과서적인, 자로 잰 듯한, 계산기로 측정한 듯 썼을 법한 소설 기법과는 상당히 대조적이다. 이 또한 끊임없이 몽상에 빠져들고 상상에 상상을 거듭하면서 아득히 멀리 있는 무언가를 붙잡기 위한 작가적 성실함의 결과가 아닐까라고 짐작할 수 있다.

2.

먼저 주인공 '도영'부터 살펴보자. 작품 초반부에서 그려지는 도영의 모습은 지리멸렬함 그 자체다. 반지하 '6평의 좁은 원룸'에 앉아 연신 담배를 피워 물고 있는 도영은 피곤하고 지친 기색이 역력하다. 그러나 그런 피곤한 모습이 간밤의 고된 아르바이트 탓만은 아닐 것이다. 그보다는 일 년 동안 소설을 쓰겠다고 덤벼들었다가 거듭된 실패로 인해 엄청난 정신적 중압감이 짓누르기 때문인 듯하다. 그러나 아직 소설의 초반부에서 작가는 본색을 드러내지 않았다. 아직 도영의 모습은 특별한 것이 없다. 하던 일을 다 집어치우고 나도 소설을 써보겠다고 뛰쳐나왔다는 이야기는 작가지망생이라는 단어를 떠올릴 때 쉽게 따라오는 상투적이고 평범한 이야기에 가깝다.

> 한없이 남루했다. 서너 걸음만 움직이면 사방 동선이 연결되는 좁은 공간의 그것들이 지금 도영에게 실현되는 실체였으며 최선이었다. 그에 비해 오늘 여자의 말 속 이상향 같은 공간은, 좁고 어둑한 틈새로 과하게 비집고 들어오는 햇살 뭉텅이를 바라보는 심정이었다. 문득 한 번도 가보지 못한 먼 이국의 사막이 뜬금없이 떠올랐다. 처한 공간의 좌표를 알지 못하는 불안함을 안고 무작정 걸으며, 강렬하게 쏟아지는 열기에 휩싸여 헉헉대는 거라면 그와 별반 다르지 않을까 싶다.

그러나 얼마 지나지 않아 작가는 서서히 본색을 드러낸다. "한없이 남루했다."라는 짤막한 문장으로 주인공 도영의 상투적인 특성에 관한 소개는 끝이다. 이제 서서히 본격적으로 대위법의 실력을 발휘할 때다. 원룸 안에 빠져나가지 못한 담배 연기와 묵은 댓진 냄새가 꿉꿉하게 퍼지는 그곳에서 한번도 가본 적 없는 몽상의 공간 '파미르'가 꿈결처럼 펼쳐진다. 남루한 현실과 철저히 상반된 곳, "끝 간 데 없이 펼쳐진 하늘은 눈이 멀 듯 쨍하게 푸르고, 땅은 푸른 융단을 깔아놓은 듯 광활한 초원", "너무 선명해서 오히려 비현실 같"은 공간이 바로 파미르다. 현실과 비현실이 대위법적으로 교차하면서 서사의 리듬은 본격적으로 시작된다.

자연스럽게 소설 속 허구의 세계로 빨려 들어가게 되는 데에는 작가의 유려한 문장이 한몫한다. 작가가 세심하게 문장에 공을 들이고 단어 선택에 신중을 거듭한 흔적이 역력하다. 가령 소설 속 인물들은 그저 피곤한 것이 아니라 '곤비困憊'하다. 곤비하다, 곤핍하다, 곤권하다, 곤돈하다 등등 국어사전을 찾아 이런 단어가 있었나 싶을 단어를 골라내고, 문장에 집어넣어 잘 어울리는지, 별다른 문제는 없는지 꼼꼼히 살폈을 작가의 세심한 손길이 익히 감지된다. 문장의 장인이 만든 작품이라는 분위기가 물씬 풍긴다.

> 뭐 하냐고?
> 즉각 답하지 않는 도영을 향한 짜증이 와락 배어있다. 도영은 마지못해 답했다.
> 뭘 좀 하 고 있 어…

글자 간격마다 시들한 성가심이 들어찼다.

또 하나의 사례를 보자. 오래된 연인 사이의 지극히 낡고 남루해진 관계를 표현하는 데도 문장의 묘미가 발휘된다. '뭐 하냐고?'라는 몇 글자를 통해 도영을 향한 경주의 짜증이 또렷하게 드러난다. '뭐 하냐고?'라고 핸드폰 액정 자판에서 꾹꾹 눌러 찍고 있을 경주의 미간에 잡힌 주름이 손에 잡힐 듯이 전달된다. 분명 네 글자로 이루어진 짧은 문장이지만 한층 더 풍부한 의미를 함축하고 있다는 말이다. 또 '뭘 좀 하 고 있 어'라는 칸칸이 띄워진 문장은 글자 한 자 한자를 입력하면서 번번이 스페이스를 누를 때 솟아오른 도영의 짜증을 놓치지 않는다. 그뿐인가 그 간격에서 '시들한 성가심'이라는 멋들어진 표현을 얹어놓음으로써 두 사람의 관계가 얼마나 위태로운 상황인지 한번에 폭로된다. 다분히 산문적 느낌이라기보다는 시적 느낌에 더 가까운 문장들이다. 작품의 곳곳에서 발견되는 참신한 문장과 표현을 줄 쳐 가면서 읽는 즐거움이 상당하다.

이처럼 문장의 장인이 펼쳐놓는 기교를 따라가다 보면 이제 도영은 흔해 빠진 작가지망생이 아니다. 어느새 독자 자신은 도영에게 감정이입되어 친숙한 공감대를 형성한다. 물론 실제 독자 자신이 처한 상황은 도영과는 전혀 무관하다. 누군가는 도영처럼 혼자 원룸에서 피곤함에 절어 생활할 수도 있겠지만, 또 누군가는 고급 아파트나 저택에서 화목한 가정에서 여유로운 일상을 누릴 수도 있다. 중요한 것은 도영이 절감하는 일상적 현실과 꿈 사이의 거리감이다. 소설을 쓰겠다는 꿈을 꾸면서도 여전히 "최소한의 밥벌이"를 위한 노동에 시달리는 도영이 대면하고 있는 "앞날의 불투명한 불안감"은 정도의 차이는 있겠지만 이 작품을 읽을 만한 독자들이라면 누구라도 공감할 수 있을 만한 주제가 아닐 수 없다. 한 번도 꿈을 가지지 않았던 사람은 아무도 없으며, 그 꿈을 완벽하게 이루어 더 이상 꿈 따위는 필요 없다고 자신할 수 있는 사람 또한 아무도 없기 때문이다.

서글펐다. 가고 있는 이 길이 맞는 건가. 방향은 제대로 가고 있는 건가 의문이 들었다. 아닌 것 같았다. 걸어야 한다고 해서 걷지만 뚜렷한 목적 없이 기계적인 걸음만 옮겼다. 자신임에도 제 삶에 대해 무엇 하나 구체화할 수 없는 무력감이 덧씌워졌다.

오래전부터 명확히 규정할 수 없는 어떤 열망이 쟁여졌다. 쌓아둠은 시간이 지날수록 자주 내면을 툭툭 건드렸다. 그럴 때마다 허튼 갈망이라 여기며 스쳐 보냈다. 벗어날 수 없는 남루한 현실을 올무처럼 매달아야 하는 생활이었기에 들여놓을 수 없었다. 지나치는 갈피마다 그 갈망을 구겨 넣어야만 했다. 그랬음에도 몸살 같은 열망은 빈번히 치올랐다. 일상 곳곳에서 틈새를 비집고 나와 울컥대는 설움으로 덮쳤다. 바닥을 마구 뒹굴어 형편없이 지저분하고 구겨진 옷자락을 보듯 속이 쓰렸다. 생활은 긴장 상태일 때처럼 자주 경직되었고 먼지가 잔뜩 낀 탁한 유리통에 갇힌 듯 답답했다.

더 이상 그 속에 있고 싶지 않았다. 갈망하는 것이 무엇인지 알지 못해 모호했으나 막연히 묻어두고 싶지 않았다. 속절없이 지나치는 시간을 허허로이 놓치면서 새로운 걸음을 떼는 시기가 더 늦어서는 안 될 것 같았다. 오래도록 짓누르던 어떤 것들에서 벗어나 정확한 보폭으로 정확한 지점을 향하고 싶었다. 그것을 확고히 끄집어내서 탁한

통 속을 벗어나 숨을 크게 내쉬고 싶었다.

작중의 도영에게는 미안한 말이지만 아름다운 문장의 연속이다. 화려하게 꾸민 아름다움이 아니라 간결하게 조화를 이룬 균제미가 돋보이는 문장들이다. 소설의 이야기를 따라가지 않고 딱 이 부분만 떼어 놓고 보더라도 한 편의 근사한 에세이에 충분히 값하는 문장들이다. 정제된 문장들, 신중히 선택된 단어들, 톤을 최대한 낮추었음에도 문득 솟구쳐 오를 것만 같은 감정의 비등 운동 등을 느낄 수 있다. 더욱이 인상적인 것은 문장의 아름다움에 그치는 것이 아니라 그 문장이 독자 자신의 마음속 간지러운 부분들을 적확하게 건드리고 있다는 점이다. 누구나 공감할 수밖에 없는 일상적 현실과 꿈의 대립이라는 주제의 대위법이 서서히 먹혀들고 있다는 말이기도 하다.

3.

≪푸른 환영≫의 또 다른 주인공은 '여자'이다. 물론 소설의 서사적 구성을 따질 때 여자는 주인공이라 부르기는 어렵다. 전체 작품의 분량에서 차지하는 비중도 도영 쪽이 훨씬 높고, 전화 통화 대목을 제외하면 사건 대부분이 도영의 관점과 입장을 중심으로 펼쳐지기에 주인공은 당연히 도영이다. 그러나 여자는 주제적 측면에서 도영의 대위법적 존재로 설정된다. 여러 면에서 여자는 도영과 상반된 인물이다. 우선 남녀로 구분된 성별이 그러하다. 또 도영의 남루한 분위기와는 달

리 여자는 세련되고 우아한 분위기를 풍긴다. 도영이 경제적 문제에서 곤란을 겪으며 하루하루 밥벌이에 지친 데 반해 여자는 자유롭게 여행을 다니는 등 도영보다는 분명 한결 여유로운 상황에 있다. 즉 도영이 일상적 현실에서 온갖 누추한 생활의 냄새를 묻히고 살아가는 인물이라면 여자는 생활 세계와는 다소 거리가 먼 비현실적인 세계 속에서 살아가는 듯한 신비스러운 느낌마저 자아내는 인물이다.

이 같은 두 인물의 상반된 특징은 현실과 비현실, 일상과 꿈 사이의 절묘한 서사적 긴장을 창출한다. 또한 작품 중반 이후 두 인물은 상실과 결여로 인한 상처라는 공통점을 중심으로 작품의 주제를 부각한다. 만일 여자가 없었다면 이 작품은 좁은 원룸에서 실패를 거듭하는 어느 작가지망생의 맥 빠진 생활 수기 비슷한 것이 되고 말았을 터, 분량상으로는 도영에 비해 약하지만 사실상 주제를 구현하는 실질적 동력이 어디에서 비롯하는가를 따진다면 오히려 여자의 비중이 더 높다고도 할 수 있다.

여자라는 인물을 가장 특징적으로 부각하는 것은 그녀의 목덜미에 있는 '푸른 장미 문양'이다. "여자가 고개를 움직일 때마다 솜털 속에서 푸른 장미도 줄기를 구부리거나 잎을 비틀며 봉오리를 열듯 움찔거렸다." 마치 도영을 향해 손짓하는 듯한 느낌이라고 할까? 푸른 장미의 꽃말은 기적, 환상, 포기하지 않은 사랑. 도영에게 소설 쓰기란 현실적 일상에서 벗어나기 위한 하나의 방편, 곧 현실을 떠난 비현실적인 환상의 추구일 터, 그가 자기 가족을 떠나 정안시에 오게 된 것 자체가 자신의 꿈과 욕망, 갈망과 같은 환상을 찾아 나선 것이고 이런 그의 앞에

푸른 환영의 육화인 여자가 나타난 것이다.

> 푸른 장미의 징표가 박힌 목덜미는 나임에도 내가 볼 수는 없어요. 그러나 짧은 머리로 목덜미가 훤하게 드러나 많은 사람은 볼 수 있듯, 나와 아주 긴밀한 그들이 어디서든 확연히 볼 수 있을 거라 여기고 싶었어요. 기적이라는 꽃말을 가진 푸른 장미를 담고 있으면 그들이 실체를 드러낼 것 같아서요. 그 바람이 실현 불가능하다는 걸 알면서도 간절히 믿고 싶거든요.
>
> 무얼까… 여자의 말은. 도영은 짐작하기 어려웠다.
>
> 허망한 바람인 줄 알면서 오랫동안 기른 머리를 단호히 자르고 피부에 상처를 내면서까지 문신을 새겨 넣는 간절함은 어떤 걸까. 쉽게 지워질 수 없는 표식을 몸에 심고서 긴밀한 이들에게 드러나길 바라는 기적은 무엇일까.

위의 인용을 보면 일방적으로 도영이 여자를 발견한 것은 아니다. 여자는 자기 목덜미에 '푸른 장미'를 새겨넣고 누군가가 자신의 표식을 발견할 수 있기를 간절히 기다리고 있었다. 북카페의 문학 행사에서 여자를 처음 본 도영은 자신을 향해 손짓하는 '푸른 장미'의 신호에 반응한 것이다. 담백한 비음의 음색이 특징적인 그녀의 목소리는 "도영의 내면 어딘가를 괜히 툭툭 건드렸"으며 "귓가에 콕 박히는 느낌을 실어 건넸다." 몰래 여자의 뒷모습을 휴대전화로 찍어 저장한 도영의 행위는 "어쩌면 글을 쓸 때 필요할지 모른다는 핑계를 댔으나 여자를 향한 관심이었다." 그것은 도영이 푸른 장미 문신을 새긴 여자의 간절한 바람에 무의식적으로 공명한 결과이기도 하다. 이러한 공명을 통해

드디어 두 사람이 만들어 내는 선율이 대위법적으로 펼쳐지기 시작한다.

두 사람이 만나는 것은 주로 전화 통화를 통해서다. 두 사람의 통화에서 말하는 사람은 거의 여자이고 듣는 사람은 거의 도영이라 사실상 대화가 아닌 여자의 일방적 읊조림에 가깝다. 소설 분량상의 거의 중간 지점에서부터 여자가 들려주는 이야기가 비로소 시작한다. "소설을 쓰겠다고 했죠? 소설은 어떤 걸까요? 평범한? 아니면 특별하거나 기구한? 실제로 일어날 수 없는? 또는 환상적인?"이라고 운을 띄운 여자는 "자, 그럼 소설적인 이야기를 한다면 어떤 얘기를 먼저 해볼까요. 흐음… 우선 한 사람에 관한 게 좋겠군요."이라면서 '어느 한 사람'에 관한 이야기를 시작한다. 그 '어느 한 사람'에 관한 이야기가 자기 자신이 겪었던 일들에 대한 차분한 고백인 것을 알아차리는 일은 그리 어렵지 않다. 여자의 이야기는 어린 시절 불행했던 가족사이다. 아버지의 허망한 죽음, 작은아버지의 폭력, 가족들이 겪은 불안과 공포. 그녀에게 가정은 든든한 울타리가 아닌 허막虛幕에 불과했으며 '퍼석한 모래 위의 위태로움'이라는 것이다.

도영은 불행한 가족사로 인한 여자의 슬픔에 공감한다. 그는 여자와의 통화가 끝나고 나서도 오랫동안 잠들지 못한다. 여자의 목소리는 여운으로 남았고 도영은 그 여운에 가슴 아파했기 때문이며, 도영 역시 여자 못지않은 불행한 가족사를 지니고 있었기 때문이다. "도영에게 가족은 언제나 애증의 덫이었다." 여자의 이야기가 남긴 여운은 도영의 상처를 건드리게 되고, 작품의 서술은 여자의 가족 이야기에서 도영의 가족 이야기로 전환하기를 반복한다. 그리고 두 인물의 가족에 관한 이야기는 서로 교차하면서 상실과 결여에 관한 하나의 주제를 향해 발선된나.

≪푸른 환영≫에서 두 인물이 들려주는 가족 이야기는 그들이 만들어 내는 대위법적 서사를 이해해야 제대로 음미할 수 있다. 두 인물이 겪은 가정사는 소재 자체만 놓고 보면 큰 감동을 주기 어려운 것들이다. 몇 마디 말로만 요약해 놓으면 텔레비전에서 자주 나오는 후원 요청 방송 프로그램들 속 불행과 크게 다를 것이 없다. 아버지, 남편, 아이의 죽음, 어머니의 가출(도망), 그리고 남은 가족에게 가해진 삶의 무게. 흔히 '소설 같은 이야기'에서 그 사연이 기구하면 기구할수록 진부하게 느껴지는 그런 소재들. 그러나 여자가 차분하게 읊조리고, 도영은 그녀의 이야기를 들으며 감정이입을 하면서 자기 경험을 마음 한편에서 끄집어내어 고백하기를 반복하는 모습은 두 명의 연주자가 교대하면서 서로 조화를 이루면서 선율의 절묘한 화합을 끌어내는 공감대의 형성으로 이어지기 때문에 평범하고 진부한 소재의 벽을 넘을 수 있다. 특히 단어 하나하나를 세심하게 고르고 다듬은 장인의 손길이 느껴지는 문장을 음미하다 보면 어느새 두 사람의 사연에 깊이 빠져들 수 있다.

상실과 결여를 겪었다는 것. 그러한 상실과 결여가 존재하지 않는 그 대상을 향한 간절한 그리움과 갈망의 원천이었다는 것. 그러나 그러한 그리움과 갈망은 결코 도달할 수 없는 일종의 환영이라는 것. 그러한 환영은 곧 작품의 첫머리에 내걸린 '파미르'라는 장소. 너무나 비현실적이지만, 너무 선명해서 황홀하기에 그곳에 있게 되면 진짜 공간의 일상이 잊히는 곳이 파미르, 푸른 환영이다. 그러한 파미르는 도영과 여자에게만 있는 곳이 아니라 결국 모든 인간의 마음속에 있는 현실 초극의 의지, 곧 이상, 동경, 그리움 그리고 원초적인 고향으로의 향수의 상징이기에 작품의 문장을 끝까지 따라간 그 누군가는 반드시 동감할 수밖에 없다.

4.

도영과 여자의 대위법적 서사는 특히 작가지망생인 도영이 전화 통화에서 들은 여자의 말을 받아서 쓰는 일을 통해서 이루어진다. 사실 도영과 여자의 관계는 지극히 비현실적이다. 우연히 마주친 여자가 먼저 연락처를 물어와서 두 사람 간의 연락이 시작된다. 그런데 도영은 그녀의 이름조차 모른다. 그뿐인가 도영은 그녀의 얼굴도 뚜렷이 기억하지 못한다. 그저 뒷모습, 그것도 목덜미의 푸른 장미 문양이 남아있을 뿐이다. "제대로 형상화되지 않는 모호함"의 특성은 전화기 너머로 전해오는 여자의 특유한 목소리를 통해서 도영에게 다가온다. 마치 파미르의 모호함을 표상하듯 다분히 몽환적이면서도 동시에 생생히 도영의 의식을 파고들어 오는 여자의 목소리에 대해 도영은 그것이 사라지기를 두려워하기라도 하듯, 여자 몰래 받아적기에 바쁘다.

흔히 누군가를 몰래 엿보는 관음증적 시선이 소설의 빈번한 소재로 활용되는 것을 떠올린다면 ≪푸른 환영≫에서 여자의 말을 몰래 받아

적는 행위는 다분히 에로틱한 맥락에서 읽힐 수도 있다. 간혹 도영이 꿈속에서 그녀와 격렬한 정사를 나누는 것을 보더라도 확인되는 대목이다. 물론 도영의 행위가 변태적인 성적 취향의 소산이라는 말은 아니다. 에로스적 감정과 분위기는 더욱 근본적으로는 환영에 대한 알 수 없는 이끌림, 그것도 쉽게 벗어나기 어려운 강렬한 이끌림에 대한 비유이기 때문이다. 단순한 이성에 대한 이끌림을 넘어서 비슷한 상처를 지닌 존재에 대한 공감이며 연민으로 이어지고 있다.

그녀를 짓누르는 삶의 무게를 안간힘으로 받쳐야 했다. 담 너머로 넘어온 감나무의 왁스질 잎들이 가로등 불빛에 일렁였다. 가지에 이마를 대고 한참을 있었다. 주저앉아 일어나고 싶지 않았으나 그마저도 감정의 사치였다.

(…)

어둠 내린 길에 홀로 서서 막막해 있는 그녀를 싸안고 등을 쓸어주며 말하고 싶었다.

괜찮아요. 울어 봐요. 우는 건 나약한 게 아니에요. 그러니 참지 말아요.

그러나 건넬 수 없는 마음의 말 대신 도영의 손이 종이 위에서 깊은 연민을 담아 움직였다. 흰 지면에 검은 글자가 추상으로 꼭꼭 박혔다.

도영이 여자 몰래 그녀의 말을 받아적는 행위는 작품이 전개되는 내내 글쓰기에 대한 비유로 활용된다는 점에 특히 주목할 필요가 있다. 도영의 행위는 자신도 그 의미를 정확히 모른 채 시작되었다. 여자와 전화 통화를 하면서 그녀의 말을 들을 때 "정서가 깊이 동하는 어떤 글을 읽을 때처럼 충동의 감각이 반응했고 활자화하고 싶은 갈망이 커졌다. 잘 쓸 수 있을 것 같은 격동이 일며 빠져들었다.” 한편으로 보면 ‘작가의 벽’에 부딪힌 어느 작가지망생이 여자의 말을 받아적음으로써 무언가 돌파구를 마련할 수 있을 것 같은 어렴풋한 예감이 작용한 듯하다. 소위 말하는 뮤즈의 도래인가? 어쩌면 여자에게서 촉발된 정서를 어떤 식으로든 표현해 보고 싶은 작가로서의 본능적 반응인지도 모른다.

도영의 글쓰기는 단순한 여자의 말을 옮기는 데서 약간 바뀌어 “여자의 말을 듣는 동안 떠올랐던 문장을 되새김하며 입력”하는 것으로 발전한다. “그녀의 목소리가 가라앉았다. 무엇 때문일까. 어느 숲을 다녀왔다는데 갈래를 잡을 수 없는 기류가 섞여 있었다…” 여기서 도영은 여자가 말한 내용을 그대로 옮기는 것이 아니라 서술자를 만들어 내고 있다. 도영은 소설 쓰기에 대해서 점차 알아가고 있으며, 그런 도영의 변화를 촉발시킨 여자는 도영에게 사실상 소설 쓰기를 가르치고 있는 셈이다.

> 도영은 입력한 문장을 다시 읽어보며 어느 날 예기치 않게 다가든 여자의 무게가 문득 짚어졌다. 여자는 어쩌면 구름이 많이 끼어 흐린 날, 사이를 뚫고 나온 무심한 한때의 햇살 같은 걸까, 잠시 스치는 어지러운 빛의 산란 같은 걸까. 만약 그런 거라면… 이미 발길이 들어섰는데 미처 볼 수 없었던 차가운 유리면이 놓여 있다면… 혹여 그게 깨질까 불안해지는 거라면 어찌할까. 도영만의 그런 불안함이 확실시될지는 알 수 없으나 그럴 수도 있을지 모른다는 생각이 들자 심경이 아

주 쓸쓸해진다. 아무래도 여자를 향한 마음이 이미 깊어진 것 같다.

도영의 글쓰기는 여자를 향한 공감이 깊어지는 과정이기도 하다. 단순한 호기심 내지 자신도 알지 못하는 작가적 본능의 지시로 시작된 글쓰기는 자신이 쓴 글을 다시 읽어보는 과정 즉 퇴고의 과정을 거친다. 자신이 쓴 글에 대한 최초의 독자가 되어보는 과정을 거치면서 그 글 속의 주인공에 대한 감정이입으로 이어진다. 자신이 쓴 글을 읽고 자신이 그 속에 공감되는 것은 어느 정도 작품 자체가 자율성을 획득하고 있다는 신호이다. 더 이상 작가가 자신이 만들어 낸 세계의 주인이 되지 않을 때, 바꾸어 말하면 자신이 만들어 낸 세계와 그 속의 인물이 작가의 통제를 떠나 자체적인 생명력을 지닌 채 움직이고 있을 때 비로소 소설다운 소설이 시작된다.

한편 도영의 글쓰기는 자신을 향한 성찰의 과정이기도 하다. 여자가 그동안 겪었던 가족사의 상실과 결여를 담담한 목소리로 고백하는 것을 들으며 도영은 자신의 가족사를 돌이켜본다. 아버지를 향한 원망과 연민. 누추한 아버지의 존재로 인해 주변의 냉대를 받았을 때 철없는 아들이 부끄러운 아버지를 원망하는 것은 자연스러운 일이다. 그러나 어느새 훌쩍 커버린 아들은 여자의 읊조림을 매개로 하여 그동안 부끄러워하고 애써 외면하기만 했던 아버지의 존재와 그런 아버지의 아들인 자기 자신의 존재를 정면으로 대면하고 이제는 원망이 아니라 연민의 시선으로 아버지를 떠올린다.

어머니에 관한 생각도 마찬가지다. 어린 시절부터 자신에게 큰 상처를 주고 떠난 어머니의 존재에 대해 도영은 오랫동안 외면해 왔다. 그래서 그동안 어머니를 향한 도영의 감정은 마치 자신과는 아무 상관도 없는 타인을 대하듯 '멀건 감정'이었다. "도영은 어머니가 떠나버렸을 때 슬프거나 사무치게 그립지 않았다. 원망하지도 않았다. 원래부터 없었던 존재로 무심하게 치부했다… 라고 오래도록 그리 여겼다." 작품의 서술자는 그것이 어린 도영의 자존심을 지키는 일종의 최면이었다고 꼬집고 있다. 그녀가 남긴 빚을 갚기 위해 허덕여서 생각할 여유조차 없었던 것이 아닐까 싶기도 하다. 그러나 여자의 말을 글로 옮기면서 이제 도영은 어머니의 존재를 외면하지 않는다. 상실과 결여에 관한 여자의 말을 들으면서 또 그것을 자신의 글로 옮기면서 그간 애써 외면하고 있던 자신의 상실과 결여를 뒤늦게 직시하기 시작한 것이다. 그리고 자신 속에 잠재되어 있던 상실과 결여의 깊이로 인해 더더욱 무언가를 절박하게 갈망하고 있었다는 사실도 깨닫게 된다. 또한 그것이 글쓰기의 바탕이었다는 사실도 이제 도영은 서서히 알아간다.

> 돌아보면 어머니에 대한 멀건 감정은 도영 스스로 쳐놓은 지독한 상실감의 다른 함량이었다. 채워질 수 없어 안타까이 갈구하는 헛된 발버둥이, 복병으로 도사렸다가 형체도 불분명하게 스멀대고 기어 나와 갉아대는 거였다. 어느 날 불현듯 절박한 무언가를 끄집어냈던 것도 그 발로의 표출이었을지도 모르겠다. 그것의 바탕이 글을 쓰고 싶다는 대체 염원의 궤였는지도.

돌이켜보면 여자는 "소설은 어떤 걸까요?"라고 도영에게 질문하였다. 그리고 소설이란 간절함이 터져 나오는 것이라는 소설 창작의 비법을 직접 예시로 보여주고 있었다. 요원하다는 것은 결핍이라는 것, 뒤집어 "결핍이기에 갈망하는 거죠"라는 단순하면서도 부인할 수 없는 확고한 진실. 이에 도영은 그녀가 들려주는 이야기에 공감하고, 자신의 이야기를 되돌아보면서 서서히 글을 써나갈 수 있었다. 이처럼 처음부터 여자는 도영에게 소설 쓰기에 대해서 가르쳐 주고 있었는지도 모른다. 또 상실과 결여로 점철된 삶에 대처하는 인생에 대해 암시를 주고 있었는지도 모른다. 이렇게 본다면 이 작품은 소설 창작이 무엇인지 알아가는 과정에 관한 대위법적 전개로 파악된다.

5.

작품의 결말에 이르러 여자는 정안시를 떠나면서 도영에게 다시금 파미르고원에 가는 길에 관해 이야기한다. "우리가 살아가면서 걸어야 할 길의 방향은 무수할 거예요."라고 운을 띄운 여자의 이야기는 파미르고원을 향한 지난한 여정이 곧 우리들의 삶에 관한 비유라는 사실을 새삼 확인하게 한다. 여자는 파미르고원으로 가는 길에서 만난 한 여자에 관해 이야기한다. 수행의 길 곧 '무언가를 비우기 위해 가는 길'을 가면서 일상적 생활을 영위하는 데 필요한 수많은 짐을 실은 수레를 힘겹게 끌고 가는 여자. 그것이 결국 우리들의 삶의 모습이 아닐까라고 다시금 도영에게 암시를 던진다.

척박한 길 위의 한 여자와 한 남자를 보며 결국 삶은 도돌이표라는 생각이 들었어요. 어딘가로 나아가고 무언가를 벗어내려 하지만 주체가 뿜어내는 수많은 욕망 안에서 뱅뱅 돌고 있는 건 아닌지. 그들은 무엇을 버리고 무엇을 얻으려고 혹은 무엇을 깨닫기 위해 저토록 힘든 노정을 가고 있는 건가, 라는 궁금증이 들었어요. 과학 문명인 자동차에 앉아 편히 가고 있는 내게 대신 물었으나 대답할 수 없었어요. 내가 지나고 있는 현생의 시간 속에서 나라는 개체의 의미마저 파악하지 못하니 말이에요. 나 또한 수많은 욕망 안에서 뱅뱅 돌고 있는 우주 속의 한낱 미약한 존재니까요.

여자의 암시는 현생의 시간, 우주 속의 미약한 존재 등을 볼 때 불교적인 화두를 연상한다. 동시에 '삶은 도돌이표'라는 단순하지만 누구도 쉽게 부인할 수 없는 발상은 까뮈의 시지프 신화를 떠올리게도 한다. 산꼭대기를 향해 바위를 밀어 올리기를 끝없이 반복해야 하는 형벌을 받은 시지프를 인간의 운명에 비유한 까뮈에 생각이 미칠 때 이 작품의 주제는 인간의 운명이라는 실존주의적 명제에 대한 진지한 성찰이라는 또 다른 맥락을 지니게 된다.

여자가 남긴 말을 곱씹으며 도영은 컴퓨터를 열어 다시 글을 쓴다. "그녀는 알 수 없었다. 지나고 있는 현생의 시간 속에서 자신이라는 개체의 의미마저 파악하지 못했다"라고. 그 순간 도영은 "그녀라고 지칭했으나 도영 자신이라고 바꿔도 무방"하다는 사실을 깨닫는다. 그때까지 여자와 통화를 하면서 여자에게서 들은 이야기가 결국 자신의 이야기이기도 하다는 사실을 뒤늦게 깨달은 것이다. 그래서 이제 도영은 자신의 글을 쓰기 시작한다. 자신의 자서전 쓰기, 에밀 아자르가 걸었고, 푸른 환영 속의 여자가 걸었던 그 길을 도영이라는 작가지망생이 또다시 걸어가기 시작하는 순간이다.

> 글을 쓰겠다는 이유 하나를 내걸고 낯선 곳으로 떠나왔던 건 진실이었을까. 단지 오래도록 억눌렸던 것에서 벗어나려는 핑계였을까.
>
> 그건 결국 가족이라는 허물어진 둥우리였을까. 거기에서 내내 벗어나고 싶었던 지독한 갈망이 딱딱하게 굳어 둘러싼 건 아니었을까…

여자는 "지금은 전화를 받을 수 없습니다."라는 말 저편으로 사라졌다. 더는 여자의 목소리를 들을 수 없을 것임을 도영은 예감한다. 다시 도영은 혼자가 되었다. 고독에 서 있게 된 도영의 눈앞에 굵은 눈발이 휘날리기 시작한다. 흐린 저편에 여자를 다시 보고 싶다는 소망을 투영하기도 하지만 몰아치는 눈발로 인해 이내 시선은 가로막히고 만다. 급기야 "눈발의 이쪽과 저쪽인 경계의 혼돈에서 아른대는 절실한 갈망은 갈피를 잡지 못해 자꾸 흐려졌다."라는 문장으로 작품은 끝난다.

과연 도영의 앞길은 어떻게 펼쳐질 것인가라는 질문이 독자를 기다리고 있다. 그것은 도영의 입장에서 소설의 문장이 펼쳐놓은 길을 충실히 따라왔던 독자들에게 실제 독자 자신의 앞길은 어떻게 펼쳐질 것인가라는 이중의 질문을 내장하고 있다. 푸른 장미 문신을 한 환영과도 같은 여자가 남긴 도영과 독자를 동시에 겨냥한 질문이다. 대위법적 서사가 궁극적으로 도달하고자 한 것이 바로 삶의 길에 대한 묵직한 질문이었다.

질문에 대한 답은 둘 중 하나다. 도영이 눈길에 쓰러지고 좌절하거나 반대로 끝까지 버티면서 눈길을 계속해서 걸어가는 것. 도영의 주위를 둘러싼 객관적 상황은 전자 쪽에 손을 들게 한다. 하지만 아름다운 문장을 따라서 푸른 장미 문신의 환영에 이끌려 상실과 결여의 슬픔에 공감하고 간절한 그리움 혹은 갈망에 공감한 독자라면 후자 쪽을 응원하지 않을 수 없다. 까뮈가 말했듯 세상에 대한 기본적 질문들로부터 도망치지 않고 오히려 그것들과 직면해서 싸우는 것, 그것이 영원한 욕망의 도돌이표를 계속해서 걸어갈 수밖에 없는 우리들이 처한 실존적 상황에 대한 유일한 저항이자 진정한 삶의 의미를 발견하는 길이기 때문이다. 결국 상실과 결여의 운명에 관한 대위법적 서사로 빚어낸 ≪푸른 환영≫은 인간은 삶의 의미를 스스로 만들어 낼 수 있는가에 관한 진지한 철학적 질문의 소설적 형상화에 해당한다.

삶의 치열함에 관하여

– 은승완 ≪도서관 노마드≫

1. 오후의 소설가

은승완의 작품 속 문장을 따라가다 보면 낡고 허름한 구형 노트북의 자판을 부서져라 신경질적으로 두드리며 쥐어짜내듯 소설을 써 내려가는 한 작가의 이미지가 떠오른다. 그 작가는 이야기의 소재를 찾기 위해 세상의 뒷골목을 맨발로 뛰어다녔을 것이고, 한참을 돌아다닌 끝에 늦은 오후에 이르러서야 굳은살이 박이고 물집 잡힌 발바닥을 주무르면서 자판을 두드리게 되었을 것이다. 그의 취재 노트에는 인형체험방의 야릇하고 음습한 분위기, 늦은 밤 손님을 태우지 않은 채 경춘가도를 질주하는 택시기사의 고독, 평일 오후 무궁화호 열차의 한갓진 풍경 등에 관한 메모들로 가득할 듯하다. 여느 사람들이 눈여겨보지 않았던 것들, 설령 보았다고 하더라도 무심코 넘겨버리고 말았을 것들을 예민하게 포착하는 그의 작업은 낮은 포복으로 사물과 현상에 다가서려는 작가적 성실함에 성공 여부가 달려 있다. 그러나 굳은살이 박이고 물집이 잡힐 만큼의 노력은 오후의 소설가를 쉬이 피로하게 만든다. 그가 맨발로 포착해낸 인물들의 표정에 대개 생활고로 인한 피곤이나 불투명한 미래에 대한 불안이 묻어나 있는 것은 맨발로 세상을 감당하는 작가의 글쓰기 방식과 무관하지 않을 것이다.

또 하나의 이미지가 떠오른다. 이번에는 어느 오후 한가로이 시에스타(siesta)를 즐기는 몽상적 소설가의 이미지다. 지구 반대편에 있는 보르헤스의 시민들처럼 탱고와 살사를 즐기지는 않지만, 도서관 열람실에서 노트북 자판을 신경질적으로 두드리던 작가는 담배 한 대를 물고 자신만의 시에스타를 즐기곤 하는데, 피어오르는 담배 연기 속에서 온갖 비현실적인 몽상이 꿈틀대기 시작한다. 배롱나무 향기가 감도는 밤하늘에 별안간 UFO가 출현하고, 입을 통하지 않고 말할 수 있는 '텔레토킹' 덕분에 옆집 벙어리 소녀와 대화를 할 수 있으며, 술집에는 느닷없이 악마가 나타나 그동안 저질렀던 '선행'을 고해하라고 유혹하며, 대도시의 복잡한 보도 위에는 넋이 나간 좀비들의 행렬이 펼쳐지기도 한다. 몽상은 피로로 인해 전신이 축 처지는 하강적인 기분을 금세 뒤집어 버리기에 충분하고 묵직하게 짓누르는 일상의 불안을 가볍게 허공으로 날려버릴 힘을 가지고 있다. 이때의 몽상은 현실에 대한 유치한 비유라고 간주하기에는 간단치 않은 복잡성을 내포하고 있을 뿐만 아니라 일정한 의미의 발생과도 긴밀하게 연결되고 있다는 점에서 다분히 의식적으로 추구된 작가적 글쓰기의 소산으로 파악될 수 있다.

현실 감각과 환상성의 양 극단을 오가는 절묘한 줄타기는 은승완의 소설을 관통하는 주요한 특징 중 하나다. 묵직한 일상의 무게가 한쪽 어깨를 짓누르는 동시에 다른 쪽 어깻죽지에서 상상력의 날개가 돋아나는 상황은 한 작품 내에서는 물론이거니와 일련의 작품들의 계열에도 역동성을 부여한다. 그런데 이러한 역동성은 부조화로 인한 우발적인 불협화음의 발생보다는 양 극단을 오고 가는 과정에서 발생하는 서사적 긴장의 발생과 그로 인한 일정한 주제의 구현으로 이어지고 있음을 간과할 수 없다. 부르튼 발바닥의 통증과 백일몽 같은 몽상은 결국 오후의 소설가가 써낸 작품 속에서 상호 보완적으로 통합되어 기능하고 있으며, 상황에 따라 취사선택하여 사용되는 성질의 것이다. 결국 관심은 작가와 작품의 양면성이라기보다는 양면성을 통해 추구하고자 하는 바에 있다. 꿈과 현실, 거짓과 진실, 소통과 소외 같이 작가의 작품 전반에 걸쳐 반복되는 이항 대립적인 소재들 사이에서의 줄타기가 지닌 의의가 무엇인지를 밝히는 작업을 거칠 때 비로소 피로와 몽상이 동시에 나타나 있는 오후의 소설가의 표정을 가늠해 볼 수 있을 것이다.

2. 과거의 꿈과 현재의 공허

은승완 소설의 주인공들은 대체로 과거의 꿈을 이루지 못한 현재의 상태에 상당한 불만을 지닌 인물로 설정된다. 소설가나 시인이 되고자 했던 문학 소년들은 아직도 문예지 신인상 공모에서 번번이 물을 먹고 있거나(〈악행의 자서전〉), 간혹 등단했다 하더라도 등단하기만 하면 일약 스타 작가가 될 수 있을 것이라는 처음의 기대와는 달리 불투명한 전망으로 인한 불안감에 휩싸여 있다.(〈당신의 트라비〉) 문학동아리에서의 순수하고 패기 넘쳤던 시절은 과거 완료형으로만 존재하며, 지금은 자서전 대필 작가(〈도서관 노마드〉, 〈악행의 자서전〉)로 생계를 꾸리거나 정수기 판매원을 상대로 강연하는 일(〈텔레토킹〉)로 호구지책을 삼고 있다. 때로는 다큐멘터리 사진작가가 꿈인 인물이 등장하더라도 어쩔 수 없이 생계를 위해 예술적 창작과는 거리가 먼 상업적 잡지 표지 사진을 연출하는 일을 할 수밖에 없는 상황(〈역광〉)은 대필 작가의 처지와 별반 다를 바 없다. 그들에게 과거의 꿈과 열정은 소진되어 현재에는 그 흔적만 앙상하게 남아 있을 뿐이다. 이제 과거의 꿈이 사라진 자리에는 생활고 같은 일상적 삶의 무게가 인물을 짓누르고 있는 형국이다.

작가의 등단작 〈S편의방〉은 과거의 꿈과 현재의 현실 사이에 가로놓여 있는 아득한 격차를 인상적으로 제시하고 있어, 이후의 작품에서 빈번히 등장하는 꿈과 현실 사이의 거리를 가늠해보게 한다. 어린 시절 여자는 성우가 꿈이었다. 가정 형편 때문에 대학 진학은 일찌감치 포기한 채 서울로 올라와 여러 직업을 전전하다가 술집에도 나간 적도 있고, 한 남자를 사랑하여 남자의 아이까지 낳았지만 남자에게 버림을 받기도 한다. 서울에 올라와서 여러 일들을 겪으면서 서서히 그녀는 세상이 결코 만만치 않다는 사실을 깨달았다. 어린 시절의 소박한 꿈을 이루기 위해 선택했던 성우 학원을 그만 둔 것도 그러한 깨달음 때문이었다.

그러나 그녀가 꿈을 포기했다는 사실보다 더욱 눈길을 끄는 것은 과거와 현재의 극명한 대비다. 요술공주 샐리를 동경했던 꿈 많은 소녀는 이제 인형체험방에서 남자들의 성욕 해소를 돕기 위해 야릇한 교성을 내질러야 하는 신세로 전락해버렸다. 순수와 순결의 표상은 돈이 지배하는 현실 세계로의 진입과 동시에 매춘부의 거짓 신음 소리로 짓밟혀버린 것이다. 꿈이 사라진 빈자리에는 그녀의 교성에 몸이 달아 아쉬워하는 남자들의 끈적이는 시선과 그녀를 향한 노골적인 매춘 제안이 채워질 따름이다.

꿈을 상실한 여자의 현재 처지를 대변하는 것은 8호실 침대에 누워있는 고장 난 리얼돌 주희다. 한쪽 무릎 관절이 움직이지 않고, 한쪽 팔은 너덜너덜해졌고, 교성을 지르는 음향 장치마저 고장이 나서 폐기처분되어야 할 인형 주희를 보고 여자는 그것이 자신을 닮아있다는 묘한 동질감을 느낀다. 특히 흐릿한 눈으로 허공을 응시하고 있는 인형의 텅 빈 시선은 손님들의 눈을 쳐다보지 않게 허공에 시선을 두고 말하는 버릇이 생긴 여자의 시선과 똑같이 닮아있다. 철저히 성적 욕구 해소의 도구로만 존재할 뿐 이외 일체의 의미는 소거되고 거부당한 채 대상화된 존재의 시선이 머무르는 곳은 공허에 다름이 아니다. “산다는 것은 별 게 아닐지도 모른다. 그저 꿈같은 것, 손아귀로 물을 움켜쥐는 행위 같은 것이다. 애초에 물은 움켜쥘 수 있는 것이 아니다. 손으로 움켜쥐려 해도 단지 차가운 감촉으로만 남는다.”(〈S편의방〉, 100면)라는 공허에 대한 인식은 비정한 세상으로부터 소외당한 자에 대한 안타까움 연민과 처연한 분위기를 불러일으킨다.

〈S편의방〉의 결말은 여자가 인형이 되어버리는 과정에 대한 서술을 통해 인간 존재가 얼마나 철저하게 대상화되고 소외될 수 있는가를 여실히 보여준다. 결말 부분에서 여자는 자신에게 은밀한 제안을 했던 경찰 남자에게 전화를 걸고 있다. 전화를 건 여자의 텅 빈 시선에는 활짝 열려 있는 인형의 방들이 들어온다. 이제 인형 대신 그녀가 들어갈 차례다. 인형의 방에서 편히 눕고 싶은 충동에 몸을 내던지는 여자는 서서히 인형이 되어간다. 물신화된 그녀의 주위를 감싸는 것은 극심한 '피로감'이다. 이러한 피로감은 생활고로 인한 피로감, 사채업자들의 협박으로 인한 피로감에 못지않게 더 이상 꿈을 꿀 수 없게 된 자의 실존적 공허감의 또 다른 표현이다.

사람이 인형이 되어 버린다는 환상적인 결말은 과거의 꿈이 완전히 상실되어 현실의 중압감이 극한에 다다를 때 발생한다. 여자는 남자들의 성욕 충족을 위한 리얼돌 신세로 전락함으로써 꿈을 꾸는 주체로서의 존재 의미를 박탈당한 채 철저히 대상화되는 과정을 보여주고 있으며, 현실의 중압은 남근으로 상징되어 그녀를 강압한다. 그러나 이러한 결말이 현실에 대한 패배로 완결되고 있는 것만은 아니다. 인형이 되어버린 여자가 자신의 몸뚱이로 보여주고 있는 피로감과 공허감은 오롯이 독자들의 불편한 심리를 자극하고 나아가 작품의 의미를 되돌아보게끔 이끌고 있다. 이 점에서 환상은 완강한 현실에서 배척당한 수동성의 결과인 동시에 그러한 폭력성에 맞서 항의의 목소리는 내는 안티고네의 능동성을 내포하고 있다.

한편 〈뇌비게이션〉의 주인공은 스스로 꿈을 포기했노라 선언하는 독특한 인물로 설정되어 있어 눈길을 끈다. 앞서 언급한 바와 같이 과거의 꿈과 현재의 상실감은 은승완 소설집에 수록된 대부분의 작품을 관통하는 중요한 키워드로 설정된다. 소설 속 인물들은 과거 꿈을 가지고 있었지만 현재 그 꿈과 상당히 멀어진 상태이며, 인물들이 자신에게 주어진 상황과 대결하는 것이 소설적 긴장의 대부분을 차지한다. 그러나 〈뇌비게이션〉의 주인공은 계획적으로 사는 것이 자신에게는 체질적으로 맞지 않는다고 말하며, 자신은 승부에서 이기는 것에 관심이 없노라 공언한다. 내비게이션의 도움을 받아 목적지에 신속하게 도착하는 것보다 낯선 길 위에서 헤매면서 스스로 길을 찾는 묘미를 맛보는 것이 더 소중하다는 그의 인생관은 마치 느리게 살기를 몸소 실천하는 듯한 느낌을 주면서 일견 그럴듯하게 들린다. 그는 내비게이션 켜기를 계속 거부하는 것이 자신이 선택한 삶의 태도가 정당함을 증명하는 한 가지 방편이라 믿고 있는 듯하다.

그러나 꿈이나 목표를 가지지 않은 삶을 능동적으로 선택했다고 자부하는 그에게도 한때 꿈이 있었다는 사실은 중요하다. 남자는 영화 시나리오 쓰는 것을 원했다. 그러나 그는 번번이 공모에서 떨어진 끝에 삼 년 만에 시나리오를 깨끗이 포기하기에 이르렀던 것이다. 곧 꿈이나 목표를 의식적으로 가지지 않은 채 살아가겠다는 남자의 인생철학은 "이기는 것에 관심이 없었다기보다는 상대가 도저히 이길 수 없을 만큼 강하다는 걸 잘 알았"(31면)기에 선택한 일종의 정신승리법에 불과하며 심리적 방어 기제에 다름이 아니다. 그러한 방어 기제는 작품의 결말에 이르러 일곱 살 시절의 트라우마가 그동안 계속해서 자신을 따라다니고 있었음을 뒤늦게 깨닫고 나서야 비로소 작동을 멈출 수 있게 되었다. 이때의 트라우마란 '남자는 야망이 있어야 돼'라고 입버릇처럼 강조하던 아버지의 뜻에 따라 고시공부를 하던 둘째 형이 자살한 것을 목격했을 때 발생한 것으로 설정된다.

해묵은 트라우마의 실체와 마주 서서 그 실체를 인정하게 된 다음, 그가 보인 행동은 그동안 한사코 외면하던 내비게이션을 켜는 일이었다. 자신의 삶에서 유일하게 남은 목적지일지도 모를 여자를 찾아가기 위해 내비게이션을 켜는 남자는 "아무것도 바라지 않는 것보다는 설령 과대망상일지라도 뭔가를 바라는 편이 낫다는 걸 오랜 세월이 흐른 뒤에야 나는 깨달았다. 아직까지 소설가의 꿈을 포기하지 않는 것도 그 덕분이다."(58면)라고 말하는 〈도서관 노마드〉의 자서전 대필 작가와 뚜렷이 닮아있다. 내비게이션을 켜서 목적지를 찾겠다는 그의 변화된 행동은 잃어버린 또는 스스로 포기해 버린 꿈을 되찾기 위한 노력을 다시금 붙잡는 시도다. 물론 그러한 시도는 쉽게 이룰 수 없다. 가까스로 켠 내비게이션에 떠오른 메시지, "위성 신호가 미약해 현재 위치를 추적할 수 없습니다."(40면)라는 문장은 그의 시도가 완수되기 어려운 것임을 강하게 암시하고 있다. 어쩌면 죽은 듯 고요한 짙은 어둠 속에서 인형이 되어 버린 여자처럼 공허의 중심으로 빨려가고 말지도 모른다. 그러나 그의 시선에는 "그가 가야 할 구불구불한 도로만 희미한 형체를 드러내고 있었다."(40면) 희미하게 드러난 미지의 도로를 통해 계속해서 꿈을 향한 길을 걸어가겠다는 또 걸어가야 한다는 메시지가 암시되고 있는 것은 아닌가 짐작할 수 있다. 그것은 공허로 뒤덮인 현실일지라도 그 길을 계속 걸어가야만 한다는 실존적 인식과 연결되어 있음은 물론이다.

3. 진실과의 거리

대출금을 갚지 못해 스튜디오와 장비를 처분하고 생계를 위해 여행 잡지 표지 사진을 찍게 된 〈역광〉의 주인공은 다큐멘터리 사진작가라는 꿈을 가지고 있었다. 아직 그 꿈을 완전히 포기한 것은 아니지만 생활고로 인해 현재는 꿈에서 멀어져 있는 상태다. 그런데 꿈을 잠시 접고서 맡게 된 여행 잡지 표지 사진이란 '연출'로 이루어지는 작업이다. 〈역광〉의 주인공은 어쩔 수 없이 맡게 된 표지 사진 작업을 다음과 같이 설명한다. "현실의 자연스러움과 사진의 자연스러움은 다르다. 포토저널리즘을 제외하면 사진의 자연스러움은 곧 연출력에 의해 결정된다. 사람들이 자연스럽다고 생각하는 사진일수록 연출을 잘한 사진들이다. 사람의 눈이 그만큼 연출에 길들여져 있기 때문이다."(〈역광〉, 84면) 여행 잡지 표지에서는 '무조건 즐겁고 행복하게 웃는 사진'이 미덕이다. 머지않아 이혼할지도 모를 두 부부를 모델로 찍은 사진이라 하더라도 즐겁고 행복한 연출은 필수적이다. 실제의 생생한 현장을 사실적으로 포착하려던 논픽션의 장인이 생활고에 몰려 철저히 연출된 사진, 거짓 웃음을 억지로라도 만들어 내야만 하는 상황에 내몰린 것이다.

〈역광〉의 주인공은 '현실의 자연스러움'이 아닌 '사진의 자연스러움'을 연출하는 촬영 작업을 하고 있으면서도 거짓 웃음의 연출에 대해 적지 않은 반감을 가지고 있다. 그러한 반감은 여자 친구 서영과의 관계를 통해 부각된다. 그녀는 두 사람의 연애 관계가 어긋나고 있다는 것을 누구에게도 들키고 싶어 하지 않았다. 주변 사람들이 두 사람을 보고 '닭살커플'이라고 놀릴 만큼 서영은 환한 거짓 미소를 짓는 능란한 연기자이자 연출자였다. 이 점에서 서영은 거짓 웃음을 짓는 부부 모델과 조금도 다르지 않다. 남편이 바람을 피우고, 아내도 맞바람을 피워 이혼서류에 도장 찍기 직전 상태에 놓인 위태로운 관계임에도 불구하고, 위기의 남편은 잡지 표지에 사진을 실어 아내의 불륜남에게 '우리 이렇게 행복하게 잘 산다'라고 광고하겠다고 한다. 주인공은 거짓 웃음을 짓는 자들을 향해 "남들이 보는 모습이 그렇게 중요해?"(〈역광〉, 85면)라고 반발하기도 하지만 '결과'는 그를 배반한다. 실제로는 남편이 아내의 목을 조르며 같이 죽어버리자는 살기 어린 풍경이 펼쳐짐에도 불구하고, 역광을 받은 렌즈를 통해서는 즐겁고 행복하게 웃는 아름다운 사진 한 장이 건져졌다는 아이러니한 상황을 통해 주인공 역시 결과적으로는 거짓 웃음을 연출하는 데 일조하게 된 것이다. 현실의 논리는 거짓을 강요하고 주인공은 그러한 강요에 반감을 가지고 있지만, 그 주인공은 본의 아니게 거짓의 작업에 동참하는 형국이다.

과거의 꿈에서 멀어져 현실의 논리를 수용할 때 진실이 아닌 거짓을 요구받는 것은 자서전 대필 작가들도 마찬가지다. "누구도 사실 그대로를 글로 드러내지 않는다. 글이란 설령 그것이 일기일지라도 쓰는 순간 각색되고 윤색되고 탈색된다. 하물며 서점에 깔리는 자서전은 더 말할 것도 없다. 자서전이란 기획된 원고에 불과하다. 일종의 연출인 것이다. 독자도 출판사도 성공담만을 원하기 때문이다."(〈악행의 자서전〉, 20면) 자신의 글이 아닌 남의 글을 대신 써주는 자의 비극, 실제의 모습보다 훨씬 매력적이고 감동적이며 아름답게 꾸며야 한다는 속물의 비위 뒤틀리는 요구를 쉽게 거부할 수 없는 것은 돈으로 대치된 현실의 중압감에서 비롯한다. '활화산 같은 화'가 치밀어 오르고, 전화기를 내동댕이 쳐버리고 싶은 마음도 들지만 어쩌겠는가, 받았던 계약금은 이미 다 받아 써버렸는데… 돈을 받았으면 심사가 뒤틀려도 돈 받은 만큼 되돌려주어야 한다는 것이 현실의 논리가 아니었던가. 인형체험방의 여자처럼 파국을 예고하는 철저한 공허 속으로 빨려 들어가지 않은 다음에야 진실보다는 거짓을 요구하는 현실의 논리를 수용하지 않으려야 않을 수 없는 것이다.

현실의 논리는 진실에 대해 철저히 무관심한 것이 특징이다. 현실의 논리를 대표하는 〈텔레토킹〉의 형사를 보자. 형사는 '나'가 정수기 관리원과 함께 술을 마셨던 일에 대해 묻고 있지만 그것은 어디까지나 살인 사건 용의자를 수사하기 위해 사실관계를 확인하기 위한 과정일 따름이다. 그 남자와의 사이에서 있었던 일을 진술하고 나서 무엇인가 아쉬운 감이 있어 덧붙인 한마디, 즉 훈련만 열심히 한다면 '나'도 텔레토킹을 충분히 구사할 만한 자질이 있다고 한 그 남자의 말에 대해서는 '별 희떠운 소릴 다 들어보겠다는 듯'한 형사의 철저한 무관심으로 이어지고 있다. 애초부터 형사의 관심은 살인용의자의 행적을 추적하는 데 있었을 뿐, 입을 통하지 않고서 말을 할 수 있다는 소위 '텔레토킹'의 신비경 따위에 대한 궁금증이 아니었다. 현실의 논리가 알고 싶어 하고 듣고 싶어 하는 것은 입을 통해 겉으로 명백하게 발성된 말이지 텔레토킹을 통해 전달되는 진심 어린 속마음이 아닌 것이다. 물론 형사가 원하는 것은 거짓이 아니라 사실이다. 하지만 진정함이라는 알맹이가 빠져버린 사실은 거짓과 마찬가지로 진실에는 철저히 무관심할 뿐이다.

허울뿐인 사실이 진실을 억누르기만 하는 것은 아니며, 때로는 사실과 진실의 위상은 역전되기도 한다. 〈배롱나무 아래에서〉는 자신에게 외계인에게 거세를 당했다고 털어놓는 환자의 황당무계한 이야기를 기록한 심리 상담 기록의 형식을 취한다. 의사와 환자의 관계는 앞서 〈텔레토킹〉에서의 경찰과 참고인의 관계와 동질적이다. 상담자인 의사는 UFO를 목격했고, 자발적으로 거세를 했다는 내담자의 고백을 '재고할 가치가 없는 망상'으로 단정한다. 현실의 논리는 UFO와 자발적 거세의 진실에 대해 무관심하며, 다만 왜 내담자가 그런 망상에 빠지게 되었는지를 밝히는 데만 관심이 있다. 진실이 아니라 겉으로 드러난 사실에만 관심을 가지는 의사의 시선은 현실 논리의 관점을 대변한다. 그러나 작품의 결말에 이르러 의사는 환자의 망상이라 규정했던 UFO와 조우하게 된다. 납치되어 거세당할 것이라는 두려움에 내지른 의사의 비명으로 작품은 끝이 난다. 즉 망상이라 규정되었던 UFO의 환상이 허위적인 사실에만 치중하는 현실의 논리에 항복을 받아내고 있는 셈이다. 이처럼 〈배롱나무 아래에서〉도 〈텔레토킹〉과 마찬가지로 환상성을 통해 진실에 근접할 수 있는 통로가 설정되고 있는 것이다.

환상이 진실의 지위를 확보하게 되는 원동력은 삶에 대한 진정성이다. 여기서 UFO를 망상이라 규정하고 사실의 확보에만 집중하는 의사의 삶에는 커다란 구멍이 뚫려 있었다는 사실에 주목할 필요가 있다. 의사가 되어 사회적으로나 경제적으로는 적어도 '남들이 보기에' 그럴듯한 생활을 하고 있지만 그의 삶에는 언제부터인가 커다란 구멍이 생겼으며, 그는 그 구멍을 채우기 위해 안간힘을 쓰지만 정작 그 구멍은 단 한 번도 채워진 적이 없었다. 의사의 삶에 뚫린 그 구멍이 성적 욕망에 의한 것인지, 한 인간의 정체성이나 자존감에 관한 것인지는 확정지을 수는 없지만 어쨌든 주체할 수 없는 공허함의 외양을 띠고 그의 삶을 덮치고 있다는 것만은 분명하다. 반면 상담 내용을 통해 확인되는 망상증 환자의 삶은 환자 자신의 표현대로 '투쟁'의 과정이었다. 물론 그는 '인생이란 성욕과의 투쟁'이라 규정하고 있지만, 그것은 식욕이든 중력이든 그 대상이 무엇이든 간에 한 인간을 억누르는 제약들과의 대결 중 하나이며, 그러한 대결에서의 유일한 무기는 삶에 대한 진정성의 확보와 유지다. 환자의 삶에서 '절실함의 최고치'는 배롱나무 향기를 뿜어내는 그녀였으며, 오랜 시간 동안 그녀와의 섹스를 위해 버텨나가야만 했었다. 작품 전체를 걸쳐 펼쳐지는 유머러스하고 비현실적인 상황 속에서도 선명하게 부각되는 것은 일상의 허무와 공허에 휩쓸리는 삶과 절실함의 최고치를 향해 세상을 견뎌 나가는 삶의 대비이며, 환상성은 절실함의 힘이 현실 논리를 넘어서는 도약을 가능하게 해준다.

환상성을 통해 진실이 온전한 자신의 지위를 확보하는 모습은 〈악행의 자서전〉에서도 반복된다. 양심적인 기업인으로 정평이 난 황 회장의 자서전 대필이 완성 단계에 도달했을 때, 정작 황 회장은 세상이 알고 있는 자신의 모습이 모두 위선이고 거짓이며 자신은 악마에게 고해를 한 적이 있다는 황당한 고백을 한다. 물론 황 회장의 의도는 실현되지 못한다. 황 회장의 아들 황 사장을 비롯한 회사의 임원들은 물론 출판사 측에서도 본래의 '기획'대로 출판을 강행해야만 하는 것이 현실의 논리이기 때문이다. 자서전 대필 작가는 악마를 만나서 고해를 했다는 황 회장의 회상이 한갓 '유치한 비유'에 지나지 않는다고 단정했지만 결국 그 역시 악마를 만나게 된다. 대필 작가의 악행이란 빈민운동을 하던 김 선배의 부인인 '윤'의 육체를 탐했던 것이다. 대필 작가의 악행은 어느 누구도 알아채지 못했을 뿐만 아니라 '윤'마저 사라져버림으로써 어떠한 법적 처벌도 받을 필요가 없게 되었다.

그러나 진실과 거짓의 대결은 술집에 나타난 악마가 자신에게 고해를 하라고 권유하는 환상의 장면에서 부상한다. 악마에게 악행을 고해함으로써 계속 악행을 저지르는 평온을 누리라는 권유를 거부하고서 대필 작가가 선택한 것은 자서전 대필이 아니라 자신의 소설 쓰는 일이다. "젊은 시절, 악마에게 고해를 한 적이 있다고 그는 말했다."(〈악행의 자서전〉, 27면)라는 '새로운 소설'의 첫 문장은 〈악행의 자서전〉의 첫 문장을 명시적으로 참조한다. 대필 작가가 쓰겠다는 '새로운 소설'은 〈악행의 자서전〉 그 자체일 수도 있고, 혹은 〈악행의 자서전〉의 후일담이 될 수도 있다는 여러 해석의 가능성을 남긴다. 그러나 이미

하나의 소설로 완결된 〈악행의 자서전〉을 통해 황 회장의 악행은 황 회장의 의도대로 악마가 아닌 독자들에게 고백될 수 있었고, 대필 작가의 악행 또한 온전히 고백될 수 있었다. 꼬리에 꼬리를 무는 무한 반복의 연쇄적 해석의 구조를 가능하게 한 촉매는 악마의 출현이라는 환상성이며, 그 구조의 배열과 완성은 위선과 진실을 주제로 한 소설 쓰기 작업을 통해 이루어진다. 여기에 이르면 과거의 꿈이 사라지고 대신 허위로 가득한 현재의 현실을 견디면서도 진실의 조각을 찾아 나서기를 멈추지 않으려는 발걸음이 곧 작가의 글쓰기 작업 그 자체임을 어렴풋이나마 확인할 수 있다.

4. 소통의 가능성을 찾아서

은승완 소설에서 남녀 사이의 불화는 일종의 꼬리표처럼 따라붙는 소재다. 남녀 간의 연애 문제가 서사의 중심을 차지하고 있지는 않지만 작품의 주요 인물은 대개 자신의 여자 친구나 아내와 불화를 빚고 있는 것으로 설정된다. 〈역광〉, 〈텔레토킹〉, 〈뇌비게이션〉, 〈배롱나무 아래에서〉가 그러하며, 〈S편의방〉에서는 남자친구의 배신이 흔적처럼 배치되어 있다. 그들의 불화는 대개 생활고에서 그 원인을 찾을 수 있지만 보다 구체적인 충돌의 장면에서는 소통의 부재 내지 단절이 반복적으로 나타난다는 점이 더욱 중요하다.

〈역광〉의 '나'는 여자 친구와 8개월째 헤어져 지내는 상태다. 여자 친구 서영은 '나'에게 이렇게 말한다. "인물 사진 강의 시간에 당신이 그랬잖아. 우리들 눈은 보고 싶은 것만 가려서 본다고. 어쩌면 우리도 상대방의 보고 싶은 모습만 보아왔던 게 아닐까."(〈역광〉, 91면) 타자의 진실한 실체를 사랑한 것이 아니라 자아의 욕망을 투사한 결과물에 불과한 대상을 사랑한 것은 나르시시즘에 불과하다. 연애의 기간이 얼마가 되었든 간에 그러한 연애 관계에서 남자와 여자 사이에서는 어떠한 진정한 교류나 교감도 없었던 것이나 다름없다. 후회 때문인지 미련 때문인지 '나'는 여자 친구에게 전화를 걸지만 "신호음만 길게 이어질 뿐 전화는 수신되지 않는다."(〈역광〉, 91면) 지금 소통은 차단되어 있으며, 어쩌면 진작부터 수신은 이루어지지 않았던 것인지도 모른다.

〈뇌비게이션〉의 상황도 그다지 다르지 않다. 남자는 여자와 대화하는 도중 조금이라도 의견이 불일치하면 입을 굳게 다물어 버린다. "말싸움이라면 피하는 게 상책"(〈뇌비게이션〉, 31면)이라는 남자의 생각은 결과적으로 서로 간의 불신과 실망을 키워왔다는 것이 얼마 지나지 않아 드러난다. 내비게이션을 써보면 어떻겠느냐는 여자의 권유에 대해 남자는 귀를 걸고 닫은 채 자신의 '뇌'비게이션만이 옳다고 고집을 부렸다. 여자가 가출을 하고 남자는 여자를 찾아 데려오는 숨바꼭질 또는 이상한 감정의 줄다리기는 서로 간의 애정을 확인하기 위한 '소통의 시도'인지도 모른다. 남자가 여자를 찾아 데려온다는 것은 아직도 관계를 유지할 의사가 있다는 표현일 테고, 여자가 자신을 찾아오도록 수수께끼 같은 힌트를 준다는 것 역시 관계를 회복할 가능성을 열어두는 표현일 테니까 말이다. 그러나 수년째 반복해서 이어져온 '이상한 줄다리기'는 이번이 마지막일지도 모른다. 그때껏 외면하던 내비게이션 화면에는 위성 신호를 놓쳐 현재 위치를 추적할 수 없다는 경고 문구가 떠 있기 때문이다. 소통의 완전히 단절된 것인지 아니면 또다시 소통을 위한 줄다리기를 반복할 것인지는 여전히 미지수로 남고 있지만 소통의 부재로 인한 씁쓸함만큼은 선명하게 제시되고 있다.

〈텔레토킹〉의 부부 역시 소통의 부재와 단절로 인해 서로에게 적지 않은 상처를 입히고 있다. "당신하고 말하느니 차라리 벽하고 말하는 게 낫겠어."라는 아내의 비난에 "누군 말이 통해서 사는 줄 아나."라는 남편의 맞받아침은 더 이상 서로의 말을 듣지 않겠다는 소통 포기의 선언이다. 펀드 투자 실패에 대해 아내는 '한마디 상의 없음' 즉 '소통의 부재'를 원망하지만 남편은 순전히 투자 결과가 안 좋아서 아내가 그런 말을 한다고 판단해 버린다. 아내의 말을 그대로 받아들이지 않고 왜곡해서 받아들이는 남편의 대화법은 '보고 싶은 것만 본다'라는 〈역광〉의 시각적 인식 방법과 별반 다르지 않다. 그러한 방식으로는 진실이라든가 진심에는 결코 가까이 갈 수 없을 것이 분명해 보인다.

그러나 〈텔레토킹〉의 부부는 작품의 결말에 이르러 소통의 가능성을 어렴풋이 깨닫는다. 정수기 관리를 하던 남자, 텔레토킹의 비밀을 알려주었던 그 남자가 말했던 입과 귀를 사용하지 않고 말하는 소통의 방법을 어느 순간엔가 그들 부부 스스로도 활용하고 있기 때문이다. 남편은 아내가 갑자기 눈물을 흘리는 모습을 지켜보며 속으로 '나도 미안해'라고 생각하고, 아내는 발화되지 않은 남편의 속마음에서 울린 소리를 얼핏 감지하게 된 것이다. 이에 남편은 "아메리카 인디언들처럼 한동안 말을 하지 않고 지내보면 어떨까."(〈텔레토킹〉, 56면)하는 생각을 한다. 아메리카 인디언들의 침묵이란 작품 속에서 언급된 것처럼 기우제에서 유래한 것으로 부족 전체가 묵언으로 기도하여 오염된 말을 정화시킴으로써 재앙을 극복하겠다는 발상을 가리킨다. 서로에게 가시 돋친 말을 쏟아내는 부부의 언쟁은 '오염된 소통'의 단적인 예다. 묵언을 통해 오염된 소통의 정화는 텔레토킹 같은 진정한 소통 방식의 회복에 대한 가능성일 것이다. 여기서의 오염된 소통은 비단 그들 부부만의 문제는 아니다. 이 작품은 현실의 논리하에서 살아가는 우리 모두가 소통이 단절된 상황 또는 소통이 오염된 상황에서 헤매고 있음을 적확하게 비유하고 있는 것이다.

〈텔레토킹〉의 부부가 작품의 결말에서 소통의 회복할 수 있는 가능성을 암시하고 있듯 작가의 다른 작품에서도 진정한 소통을 위한 가능성 탐색의 시도는 어렵지 않게 발견된다. 〈배롱나무 아래에서〉의 내담자는 배롱나무꽃 사이에서 걸어 나온 그녀를 '해석하고 싶은 욕망'에 몸을 떨었다. 해석은 소통의 한 방식이고, 섹스 역시 소통의 한 방식이 아닌가. 비록 그녀를 해석하고 이해하기까지는 여러 해의 시간이 필요할 만큼 먼 길을 돌아가는 여정이었지만 소통을 향한 욕망은 지속적이고도 강렬한 것이었다. 그녀와의 섹스를 갈망하던 그가 그녀에게 성기가 없다는 사실을 알고 난 후 그는 자발적으로 거세를 선택한다. "아, 나는 섹스 자체보다 그걸 통해 도달하는 깊은 내밀함과 친근함을 더 원했던 거구나."(〈배롱나무 아래에서〉, 25면.)라는 깨달음 끝에 그는 육체의 소통 대신 영혼의 소통을 추구했다고 볼 수 있다. 형사의 방문을 받은 〈텔레토킹〉의 '나' 역시 '이야기하고 싶은 욕망'이 자신의 내부에서 꿈틀거리고 있었음을 고백하고 있으며("내 안에서 이야기하고 싶은 욕망이 꿈틀거린 이유도 있었다. 어찌 보면 형사는 적절한 타이밍에 나를 찾아온 셈이었다." 43면), 〈악행의 자서전〉의 황 회장은 죽음이 임박한 순간 한낱 자서전 대필 작가에게 그간의 과오와 회한을 솔직하게 고백한다. 이러한 소통의 욕망이 강렬하게 표현되어 있는 작품들에는 UFO, 텔레파시, 악마와 같은 환상성의 소재들이 배치되어 있고, 환상과 관련된 비현실적 소재들은 진실보다는 거짓과 허위를 강요하는 현실 논리에서 탈주하는 유용한 도구로 활용되고 있다는 점 또한 놓칠 수 없다.

그렇다고 해서 소통이 환상성을 필요조건으로 요구하는 것은 아니다. 오히려 소통의 필요조건은 '진정성'이다. 환상성은 현실의 논리가 강요하는 거짓과 허위를 초월할 수 있는 한 가지 도구로서의 역할을 충실히 수행할 뿐이다. 〈텔레토킹〉의 남편은 아내가 흘린 눈물을 보고서 마음속으로 '미안해'라고 말했다. 아내가 예민하게 남편의 속마음을 알아차린 것은 텔레파시의 힘 이전에 '미안해'라는 말 속에 담긴 '진정성' 때문이다. 이번 작품집에 수록되어 있지 않은 〈접촉사고〉나 〈마방을 떠나며〉에서도 진정한 말 한마디의 문제는 적지 않은 비중을 차지한다. 가령 〈접촉사고〉에서 교통사고 피해자 '최'가 가해자 '정'에게 수 개월간 집요하게 요구한 것은 다른 것이 아니라 '진심 어린 사과'였으며, 〈마방을 떠나며〉에서 부진한 경주마를 최고의 경주마로 만든 것은 아무도 거들떠보지 않던 부진마를 '페가수스'라고 불러준 기수의 말 한마디 덕택이었다. 아마도 〈S편의방〉에서 인형이 되어 버린 여자에게 누군가 진심 어린 말 한마디를 건넸더라면 그녀가 그처럼 비참한 지경에 이르지는 않았을 것이다. 남자들이 원한 것은 요술공주 샐리의 목소리를 닮은 야릇한 교성이었을 뿐, 그녀의 사연에는 그 누구도 귀 기울이지 않았다. "들어가서 남자의 얼굴을 쓰다듬어주고 싶다. 그게 어떤 일인지 모르지만 괜찮다고, 다 끝난 일이라고 위로해주고 싶다. 남자의 등을 토닥토닥 두드려주고 싶다. 아니, 있는 힘껏 따귀를 갈겨주고 싶다."(〈S편의방〉, 100면)라는 여자의 소망은 결국 누군가로부터 그러한 위로와 격려 또는 질책 받기를 간절히 바라는 소통의 욕망이다. 요컨대 소통이야말로 꿈의 상실로 인한 공허, 현실로부터의 소외와 절망, 거짓과 허위를 초월할 수 있는 유일한 삶의 윤리임을 작가는 역설하고 있는 것이다.

5. 트라비에게 갈채를

〈당신의 트라비〉 역시 '멀어진 꿈과의 거리', '진정성의 추구', '소통의 욕망'이라는 세 가지 기본항에 관한 이야기지만, 그것들을 담아내는 방식은 이번 소설집에 수록된 여타의 작품과 뚜렷한 차이를 보이고 있다. 〈당신의 트라비〉에서는 현실의 중압감을 뒤틀거나 역전시키기 위해 즐겨 동원되던 환상성이 소거되어 있다. 그뿐만 아니라 작품의 곳곳에서 반짝이던 유머와 위트의 사용도 눈에 띄게 줄어 있다. 그렇다고 이 작품이 현실에 대한 불만과 분노를 강하게 드러내는 것도 아니다. 대신 고백체의 내밀하면서도 담담한 서술적 목소리를 통해 소소한 일상의 단면을 스케치하듯 펼쳐놓고 있을 뿐이다. 기발한 상상력의 역동적 움직임을 차분히 가라앉힌 탓에 얻게 되는 것은 사색적이고 반성적인 분위기이며, 그러한 분위기 속에서 솔직 담백한 맨얼굴이 드러나고 있다.

'꽃도 피는데…'로 시작하는 문자메시지 한 통으로 급조된 술자리에 모인 멤버들은 "삼십대 후반까지 소설과 늦바람이 났던 문우들"(〈당신의 트라비〉, 2면)이다. '나'를 제외하고 다들 소설가의 꿈은 포기한 지 제법 오래다. 소설가의 꿈에서 멀어진 그들은 지금 심리상담학이나 기수련에 푹 빠져 있거나 공무원 시험을 준비 중이라고 한다. 뒤늦게 만난 '한'도 어느 샌가 소설 쓰기를 그만두고 부질없어 보이는 연애 문제에만 몰두하고 있다. 술자리를 계기로 오래간만에 만난 옛 문우들은 과거의 꿈에서 멀어져 있다는 점에서 다른 작품에서 빈번히 등장하던 꿈을 상실한 인물의 유형을 반복하고 있다.

정식으로 등단을 하고 여전히 소설 쓰기에 매달려 있는 '나'는 그들의 모습을 마주할 때 당혹감을 감출 수 없다. '나'는 아파트 시세와 아이들 교육 문제를 안줏거리로 삼아 이루어지는 옛 문우들의 대화에 적극적으로 끼지 못한 채 침묵을 지킬 뿐이다. 그러나 소설가의 길을 포기한 채 이제 평범한 일상인이 되어 버린 그들을 비난하거나 원망할 수는 없다. 그들은 공통적으로 "결사적으로 매달릴 무언가"(〈당신의 트라비〉, 2면)가 필요했으며 저마다 숨겨진 속내를 하나씩 간직하고 있었음을 알게 되기 때문이다. '정'이 상담심리학으로 방향을 전환한 것은 아내의 자살 시도 이후 가까스로 잡아 올린 일종의 지푸라기라는 것을, '곽'이 노래방에서 주체할 수 없는 끼를 발산하는 것은 꿈을 이루지 못한 패배감을 잠시라도 잊기 위한 필사적인 노력의 소산이라는 것을 알게 된다. 그들은 저마다 삶의 진정성을 확보하기 위해 '결사적'으로 안간힘을 쓰고 있었던 것이다. 그들은 '젊지도 않으면서' 또한 각자의 삶에 대한 치열한 열정도 포기하지 않은 자들이다. 여기서 비난이나 원망이 불가능한 것은 너무도 자연스럽다.

일찌감치 소설가 지망생 대열에서 멀어졌던 '당신=조'와의 만남이 문득 생각나는 것도 비슷한 이유에서이다. '조'와의 만남을 회상하는 것은 타인의 삶에 조금이라도 관심을 가짐으로써 얻을 수 있었던 소통 가능성에 대한 내밀한 욕망 때문이다. 소설가 지망생 시절 '조'는 남들과 쉽게 어울리지 못하는 까탈스러운 사람이었다. '나'는 우연히 '조'와 같은 차를 타고 예의상 나누었던 사소한 몇 마디 말들을 통해 전부는 아니지만 '조'의 삶을 잠깐 들여다볼 수 있었다. 단둘이서 같은 차를 탔을 때 서먹서먹하던 분위기는 '조'가 고장 난 '나'의 자동차를 응급 수리해준 것을 기점으로 달라진다. '조'는 구동독 지역에서 유학하던 시절 트라반트(Trabant)를 몰았고 워낙에 고장이 자주 나던 차라 자연스레 자동차 수리하는 요령을 알게 되었다고 밝히고, 이에 두 사람의 대화에서는 영화 〈트라비에게 갈채를〉이 화제로 떠오르고, 급기야 '나'는 '조'에게 그가 '실패한 사회주의'에 집착하는 이유에 대한 질문을 던지기까지 한다.

실패했다고 끝난 건 아니지요. 아니, 그건 끝날 수가 없는 거예요.

언젠가 어떤 방식으로든 다시 시작될 겁니다. (…) 나도 하나 물을까요? 소설의 시대는 갔다고 하더군요. 요새 독자에게 읽히는 소설은 단지 몇 퍼센트에 불과할 겁니다. 그 몇 퍼센트에 속한다는 보장도 없는데, 대체 당신은 왜 소설을 쓰는 겁니까?(〈당신의 트라비〉, 11면)

한밤중 폭우를 뚫고 태백 삼수령을 향해 달리는 고물차는 고스란히 '나'의 인생이 담겨 있는 하나의 상징이다. 대기업 기획실에 근무하던 시절의 허영심의 발로로, 음대 출신 여자의 환심을 사기 위한 허세부리기 용도로, 아내와의 연애 시절과 결혼 후 신혼기의 '소박한 희망'의 비유로 함께 했던 차는 이후 회사의 구조조정, 두 번의 유산, 소설가 등단 후 생활고의 압박이 이어지는 현재까지 줄곧 나와 함께 했으며, 소설도 써지지 않고 잠도 오지 않는 밤 한강 고수부지로 몰고 나가 동이 틀 때까지 나와 함께 있어 주곤 했다. 이제는 중고차 매매상이 매입을 거부하면서 폐차를 권유할 만큼 보잘것없는 가치로 측정되는 '실패한 인생'의 상징인 차를 타고 빗길을 뚫으며 삼수령까지 가겠다는 '나'의 시도는 위태롭고도 안쓰럽게만 보인다.

'나'는 왜 충동적으로 태백 삼수령에 가야 했을까? 인생의 상징인 고물차를 끌고 삼수령에 가는 일은 사오 년 전 '대체 당신은 왜 소설을 쓰는 겁니까?'라는 '조'의 질문에 대한 답변의 형식으로 이루어진다. 그 당시 '나'는 조의 말을 속으로 비웃었으며 왜 소설을 쓰느냐라는 그의 질문에 답하지 않고 묵살해버렸다. 그때만 해도 막 등단을 한 상태에서 실패 운운하는 조의 말 따위는 귓등으로 흘려보냈었지만, 시간이 흐른 후 소설가로서의 불투명한 미래에 대한 불안이 몰려 왔을 때 비로소 조의 말은 의미를 지니게 되고, 중단되었던 대화는 시간을 건너뛰어 재개되고 있다. 삼수령에 떨어진 빗물은 하나는 동해로, 또 하나는 남해로, 그리고 또 하나는 서해로 흘러가듯 당신은 어딘가에서 끝날 수 없는 이념을 좇을 것이고, 한은 또 누군가와 연애를 할 것이고, 등단 후 무거운 침체와 깊이 모를 불안에 시달리고 있는 소설가인 '나' 역시 계속해서 소설가의 길을 걸어가게 될 것이라는 대답이다. 결국 계속해서 자신에게 주어진 그 길을 가겠다는 다짐은 대답의 형식 즉 타인과의 소통 과정에서 길어 올린 하나의 가능성이 된다.

이 작품의 내용이 그 자체로 소통의 과정을 구성하고 있다는 점은 흥미로운 사실이다. 삼수령까지 가게 된 것은 회상을 통해 떠오른 조=당신의 질문에 대한 답변의 과정이며, 작품은 그러한 '당신에게 보내는 편지'라는 소통의 한 방식으로 짜여 있다. 아파트 시세와 아이들 교육 문제로 열을 올리는 옛 문우들에 대한 묘한 배신감은 그들과의 술자리 대화라는 또 다른 소통을 통해 그들 각자의 삶에 각각 까닭이 있음을 이해할 수 있었고 나아가 그들을 향해 비난이나 조롱이 아닌 공감의 시선을 보낼 수 있었다. 빗길을 뚫고 삼수령으로 가는 길에서는 조수석에서 코를 골며 곯아떨어져 있는 '한'의 존재 또한 '나'에게 힘을 불어넣고 있다. "그래도 그가 옆에 있어서 힘이 났어, 이런 날씨에 혼자였다면 십중팔구 차를 되돌렸을 테니까."(〈당신의 트라비〉, 9면) 비록 진지한 대화가 아닌 무의미한 코 고는 소리일지라도 누군가가 곁에 있음을 인식할 때 걸어가야 할 그 길은 외롭지만은 않게 느껴지지 않을 수 있다.

소통의 연대감 속에서 각자의 갈 길을 치열하게 걸어가는 진정함을 유지한다면 과거의 꿈은 실패한 것이 아니라 여전히 계속 걸어가야만 할 목표가 된다. "나 또한 다른 먼 길을 가야 할 거야. 아직 오지 않은 것들, 그 기다림이 기약 없이 멀다 해도 보낼 것은 보내야 하는 거겠지."(〈당신의 트라비〉, 14면) 새로운 길을 찾아 걸어가기 시작하는 '나'의 시야에는 힘겹게 오르던 레커차가 들어온다. 이제 얼마 지나지 않아 오래된 고물차 '나의 트라비'는 폐차장으로 사라지겠지만, 초라해진 과거의 꿈이라 할지라도 트라비가 있었기에 이 만큼 걸어올 수 있었고, 이제 새로운 길을 계속 걸어가겠다고 결심하게 된 것이 아닌가. 아마도 그는 지금 오래된 자신의 고물차 '나의 트라비'에게 또 자신의 지나간 과거에 대해 갈채를 보내고 있을지도 모른다. 또한 그는 당신과 한을 포함한 옛 문우들의 트라비에게도 갈채를 보내고 있을 것이다. '젊지도 않으면서' 새로운 길을 걸어가는 주인공의 뒷모습에는 포기하지 않은 꿈과 진정함에 대한 확신과 소통에 대한 열망이 아른거리고 있기에 우리는 그에게 갈채를 보내지 않을 수 없다. 물론 오후의 작가에게도 갈채를.

불가능한 꿈에 관하여

– 손홍규 <환멸>

컴컴한 공대 건물 어느 연구실 창으로 새어 나오는 불빛을 떠올려 보라. 그곳에는 설계도면을 그리며 밤을 새우는 건축학도가 하나 있다. 그는 피곤함 따위는 아랑곳하지 않은 채 순전히 자신의 작업에만 몰두한다. 일체의 번다함이 끼어들 여지가 없는 바로 이 순간 그는 가슴에 품고 있는 꿈에 대해서만 충실하다. 그야말로 순수하고 순결한 생의 의지로 충만한 순간이다. 소설 〈환멸〉(≪한국문학≫, 2015 겨울)의 주인공이 그토록 그리워하고 갈망하던 순간이다.

손홍규의 단편 〈환멸〉은 건설 현장을 배경으로 한때 꿈과 이상을 추구했던 한 인간이 서서히 몰락의 길을 걸어가는 과정을 다룬다. 주인공은 건설 현장을 가득 채운 먼지와 소음을 좋아했고, 그 속에서 땀 흘리는 현장 사람들을 사랑했다. 그러나 '건축을 사랑하는 법'을 가르쳐 준 박 부장이 정리해고를 당해 회사를 나가고, 현장에서는 작업 중이던 인부가 죽어 나가는 끔찍한 일도 벌어지면서 주인공은 서서히 열정을 잃어간다. 동시에 이혼 소송이 진행되면서 치유하기 힘든 정신적 상처도 입는다. 잘 나가던 건축업자에서 공사판 오야지로 떨어지고, 다시 별 볼일 없는 잡부로 추락한다. 건축물에 서서히 균열이 생기다가 어느 순간 건물 전체가 일시에 무너지는 것처럼 주인공의 삶 또한 서서히 금이 가고, 급기야 완전히 무너진다.

이 소설에서는 술이라는 소재가 주인공이 몰락해 가는 과정을 좀 더 선명하게 부각시킨다. 소설의 초반부터 주인공이 술을 마시는 내용이 빈번히 나오는데, 이것은 한편으로는 그가 술 때문에 죽게 된다는 소설의 결말을 위한 포석이지만 다른 한편으로는 주인공의 복잡한 내면을 드러내는 장치가 된다. 예를 들어 이혼한 전처와 아들 준희가 있는 베이징으로 가는 비행기 안에서 그가 겪은 심리적 혼란은 술을 매개로 이루어진다. 까닭 모를 불안에 시달린 탓에 불안을 누그러뜨리기 위해 술을 마셨고, 술에 취한 결과 기내 난동 혐의로 추방당함으로써 우려했던 불안은 결국 현실이 된다. 이 같은 악순환의 반복 속에서 예고된 몰락에서 벗어날 수 없다는 생각에 이르면 공포감마저 자아낸다.

점차 몰락의 길을 걸어가는 주인공의 뒷모습이 더욱 쓸쓸하게 느껴지는 것은 비단 그의 거듭된 불행 때문만은 아니다. 무엇보다도 그가 자신의 꿈을 지키기 위해 부단히 노력했음에도 불구하고 균열과 붕괴의 구덩이에서 한 치도 헤어나지 못했다는 인생의 아이러니가 한몫한다. 그는 부조리와 불의를 접할 때마다 순수한 증오를 느꼈으며, 자신이 무엇을 증오하는지 혹은 진정으로 무엇을 증오해야 하는지에 관해 오랜 세월 숙고해왔다. 증오가 있다는 것은 신념과 반대편에 있는 대결의 대상이 엄연히 존재함을 방증한다. 그가 겪는 불행과 고통은 모두 자신의 꿈을 포기하지 않았기 때문에 생긴 일이다. 이에 그는 모순으로 가득 찬 세계와 타협하지 않은 채 대결을 벌인 현대판 영웅이며, 죽음으로 이어지는 예견된 몰락을 애써 피하지 않고 자신의 운명인 양 담담히 받아들인다는 점에서 이 소설은 비극이 된다.

한낱 주정뱅이 막노동꾼으로 전락한 주인공은 "결국 이 모든 것들이 환멸에 다름 아니라는 걸 어렴풋하게나마 깨달았다." 대개 환멸은 꿈이 깨어졌음을 인정하고 단념할 수밖에 달리 어찌할 도리가 없음을 시인한 끝에 이르는 감정이다. 그러나 그는 여전히 어린 시절 꿈을 품었던 곳인 영등포 골목을 그리워하고, 공사판에 뛰어든 중국인 유학생에게는 '네가 처음으로 꿈을 품었던 네 고향으로' 돌아가라 조언한다. 그는 몰락하여 환멸을 맛보았으면서도 결코 자신의 꿈을 포기하지 않는 것이다. 그가 우리에게 던지는 메시지는 분명하다. '계속해서 꿈을 꾸어야 한다, 그것만이 세계의 모순을 견디고 극복하는 유일한 길이다.' "가슴속에 불가능한 꿈을 가지자!"라고 외쳤던 체 게바라의 목소리가 자꾸만 겹쳐지는 소설이다.

애도의 시간

초판 1쇄인쇄 2023년 11월 3일
초판 1쇄발행 2023년 11월 7일

저 자 장두영
발행인 박지연
발행처 도서출판 도화
등 록 2013년 11월 19일 제2013－000124호
주 소 서울시 송파구 중대로 34길 9-3
전 화 02) 3012－1030
팩 스 02) 3012－1031
전자우편 dohwa1030@daum.net
인 쇄 유진보라

ISBN | 979－11－92828－31－2 *03810
정가 15,000원

도화道化, fool는
고정적인 질서에 대한 익살맞은 비판자,
고정화된 사고의 틀을 해체한다는 뜻입니다.